U0902778

纪念版

吕亦涵 著

CNS PUBLISHING & MEDIA 中南出版传媒
湖南文艺出版社
HUNAN LITERATURE AND ART PUBLISHING HOUSE

图书在版编目（CIP）数据

阮陈恩静：纪念版 / 吕亦涵著. -- 长沙 ：湖南文艺出版社，2021.5

ISBN 978-7-5726-0140-8

Ⅰ. ①阮… Ⅱ. ①吕… Ⅲ. ①长篇小说－中国－当代 Ⅳ. ①I247.5

中国版本图书馆CIP数据核字(2021)第071539号

阮陈恩静 纪念版
RUAN CHEN ENJING JINIAN BAN

作　　者：吕亦涵
出 版 人：曾赛丰
责任编辑：李　阔
策划编辑：李高雯
封面设计：罗静颖
封面绘制：ruby可可
版式设计：杨　露
封面字体设计：风轮子
出版发行：湖南文艺出版社
　　　　（长沙市雨花区东二环一段508号　邮编：410014）
网　　址：www.hnwy.net
印　　刷：湖南天闻新华印务有限公司
经　　销：新华书店
开　　本：710mm×1000mm　1/16
字　　数：325千字
印　　张：19.75
版　　次：2021年5月第1版
印　　次：2021年5月第1次印刷
书　　号：ISBN 978-7-5726-0140-8
定　　价：45.00元

爱或
百年孤独？

原来，
爱是一百年都不让你孤独。

目录

Contents

楔　　子

“等你成年了，
我就来娶你。”
“真的吗？”
“真的。”

一九九二年，香港，维多利亚港。

维多利亚港的天永远暗得比鼓浪屿要迟，时至五时半，夕阳仍悬在海的那一方，不肯坠下。晚霞散漫地染了大半个世界。那样美至诡异的静，竟十万八千里地区别于海港的这一方。

恩静眼望着那方诡异的静，置身处，却是一片喧哗——

“来来，阮先生、阮太太，再来一张……”

“太棒了！阮太太真是上镜……”

此时的这二人，众人口中的“阮先生”与“阮太太”，正亲密地倚靠着海港边的栏杆。他着黑色三件套，她则一身黑色小礼服配简约的钻石首饰；他高大冷峻，她纤瘦温文，远看近看，都是一对璧人。难怪全港近半数的名人都聚集于此，娱记们的脖子和镜头也挤着要伸往这一处：“阮先生、阮太太，阮先生、阮太太……”

无数问题皆雷同，恩静在数不清的“阮先生、阮太太”中，渐渐被夕阳勾去了魂。

直到扣着她纤腰的手紧了紧，她才回过神来。抬起脸转过头，就见她的阮先生面色冷峻，原本就刚毅的脸部线条此时更是锐气逼人。不必细想也知道，这就是他发怒的前兆，恩静连忙静心屏气，迎向记者的提问——

“阮太太，对于今早的新闻你有什么话要说吗？”

“是啊阮太太，报纸一早就爆出阮先生昨晚在何小姐房里过夜，两个人旧情复燃……”

她的心一紧，没想到阮东廷黑脸的原因会是这个。周遭记者的提问猛于虎，某娱记甚至直接将话筒伸过来：“阮太太，听说今天中午在何小姐的房间里，阮先生为了维护旧情人，甚至不惜和你翻脸……”

话一落音，阮东廷彻底黑了脸。记者们还要问，谁知他浓眉一皱：“让开！”

两个字不怒自威，众人几乎是条件反射般后退，竟真的让出了一条道，半句“阮先生”都不敢再唤。

阮家大少在港媒眼里是出了名的坏脾气，可偏偏他又含着金汤匙出生，在一群贵公子中是难得的英俊。剑桥毕业，回国后又在刚接手的阮氏连锁酒店里掀起惊涛，如此具有偶像潜质的背景再加上一张英俊的脸，即使记者不喜欢，读者也爱看哪！

故此，话筒又不死心地伸向陈恩静：“阮太太、阮太太……”

谁知刚踏出这圈子的阮东廷又回过头：“恩静，过来。”

他伸出手，冷峻的面孔只对着她。那样冷的脸对上她说不清是什么表情的清瘦面孔，大手朝向她，顿在空中。一群记者皆面面相觑——阮先生这摆明了是不让阮太太说话啊！而记者群中间的阮太太呢？没有多想，她已朝着他走去。

他余怒未消，而她沉静如水，在镜头里，纤手再自然不过地交入那只大掌内。

在公众面前、在旁人面前，在报纸上、在杂志上，他永远牵着她的手，大掌贴置于她的腰间。所以早一阵子，人人都说阮氏夫妇举案齐眉相敬如宾，如此好姻缘，在贵公子群里简直难得一见。可唯有她知道，那只手虽暖，但自始至终未曾与她热络、亲密过。

他牵着她的手，一高大一纤瘦的两道身影不疾不徐地往夕阳落下处走去。

记者们纷纷叹气，可突然，行进中的阮太太停下了脚步，回头，似有话要说。

记者们立即又迎上去，将话筒伸向前方。

她的声音柔和，甚至还带着淡淡的笑意：“其实我本不想说的，因为觉得这是我阮家的私事。不过既然各位关心，我也就不妨说清楚了。”她顿了一下，看着前方黑压压的一群人竟齐刷刷地拿出记录笔，她流畅的港式粤语里，竟听不出一丝口音，“从昨晚到今天早上九点，我先生一直都待在家里，希望各位不要再肆意诽谤他。我们不是演员，也不是歌星，不需要将私生活都摊开摆到诸位的眼皮子底下。如有下次，我不介意上律师楼采取防护措施。”

第　一　曲

人生若只如初见

“嫁给我，
你会有更好的生活。”
“唯一不足的是，
我已经有爱的人了，
所以，我无法给你爱情。”

何止是记者？就连她的阮先生也有一瞬间的错愕。在他的印象里，恩静永远是个温文的女子，连话也不曾大声说过。没想到今天当着这么多人的面，当着即将被送往全港各大电视台、报刊的镜头，她会这么说。

不过错愕仅一瞬，待走到再无旁人的停车库时，牵着她的那只手便松开了，阮东廷拿出手机。那时的手机个头大，往耳朵上一贴，便挡住了他大半张脸。

只是声线里的冷冽却是怎么也挡不住的："把录像全部调出来，查查中午是不是有人跟踪太太去了酒店。"

话刚说完，司机阿忠已经机灵地将车开了过来。他看也没看他的阮太太一眼，便上了车。恩静叹了口气，绕到另一边，默默地打开车门坐进去。

车厢里一片压抑。

数不清这是第几次，他冷着脸坐在她身旁。

旁人都说阮先生面瘫，百年如一日摆着一张严肃的脸。可她就是知道，当他浓眉拧起，浑身散发着"生人勿近"的厌恶气息时，这一刻的阮东廷是危险的。

而这样的危险，他已持续了整整一下午。

阿忠在前座说："先生，刚刚老夫人吩咐我，让您和太太务必要回家吃晚饭。"阮东廷也不回答，两眼只是盯着窗外飞速闪过的霓虹，徒留一个冷硬的轮廓映在她的眼中。

"阿忠说，妈咪让我们回家吃饭。"不忍让阿忠为难，恩静也开了口。

可阮东廷不买她的账，头也没转一下就发出命令："阿忠，直接开去酒店。"

"可老夫人说……"

“阿忠，你停车。”柔柔淡淡的声音又从后座传来，这回是太太。

阿忠如获大赦，连忙选了个地方将车停下，人也机灵地下了车。

阮东廷却像是没看到这变化一样，依旧盯着窗外。恩静看着他冷硬的侧脸，沉默了片刻才开口：“中午那件事，并不是你看到的那样。”

“你的意思是秋霜骗我？”淡淡的嘲讽从男人嘴里出来，这下子，他终于回过头，对上她的眼，“我和秋霜认识了十五年。十五年来，她从没对我说过一句假话。”

“所以，就是我在撒谎了？”

他定定地看着她，这样好看的面孔，配上的却是那样冰冷的神色。

恩静垂下头，嘴边有自嘲式的弧度淡淡勾起：“也是，再怎么错，也不会是她的错啊。”轻轻的话语溢出，再抬起头时，她已换上一副平静温柔的神色，“妈咪估计很生气，你还是先回家吧。如果不想见到我……”她顿了一下，努力维持着嘴角的温柔：“如果不想见到我，我先去商场买点东西，然后再回去吧。”

她的声音清清淡淡，温和无害得如同她的面目、她的性子，如同嫁入阮家这几年来，平静如水的一千多个时日。

直到，她出现。

七个小时前——

恩静挂断电话时，掌心已出了一层薄薄的汗。大哥一个月前向她要不到的那三十万，何秋霜竟然汇给他了？

二十分钟还不到，她便出现在阮氏酒店里。三十八楼，12号房——恩静记得清清楚楚，这个房间在阮东廷的安排下永远是空着的，只为迎接每年的那么几个月，娇客光临，蓬荜生辉。

敲门声轻轻响起。

“来啦！今天怎么这么有空？”娇俏的嗓音从房里传出来，门一打开，恩静只觉有无尽惊艳的光从门缝里射出来，那人是何秋霜——皮肤白皙，身材高挑，五官深邃，再加上一头永远像是从美发沙龙刚护理出来的长卷发。

门一打开，女子的欣喜便和着这艳光一同倾泻出来。只是在发现来人并不是阮东廷后，那笑意骤然一敛：“怎么是你？阿东呢？”

话虽这么问，可秋霜看上去一点讶异也没有。

倒是恩静有些尴尬：“他不知道我过来。何小姐，我是想来问问你那三十万……”

她话还没说完，已经被秋霜打断：“哦，给你哥的那些钱？”方才的欣喜已荡然无存，她边捋着泼墨般的长卷发，边转身回房。

恩静也跟着走了进去：“何小姐，那些钱还是请你收回去吧……”

“哪有这种道理？送出去的钱就是泼出去的水，再说了，你这么帮我和阿东，我帮一帮你哥，也是应该的嘛。”

她娇媚地笑着，明明是正常道谢的话，可传到恩静耳朵里，那个“帮”字却似灌入了无限讽刺。

她看着秋霜慵懒地坐到贵妃椅上。是的，与这间房一样，房内所有的一切都是特别布置的。她记得阮东廷跟下面的人吩咐过，秋霜喜欢软皮贵妃椅，秋霜爱喝炭焙的正山小种，秋霜要求房间里要有香奈儿五号香水的气味——如今看来，员工们的办事效率还真是很高呢。

她在荡漾着香奈儿五号香水气味的房间里听着秋霜说：“恩静啊，我真是要谢谢你呢。要不是有你帮忙，阿东哪能经常来看我？昨晚他在我这儿时就说过了呢。”说到这里，她轻轻一笑，“在我这儿”等字眼被咬得暧昧而缠绵，“他说你始终谨记自己的出身，知道在渡轮上唱戏的就算穿上了名牌，也只是个穿名牌的歌女，对他半点小女生的幻想也不敢有呢。”

恩静的面色微微白了白，却被何秋霜热络地握住手：“这么有自知之明，你说我该不该谢你？当年阿东说你贤惠大方，选你当太太可真是一点也没选错。”

她的声音越来越低，越来越低，却越来越清晰。

原来时隔那么久，当年她是怎么来的、她是为什么才跟他来香港的，她依旧坚定不移地记着——

“我知道你哥欠了一笔债，我知道你家里情况不好。”

“如果你需要，礼金多少都不是问题。”

“嫁给我，你会有更好的生活。”

“你的家人我也会打点好，生活费、房子、车，一样不少，一定会让他们满意的。”

“唯一不足的是，我已经有爱的人了，所以，我无法给你爱情。”

原来她自己也都记得，刻骨铭心地记得那年厦门海边冰凉入骨的雨，一阵风吹过，她说：“阮先生，我答应你。”

不是“阿东，我愿意”，而是“阮先生，我答应你”。

答应之后，随之而来的是恩静一家过上了好上不止几个档次的生活，他因此心安理得地带着她回香港，让她成为阮太太。然后，他在这位阮太太的掩护下，继续过他与秋霜的二人世界。

你看，她与他之间，说穿了，不过是场交易。

只因是场交易，所以从那年至今，无论在外界看来两个人怎么举案齐眉、怎么恩爱有加，在私底下，她永远叫他“阮先生”——“你已经是我太太，以后家里人怎么叫我，你也跟着叫吧。”那年新婚，他这样说过。可永远对他言听计从的她只是笑笑，转头看向窗外盛开的紫罗兰：“阮先生你看，它们开得真美。”

如此固执，不过是为了时刻提醒自己，她与他之间，掀开表面看本质，亦不过是“阮先生”与“陈小姐”的关系。

还能再妄想些什么呢?

何秋霜陡然变调的尖叫声拉回了她的思绪：“陈恩静，你不要太过分了！”

恩静一怔，还没弄明白这是怎么一回事，已经被何秋霜狠狠地甩开了手：“三十万我已经给过你了，够仁至义尽了！现在你竟然还想狮子大开口？”

“什么意思……”

“怎么回事?”疑惑自恩静的喉间溢出时，门那边也传来了含怒的冷冽的声音。

一时间，恩静只觉得千年寒冰朝着她迎头砸下。

是阮东廷！那是阮东廷的声音！

电光石火只一瞬，她立刻就反应过来——难怪这女人会莫名其妙就勃然变色呢！难怪会说那段莫名其妙的话呢！

彻骨的寒意瞬间蹿过她的四肢百骸。

而何秋霜已朝着阮东廷扑过去：“阿东，我实在是忍无可忍了，我一定要告诉你！”

阮东廷没有推开她，只是在看到不应出现在这个房间的身影时，浓眉一皱：“你怎么过来了？”

“我……”

“当然是为了她哥！”恩静还没开口，何秋霜已经抢在了前头，“她哥做生意失败，之前她来找我要钱时，我已经给过她三十万了，谁知今天……”

“你胡说什么？”恩静震惊地转过头，可对上的，是阮东廷已然皱起的眉头。

“你哥的事？”他看向恩静，满眼不赞许的神色，“我不是说过这件事不准再提了吗？”

“是啊，就因为你不准她提又不给她钱，她才会来找我嘛！”这女人的声音听上去可真是义愤填膺，“她那天说得可惨了，说自己当了这么多年有名无实的阮太太，全拜我这破烂病所赐，我心一软就开支票给她了。可谁知她今天……今天竟然又来要钱，还一开口就是五百万！开什么玩笑，当我是印钞厂啊？”

何秋霜声色俱厉，抓狂的表情看上去那么逼真。恩静站在这两个人对面，一个义愤填膺地控诉，一个浓眉越拧越紧，那双永远冷峻的眼里仿佛夹杂着千年寒冰，射向她、射向她，寒意统统射向她，似乎已不必再分青红皂白。

恩静只觉得心一紧：“我没有……”

却被何秋霜高分贝的声音盖过：“还敢狡辩？阿东，你不知道她刚刚说的话有多难听！她甚至还威胁我，说我要是不给她钱，就要把她当年嫁给你的原因公之于众，让你在媒体面前出丑！阿东……”

“够了。”低沉的声音从男人的胸腔里震出，随便一听也知道那里头含了多少压抑的怒火。恩静只觉得他眼里夹冰，话中冒火，冷与热复杂交融对着她，“出去。”

“阮先生……”

“别让我说第二次。”

她僵直地站着。

对面的何秋霜正偷偷朝她愉快地眨眼睛，在阮东廷看不到的角度，就像看了一场有意思的戏：“走吧妹妹，别再惹阿东生气了。”

恩静都不知道自己是怎么走出房间的。

阮东廷还冷着脸站在那儿，秋霜已经像个好心的和事佬，半拉半推着恩静出了房间：“好啦，别再惹阿东生气，你也知道他那个性子……”直到走出房间一大段距离，快到电梯口了，她才笑吟吟地松开手，“看到了吧？不管怎么样，阿东都是站在我这边的。”

那张娇艳浓烈的脸，笑得多么无邪。

恩静脸上已说不清是什么表情，她不可思议地看着何秋霜，若不是事情荒唐，她简直要佩服这女子的演技：“为什么？”

这些年以来，阮太太的位子即使她坐着，可她、她、他皆知，这不过是个名存实亡的空壳——他爱的人是何秋霜，一直藏在心里的人也是何秋霜。地位已经如此稳定了，这女子到底为什么还要给她这个毫不重要的角色一个下马威呢？

“为什么？你想知道吗？”何秋霜的声音低了下来。瞬间，对话从粤语转换成只有彼此熟悉的闽南语，“从那天你不识相地到酒店给阿东送汤起我就觉得，很有必要帮你重新认清自己的位置。”她轻轻一笑，口吻几乎是温和的，越发靠近她，“歌女陈恩静，因为被阮东廷和何秋霜看中，带回香港打掩护，当了阮太太，穿了名牌，学了粤语，可她依旧只是个歌女！”

十个手指甲深深地嵌入掌心，恩静的眼眶里似有什么东西要溢出。看清楚了，才发现那不是泪，而是怒气。

她这个人，二十几年来都是一个软柿子，温温柔柔的，任人拿捏操纵。十几岁时被父母安排到渡轮上唱南音，二十几岁时被阮东廷看中，来当了这个名不副实的阮太太。

以至于何秋霜所说的这些话，她无法反驳——她竟无法反驳一句！

恩静转过身，大步走向电梯。

却很快又被何秋霜拉住：“你以为这就够了吗？”

“放开我！”

“很快就能放开你。”何秋霜的表情森冷。说完这一句，她突然抓住恩静的手就往自己脸上掴来——是的，她拉着恩静的手，掴到自己的脸上！

她竟拉着恩静的手，掌掴她自己！

看上去是多么滑稽可笑的场面，可阴谋的味道也迅速蹿入恩静的眼耳口鼻。很快，她就听到何秋霜一边将自己的脸掴得通红一边大叫：“啊——你这个女人！阿东、阿东你快出来！”

等阮东廷赶来，秋霜早已放开恩静的手：“快看看你的好太太，你看看！我不过是劝她两句，她竟然动手打我！”晶莹的泪珠簌簌落下，点缀着她美丽的面孔。

恩静一开始还是错愕的，可是只一瞬间，那阴谋瞬间就明朗了——蓦地，她笑了。

那厢何秋霜还在声色俱厉地表演：“你这个女人，我告诉你，你哥那边一分钱都别想拿到……”

嘲讽在恩静的脸上越扩越大，越扩越大。

已经不想再看到这个演技绝伦的疯子，她只看向阮东廷："不是你看到的那样，是她自己掌掴自己……"

"你以为她是傻子吗？还是你以为我才是傻子？"阮东廷的脸上已结了一层厚厚的霜。

不必查也不必问，他已经相信了她。

是谁说过爱就是无条件地信任啊。呵，说得真好！何秋霜不是傻子，阮东廷也不是傻子，她陈恩静才是傻子！傻得自投罗网来供这对相互信任的爱侣消遣娱乐，傻得竟还想在何秋霜面前向阮东廷索要公平！

已经无须再多说什么，恩静转过身，静静地按下电梯的按钮。

显示屏上的红色数字跳动变化着，1、2、3……她在遥远的三十八楼，电梯迟钝而缓慢，终于升到三十七楼时，她转过头来，平静地看向何秋霜："你好像忘了，酒店的每一层都有监控。"

何秋霜原本得意的脸一白。

恩静已走入电梯里。

十二月的风从车窗外冷冷地灌进来。很显然，他并没有去查监控，大抵是觉得没必要，于是至此，他的表情仍冷冽如这十二月里的风。

"阮先生，你先回去吧。"这是她的声音。

他沉默了。

"妈咪等久了，估计会生气的。"她推开车门，纤瘦娇小的背，着黑色晚礼服，戴着配套的精致首饰，融入夜色中。

"太太！太太！"阿忠在身后唤她，见她不回应，又将头探入车内："先生，太太她……"

"开车。"一个平缓没有起伏的声音响起，这是他的回应。

香港的夜璀璨得就像是永远也不必有天明。明明地处亚热带，可被灯光点亮的这座城，到了十二月也还是冷。恩静脚踩三寸高跟鞋，极细的鞋跟踩在地上发出颤巍巍的声响，一下，两下……她漫无目的地走了好久，终于在路过公园的小石椅时，腿一软，瘫坐下去。

究竟是怎么会走到这一步的？

“歌女陈恩静，因为被阮东廷和何秋霜看中，带回香港打掩护，当了阮太太，穿了名牌，学了粤语，可她依旧只是个歌女！”这一个难堪的中午，何秋霜如此一字一句。

而她无法反驳。

自那天在厦门的海边，他说“我可以给你更好的生活”，而她回“阮先生，我答应你”，此后年岁漫漫，她守着一个婚姻的空壳，人生再坏，也没有任何理由去反驳。

路是自己选的，谁说过的，就是跪，你也要跪着走下去。

公园另一处，竟回应般地响起喧闹的管弦乐器声，多么讽刺！她静心凝神听了好久，才发觉更讽刺的是，那方传来的悠悠唱声，竟是“一江秋，几番梦回”。

“一江秋，几番梦回，红豆暗抛，悲歌奏……”那是一九八七年的厦门，她曾在阮东廷身旁唱了一整夜的南音。

恩静永远也不会忘记，那个晚上，月色冷冷地斜穿过别墅庭院——曾厝垵这边有户富人家的公子过世了，招她来唱南音。满堂静寂的凄哀，越到深夜越是寂寥，只靠着她在一旁弹着琵琶唱着曲，哀哀作为遗孀孤冷的背景。

直到夜很深很沉之时，别墅的大门终于被人推开，高挺的男子风尘仆仆赶到灵堂里。

那时弹琵琶的女子正好唱到了“一江秋，几番梦回”，而他置若罔闻，亦不顾她见到他时满眼欣喜过后的呆滞，他只顾拉着遗孀的手，冷峻却不容置疑：“秋霜，阿陈临终前我答应过他，一定会找最好的医生，永远照顾你。”

弹琴女子的琵琶声断了一拍，却没有人在意。

弹琴女子呆呆地看着男人高挺的身姿，却没有人在意。

弹琴女子过了两三秒才重新拨起乐器来，还是没有人在意。

夜深知琴重，只衬得遗孀的声音更加孤独：“你妈不会同意的，而且我也不知自己还能活多久，你怎么可能一直陪着我，陪到我死了再去考虑终身大事吗？”

琴声悠悠，凄哀如同背景，唱南音的女子也只是个背景，只用来衬托阮、何二人可歌可泣的爱情。

那晚她在灵堂，听着男客人与遗孀谈了大半生的旧事：八年前，共同自剑桥毕业回国时，她因查出患尿毒症，被阮妈妈逼着离开他，嫁给了他的好友；八年后，她丧偶病重，尿毒症反复发作，他仍固执地想要照顾她——在这女子的生命逐渐走向消亡时。

那是一九八七年，落着雨的夜，整个灵堂里只有那对感人的男女和如背景般唱着南音的女子。

可没有想到的是，也就是在那一夜，背景女子的命运却全然改变了——阮妈妈出现了。是的，就是她如今的婆婆张秀玉——几乎就在阮东廷和何秋霜聊完旧事没多久，她就风尘仆仆地出现在灵堂里："阿东，这女人我是不会同意的，快跟我回去！"

可他怎会愿意就这样回去？一回去就代表了什么，后来恩静也从张秀玉口中得知：原来当时她老人家已经在香港为阮东廷安排了好几场相亲。

只是，他怎么可能同意呢？

也就是在那一瞬，那双冷淡的眼睛盯上了她，盯上了一看就知家庭情况并不好的她。

一分钟后，他朝着她走来，拉起她弹着琵琶的手："妈，是她，我想娶的不是秋霜，是她。"

命运更迭，原来不过是一瞬。

不过是男主角的母亲不喜欢女主角，不过是他阮东廷需要一个掩护，用一个不会发声的"妻子"和一段有名无实的婚姻，来实现他照顾那名女子的诺言。

天亮时，这个还来不及认识便说要娶她的男子带着她去到海边，走了好久，才开口："不好意思，请问小姐名姓？"

"耳东陈，恩静。"

"陈小姐，我有个不情之请，你可不可以嫁给我？"

是了，这就是求婚的全过程——她嫁给他，不是因为爱，而是因他的不情之请。

绵绵细雨还在下着，冰冷得如同男子有礼而生疏的问话。可他的问话并不只是有礼，还有着他惯有的不容置疑。

他说——

"陈小姐，我知道你家的情况不太好。"

"如果你需要，礼金多少都不是问题。"

"你的家人我也会打点好。"

……

那是一九八七年，他记忆中第一次见到她的场景。很多年后，当阮先生忆起最初相识的场景，脑中浮现的，总是那年女子听着他不像求婚的求婚词时，眼中慢慢生出的泪意。

而后她垂下头，安安静静地等他说完，才接话："我十四岁那年，曾幻想过一个浪漫的求婚仪式，因为那时有人对我说，等我成年了，就来娶我。"

风马牛不相及的话让阮东廷愣了愣。

"后来呢？他来了吗？"

"没有，他没来。"

怎么还会来？那个在她十四岁那年说过要来娶她的男子，那个曾让她误以为是认真的男子，事情一过便将她遗忘了，又怎么还会来呢？

后来再来的，已是八年之后现实中的人，在清晨冷冷的海边，对她说："嫁给我，你会有更好的生活。"

原来现实与记忆的差距如此之大，他再也不是十四岁那年在船上遇到的男子。

再也不是。

恩静的泪水突然滚出眼眶，止也止不住。她尴尬得忙用手揩去那些泪，可男子的手帕已经贴上她的脸颊，什么也没说，只是默默地擦拭着那滚烫的液体。

半晌，低沉的嗓音才溢出喉咙："别难过了，也许，他有什么重要的事。"

是啊，他还有更重要的事，他的人生里，始终都有更重要的事啊。

恩静的心一沉："阮先生，我也有个不情之请。"

"说说看。"

"你能不能……抱一抱我？"

替她擦拭着眼泪的大手一僵。

他怎么会知道这一抱之于陈恩静的意义？

到底他早已经忘了：关于他和她的初遇，怎么会是一九八七年阿陈过世的这一年？

一九七九年，她十四岁，头一回在豪华游轮上给人唱南音。而那晚，正是何秋霜与阿陈的婚礼。

是，何秋霜与阿陈。

爱人他嫁，新郎不是他。

而她，遇到了他。

即使后来大家都知道，何秋霜之所以会下嫁给阿陈，是因为查出自己患了尿毒症——听说那时的她惊慌失措，只想着如何才能不连累深爱的他，想着想着，再加上阮妈妈的威逼，最终，她嫁给了别人。

可彼时的阮东廷并不知情。

在那场游轮喜宴上，觥筹交错间，乐声哀凄婉转，明明是南音一贯的曲调，却被满船不懂南音的宾客批成了“丧乐”。而就在她因这“丧乐”遭到一席宾客投诉时，他朝她招了招手：“到我房间唱吧，小费双倍。”

众人眼中的暧昧如潮涌，何秋霜的眼里更像是能射出刀子，却阻止不了他将她带入房间。

只是进了房间后，他又不说话了，颀长的身躯只是伫立在窗口，一直沉默。

恩静站在他身后，无数次想开口，却又不忍打破这宁静。

许久后才听到他用生硬的普通话说：“马上要下雨了。”

话音甫落，甲板上就传来淅淅沥沥的雨声。

“你是厦门人？”他又问。

恩静轻声回答：“泉州人。”

“无妨，说的都是闽南话。”这下，颀长的身子终于转了过来，那张冷峻的脸直直地对向她，“听说在你们闽南话里，‘美’和‘水’同音？”

不知为什么，恩静突然有点紧张，不过她仍是点头：“是。”

“那‘你好美’怎么说？”

“是‘里雅水’。”

多奇怪的音啊！软软的，柔柔的，阮东廷学着她念了一遍。又念一遍，嘴角渐渐僵了起来：“没机会说给她听了。”

那是她这一生中第一次看到爱情的样子，罩在冷峻男子的身上。原来，连旁观者也会跟着心碎。

那一次，她在他的房里整整唱了一夜。他坐着，她站着，后来变成他和她都坐着。琴声悠悠，曲调哀哀，有时一曲终了，他会问：“累了吗？休息一会儿吧。”于是两个人便静静地坐着，坐到她觉得奇怪，开口：“继续吗，先生？”

“继续吧。”

窗外的雨，淅淅沥沥，下了又停，下了又停。

她拨动琴弦，凄婉的琴音绕着男子冷峻的脸。伴着雨，她悠悠地唱起：“悲欢离合总无情，一任阶前，点滴到天明……”

天明时再出阮东廷的房间，旁人看她的目光已然不同。那群狐朋狗友一见阮东廷便围了上来，口吻暧昧：“昨晚还尽兴吗？”

不怀好意的口气让恩静又惊慌又尴尬，还好阮东廷懒得理，扭头就要吩咐她离开时，目光一转，却瞥到一抹越走越近的红色身影。

一时间他换了表情，大手突然伸过来握住恩静的手，薄唇移到她的耳边：“他们问我尽不尽兴呢，你说我尽不尽兴？”

原来这样冷峻的人，在某种时刻，面部表情也能变得这么邪气。

恩静被握住的手整个灼烫了起来，刚要挣扎，又被阮东廷更紧地握住。

直到那抹红款款走到两个人身边，略带鄙夷地说：“阿东，你这是饥不择食吗？”

恩静挣扎的手一僵。

可阮东廷只是冷冷地勾了勾唇，深幽如海水的眼看似定在了恩静身上：“饥不择食？呵，这样漂亮的孩子，陈太太却用饥不择食来形容，是不是太过分了？”

何秋霜的脸几乎气到变形，完全没有别人家太太的自知：“阮东廷，你这是在报复我吗？”

阮东廷却像是听到了笑话：“陈太太，爱美之心，人皆有之。”

“人皆有之？呵，要真那么喜欢，你把她娶回去啊！”

“好啊。”这话一落音，所有人都愣住了。看着恩静一副像是受到惊吓的样子，阮东廷又调柔了嗓音：“可惜太小了，这样吧，等你成年了，我就来娶你。”

没有人会信这种话的，富家子弟和卖唱女？呵！

可那时她十四岁，自知卑微却仍对这个世界存有幻想。恩静睁大眼，瞪着这张本不应存在于她的世界的好看的脸，口吻是那么小心翼翼：“真的吗？”

握住她的那只手一僵，可很快，又传来他淡定的嗓音：“真的。”

可后来呢？

后来，游轮抵岸，欢闹散场，那个说要回来娶她的人，一转身便将承诺抛到了海水里——

“等你成年了，我就来娶你。”

“真的吗？”

“真的。”

那是一九七九年，厦门海上落雨的夜。

即使最终的最终，你真的前来，将我娶走，也未曾发觉这场命运的更迭。

公园的那端还在唱，一曲又一曲，等恩静察觉到那隐约的丝竹管乐竟近在咫尺，才发现自己不知何时，已移步至这方热闹的场地。

原来是圣诞节将至，义工们在给一群阿婆提前过年。声势挺浩大，更令人惊讶的是，配着悠悠琴弦声的不是粤式南音，而是正宗的泉州南音——

“古代铜镜如月轮，磨得光亮照乾坤，才子为获好缘分，不惜将镜击陷痕……”

直到这一刻，恩静的嘴角才勾起发自内心的温存的笑——是的，原来她还是记得的，这一字一句的《陈三五娘》，当歌女的那几年她不知唱过多少遍的南音：才子为获好缘分，不惜将镜击陷痕。无情荒地有情天，执帚为奴苦三年……

“无情荒地有情天……”她轻轻地跟着哼了起来。台上丝竹声悠扬婉转，一群阿婆听得醉了。

不知何时，她身边突然响起小女孩惊喜的声音：“原来姐姐也会唱，好好听啊！”

恩静低下头去，就看到一个混血小女孩，穿公主裙，绑公主辫，粉嫩的小脸上还嵌着一双蓝眼睛。

小姑娘这一嚷，全场的阿婆加义工，几十双眼睛竟齐刷刷地往恩静身上射来，就连台上那主唱也顿停了发音——然后，然后，再然后呢？

她原本是自嘲、忧郁、淡淡地哼着，这一刻却被几十双眼、几十张嘴鼓舞着上台唱一曲——

“靓女，给阿婆们唱一段啊！”

简直是哭笑不得啊！最后，竟连台上的主唱也走了下来：“来吧，靓女！”

这么近的距离下，恩静才发觉将一曲《陈三五娘》唱得如此委婉动人的男子，竟有着一张有个性的脸：剑眉刚毅，桃花眼含笑，薄唇一掀便有无数倜傥溢出来。

倜傥男子朝她伸出手：“懂得唱泉州南音，我估计你也是闽南人吧？正好，今晚聚在这儿的都是泉州那一带移民过来的阿婆。”

她错愕——这么多全是泉州人?

"是啊是啊,姐姐穿得好漂亮,要唱歌哦!"混血小女孩也使劲地拍掌鼓动。

十二月的天,晚来风疾,却抵不上众人灿烂的笑与热情。

恩静微微笑了——是的,何秋霜说得对,她原本就是歌女啊,唱南音的歌女。

可歌女又怎么样?一不偷二不抢,凭什么"谨记自己的出身"?有什么好谨记的?再说了,这曲《陈三五娘》也已经在阮先生面前唱过了!

是的,唱过了。那年在渡轮的房间里,只他与她二人时,她问他:"阮先生,你想听什么?"

"随便吧。"

"我们这儿有一首《陈三五娘》挺受欢迎。"

"唱的是什么?"

"爱情。"

他点头。

那是一九七九年,早被阮东廷遗忘了的,关于恩静与阮先生的初遇。

无情荒地有情天——船甲板上,雨声淅沥。

回到家时,婆婆的脸色已经铁青。可令恩静错愕的是,阮东廷竟还没去酒店,整个大厅静寂如死水,再不复方才公园里的温馨。

恩静一踏入餐厅,便有一份报纸"啪"地摔到她的面前。迎面而来的那一页上,男子正坐在房间的窗前和女子说着什么,言笑晏晏,笑脸温存。地点——阮氏酒店,38楼,12号房。是阮东廷与何秋霜。

恩静只觉得手指僵硬,有庞大的力量往自己的心脏狠狠地压来,碾碎……在快不能呼吸前,她听到婆婆震怒的声音:"全港今日最热门的消息!你这个阮太太是怎么当的?丈夫都跑到旧情人房里去了,你竟然还能晃荡到现在才回来!"

"哐!"

翡翠绿玉筷在大理石桌面上撞出清脆的声响,听得所有人一怔——

原来,是婆婆的筷子。

原来,晚餐还没结束。

看来是在等她。阮家上下,从秀玉到阮东廷最小的弟弟,一行四人,正襟危坐,脸上是各怀心事的复杂。

因为秀玉没再说话，晚辈们也都不敢出声。一派难熬的压抑中，还是阮东廷先开口：“妈咪，这件事和恩静无关……”

“你觉得现在有你说话的余地吗？”秀玉连看也没看他一眼，平日素来严厉的口吻此时更是添入了无数威严——是的，嫁进阮家这么久了，恩静从来也没见婆婆这么生气过。全场在她的这句话落下后，更是静得没有一点声音。恩静尴尬地站在那儿，所有人面对面，冷不防听到婆婆一声怒喝：“跪下！”

所有人都震惊了。

恩静愣了一下，一时间竟不敢相信婆婆是在命令自己。只是她含怒的目光正炯炯对着的——没错，就是她陈恩静！

“妈咪，错的是大哥，不是大嫂……”小弟俊宇也忍不住开口。

却被二女初云拦住：“闭嘴吧俊仔，否则等会儿妈咪连你也罚。”她无动于衷地拉了拉弟弟，那双眼细看下去，竟还有一丝幸灾乐祸，“妈咪说得对，大嫂都嫁过来多久了，竟连自己的丈夫都看不住。”

“二姐……”

“我说错了吗？要是她看得住大哥，秋霜姐哪能动不动就来我们酒店报到？现在好了，终于被媒体拍到了……”

秀玉却像是没听到两个孩子的声音，愤怒的双眼只定在恩静身上，直到这女子缓缓地弯下双膝——

就在她站着的那个地方，在餐桌和所有人的正对面，她缓缓弯下双膝。裸露的膝盖就要碰到地面时，终于，一股强大的力道拽住她的胳膊：“妈咪，事情是我引起的，要罚就罚我。”

是阮东廷。

直到这一刻，他才来到她身边，依旧是下午在维多利亚港时穿的那身黑色三件套，配着她的黑色小礼服，依旧如同璧人。

只是这里面的老老小小，关起门来，都知他们不同心。

阮东廷一将她拉起，大手便松开：“现在都什么年代了，妈咪也是读过书的人，怎么还来这一套？”

秀玉像是被他气到，霍地站起身：“不来这一套来哪一套？阮东廷，人是你娶回家的，结婚证书是政府盖过章的！可这几年来你都做了些什么？”当着另外一子一女的面，当着阮家上下十几号用人的面，秀玉手指着阮东廷，“结婚那晚你没在她房里过，新婚刚一周你就借口去内地出差，抛下她跑去厦门会那个女人！每逢艺术节、电影节、沙田跑马、圣诞节，那个女人就要住到我们酒店，你当我是死人吗？什么都看不到？啊？亏得我还一次又一次地去黄大仙庙给你求子求福，这么荒唐，大仙会保佑你才怪！”

全家上下都愣住了，这些年来，所有下人都在暗地里窃窃私语——

“这太太是摆设吧？”

“先生何时正眼看过她？”

“外面那个才是真的阮太太吧？”

可私语再盛，也没人敢光明正大这么抖出来，谁知道今天……

恩静的脸上已说不清是什么表情。所有人，怜悯的、鄙夷的、看好戏的目光，全“唰唰”地往她身上投来。只她身旁的这个男子，浑身散发着压抑的怒气——可是，他没看她。

就像从前那一千多个日子，就像所有人说的那样：他从来也没正眼看过她。

秀玉的声音还在继续：“是，你长大了，是大集团的执行董事，现在什么事都用不着再向我这个老太婆交代。可儿媳妇是我首肯的、是我一手调教出来的，她没管好你、没尽到做太太的责任，我就有权教训她！来人——”

用人在管家张嫂的带领下，齐刷刷地排成一列，就站在恩静身后。

“你们都把自己手头上的活跟太太交代清楚。从今晚到后天，这四十八小时内你们全部放假，家务全由太太来做！”

“怎么可能？”俊仔震惊地叫起来，“十几个人的事……”

“住嘴！”

“为什么要住嘴？明明不是大嫂的错！”俊仔毕竟年纪小，怒气也真实得说来就来，“大嫂都已经这么惨了，大哥和那个何秋霜偷偷约会，最难过的难道不是她吗？她对大哥那么好却得到这种回报！明明她都已经这么可怜了，为什么你们还要处罚她，为什么不去罚大哥……”

“不要说了，不要说了……”恩静连忙奔过去，捂住他的嘴。

全家上下，唯有俊仔知道那只捂住他嘴的手是怎样颤抖着，就像那副紧紧拥着他的柔软身躯一样，不停地颤抖着……

“歌女陈恩静，因为被阮东廷和何秋霜看中，带回香港打掩护，当了阮太太，穿了名牌，学了粤语，可她依旧只是个歌女！”中午何秋霜说的话仍言犹在耳——歌女陈恩静，阮陈恩静！

呵，真是虚名啊！现今大小报刊全唤她为“阮陈恩静”：恩静姓陈，夫家姓阮，故称“阮陈恩静”——香港至今仍未废除冠夫姓，谁说不是对太太们的一种认可？四个字将两个人紧紧牵连在一起，承认他们的关系，承认她的地位。可放到这一边，她和他之间呢？陈恩静与阮东廷之间呢？

也就这样了。

等也等过，盼也盼过，可到头来关上门，所有人都知道，她真正的面目，原来不过是歌女陈恩静罢了。

她紧紧捂着俊仔的嘴，用那只无法控制住颤抖的手：“妈咪，是我的错。”另一只手或许是有些不知所措，也只能紧紧地靠在俊仔背上，“我会做的，我接受惩罚！”

餐厅里仍然一片死寂。可是很显然，所有人都松了一口气。

秀玉就像是累了，一边让张嫂过来扶起她，一边朝阮东廷挥了挥手：“你不是说酒店还有事吗？去吧。”

四层楼的别墅一下子变得空空荡荡的，两个小时不到，用人们全部放下手头的事情，着便装离开了。

婆婆外出听歌剧去了，阮初云也约了朋友。出门前，她貌似不经意地将一件貂皮大衣扔到恩静面前：“这个也帮我拿去洗了。对了，你应该知道貂皮怎么洗吧？”

一旁的俊仔看不下去：“二姐你太过分了！大嫂她……”

“大嫂？大哥都没拿她当太太，你拿她当大嫂？”初云用无可救药的神情剜了一眼俊仔，就在这时，她的电话响起：“呀，是秋霜姐啊？我马上过去……”

原来她是约了何秋霜。

厨房里，满水池的碗筷。恩静撩起袖子，十二月的水冰凉入骨，大抵是太久没做过粗活，她竟忘了要先烧点热水来兑。

阮家是大户人家，虽然每晚餐桌上只见五个人吃饭，可永远是十菜两汤两甜点，这习俗从自家酒店推出扬名全港的“海陆十四味”后便一直秉承着。再加上用人们的碗筷，一顿饭下来，偌大的水池已堆得满满的。

可恩静才洗了两个碗，就听到旁边有人在搬热水壶：“大嫂，我看阿姨她们洗碗都是先加热水的，我也给你加点吧！”

原来是俊仔。十二岁的小朋友竟然就这么懂事了，搬着热水壶打算过来帮忙。倒是恩静有些惊慌：“不行不行！大嫂自己来就好了。”

“没关系啦，妈咪和二姐都出门了，我不来帮忙也很无聊啊！”

“可要是让妈咪知道了……”

俊仔朝她眨了眨眼：“放心吧，妈咪我最了解了，不会那么计较的。”

“可是……”

“哎呀，大嫂真是啰唆！”

恩静笑了，看这人小鬼大的家伙刻意装出不耐烦的神情。

嫁进阮家那么久了，婆婆严肃，初云娇纵，一行用人则全是看阮东廷的脸色办事的货。只有眼前这个小少年，好事坏事全会想到她这个大嫂。

俊仔像是看穿了她的心思：“大嫂别难过了，虽然妈咪看上去对你很严厉，可其实我觉得，她心里很喜欢你呢。”

恩静淡淡地笑了：“那俊仔呢？俊仔也喜欢大嫂吗？”

“当然啦！每次看到大哥那么浑蛋，我就巴不得自己可以快点长大，替大嫂揍他！”虽然事实是全家上下那么多大人，也没有一个敢真的跑去揍他的。

恩静被他的童言逗笑：“谢谢俊仔，其实大嫂也很喜欢你呢。”

“可大嫂更喜欢大哥吧？”

她一怔。

“不对不对，我应该说：大嫂‘最’喜欢的就是大哥了。”他特意加重了那个“最”字。

恩静一时间愣在了那里：“是吗？”也不知是问他，还是问自己。

可俊仔就当是在问他：“难道不是吗？我都有看到哦。”他神秘地眨眨眼，“大哥每次在书房加班到睡着，都是大嫂偷偷溜进去帮他把外套盖上的！”不过说到这里，小家伙又不开心了：“哼，讨厌的大哥，竟然一点也不知道！更过分的是，上次他胃痛你给他送养胃汤过去，那个何秋霜好不要脸，竟然……”

“俊仔。”最义愤填膺的话才刚要吐出来，厨房门口就传来低沉的嗓音。

俊仔吓了一大跳：“啊……”完蛋了！转过头去，竟真是阮东廷。

“大哥？”他心虚地叫了一声，小脑袋无意识地往恩静那边缩了缩。

这家伙！还说长大了要替她揍阮东廷呢，这不他才刚一出现，小朋友就怕了。

不过话又说回来，阮家上下谁不知阮东廷脸臭脾气差的?

恩静朝俊仔笑笑：“没关系的，俊仔，大哥没有生气。不过你先回房自己玩一会儿，好吗?”

阮东廷一直站在门口，看着小弟不放心地看看恩静，再看看他，那眼神怎么说呢——简直就像是怕他会兽性大发把恩静就地处理掉似的。

直到俊仔依依不舍地离开，他才踱步过来：“你怎么知道大哥没有生气?”不过没等恩静回答，他又兀自接了下去，“我竟然不知道你去书房给我盖过外套。”

原来他都听到了！那么那句“大嫂最喜欢的就是大哥”，俊仔那句无忌的童言，他也一定听到了?

恩静垂下头，有些不知所措地盯着手套上的泡泡。粉红色的塑胶手套不甚妥帖地套在她的手上，此时成了她目光的聚焦点。恩静两耳发烫，不知过了多久，才听到阮东廷说：“中午的事，是我误会你了。”

她的手一僵，片刻后再抬起头时，清秀的面容上却不见有多少惊喜：“你看过监控了?”

他点头：“是。”顿了一下，又说，“对不起。”

恩静的嘴角淡淡地浮起一道弧线：“没关系。”想了想，又说，“房间里没有监控，不过我还是想告诉你，我去何小姐那儿不是要钱，而是去还钱的——那三十万是她自己开支票给我哥的。”

他沉默了。

信吗?一旦信，不就说明他知道了何秋霜的蓄意欺骗?不就说明他今晚那句“十五年来秋霜从没骗过我”不过是一句荒唐的话?

可他什么也没说，沉默片刻后，只说：“秋霜那人就是有点大小姐脾气，其实也没有什么大的心眼。”

她垂下头，轻轻地笑了。

没心眼吗?

他不知道的是，那天她带着一罐养胃汤到了酒店，是何秋霜中途截下那罐汤，自己带进他的办公室，还对他说：“看，人家亲自熬的，弄了一上午呢！”

他也不知道，那天她陪他出席内地某富商的六十岁寿宴，是何秋霜在她敬酒时故意踩住她长礼服的裙角，害她整个人向前倾去，成为全场的笑柄。

他甚至不知道，那天她发着三十九度的高烧，在医院里打着点滴，是何秋霜声称自己尿毒症发作浑身酸痛，生生将他从医院催走。可后来酒店员工却告诉她，事实上何秋霜刚到铜锣湾血拼了一大袋裙子和包包，精神奕奕，战斗力不知有多强!

呵，男人眼中的“没心眼”，就是这么个概念吗?

不过这些她都不曾说过，不是怕生事，不过是不想自取其辱——你看，这世上真正的可悲，是名为“丈夫”的男子实为她人的“丈夫”，山无棱，天地合，未敢与伊绝；无论她犯了什么错，未敢与伊绝；尽管她伤害的是他的阮太太，依旧……未敢与伊绝。

她不会不懂，因为，她还有自尊。

“阮先生，我可以问你一个问题吗？”恩静垂下头，又开始洗起水池里的碗，口气似不经心。

“你说。”

“爱一个人，到底是什么感觉呢？”

他大概没想到她会问这个，听完后顿了一下。恩静没有抬头也没看他，许久后，才听到他低低的声音：“你想看她笑，想让她快乐，无论她犯再大的错，你都会原谅她。”

“你想看她笑，想让她快乐，无论她犯再大的错，你都会原谅她。”他说这话的时候，深邃的眼看的并不是她。可她轻声跟着这么念的时候，脑海里浮现的却是一九七九年的那晚，十四岁少女看着男子眼中巨大的悲怆。那时的她在想：怎么可以呢？这样好看的人，怎么可以这么难过?

那时她多么希望自己能够伸手拂一拂他眉间的褶皱，只不过这么小的一个动作，她从当年直至今日，走了长长十三载，却依旧徘徊在原地，遥遥无期。

是水池里的声响拉回了恩静的思绪，她回过神来，竟看到水池里多了一双手——古铜色的，比她的手大了好多的手!

“阮先生……”

“这么多碗让你一个人洗，我看等你洗完天也该亮了。”

“可也不应该是你……”

“阮太太都能动手，阮先生为什么不行呢？”他的声音依旧是冷淡的，明明是温暖的话，可这人就是有办法把它说得这么严肃。

不过话说回来，阮东廷洗碗的速度还真快。恩静还在左右为难中，一个碗磨磨蹭蹭洗半天，他已经解决了好几个。最后看不得她动作慢，他索性命令她：“去拿擦碗巾来，我来洗，你来擦。”

“可是……”

“嗯？”

“要不然……要不然还是我来洗吧？”

“啰唆，快去！”

全世界都知道阮先生的耐性有限，恩静只好站起身，四处寻找起擦碗巾来。可不知到底是找得太急还是对厨房太不熟悉，她一不小心踩到个什么东西，脚一崴：“啊——”

“怎么了？”阮东廷转过头，就见她整个人已经跌坐到地上，被崴到的那只脚迅速红肿起来。他简直哭笑不得，“你到底有没有脑子啊？竟然穿高跟鞋来洗碗！”

这女人竟然连下午那套礼服也没换，只将首饰解下，就匆匆赶来做这堆繁重到死的家务活！

他站起身，本来挺自然地就要过来扶她，可那双眼——就在来到恩静身旁时，那双眼却蓦地一黯：角度的问题，他竟看到离流理台不远处的墙角，有一个极小的黑色监控摄像头——正对着他们！

如果恩静没崴到脚，如果他没走过来，那么他永远也不可能发现这个摄像头。

又或许他应该说，如果他今晚没到这个厨房走一趟，如果今夜全程都只有恩静在这儿洗碗，或许明天某八卦杂志的头条上，将会是“阮太太被罚洗碗，阮先生风流彻夜不归”“夫妻感情破裂”“阮太太名存实亡”等荒唐又可笑的所谓“独家报道”。

只是，香港的娱乐事业何时竟繁盛到如此猖獗的程度了？直接登门装摄像头？

不，不——或许是，家有内贼？

“别洗了，先回房推一下药。”

“可是碗……”

“碗就在这儿，又不会自己跑掉。”

“可是……啊？”恩静睁大眼睛——

他、他竟然背对着她蹲了下来！然后，宽阔的背摆在她面前：“上来。”

这意思就是，他要背她上楼？这真是阮东廷会做的事吗？

可阮先生真的说了：“你的脚必须马上上药，快上来！”

大概是大老板命令下惯了，这么温情的话也能被他说得好似命令。

可恩静哪好意思：“我觉得……还是我自己……”

“啰唆！”

“哎……”

没等她把话说完，某人已经不耐烦地往后伸过手，精准地握住她的两条腿，一左一右送上了自己的背。

恩静吓了一跳。

此时她才想起自己还没有换衣服，穿的仍是下午的黑短裙。所以当他的手随意往后面一握，握住的，就是她大腿处一片柔嫩的肌肤。

巨大的尴尬朝恩静袭来：“阮先生……”

他也不知是怎么一回事，突然就有些不耐烦：“嚷什么？！”

恩静吓了一跳，眼看就要从他的背上往下滑去。

却被他眼明手快地握住：“见鬼！你就不能给我老实点吗？”

可是，可是——

她这下算是彻底呆住了——真是要疯了！他……他的手竟握到了她的……

“你……你的手……你快松手啊！”

她羞愧欲死！一拉一扯间，他的手竟又顺着大腿往上挪了一寸，指尖一不小心就抵到她的腿窝处！

我的天！瞬间，阮东廷也意识到自己碰到了什么，身躯迅速僵直起来。

可比他更僵的是他背上的女子：“阮……阮先生……”

“闭嘴！”

“可是你的手……”她紧张得都快哭出来了！那只手就抵在那儿，温暖的、明明没有暧昧气息的手，却让她尴尬得不知所措，“阮先生、阮先生……”

“闭嘴！”他又莫名其妙地凶了她一句，不过这回他终于移开了手，好像很自然地改握住她的小腿，“就你这二两肉，以为我会有兴趣？”

恩静更加羞愧欲死。

“抱好！再滑下去我就把你扔进洗碗池！”

这是什么威胁啊？简直要让旁观者笑死。

可她不是旁观者，她还没从方才那阵惊吓中回过神来，并且十分认真：“可是，洗碗池也太小了……”

“我的天！”

“怎么了？”

“你到底有没有脑子？”

“有啊……”

“装的都是垃圾吧？”

“什么意思？”

“蠢！”

一大一小，一凶一柔，两个声音渐渐从一楼厨房移至二楼。与此同时，也让刚听完歌剧回来、才踏入家门的秀玉错愕地愣在了原地。

不过很快，秀玉便收拾好错愕，倒退一步，两步，三步——退出大厅，关上大门。

她的嘴角勾起一抹满意的喜色。

这晚阮家难得的热闹，虽然用人都不在，可俊仔的身影仍奔波忙碌于一楼与二楼之间——

“俊仔，冰块！”

“俊仔，黄道益！”

“俊仔，热毛巾！”

胆敢这么不客气地使唤二少爷的还能有谁？大少爷是也。

在恩静房里，只见大少爷他一边浓眉紧皱盯着指导书，一边按着书上所讲，在恩静脚上做着“活络推拿”。他一脸严肃，严肃中还带着一贯的自信，所以当俊仔问：“大哥真的懂得怎么推吗？”大少爷不客气地刮了小朋友的鼻子一记：“我不懂你懂？”

俊仔立马闭嘴了。

不过他确实是不懂，双目严肃又认真地将恩静受伤的脚和书上的那一只比对了大半天，才酷着一张脸放弃书本：“我出去打个电话。”

等那身影一消失在房间，俊仔便跟恩静咬耳朵：“一定是去向吴医师求助了。”

恩静简直哭笑不得：“你哥之前没推过这个吗？”

“有啊！很久以前妈咪有一次崴到脚，他给妈咪推了一个晚上。”

“然后呢？”

“然后第二天，妈咪就住院了。”

果然，第二天用完餐后，秀玉便当机立断：“不行，恩静的脚必须让吴医师看看。”

吴医师在这一带是出了名的“高贵”——技高、费用贵，大伤小伤，但凡进了他的诊所，不花个上千块是出不来的。不过秀玉说：“算了，看在早餐的分上，这次的医疗费就归妈咪包了。”

这也就难怪明明用人们都不在，大家今儿还能吃到这么丰盛的早餐了。

今早一下楼，秀玉就看到餐桌上摆满了香喷喷的美味：一小壶咖啡、一小壶鲜橙汁、港式鸳鸯、叉烧包、肠粉，甚至……生滚螃蟹粥。

生滚螃蟹粥?

秀玉挑起一边的眉：这道稀罕菜品有多久未曾出现过了？自阮氏连锁酒店被东仔接手，自“海陆十四味”被撤离阮氏酒席，别说酒店的顾客，就连她这个正牌阮家人，也不曾再见过这喷香滚烫的煲粥。

秀玉疑惑着，无意间眼一抬，便看到楼梯上，她那酷儿子正抱着一脸红晕的恩静下楼来。

恩静的脚经过昨夜的“活络推拿”后，已经肿得老高。秀玉好像明白了这是怎么一回事：“我说谁这么一大早就献殷勤呢，原来是我们东仔啊，看来儿媳妇的脚昨晚是让你给推坏了吧？”她一边说，一边把手伸向那锅粥。原本只是想尝尝味道，谁知阮东廷将恩静抱到餐桌旁坐好后，竟开口道：“妈咪，粥是做给恩静的。”

“哦？这样啊？”言下之意就是：亲妈你有多远就闪多远咯?

“不是的妈咪，如果您喜欢……”恩静忙插话。

却被秀玉打断：“妈咪是喜欢，不过现在崴到脚、需要补钙的是恩静——东仔，妈咪说得没错吧？”

阮东廷还是酷得一本正经的：“是的，妈咪。”

秀玉的嘴角忍不住抽了抽。

真是难得，一向严厉的婆婆今天看上去心情特别好，是那种有某计划被实现了的舒畅感。

去往吴医师诊所的路上，恩静不着痕迹地观察了她半晌，才开口：“谢谢您，妈咪。”

彼时秀玉正闭着眼假寐，只淡淡地回答：“都说了是早餐的奖赏。”

“不，我是说……昨晚。”

婆婆这才睁开眼，从那双向来很有威严的眼仔细看进去，才发现是含着笑的：“不怪妈咪罚你吗？”

“妈咪是在帮我。”

真是难得，秀玉脸上的笑竟扩到了嘴角：“我一早就说你这孩子冰雪聪明。”

“所以我要感谢妈咪。”

是的，没有昨晚那场“下跪”“惩罚”的戏码，哪能有今早这一幕？婆婆的心天知地知，还好媳妇通透，也知晓了。

“你呀，赶紧把这点小聪明用到阿东身上吧。”

恩静沉默了——用到阮东廷身上？呵，太难了。即使她真如婆婆所言那般聪明，可爱情里哪需要这点微不足道的小聪明呢？

爱情来来去去，至复杂、至艰难，凭借的也不过是一颗心。

秀玉问她：“你觉得妈咪是个冷酷的人吗？”

恩静笑了，轻柔而温存：“才不呢，妈咪是个表面严肃、内心温柔的人。”

“可你爹地说，阿东的性子就和我一样。”

恩静愣了一下。

“只要你能够走进他的心。孩子，只要你能走进去。”她的话意味深长。

车子平稳前行，已过了不知多少个红绿灯，终于在一块写着“吴”字的门牌前停下。

秀玉推开车门，却突然想起什么：“对了，给你普及一个厨房知识——你今早喝的粥，光剔那些蟹壳和清洗，就需要一个半小时。”

吴医生诊所的病人寥寥无几，不知是因为时间早，还是因为收费贵，又或者兼而有之？

恩静和婆婆进门时，诊所里只一位病人在候诊。也巧了，竟是熟人，张秀玉一见那气质高雅的贵妇便唤道：“真巧啊，连太太！”

两个人热络了一番后，连太太才将注意力转移到恩静身上：“这一定就是Baron（伯伦）的太太吧？”只是连太太看恩静的眼神却仔细得有些奇怪，“咦，我怎么觉得这孩子好眼熟呢？我们是不是在哪儿见过？”

“我和阿东的婚礼您来参加了。”恩静微笑着回答。

阮、连两家是世交，虽然连家人长期居住在英国，可事业多数都在国内，阮东廷和恩静的婚礼这一家人也都来参加了。

“好像不是那次。”连太太偏头想了一会儿，估计是想不到，又回过头去和秀玉聊家长里短：“搬回香港后好不适应啊，城市乱糟糟的，不过还好，日光比伦敦充足了一百倍还不止……”

等恩静看完医生出来，这两位贵妇还坐在候诊的沙发上聊得热络。看到恩静出来，秀玉站起身：“医生怎么说？”

“说是再来推两次、换个药就好了。”

“那就好。”秀玉看了一眼腕表，“午饭时间也差不多到了，我刚约了你aunty（阿姨）一起去吃饭。”

秀玉约连太太，连太太则早已约了她儿子，故一行人热热闹闹地决定在上环碰头。途中连太太又看了恩静好几回，总觉得眼熟，直到她儿子抵达约好的餐厅，连太太才拍手道：“我总算想起来了！Cave（楷夫）你看，恩静是不是昨晚和你一起做公益的那位靓女啊？”

叫“Cave”的就是连太太的儿子，一位长身玉立、丰神俊逸的男子——只是，为什么看着总觉得眼熟呢？尤其是那对剑眉和一双含笑的桃花眼……

可Cave已经认出了她：“Hi（你好），又碰面了！”

“你们认识？”秀玉有些吃惊。

恩静其实也挺吃惊的，可Cave说：“何止认识啊？昨晚我们还一块唱了一整首《陈三五娘》呢。”

天哪，是他！

昨晚给阿婆们做公益时，台上那名倜傥的主唱！

也难怪她一时间没有认出他来，昨晚他着一身浅灰色的长马褂，若是不近看，不认识他的人只会觉得那主唱长身玉立，应该是个温润的美男子。可这会儿他脱去马褂，一套合时又合身的手工西服很好地烘托出他的俊逸倜傥——这等级，何止是“温润美男”能形容的?

“我就说恩静看着眼熟嘛，果然是她！今早我才在报纸上看过她呢。”连太太亲热地给Cave倒了杯茶，“不过还是本人好看，难怪我一时想不起来。”

“报纸？”

“你们昨晚做公益的事情上报纸了，你不知道吗？那报上还说啊，女主唱唱得特别好，而且唱的是正宗的泉州南音，一点也不输给专业演员呢！”

虽是赞扬，可恩静却在这句赞扬下变了脸色。那方连太太还无知无觉，她已下意识地瞥向婆婆。就见秀玉正挑起眉，一副若有所思的样子。

又上报纸了——继阮先生在何秋霜房里的照片曝光后，阮家又有事上了报纸。报道不轻不重，只说“女主唱唱得好”，可接下去若有人像连太太这样认出她、知道她会唱南音，进而再挖出那一段过去，那阮家真正的丑闻……

这个想法刚从脑海里掠过，恩静已惊出了一身冷汗。

一桌子美食瞬间全失去了吸引力，她心神不宁地吃了几口菜，便借口要去洗手间，拄着拐杖移到远处隐蔽的座位上，从包包里拿出自己那部硕大的摩托罗拉手机：“阿忠，麻烦你到书店去，帮我把今天的报纸各买一份回来。”

挂断电话时，她依旧柳眉轻拧，完全没注意到对面的座位已被一个颀长的身躯占领。直到来人调侃出声：“很紧张？”

恩静这才吓了一跳：“连先生？”

“叫我‘Cave’。”没错，正是刚刚的Cave。只见那双桃花眼随性地一弯，就有数不尽的倜傥溢出来。

呵，这样的男子，真不知要迷倒全香港多少女性。

恩静当然知道他不是来和自己讨论名字的。果然，很快Cave又开口：“其实你也不用太紧张，到目前为止，这只是一则没有倾向的小报道。”

看来方才自己的情绪已悉数落入他的眼底，恩静不想多生事：“谢谢连先生关心。”

“都说了叫我‘Cave’，这么见外做什么？”

她只是笑笑。

“关于这则报道呢，如果被人继续追究下去，下一个标题我想就会是‘阮太太陈恩静为做公益唱南音’。”他毫无难度地戳穿她的顾虑。果然，话音一落，他便见恩静秀眉轻拢，于是挺满意地笑弯了那双桃花眼，“其实这标题里有两个重点，你看出来了吗？”

“两个？”

“对，两个。”

恩静原本还没想这么多，不过她是何等通透之人，经Cave一点拨，也就反应过来：“一是公益，二是南音。”

“不错嘛，挺聪明。”Cave悠闲地往后一靠，“公众是被操控的，媒体是可操控的，所以到时候众人的目光到底是要集中在公益还是南音上，就看你怎么操作了。”

“即使可操控，媒体那边我也不熟……”

“我熟啊。”

恩静一怔。

那双桃花眼已邪邪地漾开了笑。他慢条斯理地俯身上前，直到薄唇离她足够近，才低低地、一字一顿地说：“我，可以帮你。”

“为什么？”

“如果我说因为我高兴，你会信吗？”

恩静没回答，只是静静地看着他。

这并不是一件太简单的事，至少在她看来，对于非娱乐行业的人来说是这样。

隔着一张餐桌的距离，她看着这男子的桃花眼里染着复杂的意图，虽然英俊，可更危险——很显然，恩静不信。

Cave笑了，挺愉快的样子：“我是做餐饮的，这你应该知道吧？”

“嗯。”刚刚婆婆已经介绍过了，虽然连家人长期居住在海外，可连氏在香港却几乎承包了大半餐饮业：中餐厅、西餐厅、茶餐厅，甚至就连阮氏也有两家连锁酒店的早茶厅被他们承包了去。

Cave说：“我的饭店里还缺一名真正懂南音的人。”

恩静微微变了脸色——他的意思是，让她上他的饭店去唱南音？简直荒唐！不过表面上她只是矜持而有礼地回答：“抱歉，恐怕我不适合。”

“会吗？”

恩静不语。

“其实我倒觉得很适合呢，毕竟我所认识的恩静小姐，曾在游轮上唱了八年的南音，不是吗？”

他怎么会知道？！

“别紧张。”看她突然间一副如临大敌的样子，Cave挺愉快地笑了，“当年何秋霜下嫁给阿陈，Baron包下了你驻唱的那艘游轮，还记得吧？”他轻笑：“在剑桥留学时我们都是同学，所以那晚我也在船上。”

“一九七九年？”

“是吗？我算算，”他掐了掐手指，“对，一九七九年。”

你看，际遇多么可笑——自始至终她的丈夫都只记得一九八七年在阿陈的灵堂里见过她，而今碰到了另一位，才经由他之口，证实了那场更早的相遇。

恩静垂下头，顺势掩去眼底的自嘲：“对不起连先生，我是不会去的。”

“是吗？”Cave装出一副惋惜的样子，“可怎么办呢，我已经决定要帮你了。”

“你……”

“嘘——”一根长手指冷不防就点到恩静的红唇上，惊得她羞恼地往后一退，他才满意道，“别急着说‘不’。要知道我Cave出面，恐怕全港名媛里还找不出第二个舍得拒绝的。”

简直放肆又自大！恩静霍地站起身，也不管自己的腿还受伤包扎着：“抱歉连先生，我不是你那些莫名其妙的名媛，我是阮太太！”

“哦？阮……太太？”他玩味地笑。

那神情简直让人忍无可忍！

就在恩静撑起拐杖越过他时，这个讨厌的人又开口了：“刚刚在阮氏吃早茶遇到Baron，我还以为他身边的那位才是阮太太呢，真是对不住啊。”

陈恩静一怔。

一秒钟过后，耳边又响起拐杖点地的声音，余下倜傥得近乎妖孽的男子勾起嘴唇：“果然是秀外慧中啊。呵，有趣！”

第　二　曲

似此星辰非昨夜

“后悔吗？”
“什么？”
“嫁给我，
你后悔了吗？”

他绝不是个善茬，即使是善茬，也绝对是个难缠的善茬——她是说Cave，连楷夫。

回到座位时，两位贵妇的话题已由珠宝转到了酒店经营。恩静刚坐下，就听到婆婆说："我们东仔也算是努力了，一大早就赶到酒店，说是去处理昨晚没处理完的事。"

昨晚没处理完的事，就是陪何秋霜吃早茶吗？

也许吧，她早该料到的，即使知道那三十万的事，即使知道何秋霜骗了他，可那又怎样呢？

尾随其后的连楷夫也开了口："可不是嘛，我刚去阮氏吃早茶时也碰到他了。"一双桃花眼似笑非笑地瞟过恩静，像是在说着什么。

一整顿中餐，她都食不知味。

饭后婆婆又和连太太约了一起听歌剧，可恩静已经没心情奉陪了。她让阿忠载她去附近的超市，林林总总挑了些妈咪和阮先生喜欢的菜，提回家准备做晚餐。谁知竟在厨房里遇到了阮东廷。

他似乎也才刚回来，脱下了平日的黑色西装，高高大大的男子，穿着黑色家居服，米白色围裙，米白色棉拖鞋，再配上一身纯天然的古铜色肌肤——怎么有人就连下厨都能这么好看？

"你这种眼神是不是在告诉我，在阮太太看来，阮先生有时也是挺有魅力的？"淡淡的嗓音传过来，他却连头也没抬，让人分不清是调侃还是什么。

恩静微微赧颜，有些突兀地咳嗽了两声："今天怎么这么早？"

“用人不是都放假了吗？我看你的情况也不方便下厨，所以就提早下班了。”他一边说着，黑眸下意识地瞥过她被缠上了厚厚白纱布的脚。

这么说，他是特意回来帮自己做晚餐的？

恩静十分错愕，只见他脱下一次性手套，到旁边挪了张凳子。恩静还没反应过来，就见他已经朝着自己走过来，双臂一伸，整个抱起她。

“阮先生？”

拐杖孤单地在原地倒下，下一秒，她已安安稳稳地坐落到凳子上：“晚上吃日本料理，你就坐在这儿负责帮我切寿司吧。”

可直到话音落下许久，她也没有任何行动。

直到他冷凝的眼抬起：“怎么了？”

恩静这才迅速戴上一次性手套：“没什么。”

中午连楷夫的话再一次闯入她的脑海——“刚刚在阮氏吃早茶遇到Baron，我还以为他身边的那位才是阮太太呢。”

可她是怎么回事啊？这夫妻关系有多么名不副实，不是一开始就说清楚了吗？为什么只因为旁人的一声“阮太太”，她就会莫名其妙地心塞，甚至连唱南音上报的事也突然感觉没那么紧迫了？

“你有心事？”终于，阮东廷搁下了正在切三文鱼的刀，转过头看着她。

恩静忙扯出一抹笑：“没有啊！”

就像是要验证自己真的没事一样，她麻利地将寿司切成厚薄均匀的小片，又麻利地将它们在碟子上摆出一个完美的形状。

一旁的阮东廷还在看她，冷不防开口：“拿一块我试试。”

她甚至连筷子也忘了用，就信手拈起一块送到他嘴边。大眼随着这个动作自然而然地对上了他，终于，那双眼里复杂的情绪悉数落入他的眼里。

“你有事瞒着我。”原来这才是他的目的。

恩静垂下头，顿了片刻，才说：“连楷夫今天去了酒店。”

“然后？”

“然后，他看到你和何小姐在一起。我是觉得……”她有些犹豫地咬了咬唇，才又说，“最近狗仔队跟得那么紧，你们要不要……小心一点？”

一绺发丝顺着她细瘦的脸颊滑了下来，挡住了他的目光。

可阮东廷并没有因此而转移视线，他还是盯着她，盯着那从发丝空隙间透出来的眼鼻。许久后，他伸出手，替她将滑下来的发丝拨回耳后：“只是这样吗？”

“嗯。”

“可为什么……你看上去这么难过？”这话没说完，他已经手一用力，扳过她的脸，“告诉我，刚刚发生了什么？就在你们吃饭的餐厅里。”

“啊？”

“老实告诉我。”他欺身向前，两个人的距离突然近得足以让她闻得到他腮边淡淡的剃须水味。

恩静的心跳得好快：“阮先生……”

可话未说完就被打断，这张英俊的脸逼下来，毫无预兆地、令人吃惊地、莫名其妙地，他的鼻尖贴上了她的鼻尖。

歌剧里、电视剧里、爱情电影里，所有男人的唇在覆上女人的唇之前，都是这样的动作、这样的神情吧——他突然靠近她的身子，他突然捧住她的脸，他英俊的面孔突然朝她移下来——

“再不老实交代，你会后悔宁愿今天没在厨房出现过。”

声音轻柔、低哑，眼里——冷芒如箭！

陈恩静怔住。

不是她所想象的那样，完全不是。他只是用一种温存的表象包裹着内里的锐利和森冷，而那份冷，不偏不倚，指向的正是她！

“你看上去就像是要哭出来了，”阮东廷的鼻抵着她的，“真的想让我来说吗？”

一张照片不知从哪儿冒出来，伴着他陡然冷冽的声音，摊开到她瞪大的眼瞳前。

那是连楷夫，还有她！就在中午吃饭的餐厅里，就是那最亲密的一幕——那姓连的将手探到她的唇上……

“你找人跟踪我？”很快，恩静便反应过来。

难怪他今天会这么莫名其妙呢，原来，原来是因为这个！

阮东廷冷嗤：“不是跟踪，是保护。要不是最近事端太多而你又伤了脚，我何必这么做？这下倒好，竟让人拍到了这个。”他口吻淡淡的。

她却紧张起来：“不是的，你误会了！会有这种场面只是……”

“不必解释，我没兴趣听这个。”阮东廷却打断了她，为了在摄像头面前维持夫妻恩爱的样子，整个人还那么近地贴在恩静身上，“不过看在夫妻一场的分上，我还是给你个忠告——那种花花公子，你最好给我离他远一点。”

“阮先生……”

“你大概还不知道吧？”他口气低沉，“那家伙最大的爱好就是跟我抢同一个女人。初到英国时，我们不知道一起追过多少金发妞。而你，如果斗胆顶着阮太太的名头成为下一个类似的角色，又在这个关头被媒体抓包……”

电光石火只一瞬，渐冷的眸光变得彻底冷硬。

“我没有！”

他薄凉的嘴角微勾，说完了那句被她打断的话：“我，绝对不会放过你。”

语毕，高大的身躯离开。令人心惊的是，他的嘴角甚至还是挂着笑的。

从头到尾，监控器里的他从容、优雅，与她亲密得宛如每一对热恋中的爱侣。

而那监控器也尽职而沉默地立在那儿，很完美地记录下阮先生阮太太刚刚“亲密调情”的信息。

就是这样了，在结婚那么久之后，在她与他的关系似乎有了些许进展之时，一切，又回到了原点。

似此星辰，却非昨夜。明明是同样的面孔、同样的人，却已经没了昨夜的温存。

两天的惩罚过后，恩静再也没有踏进过厨房。

那监控器大概是没拍到什么有价值的画面，所以日子一天天过去，也不见有八卦杂志爆出什么“阮家内幕”来。

敌不动，我不动，基于这个原则，恩静和阮东廷极有默契地未向任何人提起他们发现监控器的事。

只是默契归默契，自那两天结束后，他们又恢复到“相敬如冰”的状态。

不，什么叫“相敬如冰”？他们现在简直比“相敬如冰”还要“冰”——自那次争执以后，阮东廷再没跟她说过话，每回碰面也都冷着一张脸，而她则垂着头，默不作声地走过。

日子冷寂如斯，仿佛永远也不会有尽头。而她也渐渐再一次习惯了在外顶着阮太太之名，关起门来两个人却形同陌路的日子。

直到她的生日前夕——

在晚餐桌上，当阮家上下全都在场时，阮先生突然对恩静说："今年的生日提前一天过吧。"

可能是太久没听到他跟自己说话了吧，恩静一时间竟有些反应不过来。

倒是秀玉先开口："怎么了？好端端的干吗提前过生日？"

"广州新开的酒店出了点问题，我得提早过去处理。"

于是事情便这么拍板定下了。

其实恩静也没异议。既然提前一天，她便提前一天去订蛋糕、挑菜色、选娱乐节目。妈咪最喜欢音乐，所以家里无论谁过生日，吃饱喝足后，一家人总要出去看歌剧听乐曲，不过今年恩静却说："不出去了，妈咪，我要给你一个惊喜。"

于是接下来的两天，她总是神出鬼没。秀玉让俊仔偷偷去探了底细，才知原来这好媳妇为了能在生日那天给她唱一段南音，天天窝在房间练搁置了好久的音乐。

可事实上，当一切准备就绪，生日宴那天真正到来时，阮东廷却缺席了——

"酒店临时有些事，恩静，今晚我就不回去了。"毫无愧疚感的通知从电话那端传来，就在众人全都集中到大厅等着先生回来陪太太吹蜡烛的时候。

恩静默默地挂断电话。

"怎么了？"

"阮先……阿东说，他有事，不回来了。"

秀玉挑起眉，俊仔张大嘴，一家子用人瞬间全都面面相觑。

只有初云从喉间溢出一句冷哼："可怜哟，白忙活了好几天！"

"二姐！"俊仔瞪她。

"干吗？我说错了吗？"

没，她当然没说错，估计用人们心中此时也是同样的感慨，只不过是在心里暗忖着，没像她这么说出来罢了。

"其实呢，也不是想象不到的，秋霜姐姐现在都还住在酒店呢，大哥怎么可能回来陪这么个名不副实的太太过生日……"

"够了！"这下连秀玉也听不下去了，威严的目光和俊仔的怒气一同抛了过去，阮初云这才讷讷地闭了嘴。只是她的眼睛瞥过恩静时，依旧透出不以为意的目光。

原本好好的生日宴就在这种氛围下静静地开始，惨淡地结束。半个小时还不到，秀玉就称头痛：“恩静，你去吴医师那儿给我拿一剂阿司匹林。”

依旧是阿忠开车，可这晚的路线却令恩静十分疑惑——去吴医师那儿哪是往这边走啊？这条路分明就是通往阮氏的嘛！

没错，阿忠最后的确是在阮氏门口停了车：“太太，其实，今晚有一个惊喜。”

“什么？”

阿忠却不说话了，只是带了一脸神秘的笑，领着恩静走进酒店——三十八楼，01号房，阿忠拿门卡刷开房门：“太太，进去吧，阮先生在里面等你。”

恩静震惊了！

房内竟是浪漫的烛光与蛋糕，有人关了房间的灯，只有放蛋糕的那张桌上，一盏小小的台灯朦胧地亮着，暖了这一室。

明明一小时之前——不，不，明明一小时二十五分钟之前，那个冷淡又毫无愧疚感的声音告诉她“酒店临时有事”，明明他用最冷淡也最无愧疚感的声音忽略了她今晚过生日的事实。可此时此刻，那个声音的拥有者就站在桌前，在蛋糕面前，听到脚步声后，回过头来——

“过来。”他朝她招招手。

这演的又是哪一出啊？

恩静没有过去，只是愣怔地站在那儿，看着两米开外的高大身躯，看着他不紧不慢地往杯子里注入酒，看着他如同世界上最伟大的导演，一手操持着这莫名其妙的剧情：“从酒窖里挑了这支干红，来尝尝，我亲手酿的。”

阮家的地下酒窖里多是阮先生亲手酿制的美酒，她虽鲜少去酒窖，却也知他酿酒的功力一流。

可这不是重点，重点是：“为什么？”

这灯光暧昧，美酒加蛋糕，俨然一派精心准备的生日礼物——为什么？

“你生日，不是吗？”阮东廷栓上了酒塞。

“可你不是说今晚有事……”

“是有事。”

恩静顿了一下。

“准备这些不算是事吗？”

她竟一时之间不知该如何回应——他的意思是，今晚之所以不回家，就是为了留在酒店里准备这些吗?

可她和他之间不应该是这样的啊！结婚那么久，关系永远只停留在表面化的“阮先生阮太太”，再加上之前在厨房里的争执，他们都已经好久没说过话了吧？怎么突然间……

这厢她还满脑子疑问，那厢他已抬手，看了一眼腕表：“再过一分钟就是十二点了，来，过来许愿。”

微醺的酒香荡漾在周遭，蛋糕上只简单地燃了一支蜡烛，在蜡烛燃烧到三分之二时，恩静才走过去。

男人就在她身后，一只手端着一杯酒。

在他的目光示意下，她有些羞赧地一边扣起十指，一边同他说：“按我们泉州的习俗，前两个愿望都是要说出来的。”

“我知道。”他点头。

她这才闭上眼睛：“第一，愿妈咪和我的父母身体健康；第二，愿俊仔快乐成长。”

第三个愿望，她留在了心中。

阮东廷却在她许完愿后问：“没有祝福初云，可以理解为她对你不好，那……没有祝福我呢？”

“啊？”她愣了一下，随即反应过来阮东廷的意思。也不知他是不是在开玩笑——反正这厮开不开玩笑都是这副面瘫样，恩静就当他是在说笑，所以也半开玩笑似的说，“你怎么知道第三个愿望不是祝福你呢？”

“是吗？”

是吗?

是，她不想骗自己，那第三个愿望，是“夫妻和睦，到白头”。

可是，要怎么回答他呢?

有些事她真的永远也说不出口，就像那年新婚，和妈咪一同到黄大仙庙祈拜时，她对着大仙许愿：“是否可以让他真心地接纳我？”两个多月后，他赴北京出差，妈咪硬要她陪同。在他忙着见客户的某个午后，她一人去了云居寺，对着送子观音诚心祈祷：“虽然求子还太早，可是否能让我们如所有正常夫妇那样，对生儿育女抱有期盼？”次年正月初二回娘家，在关帝庙里，诸神面前，她一遍又一遍地问：“是否有一天，他可以如爱何秋霜一样爱上我？”

一次又一次，从南到北，从北到南，神是否听到了她的请求？

不，或许祈祷者太多，神太忙，听不到她卑微的请求，所以直到这一日，她连一个“夫妻和睦”的愿望，都不好意思当着他的面说出口。

一阵急切的敲门声打破了这突然而来的沉默。

“应该是送牛排的。”阮东廷搁下酒杯。

谁知开门的声音刚响起，完全没有预兆的，恩静就听到一个惊天动地的尖叫声：“你果然在这儿！”

竟是何秋霜！

她迅速转过身，就看到那个怎么也不应该在此刻出现的女人怒气冲冲地闯进来，浑身怒火随着她疾驰的脚步一起来到恩静面前——

“啪！”

“何秋霜！”随即一个暴怒的声音响起，是阮东廷的。

恩静僵在了原地。

痛，火辣辣的，自脸颊那个巴掌印传来。

恩静反应了好久，才想起来要用手捂住自己的脸——是的，就在刚刚，半分钟前，她被这女人甩了一巴掌。她堂堂阮太太和自己的丈夫在酒店过个生日，竟然被个外人给甩了巴掌！

阮东廷的火气比她先行蹿起，一把拽过那个女人：“何秋霜，你疯了吗？”

“是，我是疯了！我是疯了才会让你这样对我！放着厦门一大堆事不做跑来找你，一待就是两三个月，你真以为我那么闲吗？别忘了，你开酒店，我们家也开酒店！你忙我也忙！可现在呢？我都在这儿住了这么久了，你天天都说忙，那么久也不来找我一次，不是说酒店有好多事要做吗？不是……”

“够了！”他的怒火却一点也没因这些话而平息，“给我道歉！”

“我……”

“马上道歉！”

提高的音量和阴鸷的脸，逼红了何秋霜盛满恨意的眼。

可阮东廷的黑脸是她从来也没见过的恐怖。看恩静死死捂着被掴红的脸，他放开何秋霜，转而拉住恩静的手：“别捂着，让我看看！”一对浓眉锁得死紧，尤其在看到她脸上的红肿时，他眼中的熊熊怒火燃得更旺：“何秋霜，如果下一秒你不给我道歉，就马上收拾行李滚回你的厦门！”

秋霜的心一惊！看阮东廷一点也不像是开玩笑的意思，才终于转过头来，极不情愿地咕哝一声：“对不起。”

“说大声点！”

“对！不！起！够了吧？”

够了吗？莫名其妙闯进来甩人一巴掌，一句“对不起”真的够了吗？

可她看上去却像是受了天大的委屈，那句“够了吧”说出来后，豆大的泪珠便簌簌滚落。

阮东廷原本还黑着一张脸，可看到那张梨花带雨的面孔，声音里的冷意也稍稍退了些：“够了！做错事的人还有脸哭？”

“为什么没脸哭？阿东，是你自己说过会照顾我一辈子……”

那年厦门凄冷的午夜，阿陈的灵前，是他风尘仆仆地赶到，对她说：“秋霜，阿陈临终前我答应过他，一定会找最好的医生，永远照顾你。”

原来事隔那么久，谁也没有忘记。她、他、她，都没有忘记。

“你知道吗，全厦门的人都在笑我不知廉耻，明知你结了婚了还天天往你这里跑，我们何家在内地也是有头有脸的啊……”号啕渐渐变成嘤嘤的哭泣，渐渐击中这男子冷硬心肠的最柔软处。

然后呢？

再然后呢？

这个她名义上的丈夫——实质上的陌生人，只见他低叹一声：“好了，别哭了。”

是谁说过会哭的孩子有糖吃？你看，事实确实如此。

站在这一双男女的身旁，她突然不知自己的双手该往哪里放——不，不，不该再捂着还隐隐作痛的脸颊了，再捂下去就显得矫情了。

可是，可是，何止是这双手啊？她整个人，就仿佛是凭空而降的尴尬之物，生生赖在这儿，当着不合时宜的电灯泡。

看来不是秋霜该出去，而是她，是她陈恩静——该出去了。

轻轻的开关门声再度响起，被何秋霜的号啕盖过去。恩静离开了01号房，走廊深幽仄长，她走了许久才拐到电梯口按下按键，看着老式电梯缓缓升上来。

还记得阮先生刚接手阮氏时，妈咪问电梯要不要换成新式的，他说不，他喜欢维多利亚时代的东西，他喜欢旧式风情。除此之外，酒店的装修全换：他喜欢欧陆风，他喜欢早茶厅的天花板上有硬朗的线条，他喜欢酒店的后花园里有大片芬芳的紫罗兰——原来他所有喜欢的，她都记得。

电梯缓缓上升，至三十八层，打开，从里头走出一名戴软帽和墨镜的男子。

恩静原没有多想，只是在目光触及男子那硕大的、没有任何名牌标识的黑色背包时，她突然间一个激灵：三十八楼全为总统套房，可这男人的样子，怎么看也不像是目标客户群啊！

脑海中同时浮现过一幕幕影像：01号房间，昏暗的灯光，蛋糕与红酒，以及……她与他之间并没有那么好的关系。电光石火只一瞬，恩静已从方才的自怜里抽身出来，她按下楼层键，迅速来到保安室："帮我调出三十八楼的所有监控，马上！"

保安一见是阮太太，哪敢不马上？视频调出来后，恩静很快便找到了那个墨镜男：就在走廊最尾端，01号房间的门外。那个人踌躇踱步，似在深思，许久后才拐了个弯走到对面。

"这是哪儿？"她指着墨镜男走进去的地方问保安。

"是公用洗手间，太太。"

"从这儿进得了01号房吗？"

"怎么可能？一个东一个西……"保安说，可突然又想到了什么，"不对不对，有一个办法，公用洗手间的窗外有个小平台，从那里爬过去，可以通到01号房附带的阳台外！"

"大概要爬多久？"

"很难爬的，正常人估计得二十分钟吧。"

"很好，今晚的事请你帮我保密，明天阮先生会升你的职。"恩静说着，也顾不得小保安为那句"升职"表现得有多兴奋，便迅速离开了保安室。

五分钟不到，三十八楼01号房又响起了门铃声。

室内依旧有嘤嘤的哭声在延续，阮东廷一开门，恩静便走了进去，也不管何秋霜泪眼未干怒意未平，开口说："何小姐，现在有些急事，请你先离开吧。"

"你说什么？"秋霜简直不敢相信自己听到的话，"陈恩静，你再说一遍！你刚刚说什么？"

恩静没有接话，只是静静地看着她。

“阿东都没说话，你凭什么敢……”

“凭结婚证书上填的是我的名字。”她看了一眼腕表，没时间让这个女人继续待下去了，她直接面向阮东廷。

一旁的何秋霜还处在盛怒中：“你这女人，敢情真忘了自己能嫁给阿东是因为什么吗？你……你……”

她只看着阮东廷：“你等的人大概再过十五分钟到。”

不知为什么，这男子竟从头到尾都没开口，只是定定地看着她。

直到这句话落下，他才挑眉，感觉有些意外的样子：“你怎么知道？”

“监控。”

他转过头：“秋霜，你该回去了。”其实原本也没打算让她久留的，方才留她在这儿哭，不过是不想把事情闹大，影响后续事宜罢了。

可秋霜还不愿意善了：“可是我……”

“回去！”

他的脸又拉了下来，这一回，秋霜的气焰再盛也只能自行收敛：“好吧，那……那你有空了记得来看我啊！”

见阮东廷没说什么，于是她恨恨地瞪了恩静一眼，便开门离开了。

房间里瞬间安静下来。灯光依旧昏暗，红酒加蛋糕，蜡烛立于一旁，这样的温馨平和，就仿佛刚刚那段插曲根本不曾发生过。

“还好你回来了，否则再打电话找你，可能就要误事了。”阮东廷看着她，“刚刚……很抱歉。”

恩静不知该怎么回应，只是笑笑，走过去拉开窗帘时，又听到他问：“还痛吗？”

她轻笑了一下，明知他看不到：“已经不痛了。”然后伸手拉开了窗帘。

刚刚何秋霜有句话说对了，敢情她当真忘了自己能嫁给阮先生的缘由了？不过是眼前这个男人，需要一个“太太”来敷衍催婚的母亲。而这表面的敷衍达成后，背地里他是要如自己所说地“照顾”这位何小姐，还是旧情重燃暗渡陈仓，又关她什么事呢？

到底，她陈恩静存在于阮东廷生命中的意义，不过就是这一个“敷衍”而已啊。

外头就是与公用洗手间相通的小平台了。在那个平台上偷偷摸摸的人会在今晚拍到些什么呢?

“是因为怀疑装那个摄像头的是家贼，所以才特意在众人面前演这一出吗?就因为摄像头后的操作者始终风平浪静，你等了两个多月，实在没兴致再守株待兔，所以才决定主动出击？”

“猜出来了？”

她淡笑：“是啊，看到这满屋的浪漫时，就应该猜到了。”

在众目睽睽下放她鸽子，让某些“有心人”得知“阮太太今晚被爽约”，然后神不知鬼不觉地约了她来这儿。那么接下来呢?接下来又该是什么样的场景?

十分钟过去了，屋内的人还没开灯。就着那盏昏暗的小灯，阮东廷拿起一早就倒好的酒递给她，碰杯，饮尽。所有的言语，音量皆低得仿佛情人间的蜜语——窗外是否有闪光灯一闪一熄？闪了多少下？又是否拍到了满意的作品?

谁知道呢？反正这城市璀璨纷繁，分分钟都有好戏上场，那么明知山有虎，他何不在这虎视眈眈下，将好戏给做绝了?

“等会儿你可以别挣扎吗？”

“为什么这么问？”

“因为在对面的镜头里，阮先生吻幽会对象的时间到了。”

红酒杯倏地落地——她的。

那一秒里，恩静只觉得麻麻的电流蹿过她的身体——不，不是电流，是他宽厚温暖的手，突然间抚上了她的背。

恩静紧张得连手都在颤抖，却换来他低沉的笑声：“怕？”

“我……”

“别怕。”另一只宽厚的大手轻轻包住她的半边脸，英俊的面孔朝着她缓缓而下，“知道吗，这么近距离地看你，真美……”

薄唇同时覆上，就在她的嘴边，慢条斯理地，像在品尝一件易碎品……

原来如果他愿意，也是可以这么温柔的——薄唇轻吐着暧昧的情话，一双手缓缓游移在她的后背。气息仿佛是意乱情迷的，只有那双深邃的眼始终清醒而理智……

过了许久许久……

“你觉得他拍够了吗？”

恩静这才生生从混乱里回过神来：“差……差不多了……”

他抽身，似笑非笑地拉上了窗帘——在所有外人看来，这就是两个人即将进入下一个阶段的前兆了吧？

可事实上，隔绝了所有镜头后，他转过身来：“你睡床吧，沙发留给我。”

那个蛋糕始终摆在那里，未曾开动。

也不知是不习惯陌生的床榻还是不习惯房间里有他，恩静翻来覆去，一小时后仍没睡意。

对他来说，今晚这一切不过是揪出幕后黑手的一种手段；可对她来说，却是磨人的冷战被画上休止符的开端——自那日厨房争执后，终于，他终于还是跟她说话了。

沙发处传来阮东廷的声音，在安静的夜里尤显低沉：“睡不着？”

她“嗯”了一声，几分钟后又开口：“突然想起来，这是我们婚后第一次在同一个房间里过夜。”

他不知在想什么，安静片刻后，突兀地开口：“后悔吗？”

“什么？”

“嫁给我，你后悔了吗？”

后悔吗？如果是正常女子，大概是要后悔的吧？顶着“太太”的名，被另一名女子以捉奸的姿态甩巴掌。而事后，明明红烛昏罗帐，他也依旧没有躺到她身旁。

房间里又是一阵沉默，不知过了多久，恩静轻声笑了一下，也没想到他其实根本看不到：“所有人都说，我陈恩静嫁给你阮东廷，是脱了胎换了骨，是麻雀变凤凰。”

“你自己呢？”

她没回答。

突然就想起那年他向自己求婚后，陪她回家、向爸妈和哥哥征求意见的场景——所有人都说，陈恩静能嫁给阮东廷是上辈子修来的好福气；说陈家是祖上积德，父母做人厚道，才能求得这样的金龟婿。可事实上没有人知道，连阮先生也未曾知晓，其实从一开始，阿爸是反对的。

在那几个辗转反侧的夜里，尽管阿妈和大哥都喜上眉梢，可阿爸犹豫和怀疑的眼神一次又一次浮现在她的脑海——

“意思就是，嫁给他，你就要跟着他迁去香港了是吗？

“可如果他对你不好呢？你一个女孩千里迢迢嫁过去，而且是嫁去那样的豪门，要是他对你不好呢？

“要是你受了委屈，阿爸又怎么会知道呢？

“要是阿爸不知道，让你一个人在那么远的地方受委屈，该多么难过啊！”

那时他尚不知，自己的女儿是在这样的前提下同意嫁给这个陌生人的。可父女连心，陈父还是隐隐嗅到些许不寻常：“阿爸虽然穷，没能让你过好日子，可阿爸还是会怕你将来不快乐啊。如果你不快乐，阿爸要怎样原谅自己呢？怎样原谅因为想替大哥还债而让你嫁过去的自己呢？”

那几个夜里，她辗转反侧，那么害怕未来的自己会辜负父亲的期待。可他这个陌生人，这个她名义上的丈夫，却像是看透了阿爸所有的担忧一样，每每一有长假，便一只手提礼物一只手拉着她，亲亲热热地回娘家。即使不过是做戏，也做得派头十足，兼得面面俱到。

记得有一次，在回泉州的飞机上，她问他：“为什么？”关起门来便形同陌路的人，为什么要陪她来这做这样一场戏？

“我承诺过你的。”

“承诺？”

“第一次跟我回香港时，你问过我什么，还记得吗？”

自然是记得的。那次她问他：“阮先生，你可不可以让我的家人都觉得，我嫁给你是正确的？”

他答应了。

原来这么小的一件事，他始终没有忘记。

他承诺过她的，从来都有做到。所以那些一早就说过没有的，便永远都不会有。

后悔吗？该怎么后悔呢？这一切，她早该明白了啊。

恩静轻叹了一口气。

房内开着灯光昏暗的台灯，他还没入睡，坐在沙发上等着她的回复。

可她许久也没回复。大半天后，才又听到他拨打电话的声音：“我需要你的帮忙。”

恩静不知电话那端的人是谁，只听到阮东廷说：“天没亮就会有关于我的丑闻爆出，你查查是哪家报社做的。还有，帮我传出一个风声——‘今晚阮东廷在阮氏本店三十八楼01号开房，同不知名女士’，再找五家靠谱的报社，现在就传出去。”

电话挂断后，房内又恢复了宁静。也不知自己究竟有没有睡着，反正隔天一大早，恩静很容易就醒了。

阮东廷不知上哪儿弄来了她惯用的化妆品，恩静心领神会，在他冲凉时，细细地打理自己的门面：秀眉，长睫，姣美的红唇，用阮东廷让人送来的化妆品一一点缀，精神又美好。

八点十五分，她化好了妆，而他也已一身清爽。

差不多了。恩静在镜中看到阮东廷朝她点了点头，于是她起身，拿起包包，打开门——

咔！咔！咔！

房外，镁光灯闪烁。

“做什么？给我太太过个生日也值得你们兴师动众的？”阮东廷的表情是面对狗仔队时最常见的那种愤怒。

门外挤了十来个记者，相机“咔咔咔”的，却都面面相觑：怎么会这样？昨晚他们收到的不是这种风声啊——阮东廷在阮氏三十八楼01号开房，和不知名女士——不知名女士？不知名女士？！竟是阮太太！

呵！亏他们还以为有爆炸性丑闻，在这儿苦守了一夜！

结果“阮先生同不知名女士密会”，生生变成了“阮氏夫妇过生日”！

阿忠已将车停在了酒店外面，上了车后，阮东廷拿起手机，估计是打给昨晚那个人：“怎么样？查出是哪家做的了吗？”

那端传来有些耳熟的男声，这会儿恩静就坐在他身旁，于是听到那个人说：“《×报》，头版头条呢，自己回家看吧。”

“好，新酒店的餐厅承包商我会填上你的名字。”

“爽快！哦，对了，你太太就在旁边吧？”

没想到对方竟会提及自己，恩静有些错愕，却见阮东廷突然莫名地冷了脸：“做什么？”

“也没什么，就是想和她聊聊……”

“不方便，再见。”不由分说地挂断电话后，阮东廷转过头来，看着恩静一脸疑惑的表情：“连楷夫。”

原来是他！她就说怎么声音听着这么耳熟呢。

不过念及上回两人的争执，恩静还是转移了话题："昨晚在监控室的保安帮了我们不少忙。"

谁知他不吃这一套，还是冷着一张脸："我会奖励。"

"我看了他的胸牌，叫……"

"人事部会处理的。"他淡淡地打断，口气里有种莫名其妙的不爽。

很明显就是不想跟她多说，恩静无奈地看向窗外。

阮家正笼罩在一种紧张的氛围里。秀玉一看到他们就松了一口气："看你们一起回来我就放心了，快看看这报纸，写的都是些什么啊？"

餐桌上除了咖啡和早点外，还大大咧咧地躺着一份报纸。恩静拿起来一看：《失约阮太太生日宴，阮东廷深夜幽会妙龄女》——硕大一排繁体字以头条的姿态占据了大半个版面，而紧随其后的，便是昨晚她与阮东廷在01号房间里的场景：对饮的、耳鬓厮磨的、拥吻的……

东廷看也没看那份报纸一眼："放心吧妈咪，明天的报纸就会有消息出来，证明那个妙龄女就是恩静。"

秀玉这才放了心："好，做得好！"

是的，做得好，做得妙！没有人知道原来他早就布了一个局，就像一张密密的网，圈住了那么多人的心。难怪会半夜安排一堆记者到门外蹲点，不就是为了借他们的相机，告诉全世界那妙龄女其实就是阮太太本尊吗？

螳螂捕蝉，黄雀在后。

阮东廷换了衣服便又去酒店了，婆婆出门，初云也出门，只余恩静一人在花园喝下午茶。突然，张嫂慌慌张张地跑过来："太太、太太，你快来看看，厨房里竟然有摄像头！"

这群人，呵，办事效率可真是够低的，两个多月前阮东廷便已发现的摄像头他们直到现在才发现？亏他们还天天守着厨房……不，不对！

恩静突然蹙起眉：为何摄像头到现在还没拆除？明明她已经离开厨房好久了，如果是为了偷拍她和阮先生，为什么内贼至今仍未将摄像头拆除呢？或者说，那内贼装摄像头的目的，其实并不是拍她与阮先生？

可她晚上将这个问题说给阮东廷听时，他却摆出一副理所当然的样子："就是害怕被发现，所以才不去拆。"

“怎么说？”

“万一被当场发现呢？别忘了，装摄像头有被发现的风险，拆摄像头同理。”

“可是……”恩静仍蹙眉，满心疑惑。

“嗯？”

“那何小姐她……又是怎么知道我们昨晚会约在那里的呢？”

阮东廷已经伸到电话上的手顿了顿，那一瞬，他抬头望向恩静，那双眼里分明有一闪而过的错愕。只是错愕过后，他又淡淡地垂下了眼：“我会问清楚。”

说完他又拿起电话，坐到书桌后面，毫不避讳地拨打电话：“事情查得怎么样了？”

恩静默默退出了书房。

关上门时，她仍听得到他森冷的声音：“装摄像头的人和昨晚偷拍我的记者一定有联系！我不管你行不行，总之这周之内我要知道那个人是谁，否则下周市面上是否还有你们的报纸……”

她离开了这间充满威胁语气的书房。

楼下，秀玉正一边审问着工人一边研究那个被拆下来的摄像头。恩静走过去：“妈咪，能不能借我看看？”

那摄像头体积极小，又是与厨房墙壁颜色一致的深褐色，装在角落里，不仔细看谁也发现不了。

她若有所思地看着摄像头的颜色，看到摄像头背面刻着的小小字母“X-G”，半晌后才回房拿起电话：“Marvy（玛薇），明天有没有空？一起喝杯咖啡。”

“不懂，说实话我对摄像头也算是有研究了，但这个牌子——没有，绝对没有听说过！”一杯咖啡入肚，对面美得令人惊艳的女子给她的回答就是这样。

这就是恩静昨天致电的女子，Marvy。

虽是好友，可此女的风格与恩静截然不同。她的美是嚣张的，姿态是高冷的，修长的身子看似慵懒地靠在靠背椅上，可盯着恩静的那双眼里，有着担忧的痕迹：“怎么样，和你家阮先生还好吗？”

可以说Marvy是她在港入学后交到的最真心的朋友。可饶是如此，在这个问题上，恩静也只是合宜地笑笑：“还不错。”

“那个何秋霜……”

“谣言而已。”

Marvy挑起眉，一双精明的大眼盯着她。

这态度表明了好友的信任度有多低，恩静自然清楚。可她只是笑笑，不想多作解释。

解释有用吗？人生在世，有太多事不过是如人饮水，冷暖自知。

Marvy懒懒地喝了一口咖啡：“入学那天我们被分到同一个班，那时我还不知原来你就是阮东廷的太太，只觉得为什么这女子明明华服在身、豪车接送，可看上去就像是孤身一人来到了陌生地一般。”

恩静握着咖啡杯的手一僵。

远方的夕阳缓缓落下，也是孤孤单单，不知要落往哪里。

“恩静，人活着的最高宗旨就是对得起自己，坏男人都该让他们滚，知道吗？”Marvy靠过来，拍拍她的脸蛋，成功逗得恩静微笑后，才拿起她那看上去很贵的包包，“还有case（案子），先走了。”

大概所有人都想不到，这个时尚的、高冷的、美艳的且听说曾被杂志评为“香港第一美名媛”的女子，其职业栏上填着的竟是“私家侦探”四个字。

恩静一脸淡笑：“你啊，什么时候才能闲一点啊？”

“哪能闲得下来啊？众人都说我‘主职大小姐，副业小侦探’，这两种职业哪种不需要抛头颅洒热血？”

恩静被她说得“扑哧”一下笑出声来。

“对嘛，就该这样，笑的时候开怀地笑，哭的时候痛快地哭。”她站起身，不打算抢着埋单了，因为两个人相约的地点就是阮氏附属的咖啡馆。

只是当她走向大门时，突然又顿住了脚步。

敛了敛素来高傲的神色，她俯下身来：“可是恩静，你有多久没开怀地笑过了？在大学里初见时，我已觉得你有心事。可为什么我今日看你，却是比一开始更落寞了呢？”

直到好友远去，恩静才发觉自己脸上的笑已僵硬了好久。

夕阳早已落下，带着它不知为何每日要东起西落的使命，盲目而彻底地沉沦。

为什么我今日看你，却是比一开始更落寞了呢？

为什么呢?

或许，连她自己也没有答案。

薄月已上柳梢头，恩静拿起包，却在起身时听到一个惊喜的声音："姐姐！"她顺着声音的方向转过头去，就看到一个不甚熟悉的混血女孩，穿着粉红公主裙，绑着漂亮公主辫，带着满脸兴奋奔至她的面前，"姐姐不认得我了吗？"

"你是……"

"我就是做公益那晚发现你很会唱南音的靓女啊！爹地说你是当晚第一靓，我是当晚第二靓呢！"

恩静凝神想了一秒，才回忆起来：天哪，竟是那晚在公园里遇到的小朋友！娇俏的嗓音、娇俏的面孔，还有一双彰显着混血身份的蓝眼睛——可不就是那晚嚷着让她上台去献唱的小女孩?

"你怎么会在这里？"

"和爹地……"

"巧啊，恩静小姐。"一个温存得近乎妖孽的嗓音和小朋友的声音一同响起，女孩一听，又兴冲冲地奔过去："爹地、爹地……"

"乖了，有没有叫姐姐？"竟是Cave。

陈恩静只觉得眼前一阵眩晕："爹地？"这人不是传说中的黄金单身汉吗？怎么……

"领养的，不行吗？"Cave看出了她的心思，亲昵地亲亲怀中的小宝贝，妖孽的桃花眼不经意地瞥过她的桌前，"X-G？"

"你知道？"

这妖孽男抱着女儿大大咧咧地坐到她对面，就Marvy方才坐的位子："来，四十五度角抬起头。"

"什么？"恩静跟着他手指的方向抬头，那四十五度角处正是餐厅的墙角，一个黑色摄像头正发出红色信号。

连楷夫说："这个摄像头就是'X-G'，不止这一个，你们阮氏有几个特别重要的场所，用的都是这款监控器。"

"你确定？"她的表情像是得到了什么重要信息。

"怎么不确定？当时在伦敦念酒店管理，我们一伙人合租一栋房，房东用的就是这款摄像头。能录音，且十米外的人连毛孔都能拍得清清楚楚。所以回国后，大家把企业里、家里等重要场合都装上了这款‘X-G’。”

这么说来，当时合租的人都知道这款摄像头了？恩静尽量问得不着痕迹：“十米外都能拍到毛孔？看来这款摄像头果然是企业和大户人家的必备品啊。”

“看来我们恩静妹妹今天是发烧了吧？这摄像头什么价位，你知道吗？”

“意思是，买这种摄像头的人不多？”

桃花眼微微一眯，看来狐狸终究是狐狸，见恩静似乎兴趣挺浓，Cave不紧不慢道：“多不多我知道，甚至谁买过我都能告诉你，不过前提是——”他压低嗓音，朝恩静招了招手，“靠近点。”恩静没有多想，凑上前去，而Cave也倾身凑到她耳旁：“你说，如果Baron现在就在旁边，看到我们这么亲密，会是什么表情呢？”

恩静一个激灵，可已经来不及了。

就在这时，一道冷冽的声音传来：“你是来拿合同，还是来和我太太调情的？”

她瞬间反应过来——自己被连楷夫给耍了！

她迅速抬起头，看到的果然就是阮东廷那张百年不变的冰雕脸！

那双阴鸷的眼还盯着连楷夫，可被盯的人一点也不怕：“都不是。”他示意怀中的小宝贝，“是我们Angela（安吉拉）想吃uncle（叔叔）家的cheese cake（芝士蛋糕）了——来，宝贝儿，快叫人。”

Angela立即甜甜地笑开：“下午好，uncle！”

阮东廷的面色这才稍稍缓和一些，将文件扔给连楷夫后，张开双臂：“乖，过来让uncle抱抱。”

Angela立即从她老爸身上跳到帅叔叔身上：“Uncle，我想吃cheese cake。”

“甜品部已经在做了。”他亲了一下Angela，这温情的动作简直让恩静看呆了。

Angela见她呆呆地看着自己，又笑眯眯地唤道：“姐姐也想亲我吗？”

“啊？”

“来嘛。”小人儿竟真的将脸蛋凑过来，“Uncle亲完姐姐亲，爹地说，这是间接接吻哦！”

恩静的脸有些红了。Angela还在阮东廷怀中，脸蛋凑过来，便逼得阮东廷不得不将身体倾向她，一大一小两张脸就这么摆在自己眼前。见恩静一脸羞涩，阮东廷的嘴角似乎扬了扬：“还不亲？”

“啊？哦。”她凑向Angela，正要往那挺翘的小鼻头上亲下去，又听到某人凉凉地提醒：“间接接吻的地方。”

她瞬间烧红了脸颊——这是调情吗？发生在最冷峻、最严肃、最一板一眼的面瘫先生身上？

“Angela，告诉阿姨uncle刚亲了哪儿。”见她不动，他竟又补充了一句。

Angela立即配合地指着自己的左脸颊：“这里哦，姐姐。”

真是无语了！

男人睨着她的眼中似带了一丝威胁，直到恩静红着脸往Angela指的地方亲下去后，他才直起身：“看到没？连Angela都知道间接接吻要挑对象。Cave，好好向你女儿学学。”

连楷夫：“……”

恩静：“……”

此时厨房将单人份的cheese cake送了上来，Angela立即跳到座位上去。这款cheese cake除了在阮氏的厨房外，即使把整个香港翻过来，也绝对找不到第二块。而事实是，除了少数能让阮东廷点头的人之外，谁也不可能在阮氏买到这款甜点，因为——no sale（非卖品）。

“话说，这‘海陆十四味’你真不打算做了？”看Angela吃得一张小脸上满是欢喜，Cave问。

言下之意，这cheese cake就是“海陆十四味”中的一道了。

其实恩静也不太清楚“海陆十四味”具体是指什么，只隐约听婆婆说过，这是阮氏最早吸引客人的一桌菜。在五十年代的香港，红白喜宴上有它，高级聚会上有它，旧式家庭里最大的幸福就是上阮氏吃一桌“海陆十四味”，可去年阮东廷接手阮氏后做的第一件事，竟是将这桌菜从酒店的宴会菜单上给撤除了。

“可惜了，太可惜了！话说你要真不想做，不如把菜谱给我吧？”Cave倜傥地眨眨眼，“凭你我的交情……”

“你我有交情？”阮东廷连看也没看他一眼，见Angela吃得喷香，他薄唇微勾，转身离开了咖啡馆。

恩静忙跟了上去：“阮先生……”

“我现在心情不太好，你确定要跟我说话？”已经走到酒店外，阮先生又恢复到刚才见面时的面瘫样。

“心情不好？可你刚刚还……”

“刚刚是因为有Angela在，”他转过头来，嘴角勾起一抹薄凉的弧度，“整个咖啡馆的人都看到我太太和一个花花公子在调情，你说，我该心情好吗？”

恩静脚步一顿。

此时阿忠正好将车开过来，停在两个人面前。阮东廷率先拉开车门，恩静连忙跟了上去。只是她正要开口，阮先生已扭头，看向窗外的街景：“不用解释了，关于你和连楷夫那点事，我一个字都不想再听，我只想再重申一件事……”

她原已微张的嘴在这句话落下后又合上。

他开口，依旧背对着她：“结婚前我们是明言过的，一旦嫁入我阮家，除非离婚，否则你绝不可以顶着阮太太的名号和任何人发生任何关系。”说到这儿，这张英俊的面孔缓缓转过来，对上她之时，恩静才发觉那上头原来已罩上一层冷霜，“不要问我凭什么，你自己知道，就凭这几年我给你娘家收拾的那些烂摊子，凭你哥倒了一家又一家的公司。还有，你自己也说过的——凭你脱胎换骨，麻雀变凤凰！”

一字一句，面上没有多少愤怒，却说得那么缓，那么重，那么冷。

薄凉的月光从窗外洒进来，入春了，原来无论春秋冬夏，该冷时，它照样冷得凄惶。

就像她身旁这一位，那么久了，他给她所有人都看得到的好生活，给她名分、给她家，可需要冷酷时，他也依然能说出这样的话。

许久，恩静才转过头，面容与声色皆归于淡漠：“你多心了，阮先生。”

他没有再说话。

下午Marvy的话又浮上脑海：为什么我今日看你，却是比一开始更落寞了呢？

为什么呢？Marvy，我的丈夫不爱我，亦不信我，你说，我该怎么告诉你为什么。

然而世事却是，你越是怕什么，老天便越是给你安排什么。

这天在酒店里闹了不愉快之后，阮东廷便收拾了行李，去往之前说过的广州分店。原本说好是三天的，可三天后他并没有回来。一整个星期过去后，恩静还是没在家里看到他的影子，问了妈咪，才知道“他去厦门办事了”。

“厦门？之前不是说广州吗？”

“广州那边的酒店出了些问题，需要找个能在内地说得上话的人出面，所以东仔就转到厦门，去找秋霜她爸帮忙了。”

恩静“哦”了一声，想起之前曾经听说过，何秋霜家也是开酒店的，何父在内地黑白通吃，酒店生意虽做得不怎么样，可人脉很广。那时大家都是怎么说的呢？阮、何二人男才女貌，门当户对，重点是何爸还特别满意这未来女婿，所以啊，要不是当初何秋霜得了尿毒症，今日的她哪有机会站在这里。

秀玉似看出了她的心思：“你呀，又开始胡思乱想了！”

“没有啦……”

“有没有妈咪还看不出来？”秀玉睨她一记，挽起媳妇的手，一同到后花园享受初春的午后阳光。

满园春色关不住，娇艳的玫瑰和一大片紫罗兰正在怒放中，姹紫嫣红配着如金的日光。花这样美，可赏花人的思绪却不知飘到了哪里。

“你看那红玫瑰，”婆婆的声音将恩静的思绪拉了回来，“大片大片的红，是不是看起来特别美、特别赏心悦目？”

恩静不明白她突然转变话题的用意，却也认真地点头：“是。”

“可如果我把它旁边的绿叶全部剪掉呢？”

“啊？”

秀玉笑：“一来，存活不了；二来，一大片红花挤在眼前，你当真还会觉得美吗？红花也需绿叶衬，否则红红地挤了一大片，自己不累，那观赏者也会视觉疲劳看不出个中美好呢！”

婆婆的话似有深意，恩静听得懵懵懂懂的，可最终也不见她继续将这话题说下去。

其实大概也能猜到，妈咪示意的应该是她与阮先生的关系。只不过几年下来，这永无进展的状况她渐渐也习惯了。红花需要绿叶衬，可他生命里的红花，又哪里会是她呢?

“你呀你，死脑筋！”妈咪叹了口气，“都跟你说过多少遍了，秋霜那孩子，我不喜欢她就是不喜欢她，就算没有尿毒症、没有你，我也是一定要阻止她进我阮家的大门的。”

“为什么？”

“为什么？”秀玉冷嗤一声，向来端庄的面容上添入一丝鄙夷，“不说远的，就说如今——秋霜那爹地，好歹在内地也算是有头有脸的人吧,竟然纵容的自己女儿成天缠着个有妇之夫。这样的亲家我们能要吗？你自己想想，现在东仔结婚了他都能这样，更别说以前交往的时候了。那个何成啊，明里暗里不知找我们阮家要了多少好处！”

“也许何先生只是拗不过女儿的坚持……”

“得了吧，他拗不过的哪会是女儿？”秀玉的面色更加讽刺，“我看，是越发难做的酒店生意吧！谁不知道他家的何成酒店这几年每况愈下？也不知东仔看在何秋霜的面子上帮过他多少回了，这姓何的老狐狸啊……”

恩静闭了嘴。

婆婆的意思再明显不过，那姓何的为了在必要之时能找阮先生帮忙，竟对女儿的行径睁一只眼闭一只眼——只是啊，当父亲的能做出这种事，必然也是认定了那被女儿缠着的有妇之夫真能因他的女儿而替他赴汤蹈火吧?

她叹了口气，淡淡的倦意一点一点融入这满园春色里。

时光匆匆，很快，阮东廷已经去广州十几天了。

直到连氏十周年庆的那一晚,阮东廷还是没有踏进家门。秀玉把恩静叫了过去:“今晚是Cave回香港后第一次办周年庆,既然东仔不在,你就陪我走一趟吧。”

恩静想起阮东廷曾因连楷夫而产生那么多误会，下意识地就要拒绝，却又听到婆婆问：“上回做义工时唱南音的那件事，你还记得吗？”

“当然。”虽然这件事后来没扩大，却也着实让她紧张了几天。

秀玉说：“那是今晚的重头戏。”

“什么？”

“放心吧，已经过去那么久了，没事的。”妈咪拍拍她僵硬的手背，“晚上连太太要是提起，你坦然承认就是，明白吗？”

“为什么？”

“你去了就知道了。”秀玉脸上有一丝神秘，抬头看了看媳妇一身素白的家居服，又吩咐，“对了，晚上记得穿漂亮点，据说Cave那孩子邀请了许多名流和记者，你上点心。”

结果今晚恩静穿了一袭黑色的及膝旗袍，配着秀玉送给她的珍珠短项链，乌发在后脑勺绾起一个优雅的髻。面上染红唇，手涂鲜红的蔻丹，再配上一身细白如玉的肌肤，乍看上去，真像是从三四十年代的上海滩走出的时尚名媛。

其实这种装扮是很危险的，黑色旗袍稍有不慎便会穿出土气来。可偏偏恩静配了珍珠与红唇，再配上她一身清冷从容的气质，以这副姿态走出来，岂止是时尚嗅觉的提升那么简单？

“相由心生，看来我们恩静进步了不少呢。”

“妈咪过奖了。”

何止是秀玉啊，晚上在连氏碰头时，连太太像看到了从外太空来的美人一般，瞪大眼睛瞅了她半晌，才拉着恩静的手“啧啧”赞赏：“美，美，真是气质之下出美人！”

“是啊是啊，姐姐今天比前几次都要漂亮呢！”连太太旁边的小不点也甜甜地插话道。一身粉红的公主裙，绑着漂亮的公主辫，不是Angela又是谁呢？

连太太亲热地抱起她的小公主：“Angela，不能叫‘姐姐’，要叫‘aunty’，这是你阮叔叔的太太哦。”

“才不是呢！爹地说她是我的‘恩静姐姐’。而且，uncle的太太不是那个讨厌的秋霜阿姨吗？”

童言无忌，可瞬间，旁边的三个大人齐齐变了脸色。

Angela才不管呢，兀自亲热地拉起恩静：“姐姐，这儿有好多你的照片哦，我带你去瞧瞧！”

今晚的周年庆就在连氏最气派的中餐厅举行。被Angela拉着四处逛时，恩静才发觉，原来墙上挂着的那些图，自己原以为是壁画的那些图，竟全是去年在公园里做慈善给泉州阿婆们唱南音时的照片！

瞬间恩静便明白了婆婆为什么事先要叮嘱她“晚上连太太要是再提起这事”——看那墙上的十余幅照片，竟然有七八幅拍的都是她！

妈咪和这连家人……到底想做什么？

宾客渐渐多了起来，不久后，恩静就牵着Angela回到了座位上。只是没过多久，Angela突然小脸一臭：“那两个讨厌的阿姨又来了！”恩静随着她的目光抬起头，才发现是初云与何秋霜。

只是……何秋霜？前阵子不是听说阮先生一离港，她也跟着离开了吗？

恩静蹙起眉，正在想这是否代表阮先生也回来了，就听到那边初云的声音：“Angela！”

一看到小公主，初云就欣喜地迎了上来，可偏偏小公主不领情，“哼”了一声，躲到了恩静身后。

初云讪讪地瞥了恩静一眼，不过与她同行之人早已迎了上来，亲热地挽起恩静的手：“妹妹也来啦？”

此举引起了旁边一群好事人的侧目。

当然，恩静再傻，也不会相信这女子是真想同自己亲近。

一挽上她，秋霜就笑眯眯地沉下嗓音：“刚刚在房里阿东还和我说呢，家里只有伯母会过来，没想到……”字里行间听似随意，可“在房里”几个字，她却是吐得又重又清晰。

她这是在示威吗？

当然！那晚被她撵出房间，何秋霜怎么可能甘心？

可被示威者却面带微笑，在秋霜还想说些什么时，她优雅地、温和地、不着痕迹地甩开了何秋霜的手：“失陪了，婆婆在叫我。”

何秋霜笑容一僵。

原来他已经回来了。恩静抬眼在这宴会上逡巡了一圈，却始终没寻到那个熟悉的身影。

只是啊——她突然间又对自己笑了笑——寻不寻得到他，对她来说，又有什么区别呢？

一般来说，何秋霜那女子到场准没有好事，恩静已经做好了心理准备。果不其然，几分钟后，另一头就传来何秋霜夸张的叫声：“天哪，这美人儿不就是恩静吗？”

紧接着是阮初云的附和：“是啊，我大嫂怎么会在这些照片上？”

恩静正牵着Angela在这边跟婆婆她们闲聊，忽闻那方喧嚣声响起，Angela也兴奋了起来：“姐姐，他们在看你的照片！”

果然，那头何秋霜和阮初云一嚷，照片旁就开始围起了人。没多久，她已听到旁人评论的声音——

“哎呀，报纸上说的那位把南音唱得很好的，就是阮太太？”

“奇怪了，这南音不是卖艺歌女才会的吗？阮太太怎么也懂这个？”

后面这句评论让恩静心一紧，周遭无数双眼已齐齐朝她望过来——不，不能再继续下去了，再继续下去难保这姓何的不会把她曾在游轮上唱戏的事给抖出来——不是她虚荣，也不是她死要面子，而是当年阮东廷将她接来香港时，曾向全世界如此介绍："我太太，泉州人，目前就读于厦门大学。"

无数好奇的、戏谑的、看好戏的目光全射向她——谁说人性本善？人性对丑闻永远有着孜孜不倦的热情，他们的眼睛早已经在说："承认吧，就承认自己出身卑微吧！老实承认我们都会原谅你！"

可你知道，他们永远都不会原谅。

周遭的讨论越来越热闹，嘈杂之中突然有个妖孽的声音响起："大家很给面子嘛，可喜欢我们的摄影作品？"

"爹地！"Angela惊喜地挣开恩静，连跑带跳地扑了上去——

是连楷夫。

还有，一同前来的阮东廷。

两名男子几乎是一出场便成了焦点。只是众人目光所及之处，那两双眼，却牢牢地定在了恩静身上。尤其是连楷夫，那双桃花眼看了看恩静，又瞥了瞥好友，随即调笑道："这么久不见，话说你老婆——啧啧，可真是漂亮啊！"

可不是？大眼，红唇娇嫩，一袭丝质旗袍配珍珠，生生被她演绎出脱俗的味道。

阮东廷这才收敛了眼中的惊艳，淡淡地瞥了好友一记。

只见连楷夫亲热地张开双臂，Angela一扑到他怀中，便被他以公主抱抱起："看来我们Angela很喜欢恩静姐姐呢，一整晚都拉着不松手。"

"对啊！恩静姐姐人好nice，而且比那晚唱歌时还要漂亮呢！"

两句话不到又绕到义唱的话题上，于是身旁那个最好事的好事者何秋霜开始装模作样："果然是恩静啊，我就说呢，天底下哪有长得那么像的人？"

Cave桃花眼微眯，一副笑意浓浓的样子："也不能这么说，长得像的人要硬找，其实也还是找得到的，可长得像又像恩静妹妹这么善良的，恐怕就少了。"

话一出口，恩静的面色便白了白，她飞快地看向阮东廷——果然，那张脸沉了下来——人人唤她"阮太太"，可这人偏偏叫她"恩静妹妹"，到底想说明什么？

不过旁人可没他们这种敏感度，Cave一开口，众人的目光便不约而同地集中到"善良"两个字上："Cave，此话怎讲？"

连楷夫微笑："当初做慈善时，为了让阿婆们开心，恩静妹妹百忙之中抽空，特意练习了整整一个月。她从前在厦大就是学声乐的，这点大家应该听说过吧？”这话一出来，众人纷纷如梦初醒：原来是这样啊？难怪会唱南音呢！

恩静瞬间想起那天在餐厅里，他说“公众是被操控的，媒体是可操控的”——你看，可就不是这样吗？

“不仅如此，晚会结束后恩静妹妹还留下了一张五十万的支票。”说到这儿，Cave看向恩静，不出所料地接收到对方的一脸错愕后，桃花眼很愉快地朝她眨了眨，“不过比这更令人佩服的是什么，各位知道吗？”

“什么？”

“恩静妹妹向来低调朴素，所以一整个公益团队里，竟没人知道她就是阮氏的总裁夫人。要不是那天陪妈咪吃饭遇到她，妈咪介绍说这就是Baron的太太，那恩静妹妹默默做公益的事，就永远也不会有人知道了。”

人群瞬间沸腾了——

“天哪，多好的姑娘！”

“是啊，做好事不留名！这才是真正的慈善！”

“阮先生真是娶到好太太了！”

OK，以下便是赞美时间，不提也罢。

唯有何秋霜嘴角勾起一个不以为意的笑，众声喧哗，她不着痕迹地来到阮东廷身边：“看来Cave和你太太关系很好呢，连这种弥天大谎也敢替她撒。”

阮东廷脸一沉，目光只定在他太太微蹙的眉头上。

此时周遭有舞曲声开始响起，原来是跳舞的时间到了。秋霜看到另一边开始有男女滑入舞池，便也朝东廷伸出手：“阿东，今晚的开场舞愿陪我吗？”

一声邀请又引来众人侧目，当然，还有一旁秀玉厌恶的目光。

可不待阮东廷回答，众人又被另一个声音吸引过去：“那么人美心善的恩静妹妹呢，是不是也能赏脸陪哥哥跳一曲？”

一句“哥哥”让恩静起了浑身的鸡皮疙瘩：“我想阮太太的第一支舞，应该是和阮先生……”当然不能让他如愿，这众目睽睽、稠人广众的，她的第一支舞如果不是和自己的丈夫跳，事后旁人又会怎么说呢？

可她的话还没说完，可恶的Cave又转向了阮东廷：“Baron不介意吧？”

阮东廷就像是没感觉到她的用心一样，看也没看恩静一眼：“当然，一支舞而已。”说完，他已先带着秋霜进入舞池。

至于舞池外是否还有人窃窃私语，又能怎么样呢?

一进舞池，Cave便开口：“怕吗？”

“什么？”

“被那么多人发现自己会唱南音时，怕吗？”

她轻皱起眉，原本下意识地想搜寻阮东廷身影的目光收了回来，定在对面这双桃花眼里。

“我猜啊，差点被拆穿身份的那一刻，我们恩静妹妹都快吓坏了吧？”

“连楷夫！”

“啧啧，沉不住气了？”他笑得开怀，“你看，可以帮你掩盖过去甚至是扭转乾坤的人，只有我。所以之前我在餐厅提出的建议，恩静妹妹不妨考虑考虑。”

陈恩静冷嗤：“这就是你的目的？威胁我？”

“我就说嘛，我们恩静向来最聪明。”

他简直不是个正常人！

这个非正常人说：“不过话又说回来，威胁你还不是我今晚的首要目的。”

“什么意思？”

“其实回国后，亲爱的秀玉阿姨还交给了我一个任务。”他一脸邪魅的笑，声音低沉。

恩静不明白他的意思。此时阮东廷恰好舞到了她身旁，高大的身躯不费吹灰之力就勾去了恩静所有的注意力。那边大概是何秋霜讲了什么话让他开心了，男子冷硬的轮廓柔和了点。秋霜将脸贴在他的耳边，一边说着，一边娇笑，那动作，说有多亲密就有多亲密。

她心灰意冷地别过脸，却听到Cave的调侃：“怎么，心酸了？”

恩静无言。

“知道为什么她一个死了老公又患重病的女人，你家阮先生还对她这么纵容吗？”

她没有回答，于是Cave兀自接了下去：“那年秋霜下嫁给阿陈，是被你婆婆给逼的。”

“我知道，你别说了。”

可他偏要说：“你婆婆用‘尿毒症无法生育’逼她离开Baron，并威胁说如果Baron敢娶她，阮氏的继承权将直接转到俊仔手上。这事Baron并不知道，是你婆婆私下威胁秋霜的。而秋霜为了Baron的未来,也顾忌着自己的病,竟真的下嫁给了阿陈。直到后来阿陈过世,朋友们看不过去,才向Baron说出了当年的实情。你说Baron该有多内疚?要不是因为他,以何秋霜那样的家世、那样的容貌,犯得着去嫁一个有先天性心脏病的阿陈吗?最后还生生成了寡妇,所以……"

恩静轻叹一口气,完全没想到自私娇纵如何秋霜,也会有替人着想的一面。

"所以你家阮先生一直对她心怀愧意,而她对你家阮先生,众所周知,也的确是真心实意的。"

所以无论她怎样狠辣、怎样差劲,他都看不到,因为在他面前,她永远温柔得一心一意。

恩静知道那两个人之间必有轰轰烈烈的爱情,却不知道原来还有这样一段插曲。而她呢?一个误入迷阵的路人,人已经陷入了,为什么还蠢得要连心也要陷进去呢?

Cave像是在欣赏她脸上的无奈,欣赏够了,也学着那边何秋霜的动作,亲密地贴到恩静耳边:"不过有个奇怪的现象,我倒是想提一提。自从秋霜妹妹用那张三十万的支票诬赖了你之后,你家阮先生可是越来越少到秋霜那儿去了呢。"

"什么意思?"

"什么意思?"他笑得高深,"自己慢慢体会吧。"

舞曲没过多久就结束了,Cave带着她离开舞池时,恰巧遇上阮东廷与何秋霜。

她的手还挽在连楷夫的臂弯里,而他臂间还挂着何秋霜的手。两两相对间,他冷鸷的眼对上了她的:"我还不知道,原来自己太太有那么多时间,竟然为做公益'特意练习了整整一个月'。"后面那几个字,他完全是照搬了连楷夫的话,听上去却是那么讽刺。

恩静只是沉默地移开眼。

谁知这个动作却触怒了他:"我在跟你说话!"一只手就要伸过去扳正她的脸,可旁边那位好事的连大少却笑眯眯地挡住他的手:"我说万年面瘫,众目睽睽之下你还想家暴呢?"

"万年面瘫"是当年留学时,一群走得近的同窗给阮东廷取的昵称。连楷夫一边这么说,一边拿笑眼示意不远处的记者。

果然,那方已有人举起了相机。镜头下,Cave顺势将拦住东廷的动作转为开玩笑地给了他一拳,随后提高嗓音:"各位,Baron刚刚竟敢怀疑我们恩静妹妹的唱功，你们说，要不要让恩静给大家来两句证明一下实力啊？”

陈恩静立马变了脸色：“你干什么？”

根本不必听下去，众人的回答只会有一个——废话，当然是愿意了！

果然，被问话的各位回答得如她所料，于是Cave装出一副无辜样：“看到了吗？大家多想听听你的天籁之声。善良的恩静妹妹，你就满足众人吧，嗯？”

尤其是最后那声“嗯”，连楷夫故意俯身至她耳畔：“就像那晚做公益活动那样，你来唱，我来拍板。至于洞箫，要不就请秀玉阿姨来帮忙？我记得她以前还特意去学过……”

“不必了。”谁知Cave的话还没说完，阮东廷已开了口，满面寒霜。

秋霜不怀好意地笑了，心里正想着这对男女看样子是没好果子吃了，谁知阮东廷竟冷声道：“洞箫我也挺擅长的。”

她震惊了！

恩静更错愕，这意思难道是……

“你负责演唱，我负责洞箫。至于拍板，Cave如果累了，我想这场演唱里缺一个拍板，也不是不可以的。”

是，恩静猜得没错。

如果是个正常人，既然对方话都说到这里了，他定是不会再插入人家夫妻之间的。可偏偏，Cave不是个正常人。

台上三足鼎立。一分钟前，就在众人的眼皮子底下，阮先生“彬彬有礼”地将阮太太的手自Cave的臂间“请”了出去，然后再以十指紧扣的姿态，牵住自家太太。

而一分钟后，台上已然准备就绪，唯恩静有些微的不安——不，不是因为怕自己唱不好，而是因为阮东廷——他真懂手上那个东西怎么用吗？

可令她错愕的是，阮先生竟一点也没吹牛！她都还没准备好呢，那边箫声已悠悠地响起。

唱的仍是《陈三五娘》，恩静的歌声正如其人，一样的温婉忧郁。再加上这晚她着一身古典的黑色旗袍，明黄的灯光下，众人只觉得那台上的女子肤如凝脂，领如蝤蛴，明眸皓齿。

然而就在恩静刚出声的那一瞬，台上男子的箫声极短暂地停顿了一下，某种似曾相识的感觉倏然划过他的胸口。

是否在某年某月某日，他也听这个温婉的声音唱过同样的曲子？

“无情荒地有情天，执帚为奴苦三年。历尽沧桑情不变，千古流传荔镜缘……”曲调哀婉，如泣如诉。

满耳闽南古语中，他只听懂了那一句：历尽沧桑情不变。

所有古乐里，爱情都被歌颂得完美无瑕，就仿佛在这瞬息万变的世界里，只要你爱上一个人，即便山海为阻，千帆过境，两颗相爱的心也永远不会改变。

可事实上又是否有人想过，有时只是一首曲的时间，那个说过要等待的人，曲终人散后，已不在原地等待。

阮家夫妇的表演得到了所有人的掌声，可这厢有两个女人阴着脸，在恩静下台后准备走向自己的座位时，其中一人甚至伸脚至她的必经地——

“阮初云！”电光石火只一瞬，恩静就被阮东廷自后拉住，躲过了被绊倒的灾难。

初云被大哥的怒容吓了一跳，立即缩回脚，就见阮东廷满面寒霜：“你的账，我回头会一笔一笔和你算！”

冷得几近阴狠的声音，话里似还有话，让初云不由得瑟缩了一下：“大……大哥是什么意思？”

可阮东廷没有回应。很快，台上又有节目了——还没下台的连楷夫拿起话筒：“Ladies and gentlemen,may I have your attention（女士们先生们，请听我说）？”一语吸引了无数眼球后，那双倜傥的桃花眼往台下扫视了一圈，又回到恩静身上，“其实今晚还有一件要事，连某想请在座的诸位来替我做个见证。”

不知为何，那双盯着自己的眼睛让恩静陡然生出一种不祥的预感。

果然，只听连楷夫说：“众所周知，南音是中国古代最丰富的乐种之一，可这么优美的乐曲现在已渐渐听不到了，所以我们连氏餐饮明年最隆重的娱乐计划，就是组建一支正宗的南音乐队，在传承古乐的同时，吸引更多中外的音乐爱好者。”

他的话音一落，台下便有赞同的掌声响起。

可恩静却彻底变了脸色。阮东廷仍坐在她身旁，深邃的眼不知是有意还是无意地睨过她。同时她听到连楷夫说：“这支南音团队，我想邀请对南音最有研究的恩静小姐来担任我们的总指导。”

果然，他的最终面目露出来了！

她就说将她的照片贴得满厅堂都是，这连家母子必有他们的目的吧！果然，这建议他早不提晚不提，偏偏搁在这众目睽睽之下堂而皇之地提！

台上Cave的桃花眼正含笑盯着她，可那笑眼里的威胁意味只有她懂：亲爱的恩静，轻易拒绝可是要自负后果的哦。

她紧紧地握起拳头，指甲已陷入掌心里。

身旁男子也将目光定到她的身上，冷冽的、含怒的，同样夹杂着威胁——你敢？

是的，她不敢，更不愿，可连楷夫的威胁言犹在耳。

过了好久好久，久到仿佛大半个世纪过去，恩静才垂下头："太突然了，我想……我需要考虑考虑。"

阮东廷的车开得就像随时会飞起来，在初春的冷风里呼啸而过。

车上除他之外，只有陈恩静一人。

而刚刚，十五分钟前，就在晚宴刚结束的时候，连楷夫那个浑蛋竟然走到他面前："Baron，要不我们来做个交易？"

阮东廷本就冷着一张脸，看到他当然更不会有什么好脸色："让开。"

"我真的有个不错的想法。"

"少废话，让开！"

"哎，你这人怎么就这么不通情理呢？就像刚刚，我们恩静妹妹多想点头啊，都是你这张面瘫脸……"

恩静瞪大眼睛："你别胡说了好吗？"她什么时候想点头了？

"好好好，那我说回正题吧——Baron我问你，说真的，你是不是很想和秋霜在一起？"

恩静一愣，怎么也没想到连楷夫竟会当着她的面说这些。可当她下意识地扭头看向阮东廷时，却见他连眉头也没皱一下："滚开。"

还好Cave脸皮够厚："我是认真的，这主意对你对我都好。"他看了一眼四周，晚宴结束，宾客渐散，于是他放心地沉下声音，"这样吧，我把何秋霜娶了。"

"你疯了？"

"先听我说完，"Cave一只手搭到他的肩上，"你也知道我有多喜欢恩静妹妹，等我娶了何秋霜，我们两对就可以经常混在一起。然后呢？你懂的，呵呵呵……”也不管恩静在一旁又羞又怒又震惊，此蠢货就是一副“老子世界上最聪明”的样子，“你找你的秋霜美人，我找我的恩静妹妹……”

阮东廷开始眯起眼，恩静知道这就是危险的信号了——是，危险，非常危险！可偏偏Cave那蠢货接收不到，还桃花眼一弯，像是想到了什么，风流倜傥尽显脸上：“说真的，我实在是怀念恩静妹妹肩下的那个胎记……”

“连楷夫！”

“砰！”

恩静愤怒的尖叫和拳头上脸的声音同时响起——瞬间，周遭一片寂静。

所有人都看到阮东廷突然揪起Cave的衣领，那表情就像吃了五百吨炸药——是是是，他脾气不好，手段狠辣，是出了名的冷面王所有人都知道，可像今晚怒得这么彻底，并彻底得这么恐怖的，所有人发誓，这绝对是头一遭！

“再说一遍？”只见他揪起Cave的衣领，目光狠戾得几近噬血，“你给老子再说一遍！”

“别这样，阮先生，快松手啊……他胡说的！我发誓他真的是胡说的……”

“你闭嘴！”

全世界的人都在看着他，看他像发了疯一样将好端端的晚宴变成灾难现场。恩静想拉他反被他吼了回来，周遭人人好奇却都退避三舍，没人敢上来劝一句，她急得眼泪都要出来了。终于，在阮东廷的拳头又要落下去时，听到婆婆的声音：“Baron！”

恩静悬在半空的心，终于落了下去。

“大庭广众之下，成何体统？”秀玉拉开阮东廷，问也没问这是怎么一回事，“这里是公共场合，你是想丢自己的脸还是丢阮氏的？！”

阮东廷这才像是清醒了一点，那双眼依旧含怒，依旧瞪着连楷夫。可瞪过之后，还是回过头来硬压下火气：“妈咪，待会儿让阿忠送你回去，我先走了。”柔声跟秀玉说完后，他又冷了脸转过头，“你，跟我走。”

这个你，指的是恩静。

那口气是冷冽的、含怒的、带着无限威胁的，直勾勾、热辣辣地朝着她扔来。

于是她知道，自己完了。

初春的风从车窗外刮过。受不了车厢里压抑的气氛，恩静稍稍降下车窗，想让风灌一点进来。

“关上！”

她一个激灵，又迅速关好车窗。

车子快得像是要飞起来，在满车厢的压抑气氛下，恩静终于还是忍不住：“其实我和连楷夫真的没什么……”

“有没有回家就知道了。”他的声音冰冷而低沉，握着方向盘的手却紧得发白。

恩静不知他这话是什么意思，直到两个人都回了家进了房间，阮东廷锁好房门后开口：“脱衣服。”

“什么？”

“我要检查。”

“阮先生……”

“自己来，别逼我动手！”他突然大吼出声。

电光石火间，他刚刚那句“回家就知道”涌入她的脑海里——是，那个胎记，他要检查连楷夫说的那个胎记！

恩静紧紧揪着自己的前襟：“不是的，你听我说，我和他真的没有……”

“看来是要让我动手了。”他却不听她的话，高大的身躯带着欲破表的愤怒，一步一步逼近她。在恩静死死揪着前襟猛摇头时，他突然大手一抬，嘶——黑色旗袍的前襟被拉开——莹白的，如玉的，在灯光下泛着温润光泽的肌肤上，肩的下方，是一个血红色的胎记。

是，连楷夫说的，是真的。

空气瞬间凝结，就在那一秒，就在周遭。

房间里有一股谁也不熟悉的暗香，随着男人的逼近，那暗香在两个人的感观里开始慢慢放大，慢慢清晰，慢慢蔓延至四肢百骸。可无人去理。

也不知过了多久，恩静只觉得那股奇异的香伴着他灼热的气息，密密地喷洒到了她耳边。气息那么热，声音却那么冷，冷得仿佛来自十八层地狱，他问：“现在还有什么话好说的，阮太太？”

恩静绝望地闭上眼。

“说啊！说你到底和那个王八蛋给我扣了多少顶绿帽子啊！”

“我没有！”

“没有那个王八蛋怎么会知道？”

她死命地摇头，向来聪慧的她脑子里现在一片空白——她该怎么说呢？胎记就长在她身上，在她肩下，在那永远也不可能暴露于光天化日下的地方，她要怎么说？

情急之下，她只能使劲抓着被撕成布条的衣服："我去检查！我明天就去弄一份检查证明来给你看——我没有和任何人发生过任何关系，我明天就去！"

"我看不必了，"他抓住她的手腕，震怒的眼底划过某种嗜血的阴郁，"要检查证明吗？我现在就有更好的方法。"

男性的身躯朝着她逼下来，还有那张英俊的脸。他和她，男人和女人，原来如此不同——强势与孱弱，狠戾与惊恐，掠夺与抗拒，最后的最后，是前者向后者伸出手："刚结婚时念着你还小，没让你伺候，看来是我错了。"

恩静终于读出了那双黑眸中燃着的熊熊烈火："不，你不是那个意思……"

"我就是那个意思。"他嘴角勾起残酷的冷意，"阮太太，现在就来履行你的义务吧。"

她惊恐地摇着头，房里隐隐蔓延的暗香突然变成锋利的剑，一举刺入她脆弱的心脏。衬着他的话，衬着他嗜血的瞳孔，衬着他不容抗拒地伸过来的手——

第十八层是地狱。

而第十九层，是你。

那么痛，就像身体最深处暗中蛰伏了二十几年的灵魂被人揪了出来，再硬生生地撕裂。灵魂没有踪迹，也没有脉搏，可灵魂流了好多血。

好多血——鲜红的、炙热的，在她新婚之夜便夜宿的床榻上，在他新婚伊始便不曾停留过的床榻上——她独自居住了那么久，曾以为在这繁华都市里无论日间气温多冷人情多凉，一入夜，她便能温暖栖身的地方，如今被这一阵碎裂般的痛，生生摧毁了。

待阮东廷发现恩静没撒谎时，已经来不及了。

他原本就是不善言辞的人，放下架子去哄女人的事从来都不知该怎么做。可刚刚，就在真相大白而她委屈得痛哭的那一刻，不知是那哭声太委屈，还是他内心太自责，阮东廷竟一时慌了神。巨大的懊恼间，他竟真的软下声，哄了她半天，一遍一遍地哄着，薄唇一遍又一遍细细地吻着她的眼耳口鼻，那哭声才渐渐低下去。

只是哭声停止，他方松手之时，恩静就背过身缩到离他最远的地方。

瞬间，双人床分崩成了两个世界。

冷气开得很低，直吹向那蜷成一团的人。

“冷吗？”他问，恩静没有回答。不知又过了多久，阮东廷才伸出手，轻抚上她赤裸的肩，“还痛吗？”

谁知她竟像触电一般，迅速移开，让他的手生生僵在空气里。

沉默再度封锁了这张床。

细细回忆起来，结婚这么久了，他竟从未在这里过过夜。

那方恩静颤抖的肩渐渐放松下来，许久都没有动静。阮东廷看冷气一直吹着她，起身替她盖上薄被时，恩静的声音才响起。

她说：“嫁给你的那天，我做了一个梦。”

突兀的声音，突兀的话语，让阮东廷一时没反应过来。

“我梦到了未来的自己。”

他的手突然停留在被子覆盖的那一处。

“梦里的我，有一天被何小姐污蔑说偷了她一件衣服，她当时好生气，当着所有人的面给了我一巴掌。”她顿了一下，声音冷静而缥缈，完全陷入了回忆里，“那一巴掌，那么痛，那么响，以至于我反应了好久，才想起来要向自己的丈夫求助。可谁知她已经先跟你说：‘阿东，这女人竟然偷我的衣服！’你知道吗阮先生，梦中的你竟然相信了——你，竟然相信我会去偷一件衣服。”

阮东廷的拳头握得死紧，几乎是第一时间，他便明白了这梦的含义。所以当她说“没想到一梦成谶”时，阮东廷的声音懊恼得就像是从嗓子眼里挤出来似的：“好了，别说了！”

可她哪会愿意停下：“真是奇怪呢，在同一个屋檐下生活了那么久，还不足以让你了解一个人吗？”

“那次何小姐说我到她那里去放肆、去掌掴她，你信。

“现在一个外人说我同他有染，你竟然也信。”

说到这里，她轻笑了一下，不知是嘲笑他还是自嘲：“阮先生，难道在你眼里，我就是一个这么不值得信任的人吗？”

他的嘴张了又张，无数次，最终却什么也没说。

直到她再度开口：“阮先生……”他才突然伸过手来，自后抱住了她：“好了，别再说了……”

那声音，仿佛千言万语哽于喉，竟让她失了所有的语言。

她竟真的不再说话了。

只是在这阒寂之中，渐渐想起那年出嫁前，她问闺中好友："第一次做那种事，真的会那么痛吗？"她不好意思问阿妈，只好问那位已经结了婚的密友。密友说："那就要看他会不会温柔地对待你啦。"

后来阮先生陪她回娘家时，那密友曾神神秘秘地问她："怎么样？当时的问题有答案了吗？"

她的答案很含糊，笑容里说不清是羞涩还是苦涩。其实密友怎么会知道呢？那一年曾担心过的事，那么长时间过去了，也不曾发生。

直到今日。

却是这样难堪的场景。

阮东廷自后抱了她许久，直到觉得这纤瘦的身子渐渐平静下来，手才稍一用力，将她轻轻转了过来。

却是在那时，看到恩静早已淌了满脸的泪水。

阮东廷的心一沉："恩静……"

这样的呼唤，却让她眼一闭，有更多滚烫的泪水簌簌滑落："别说了，什么也别说了……"

说再多，他也不会明白她曾在这间房里等过他多少次。从希望到失望，再从失望回到希望。那时的她怎么就那么傻呢？竟真的以为只要自己一直等一直等，便终有一日能把他等进来。即使每等过一天，心便冷了一分，也从未想过要放弃。

直到今天，却是等来了这样的结局。

身旁的男子似乎还想说什么，恩静却已经闭上眼："算了，不要说了。不是你的错，是我错了！"

那日何秋霜装病骗他、害他十万火急地赶回酒店，事后撒个娇求个饶，三言两语便将他的怒火平息了。

而她呢？她是他的结发妻子，人前亲密无间，人后默默守候。那么久了，那么多年过去，她一直十分努力地等在他身边。

可原来爱情这东西，从来也不是你付出了那么多，便能够有所收获的。

时至如今，她才终于明白。

"阮先生，不是你不在意，而是我太在意了。"

第 三 曲

历尽沧桑情不变

“你知道爱上一个
不爱自己的人是种什么感觉吗？”
“就像在沙漠里等一艘船，
一边遏制着绝望，
一边怕它已驶入正常的港湾。”

窗外自午夜时分开始落雨，点点滴滴，直到天明。

床上的两个人无声静默，直到午夜时分，阮东廷被狂怒与不知名冲动鼓起的情绪才渐渐平息。角落里不知被谁点上的檀香已经燃尽，落了一地的灰烬。

这一晚，阮东廷没有离开恩静的房间。

不过隔天一大早，众人下楼时，便看到餐桌上摆满了用人们绝对做不出的美味。

“红豆莲子羹加cheese cake，东仔今天又准备向谁赔礼？”

阮东廷正围着米白色围裙站在餐桌前，在妈咪调侃的目光下，俊脸上难得地滑过一丝不自在。

秀玉看上去心情很不错，眼一抬，见到恩静也下了楼，便招呼道：“快过来吧，孩子，我们阮大厨今天又显身手了。‘海陆十四味’里的最后一道，妈咪可是好几年都没享用过了。”

谁知她才刚坐下，恩静就来到她身边，看也没看那辛勤的大厨一眼：“对不起，妈咪，我下来是想跟您说，今天身子有些不舒服，早餐我就不吃了。”

正盛着甜汤的阮东廷面色微变。

可恩静依旧没看他，话刚说完，便转过身去。

只是就在那一瞬间，身后男子的表情早已风起云涌。就在她要踏上楼梯时，冷冽的声音陡然响起：“张嫂，把这些都打包起来。”

“啊？我还没吃呢，大哥！”俊仔惨叫。

可没人理他。

恩静的脚步停了一下，又听阮东廷吩咐：“等太太什么时候身体舒服了，再给她盛上去。”

瞬间，一席人的目光齐刷刷地定在恩静身上——先生摆明了是故意找碴嘛！

而太太呢？先生的话落下，太太也看向了张嫂：“跟先生说不必了，我没胃口。”

“可是……”张嫂快被这两个人绕晕了。

“不用可是，直接告诉太太，等她什么时候有胃口了，你就什么时候把汤热了给她送上去。”

“张嫂，告诉先生……”

她话未说完又被打断：“太太要是一直没胃口，你就把东西全倒了！”

“啊？不要啊！”俊仔再一次惨叫，这回决定不再坐以待毙——开玩笑，谁都知道这款cheese cake跑遍全香港都买不到，更何况今天还是大哥亲自下厨。

俊仔一下子就奔到恩静面前：“大嫂——”委屈的音调拉得老长，“我好想吃cheese cake啊，你快让大哥别倒掉了嘛大嫂，好大嫂……”

明知她心软——不过，确实也是吃定了她心软。

果然，那“大嫂”没叫到第三声，恩静就妥协了，拉着俊仔来到餐桌前。

餐桌上今早只剩下妈咪、俊仔还有他们夫妻二人，初云在昨晚参加过连氏的周年庆后，便打电话回来说，要跟何秋霜去厦门玩几天。而不知此事的阮东廷做了五个人的量，最开心的当然就是俊仔小朋友了。

阮东廷做的这款cheese cake口感的确细腻，奶酪味不知比甜品店里买的要浓郁多少分。更奇特的是，浓郁的奶酪气息中还混了淡淡的柠檬香和苹果香，舀一勺入口，那芝士便绵绵地化开来，苹果的香气残留在唇齿之间，是那么诱人。

秀玉边吃边夸赞：“这是在旧配方上改良的吧？口感比你爹地生前做的还要好呢。”

“是，上个月刚研制出来的。”阮东廷说着，可眼一抬，发现恩静只是盛了碗红豆羹，对他特意做的芝士连碰都不碰。他想说什么，可最终只是清了清喉，看向小弟：“俊仔就只顾着自己吃吗？”

小朋友刚往嘴里塞了一大口芝士，有些不满也有些鄙视地瞪他：“大哥，想让大嫂吃你做的东西，就不会自己开口吗？叫完张嫂又叫我，我们很累啊！”

如果不是当局的女主角，恩静一定会为小朋友这句话捧腹——你看那厢，婆婆向来很严肃的脸也忍不住抽了抽，拿起餐巾轻咳了两声：“好了好了，不是有句老话嘛，夫妻俩床头吵架床尾和……”

“妈咪！”那两个“床”字让恩静从脸红到了脖子上，忙不迭拿起一块芝士蛋糕便送入口中，满脑子都在怀疑，是否昨晚那件尴尬的事全家上下都知道了。

不过别看她表面柔柔顺顺的，脾气一上来，还真是连秀玉都没法子。

两个人冷战了好几天——不，应该说阮东廷的态度并没变，反正他心情好不好都是那个面瘫样。倒是恩静，几天下来总有意无意地避着他。有时实在避不过迎头撞上，也只是别开脸，加快脚步从他身旁走过。

于是几天下来，用人们开始窃窃私语——

“太太到底又闯什么祸啦，看两个人这样子，我真怕先生有一天会突然火山爆发！”

“可你们没觉得，这回生气的好像是太太吗？”

“不会吧？她敢？！”

“就是啊！太太向天借胆啦？敢生先生的气？”

“就是就是！刚刚我才看到太太路过书房，结果先生拉开门将她扯进去，那表情……啧啧，可怕着呢！”

“真的假的？”

说到这里，众人的表情开始高度凝重起来。

片刻后，终于有一个憨厚点的小声开口：“你们说，我们要不要去向老夫人汇报一声？”

其他人几乎异口同声：“你去你去，我们去书房门口守着，以防出事。”

那憨厚的汇报者离开后，其他人果真全守到了书房门口——当然，不敢开门，只猫着身听从里头传出的声音——

“见鬼！你到底要闹到什么时候？”是先生。

“有吗？”轻轻淡淡的声音，是太太。

“没有？那你这几天是什么意思？我能做的都做了，想问问你身体怎么样了你也不回答，怎么，我是得了传染病了还是长了麻子，让你一看到就要躲？”

“说话啊！”他大概是想伸手碰她，却被她躲过，于是外头的人又听到一句，“怎么？现在碰一下都不行了？”

“我让你说话！”

“陈恩静！”

“说什么，说我错了，求阮先生原谅吗？还是说我不该认识连楷夫、不该陪妈咪去参加晚会、不该让你误会、不该惹你生气、不该害你用强的……”

“你……”就在众人以为他要生气时，先生竟只是深吸一口气，“这件事……我们能不能别再提？”

“那我该提什么？”她有些自嘲地笑了，看着他脸上难得的红晕以及逃避的神色，“阮先生，你的态度简直让我误以为做错事的人是我呢。”

于是众人都知道了：是，这一回，是太太在生气——见鬼了竟真是太太在生气啊！她没疯也没向天借胆，可她就是真的在生气了！

有时人的心理就是这么奇怪，你敢在老虎头上拔毛了，那些害怕老虎的人，便一个个将你当成武松。用人们自从在书房外听到这么有价值的一段对话后，对恩静的态度便有了个一百八十度大转变——

“太太、太太您累了吗？”

“太太喝果汁吗？”

“太太要出门？我去拿包……”

秀玉将这一切看在眼里，却不动声色，每天该做什么还做什么。一周后她要去黄大仙庙烧香，依旧叫上了恩静。烧香，拜佛，抽签，恩静一一跟着去了，到解签处，那解签大师问秀玉：“求的是什么？”

“求儿子和儿媳妇的婚姻。”

恩静一愣，随后看到解签的大师摇了摇头：“艰苦，艰苦！”

“艰苦之后呢？”秀玉不死心。

大师说：“柳暗花明，或有一村。”

虽然语气并不肯定，可秀玉还是稍稍松了一口气。

离开黄大仙庙后，大抵是因那支沉重的签，两个人一路上都没有说话。阿忠按吩咐将她们载到阮氏的咖啡馆里。正值下午茶时间，待咖啡和蛋糕全送上来了，秀玉才开口：“还在生东仔的气？”

恩静没有回答，只默默往咖啡里加了两块方糖。

“你这脾气啊，原来倔起来也是要人命的。”婆婆摇了摇头，也往自己的咖啡杯里加了糖块。

阮家人有一个共通点：嗜甜。喝咖啡，奶可以不加，可糖绝对不能不要。秀玉把糖加够了，才又开口：“不过恩静啊，这几天你光顾着生气，就没有好好琢磨过这件事的前因后果吗？”

恩静的动作顿了一下：“妈咪的意思是？”

“Cave为什么会知道你肩膀下有个胎记，难道你就没有想过吗？”

她表情淡淡却目光炯炯，那表情，笃定得令恩静心惊：“难道说……”

秀玉点头：“没错，是妈咪。”

她手中的杯子“哐当”一声掉到地上，摔碎了。

浓黑的液体洒了一地，恩静简直不敢相信：“为什么？”

将这种事告诉一个外人，引起儿子和儿媳的误会，然后弄得她和阮东廷关系紧张，再然后呢？

“为了你。”秀玉淡淡地说。

“什么？”她却像是听到了荒唐的言语一般，“可这件事害我被阿东误会……”

“也让你们的关系更进一步了，不是吗？”

恩静一愣，竟不知该如何接下去。

桌下的黑色液体渐渐扩散开来，触目惊心的色彩让人想起那个温暖的初春午后，大片大片的红玫瑰与绿叶相辅相成。妈咪说：“红花也需绿叶衬，否则红红地挤了一大片，自己不累，那观赏者也会视觉疲劳，看不出个中美好呢！”

那时只觉得她话中有话，可如今想来，竟惊出一身冷汗！

原来，是这样的意思！

秀玉面上仍是一贯的风平浪静：“还记得你们婚后的第一天，我带你来拜拜时，向大仙求的是什么吗？”

恩静沉默了。

“是夫妻恩爱，早生贵子。”她啜了口咖啡，缓缓道，“可你们呢？结婚那么久了，从来不在同一张床上过夜。”

“妈咪，你……”恩静十分吃惊。

“怎么？以为我这老太婆什么都不知道？”她冷笑了一下，“阿东书房里平白无故添了张折叠式沙发床，每天三更半夜还窝在里头‘办公’。还有那个何秋霜，你竟然允许她隔三岔五打着看病的旗号来缠着你丈夫？还一次次帮他们在我面前圆谎？呵！恩静啊恩静，我活了六十几年，还真是头一遭见到你这么大方的太太！”

“妈咪……”

“何秋霜那女子，我一早就跟你说过了，不管她有没有尿毒症，我都不可能让她踏进我阮家大门！可结婚这几年来你都做了些什么？我明里暗里帮你，在后面给你撑腰，可你倒好，走一步退一步，退到竟还没和自己的丈夫圆房！你说你这样，又凭什么把阿东的心抢过来？”

秀玉说到这儿，原来平静的面容也开始掺怒了。

可恩静只是低着眉顺着眼，面容平静地看着桌上已不再冒热气的咖啡。许久后——

“可是妈咪，心，是抢得来的吗？”

秀玉眉头一皱。

“它从一开始……就已经丢了啊。”

“丢了，你就把它找回来。抢不来，你就想办法让它自己向你靠过来。”

“妈咪……”

“其实你比谁都机灵，可为什么一遇上自己的丈夫，就蠢钝成这样了呢？”

那是因为，她从来也不是能在爱情里游刃有余的女子啊——是的，那么多年了，等过，盼过，心冷过，那无数个独眠而过的夜，无数次貌合神离的聚，可到最后，她必须承认，自己自始至终怀抱着的……是爱情啊。

有些关系是这样的，谁先陷入，谁就输了。

在她与阮先生这场莫名的关系中，似乎一开始，她便输了个彻底。

车子开到家门口时，秀玉又说了一段话，令恩静许久也回不过神来——“知道东仔那晚为什么会一反常态吗？其实在你们回家前，我让张嫂到你房里点了特殊的‘香’。所以那晚东仔所做之事，大多数就得益于那支‘香’。”

恩静一惊，想起那夜房间里不明知的暗香，再想起一贯自制的阮东廷那天的粗暴与强硬，一颗心突然重重地跳了一下：“是妈咪……”

秀玉淡然点头：“我自己的儿子我最清楚，表面上比谁都酷，可其实责任感比谁都强。那姓何的女子胆敢一而再再而三地用旧事挑起东仔的愧疚，我就敢给他制造出另一份愧疚来！”

恩静简直听得胆战心惊：“妈咪……”

秀玉脸上的狠戾，完全不像她平时常见的妈咪。

“可是妈咪，愧疚到底……不是爱啊。”

“是啊，连你也懂得愧疚不是爱，可我那傻儿子怎么就不明白呢？”秀玉的话似有深意，话落，又拍了拍儿媳妇的素手，“你呀，也别傻得一听我说这个就觉得东仔没有错，忙不迭地要去‘原谅’他。多使几天小性子，让东仔的愧疚感再延续一阵——别怪妈咪没有提醒你，阿东那孩子，从来都是吃软不吃硬。”

她久久僵在原地，直到妈咪的背影彻底消失在视线里，才听到阿忠说：“太太，您不进去吗？”

家中竟是一派手忙脚乱的景象，恩静一进门，就见两名用人正抬着阮东廷的行李箱下楼。而阮先生就坐在沙发上，正跟谁说着电话，那一脸严肃的神色让人不由得怀疑是不是发生了什么不好的事。

电话一挂断，阮东廷就站起身来：“妈咪，我要到厦门去一趟。”

“怎么？这不才刚回来吗？”

“酒店的问题还没有解决。”

“不是让何成出面了吗？”

“还需要请他再走一趟。”他垂下眼，黑眸中划过一丝不甚明了的情绪。

恩静从大门口悄无声息地移至沙发这方时，正巧捕捉到了那一丝情绪。

秀玉已经开始交代司机：“阿忠啊，快快，去替先生备车……”

恩静脸上带着略微的沉吟，想起妈咪方才那一番惊人的话，不太自然地走到他跟前，小声说：“胎记的事我知道了，原来是……”

“我知道。”

恩静愣了一下：“妈咪说的？”

阮东廷的耳根处突然划过一道不太明显的红，瞬间就想起了那个姓连的浑蛋——

其实事发第二天他就去找Cave了，谁知那家伙的脸皮竟然那么厚：“为什么要那么做？当然是好玩啊！看我们阮先生明明嫉妒得发狂却还要硬撑的样子，本少就觉得啊……啧啧，世界真精彩呢。”

“连楷夫！”

“嘘——别吼我，你还不知道吧，因为这件事，aunty正准备收我当干儿子呢。大哥，小弟发誓，绝对会把‘大嫂的胎记在哪里’忘得一干二净……”

“砰！”不出所料，Cave那张倜傥的俊脸又挂彩了。可Cave这人真是典型的

“人死嘴不死”，被揍了一拳，在阮东廷将要离开之时，他竟还不死心地添了一句：“其实呢，老婆是自己的，想睡就睡嘛，何必绕这么大一个圈呢？现在的你和秋霜妹妹是什么关系，恩静妹妹不知情，哥们儿我还能不明白吗……”于是俊脸上又挨了一记——事情到此结束，阮东廷发誓这辈子再也不会重提此事。

对，往事不堪回首，那就莫回首！

谁知恩静看他半天没说话，又小心翼翼地开口：“难道，是连楷夫……”

他当即沉了脸：“提他做什么？”

“没，我只是好奇你怎么会……”

“那也不关他的事！”

冷峻的表情冷峻的语气，让她又想起阮先生对于连楷夫的芥蒂——呵，或许吧，即使事已至此，他仍怀疑她和连楷夫之间有什么。

谈何信任呢？

她自嘲地弯了弯嘴角，转身准备回自己房间时，却又被阮东廷拉住：“别想太多，我不是那个意思。”

“是吗？也许吧。”

她口吻淡淡的，于是很成功地让大少爷又不高兴了：“我说了，没有那个意思！”

恩静有些错愕于他突如其来的羞恼。

可她这模样却让阮东廷更加不自在，清了一下喉咙，某人就像是在跟自己赌气一般：“关于这件事，你听着，以后要是再怀疑你和他，我阮东廷任凭你羞辱。”

我阮东廷……任凭你羞辱？

这意思就是，以后阮先生要是再怀疑她跟连楷夫有什么，她就可以拿现在这句话随意羞辱他？

恍然间，恩静又想到了妈咪方才在车上的话：“你呀，也别傻得一听我说这个就觉得东仔没有错，忙不迭地要去‘原谅’他，多使几天小性子，让东仔的愧疚感再延续一阵。”

所以他现在……就是在愧疚吗？

永远冷着脸的男人，因为愧疚，却又不知该怎么把“对不起”三个字声情并茂地说出口，于是只能这么别扭地说“任凭你羞辱”，脸上挂着一抹不自在，以及不细看绝对看不出来的红痕。

这好像……和她从前所认识的阮先生有点不一样啊。

恩静压住了嘴角的笑意，轻声道："可是你这么凶，谁敢羞辱你啊？"

"什么？"

"没……没什么。"他声音一大，她又迅速垂下头。

这低眉顺眼的模样不知为何竟让他有点儿焦躁，本想好好说话的，结果一出口又变成："到底听清楚了没有？"

"清……清楚了啊。"

"既然清楚了，那……"他又清了下喉咙，酷着脸，"那就到楼上去添件衣服，送我去机场。"

其实她很想问他关于刚刚妈咪问过的那件事。那时她清清楚楚在他眼中捕捉到了异样的情绪，只是一路上阮某人都在闭目养神，她也不好问，直到车子开了十来分钟，那人才开口："你想说什么？"

哎，这人是有第三只眼睛吗？明明闭着眼，也能看得到她欲言又止。

恩静叹了口气，干脆直言："你刚刚是不是没有对妈咪说实话？"

"看出来了？"

"嗯。"

他睁开眼，身子微微往前倾了倾，睨了前方的阿忠一记。

"哎呀先生放心啦，我阿忠绝对、肯定、百分百是站在你这边的，不会告诉老夫人的！"

他这才道："是初云，她在厦门出事了。"

"什么？"

掐指一算，那阮初云也去厦门有二十来天了，自那晚连氏的周年庆过后，恩静便没再见过她。

"具体是什么情况知道吗？"

"说是生病了，发热引起了心肌炎。"

她吓了一跳："心肌炎可大可小啊！"听说严重的可能导致心力衰竭、心源性休克甚至猝死，"以前也没见她有过这种现象啊。"

"这就是我奇怪的地方，她怎么会无缘无故得了心肌炎呢？"阮先生皱起眉，想起之前在电话里，秋霜焦急地告诉他，“厦门的医生说，很有可能是受到了感染，可感染源是什么目前还不清楚。”

“严重吗？”

“还好打扫她房间的清洁大婶及时发现，送她到医院，现在正在治疗当中。”

恩静这才松了一口气：“那就好……”难怪他刚刚不肯对妈咪说实话，要是让她老人家知道初云在异地发生了这种事……天哪，简直不敢想象！

想到这里，她又急急地拉住他的衣角：“放心吧，我一定不会告诉妈咪的！”

“嗯，我不想让她烦心。”

“我知道的，你尽管去，我一定会小心……”

“我相信你。”

恩静本来还想说些什么，却突然愣了愣，抬眼就看到他似乎另有深意的眼睛：“我可能要在厦门待一段时间，妈咪那边具体什么时候要和她说明实情，由你来决定。”说完他停了一下，就在恩静准备点头说好时，那只原本搁在皮质座椅上的手突然抬起，在空中顿了一下，抚上她的发丝，“恩静，我相信你。”

他一连说了两句“我相信你”，似话中有话。恩静心细如发，哪能听不出来？

她垂下头，淡淡地笑了：“嗯，一路小心。”

妈咪让她多使几天小性子、别那么快就原谅他，可她怎么做得到呢？放在心里那么久的人，一声郑重的“我相信你”，几天下来以行动来表示的“对不起”，已让她情不自禁心软了。

阮东廷这一去就是好几天。几天后他打电话过来，说初云已度过了危险期。恩静细细考虑过后，决定把这件事告知秀玉。

可想而知秀玉有多生气：“这孩子，这么大的事竟然不告诉我！不行，我要去厦门看看……”可细细一想，“不，不，我不去，恩静你去！”

“这不太好吧？”

记得刚结婚那年，阮先生上北京出差，妈咪硬是编了个借口让她跟过去。人家去办正事，本来就没打算带上她，可想而知她这个多出来的包袱有多不受欢迎。

自那次后，他不主动邀约，她便不会跟去凑热闹。

谁知这回妈咪又准备赶鸭子上架：“你呀你，都不懂妈咪的苦心吗？”

其实初云已度过危险期，她这个当大嫂的过不过去看都是一样的。可问题是，在秀玉看来，她和阮先生的关系才刚有了进一步的发展，不趁热打铁能行吗？

恩静犹豫不决，而隔天又那么巧，Marvy一通电话打过来，正好替她做了决定：“刚接了个case，要去厦门参加一场试吃会，陪我走一趟如何？厦门你熟，正好给我当当地陪。”

“你不是侦探吗？什么时候连试吃会也要参加了？”

“因为雇主想查的东西就在试吃会上啊。”

多么凑巧，以至于恩静有些怀疑：“你那雇主，该不会就是我婆婆吧？”

“陈恩静，你的想象力可以再丰富一点吗？”她简直想象得到Marvy在电话那端翻白眼的样子，“对了，还有一件事，别怪我没事先提醒你，这次试吃会的主办方是何成酒店，而这个何成，你应该知道是谁吧？”

名字听上去好熟悉：“不会就是……”

“对，正是何秋霜她爸！所以很有可能，你们家阮先生也会参加。”

其实是Marvy说得太保守了——什么叫“很有可能”？早在抵达厦门的这一日，两个人刚踏入试吃会场，她便看到了他。

在金碧辉煌的酒店大堂里，她与Marvy一个着经典的黑色露肩小礼裙，一个着浓烈美艳的大红色长裙，一双佳人相偕走向电梯口时，便看到了从大堂另一侧走来的他。

恍惚间便有了点梦幻，不像是真的。在异地人来人往的酒店里，她与他，这对好几天都没见过面的夫妻，就这么迎头碰上了。

此时大堂内门庭若市，各界名流纷至沓来，渐渐移往同一个电梯口。而在这衣香鬓影中，阮东廷眼一抬，竟有些错愕：“恩静？”

恩静微微一笑，嘴角的弧度不大，可眼里的欢喜几乎要溢出来。只是眼一转，又看到了挂在他臂间的纤纤玉手。而那玉手的主人，着一袭几乎和Marvy撞衫的大红色长裙的女子，不是何秋霜又会是谁呢？

“真巧啊，阮总！”恩静还没开口，Marvy就皮笑肉不笑地打了个招呼，漂亮的眼往他的臂弯处瞥啊瞥：“我说何小姐，这众目睽睽的，你那只手是不是也该收敛收敛了？”

其实何秋霜只是将手搭在阮先生的臂弯里，男女相偕着去参加晚宴，这姿态究竟是叫“举止亲昵”呢，还是纯属“社交礼仪”，那可就是仁者见仁智者见智了。

不过很明显，Marvy刻意要将众人的想法牵到前者上，你听：“一个第三者竟敢在正牌阮太太面前……”

“颜又舞！”秋霜气急败坏地低喊她一声，迅速松开手，浓妆下的一张脸又红又青。

“何小姐竟然还记得我的名字啊！这真是跟‘何小姐竟然还要脸’一样难得呢。”Marvy微微笑着，看上去对这个结局挺满意的。

此时电梯正抵达大堂，一群人目标统一地走向电梯时，阮东廷却走过来，拉住了恩静的手：“抱歉颜小姐，恐怕要请你先上去了。”

何秋霜的一张脸瞬间比刚刚还要青红交加，不过人那么多，她也只能眼睁睁看着阮东廷将恩静拉离她的视线。

一直走到大堂另一边，阮东廷才拧起眉沉下声来：“怎么不先说一声就过来了？”

不知为什么，恩静感觉他是不高兴了，原本溢了满眼的欢喜也不由得敛了敛：“因为有点仓促……”

其实是因为要打电话跟他说时，妈咪连连摇头：“别打别打，万一东仔让你别过去呢？你这个死脑筋，肯定就不会去了！”

别说妈咪了，就算是她自己，心里也不是没有这种担忧的。所以最终她还是放下了电话。

而今看来，那个电话如果真打了，今天的她也就不会站在这里了。

阮东廷说：“把东西收一下，明天就回去。”

“可我答应了Marvy要当她的地陪……”

“恩静！”

她垂下头，脑中浮现刚刚秋霜挽着他的样子——就因为这是厦门，就因为想一心一意陪着那个女子，所以并不期待她的到来吧？

片刻后再抬起头时，恩静脸上已强撑起了一记笑：“放心吧，这里不是香港，没有人知道我是你太太。我在或不在，对你、对她，都不会有影响的。”

那对坏脾气的眉毛却迅速拢起：“你在说什么？”

她只是微微一笑，再轻轻地将自己的手从他的大掌间抽了出来。

说什么呢？

我以为，我和你之间，已经有所不同了。可原来，也没有什么不同。

就算如妈咪所言“关系上升了一个层次”，就算他曾在车厢里温柔缱绻地说信她，就算他的手曾温存地轻抚她的发——可那又怎么样呢?

试吃会场就在酒店的最顶层，几乎是一走进去，身旁的男子便被等在那里的火红色身影缠住：“阿东阿东，爸爸那边有很重要的事要和你说！”阮东廷原本还想跟恩静说些什么，可看秋霜神色间满是紧迫，这才松开握着恩静的手：“在这里等我。”长腿一跨，他便往主办方所在的那边走去。

当然，秋霜哪能允许她真的在这里等他呢?

阮先生前脚刚离开，她后脚便笑吟吟地转过脸来。只不过那笑，细看下去，便会觉得和方才面对阮先生时的甜美温存截然不同：“恩静妹妹，好久不见啊。”

恩静淡淡地颔首，压根儿没心思和她纠缠，转身便要走向另一处。

可秋霜不肯放过她：“我在和你说话呢！”一只手甚至伸过来，突兀地抓住了恩静的手臂。

此时周遭宾客人来人往，她压低声音，靠近她：“说吧，来厦门做什么？”

恩静的表情淡淡的：“探一探初云。”

“我听你胡扯！就你和初云那种关系，会真心想来探她？我看你是为了阿东吧？拉着那个长舌颜又舞来助威……”

“何小姐，”听到这里，恩静突然勾了一下红唇，“你觉得我需要拉Marvy来助威吗？”转头看着周遭的衣香鬓影，她又说，“如果我真想做点什么，只需在现场随便找几个人，告诉他们，阮东廷的结婚证书上填的是我的名字，就够了。”

她说话的语气并不重，甚至还有些漫不经心，可这句话却不偏不倚地刺中了秋霜的心：“你这个女人！”此时正有服务生端着酒水路过这一处，令人震惊的是，何秋霜竟然信手端过一杯酒，就要往恩静身上泼去。

还好恩静反应快，迅速往后退了退。

可裙尾还是被泼到了些许酒水。

周遭人士纷纷侧目，和恩静一样震惊于何秋霜突兀的行为。不过很快，恩静的震惊便收了起来：“何小姐，你这样做，拆的可是何成的招牌！”

可不是吗？她就一个在厦门寂寂无闻的路人甲，而此时在众人眼前扮演滑稽角色的，可是何成酒店的千金呢！

不再和她多废话，恩静大方地颔首：“失陪了，何小姐。”

到底是高级会所，跟工作人员吩咐了一句，不到两分钟，便有女服务生将吹风机和干净的手绢送到洗手间里，并在恩静弯腰处理裙尾时，体贴地替她拿着手包。

处理得差不多时，Marvy的电话正好打了过来：“试吃会快开始了，你人呢？”

“在洗手间，马上出去了。”

哪知Marvy刚好也走到了洗手间门口：“别急，先等我一下。”

她是进来补妆的，那服务生一见她进来，便将恩静的包搁到洗手台上：“这位女士如果处理好了，我就先把吹风机拿出去。”

“好，谢谢。”

她态度温和，倒是Marvy狐疑地看着那服务员的背影：“何成酒店的服务什么时候变得这么好了？明明眼前就有放包的地方，她还要亲自给你拿着。”

她会有这样的反应，大概也是侦探的习惯使然，可这一句话却让恩静面色骤变。就像想起了什么一般，蓦地，她凝神皱起眉。

下一刻，她打开了手拿包！两三秒钟后——

“Marvy。”

“嗯？”

“我包里……多出了这个东西。”

一条看似价值不菲的钻石项链在洗手间的粲然灯光下，闪耀着华美的光。

而这条项链，并不是她的。难怪要把阮先生支走，难怪要蓄意挑衅，难怪在这样的场合里，还会有如此不顾身份的举动——难怪！

试吃会从晚上七点开始，据说今夜即将推出的，是何成酒店的新菜式。只是在七点钟到来、试吃会理应开始之时，一个惊叫声却打乱了原计划——

“什么？项链不见了？”

这边恩静和Marvy早已料到会有这一幕，对视一眼，神色里满是了然。

那尖叫着项链不见了的人，不是何秋霜的母亲又会是谁呢？而项链——没错，就是何秋霜的。

很快大家便达成一致意见，就像所有恶俗连续剧里的做法，这会场上有头有脸又有好心肠的来宾纷纷建议：“搜，一定要搜！没想到这等场合里竟还会有小偷小摸的行为！”

此时恩静和Marvy正坐在会场的角落里，一边啜着现调鸡尾酒，一边研究着桌上的桌签——

“其实简体字和繁体字也差不多嘛，我都看得懂。不过话说回来，这桌签也太没意思了。”

“怎么说？”

“像你这种已婚妇女啊，桌签上竟然只写了三个字，什么意思啊？要是在香港，这上面肯定得写成‘阮陈恩静’——既显示名字，又显示身份。”她一边说着一边招来服务生，“桌签写错了，去，换一个。‘陈’字前面得再添个‘阮’。”

也正是在这时，那群大义凛然者来到了她们面前：“女士们，该你们了。”

大义凛然者大概有十来人，以最中间的何秋霜母女为首。

Marvy挥挥手让服务生下去，再转过脸来时，美艳的面孔上只余轻蔑：“这是怎么了？不会连我们俩也想搜吧？”

口气好大，只可惜她们俩身处异地，这十来个人里除了何家母女，压根儿就没人知道“我们俩”到底是什么来头。

于是众人你瞅瞅我，我瞅瞅你。直到Marvy将酒杯往桌上一搁——砰！

“哼！好一群狗眼看人低的家伙！何秋霜，就不知你那条珍贵的项链抵不抵我一个月的零花钱了！”

秋霜面上一红：“颜又舞！”

“很好，谢谢你替我作了介绍。诸位，现在还有人想搜我的包吗？”

瞬间，十余人纷纷将目光投向了Marvy的桌签。就见那上头端端正正地标着“香港　颜又舞”。见此女的言行如此嚣张，于是有平时财经报看得多的人开口了：“难道是香港地产大亨颜寿铭的千金？”

Marvy冷冷一笑：“果然还是有聪明人。”

“那……那这一位呢？”

旁边桌签被服务生拿走的那一位，和美艳嚣张的地产千金比起来，很明显既不美艳也不嚣张。她只安安静静地坐在那里，一边啜着鸡尾酒，一边看着周遭的闹剧，嘴角那温和的笑很奇怪，竟有种超然物外的感觉。哦，再加上她手上的那块表，表面上看只是低调的白金腕表，可有识货的人在一旁小声地说：“天哪！她戴的那块表，该不会就是Van Cleef & Arpels（梵克雅宝）的限量版吧？”

“这一位呢……”Marvy正要替恩静大肆宣传一番，谁知恩静却突然搁下酒杯，看向站在何秋霜旁边的那位中年贵妇——对，正是刚刚在揣测她所戴的表是否为Van Cleef & Arpels的那一位：“张太太，妈咪让我问候您。她老人家今年过生日时，张先生亲自送去香港的那幅百寿图她十分喜欢，谢谢。”

那张氏贵妇瞬间就瞪大了眼：“难……难道你就是……”

恩静淡笑，却没有进一步谈论身份的意思。

是的，大半个钟头前，是她自己对阮先生说的——“这里不是香港，没有人知道我是你太太。”话既出口，驷马难追，不是吗？

所以她不表明身份，只挑了个看上去表达能力还不错的张太太示意。于是很快，那位张太太就开始替她说话：“哎呀，人家不想表明身份就别问了，总之是有头有脸的人，不用查了，绝对不会去偷一条项链啦……”

本来身旁坐着个地产千金，众人也料到这女子应该是有些来头的，这会儿加上张太这么一说，大家你看看我，我看看你，原本凶神恶煞的气息渐渐退去。

可刚有人要走，众人中央那沉稳又气质高贵的何太太突然问了一句：“秋霜，今晚这两位小姐有没有和你接触过？”

何秋霜像是想到了什么：“有！差点忘了，今晚和我挨得最近的人就是她——对，一定是她！”

纤纤玉指直指陈恩静，那眼底的坚定和不齿，简直令人失笑。

呵，这女子！怎么不去演戏呢？

“何小姐，我知道血口喷人向来是你的强项，可刚刚你的话已经污辱到我的人格了。如果那条项链不在我这里呢？”

“在不在你那里，大家一查便知。”何秋霜没答，反倒是何太太先开的口。一双和秋霜那么相似，却明显更精明、更理智的眼冷冷地盯着恩静。

“你看老太婆那双眼睛，”Marvy嗤了一声，转头在她耳边说，“她在说‘死丫头，你完蛋了’呢。”

恩静轻笑：“先不说东西到底有没有在我这儿，我的重点是，刚刚令千金已经污辱到我的人格了。”她的声音柔柔的，看着何妈妈的目光也柔柔的，却不知为何令旁人不寒而栗，“何太太，这么随意就血口喷人，如果东西不是我偷的呢？”

“那我就当着众人的面向你道歉！”

这话一落下，所有人都震惊了！

何成在本市也算是有头有脸的人物，黑白通吃，谁见了都得让他几分。而今晚何太太竟对着一个不知名的女子说出这样的话，看来……呵！肯定是这女子偷了东西被何太太抓到把柄了！

于是叫嚣声又大起来："还不交出包来？"

"算了算了，给他们吧！"Marvy摆摆手，那口气真像是在打赏乞丐，"喝个酒都不能尽兴，拿去拿去！"说着，她没好气地将包往前方一递。

群情激愤，剑拔弩张，众人眼中的利箭刺破了这个平静的夜。

然而就在对面的人要伸手接包之时，一道声音冷冷地响起："如果要搜她，不如先来搜搜我。"

是阮东廷。

人群纷纷往两旁让开，自动地在这一双遥遥相对的男女之间让出了一个完美的空间。

于是在这众目睽睽之下，那方高大的身躯朝着这边走来。沉稳，不疾不徐。

恩静的脸上突然波云诡谲——在这个时候站出来，难道说阮先生他……

是的！他走到恩静面前，就在众人正瞪大眼睛看着他时，阮先生从Marvy手中接过了包包："诸位在搜我太太之前，是不是要先来搜一搜阮某？"

"阿东！"何秋霜和何妈妈不约而同地叫出声，一个震惊，一个震怒。

可所有人都已经听清楚了刚刚那句话——是的，我太太！

阮先生面不改色地看着这一群人面露愕色，那张太太甚至脱口而出："我就说嘛，知道那幅百寿图的还能是谁啊？果然是阮总的太太嘛！"而他就在这句话将众人的惊愕推向最高潮时，朝着他的太太伸出手："恩静。"嗓音低沉，他说，"过来，恩静。"

恩静的错愕丝毫不亚于旁人，直到Marvy推了推她："干什么呢？还不快去？"阮先生已上前两步走过来，一只手拉起她，一只手扬着那个包，黑眸同时往那群大义凛然者身上扫了一圈："现在，还有人认为阮太太需要去偷一条项链吗？"

很好，大家都闭嘴了。

闹剧结束，至此，理当合情又合理地结束。

突然，那个被他牵住的女子伸出另一只手，夺过了那个包。

就在全场鸦雀无声时，那女子竟从他手中夺过了自己的包包——大庭广众之下，她“哗啦”一声打开包，并倒出了里面的物品！

口红、粉扑、酒店房卡、一沓整齐的港币以及一沓整齐的人民币——没了！

“我先生以人格担保，那我就以事实担保。”恩静的声音柔柔的，目光冰冷。

众人的表情和阮东廷一样错愕，可很快，他们又心照不宣地齐齐看向何太太！

方才是谁在这儿信誓旦旦地说东西没在她包里就当众道歉的？

“这……”果然，何太太一下子变了脸色，那何秋霜更是难以置信地抢过恩静的包，里里外外检查了一遍。

可是，没有。

恩静与Marvy对视一眼，笑了。

“何太太，别忘了待会儿道歉哦！”Marvy的口吻十分愉悦。

一场闹剧似乎可以就此终结了，可——不，不，你错了。

就在何家母女愤怒地准备离场时，话少且看似温柔无害的恩静开口了：“慢着，何太太。”

“还有什么事？”何太太没好气地转过脸来。

她微笑，轻声道：“方才何小姐不是说人人都主动把包交出来了吗？那现在在场的，好像就只剩下颜小姐、何小姐以及您——还没交出包来吧？”

氛围极冷，气压也极低，何氏母女极其愤怒。

“你！”

“何太太，一言既出，驷马难追。”

“好！很好！你这个丫头……”

“请——”

“哗啦！”三个包包前前后后被打开，里头的物品被倒出来。而在最后那一刻，有道耀眼的光自刚拉开的包包里闪现，随即传来“啪”的一声，细碎的冷钻在耀眼的灯光下熠熠生辉。众人“啊”地发出尖叫，然后又都闭了嘴。

那传说中丢失了的钻石项链，半秒钟之前，从何秋霜的包包里掉了出来。

亮瞎了众人的眼。

这方已成了灾难现场，就在Marvy一声哂笑之后：“奇怪呀！这条项链不是该在何小姐脖子上的吗？什么时候躲进包里了？”

眼看另一场口舌之争就要开始，恩静却无心恋战，眼一抬，又见阮先生抬了抬手臂，她便收拾了包包，将手伸入他的臂弯。他们又是报纸杂志上的阮先生阮太太了。

至于那对母女，算了，让Marvy去对付吧。这种场面对她来说，简直就是小意思嘛。

两个人走到最远离闹剧的那张桌子旁，一路无言。直到阮先生坐到座椅上，有意空出外面的座位时，恩静才坐到他的身旁："其实你大可不必认我的。"

阮东廷却像听到了什么荒唐的言语似的："你以为我那么孬吗？看着自己的太太受欺负，什么也不做？"他没好气地睨她一记，再转头看向那端的硝烟战火时，声音又低了下去，"虽然我相信，没有我，你也不会白白让人欺负。"

恩静顺着他的目光看过去，就见那方何秋霜正被Marvy奚落得满脸通红。隐隐地，她听到Marvy说："我就说呢，在香港都敢上门去欺负原配，更何况是在自己的地盘？呵！何小姐这第三者可真是越当越顺手了啊……"她心底对这个好友的感激又更上一层楼，可面上也只是淡淡的，迎着阮先生方才的言下之意："事不过三，我不喜欢与人争，却并不代表我是个傻子。被人一再掌嘴，也总会有想回击的时候。"

第一次打不还手叫宽容，第二次打不还手叫气度，第三次还打不还手，那你就叫傻子，活该被人再打第四次。

阮东廷看着她："你可以告诉我。"

"是吗？可如果我想回击的对象是何秋霜呢？"

那方的争辩在此时达到了最高潮，这厢阮东廷还没来得及回答，那厢秋霜恼怒的声音已经响起："查就查！谁怕谁啊？"

恩静转过头去，就看到一拨人浩浩荡荡地要离开会场。

阮东廷站起身，走向何太太："何伯母，试吃会马上就要开始了，你们这是做什么？"

何太太显然已经被Marvy气得够呛："颜小姐不愿意善罢甘休，硬说要查监控，看看到底是怎么一回事！"

恩静眉一拢。阮先生眉一蹙，瞪向Marvy。

可那女子只是愉快地朝他眨了眨眼："放心吧阮总，一切都交给我处理。"

没有人注意到她说这句话时，漂亮的凤眼里闪过了什么情绪。

恩静原本并不想掺和，可Marvy硬是把她给拉了过去。半小时的监控看得所有人意兴阑珊，可突然就在阮先生抬脚想走人时，刚刚那位张太太却发出一声惊呼："这……这不是何小姐吗？"

最中间的监控视频里，十八点四十六分，一名着大红色长裙、卷发披肩的高挑女子匆匆地从贵宾房里出来。

监控效果极好，明明是从长廊的另一边、隔了近三十米拍的，画面也依旧清晰，甚至连女子匆忙将项链塞进包包里、拿出口红补妆的动作都拍得一清二楚！

即使她从头到尾都低着头，可那红色长裙、那大波浪长卷发、那黑色高跟鞋，明眼人一看也知是何秋霜。

即使房内的景色被一扇门隔绝了，可那边塞项链边补妆的场景，明眼人一看也知方才的房间里发生了什么。

瞬间，场面尴尬——何秋霜衣衫不整地从房间里出来，而那房间里的人……

已经有几道目光悄悄投到了阮东廷的身上。

可Marvy的声音让众人的怀疑更加错乱：“天哪！还好那时候我们阮总正和阮太太在一起，否则看到这莫名其妙的一幕，家庭革命闹起来，套用一句俗话，我们阮总可就得‘吃不了兜着走’了！”

一句话打乱了众人的揣测，却让剧情更加复杂：什么？里头的男人不是阮先生？那还能是谁？

只有恩静冷静如初，没加入这胡乱揣测的行列里。

不，不是不想揣测，而是不需要了——“还好那时候我们阮总正和阮太太在一起”？呵！怎么会在一起呢？那时的她正只身在试吃会所里等着Marvy回来，怎么可能“在一起”？

跟他在一起的，该是另一名女子吧？

而此时，那女子的声音几乎有些歇斯底里：“颜又舞你别胡说！那个人不是我！根本就不是我！”秋霜看上去真是要疯了。

Marvy却不为所动：“我说了是你吗？何千金，可别不打自招啊！”

场面纷乱复杂，人人心中都有一份揣测，看上去面色最正常的，反倒是刚刚差点被冤枉的阮东廷。

只见他目光严肃地盯着监控器里的红色身影，直到身旁的女子转过身，不着痕迹地退出监控室——

“恩静！”他也跟着大步踏出，在监控室外抓住她的手臂，“你去哪儿？”

去哪儿？还能去哪儿呢？她心想，去一个没有你的地方。可见身后已有人陆续从监控室里走出来，她又轻轻抽出自己的手：“试吃会快开始了，去会所。”

有一种人的坏脾气，并不是从眉头、眼睛或火药味十足的话语中流露出来的。他们不说话，只浑身散发着“生人勿近”的气息，以至方圆数十米，人人退避三舍。

阮东廷就是这样的人。

十分钟前，当他勾起臂弯，示意恩静将手伸进去时，那女子竟视而不见走开了。一开始他还不相信她竟敢在这种场合里同他闹脾气，上前两步拉住她：“和颜小姐说一声，待会儿坐到我那里。”

谁知她竟再一次抽回手：“我已经答应她了。”

他愣了一下，她却不理——

“陈恩静！”

“大庭广众，阮先生，请自重。”声音那么冷淡，说罢便离开他身旁。

从那一刻开始，阮东廷的脸便一直臭到现在。

试吃会所继续衣香鬓影，大抵是何成的势力太过强大，所有人一致选择没看到刚刚那则丑闻。

不过是延迟一个小时开始试吃罢了，也没什么的。

不过她已经没了胃口。

Marvy在一旁“啧啧”感叹：“什么新品啊？这完全是抄袭别人的作品嘛！你尝尝这个，Cappuccino di seppie al nero in versione classica o distesa（经典墨鱼汁卡布奇诺），我去年才在帕多瓦吃过一模一样的菜式！”她的声音突然低下来，“听说何成的营业额每况愈下，那姓何的越来越喜欢模仿外国的名菜。可惜啊，这中国人的口味和西方人的怎么会一样呢……恩静？恩静？”

“啊？”她回过神来，就看好友凝着一脸的疑色，“你怎么了？”

她摇头，叹气声几不可闻：“Marvy，我先走了。”

“啊？”

“去医院看看初云。”

Marvy说她的任务就在这个试吃会上，所以没有跟恩静一起出来。

她一个人打了一辆出租车，从灯火通明的酒店一路坐到夜阑人静的医院。

初云的病房和这医院周遭一样沉寂。走到半掩的房门口，恩静就看到里头除了初云以外，还有一个五十来岁的大婶。氛围有些低沉，她正欲敲门时，正好听到初云的声音：“再坐一会儿吧，别那么急着走。”

“阮小姐，明天、明天好吗？明天我一定再来看你！”那大婶的声音听起来有点急，一张老好人的脸看上去挺为难，“我要是再不过去，就赶不上晚班了！”

“可是……”初云还要说些什么，大眼一瞟看到门口的恩静，表情骤变：“你来做什么？”

可想而知她是多么不受欢迎的探病者，恩静有些尴尬，却见那大婶如蒙大赦般站起：“这位是？”

恩静淡淡地颔首：“我是初云的大嫂。”

“太好了！我正要去上晚班，初云小姐就有劳您照顾了。”她匆匆收起床头的保温罐，看样子在探病的同时还顺道送了晚餐。

只是两个人擦肩而过时，她又问恩静：“太太能不能借一步说话？”

两个人出了病房后，大婶恳切地说：“太太，请你多劝劝初云小姐吧，她最近好像得了疑心病，总疑神疑鬼的。自从我发现她生病、找人将她送来医院以后，她就只吃我送的饭菜，吃完还不让我走……”

“她怎么会这样？”恩静错愕。

大婶无奈地摇摇头：“我也不知道。”

病房里，初云一看到她进门，便信手抓起床头的书，对她来个眼不见为净。恩静在旁边沉默地坐了十几分钟，见她一点也没有同自己交流的意思，才开口：“妈咪让我来看看你，可你大哥让我明天就回去，所以我趁现在有空，来看看你。”

初云没吭声。

“不过既然你想安静地看书，”她站起身，“那我就不打扰了。”

谁知她前脚才刚踏出去，原打算沉默到底的阮初云就急急地喊：“等一下！”

“嗯？”恩静回过头。

“我……”她看上去有些慌，却又有些拉不下脸来，“那个……护士换班了，你……你先坐一下，不然我怕待会儿要去洗手间或拿什么东西不方便。”

一个多钟头后她又打算起身时，初云又说：“护……护士还没换完班……”

只是，护士换班应该不用换很久吧？

这下她终于察觉到了不正常：“初云，你是不是不敢一个人待着？”

阮初云沉默了。

方才那大婶的话蹿入脑海——初云小姐好像得了疑心病，总疑神疑鬼的——她轻拧起眉，放柔了嗓音：“你在怕什么吗？”

“没有！”哪知阮初云却突兀地否认，“就是、就是……”

很明显是想掰什么却又掰不出来的样子，恩静叹了口气：“好吧，不必说了，我会一直待到有人来接班。”

初云错愕：“真的？”

“嗯。”

“可能要很久……”

“没关系。”

不过让两个人吃惊的是，很快，竟真的有人来接班了——阮东廷和Marvy。

颜大侦探一进门就说：“别怪我泄密啊，主要是你家阮先生没找到你，就一副要把我给吃了的样子。本小姐年华正好，又恰好貌美如花，就这么被吃掉，未免太可惜了。”

可惜的是，在场没有人懂得欣赏她的冷幽默。

一踏进病房，阮东廷的眼便定到了恩静身上，刚刚不过是被个同行拉着说了几句话，再回头便寻不到她。他担心她出事，找到Marvy硬是打听了她的去处。谁知现在一打照面，那女子就垂下眼，鸵鸟般地避开了他的目光。

无疑，这个动作挑战了阮某人素来有限的耐性。

一见她逃避，他干脆走过去，手一伸就要拉她，谁知这女子竟往后一退。

“陈恩静！”

“我明天就回去，听你的话。”她低声说，也不管对面的人正怒火中烧，话一说完，便转身跑出了病房。

反正接班的人已到，她继续留在这儿又有什么意义呢？

阮东廷没有追上去，只是冷眼瞪向一旁的Marvy：“我从不威胁女人，但颜小姐，如果明天她还是给我摆这张脸……”

“我知道我知道！”Marvy难得这么好说话，“我保证一小时之后，你家阮太太绝对服服帖帖的！”

可哪里是一小时啊？追出医院时，恩静早已打了车扬长而去。她的电话打不通，也没回酒店。一个多小时后，Marvy才在离酒店不远的海滩上看到了女子的身影。

天空又开始下起雨来，如同这个季节里绝大多数的南方城市。

而她没有撑伞，也没穿雨衣，只是伶俜坐于沙滩，望着雨雾蒙蒙的海面上，有船只渐行渐远。

Marvy坐到她身旁："打了你十几通电话都不接，是要让我急死吗？"

"抱歉，手机关了。"她以为阮东廷会再打电话过来。

可不断打来的却是Marvy。

"还在生你家阮先生的气啊？"

"怎么会？我和他，"她有些自嘲，"什么时候轮得到我生气？"

"可你的表现分明就是在生气嘛！只不过别人生气是雷电交加，你生气是绵绵细雨。"可一下起来简直停不了，要人命！

Marvy说："其实你越生气就代表你越在乎，恩静，从前我还没发现你那么在乎他，可现在我发觉，你可能比自己想象中的还要在乎他呢。"

恩静轻轻笑了笑，也不知是在对谁笑："或许吧，的确是比你想象中的还要在乎，可要说比我自己想象的……"她摇头——不，不，怎么会呢？她从来都没有低估过自己对他的感情啊。从那年她点头答应成为阮太太起，在同样下着绵绵细雨的厦门的海边，她便那么清醒地明白。

爱情怎么会是盲目地沉沦呢？明明，是清醒地堕落啊。

海面上的船只渐行渐远，往一闪一闪的灯塔驶去。

她突然低声问好友："Marvy，你知道爱上一个不爱自己的人是种什么感觉吗？"

"我不知道。"Marvy诚实地说。

海面上的那艘船已经远得一点也看不见，只余远方的灯塔，独自闪烁着。

她说："就像在沙漠里等一艘船，一边遏制着绝望，一边怕它已驶入正常的港湾。"

书上总是有人写，"爱上一个不爱你的人，就像是在沙漠里等一艘船"，可其实谁会不知道呢，船是开不进沙漠的，不过是那个等待着的人不舍幻灭罢了。

可Marvy说："恩静，可你又怎么知道，自己就是在沙漠中等船的那个人呢？"

恩静不明白她的言下之意，只是疑惑地看着她。直到Marvy又开口："还记得拿走那条项链之前，我还和你换了鞋子吗？"

"嗯。"

"知道我换鞋的目的吗？"

"不知道。"

“为什么明明我穿的也是红色的长礼服，可大家看到监控录像时，想到的全都是何秋霜？”

“因为那监控器上的女子是红裙黑鞋黑包，可你是红裙红鞋金包……天哪！”

天哪！她瞪大眼睛，直直地瞪向好友：“难道说……”

Marvy点头：“这就是我和你换鞋的目的，监控器里拍到的人，没错，就是我。而房间里其实一个男人也没有，当然，更别说你家阮先生了。”

“什么？”恩静呆住了，就坐在那里，维持着惊瞪好友的姿态。可Marvy却没有在说笑，她神色严肃、言之凿凿：“恩静，监控器里拍到的人是我，是我故意在房间里弄乱头发弄乱衣服，并在开门出来时，把那条项链塞进包里的。”

“可是包呢？包又是怎么回事？”Chanel（香奈儿）的新款黑包，监控器里显示出来的黑包，明明今晚就何秋霜一个人拿了，又怎么会落到Marvy手上？

“这个嘛，当然得贵人相助了。”Marvy微微一笑，“至于那个贵人是谁，你好好想想，能同意帮助我们同时又弄得到何秋霜的包的，还能是谁呢？”

答案呼之欲出，恩静却不敢相信：“你是说……”

“阮东廷。”

“不可能！”

“怎么不可能？我对他说，‘何秋霜那小贱人把一条十几万的钻石项链塞到你老婆包里，企图害她去坐牢呢！’结果你们家阮先生气得啊——啧啧……喂！喂！恩静你去哪儿？”

那纤瘦的身影突然间一跃而起，还没等Marvy说完，便突兀地转身，匆匆奔向沙滩的出口。

“喂！往哪儿走呢？这么晚了，他说不定已经回酒店啦！”身后的Marvy嚷嚷着，看着那只扑火的飞蛾倏然改变方向，匆匆奔向酒店时，嘴角还是勾起了愉快的笑意——一小时又四十七分钟，真不错，只比对阮东廷的承诺多出了四十七分钟。

可不管多四十七分钟还是五十七分钟，反正结局就是，阮太太即将对阮先生服服帖帖——实现她的诺言！

没过多久，手长脚长的Marvy便追上了恩静。

在电梯里，恩静仍秀眉紧拢，突然又想起一个重要的细节：“阮先生知道你要带大家去看监控吗？”

“能让他知道吗？”要是提前让他知道了，这家伙绝对会选择自己将项链塞进何秋霜包里，毕竟，这损坏的可是何秋霜的名誉呢！

“我就对他说，‘你把何秋霜的包拿给我一下，我要将项链物归原主。’”

是的，其实这原本也就是恩静的计划，只不过预想中的执行者不是阮先生，而是Marvy。

“所以监控那一段又是怎么一回事？没有监控，我们的计划其实也完成了啊。”

Marvy沉默了。

此时电梯已快到达她们下榻的楼层，恩静凝视着好友：“为什么要多此一举呢？”

Marvy深吸一口气，像是终于下定决心一般：“好吧，本来不该跟你讲的，但既然把你也给牵扯进来了，我就实话告诉你吧，雇主让我来参加试吃会的目的之一，就是去查看贵宾房外的监视器。所以我想，与其偷偷摸摸地查，倒不如光明正大地给何秋霜整点事出来。”

“什么？”

“雇主列给了我一张名单，要我去查一查现在究竟有多少人正在使用X-G。”

X-G？

“难道你的雇主就是……”

“连楷夫。”

恩静瞬间想起那天在咖啡馆的场景：连楷夫认出了那个摄像头，连楷夫知道那个摄像头的妙处，连楷夫想起一伙同学也都知道摄像头的妙处，然后，连楷夫就聘用了Marvy，他想做什么？

电梯“叮”了一声，打断了她的思绪。

“到了。”Marvy率先走出电梯。只是走了几步以后，她突然又顿住脚，厉声一喝：“出来！”

恩静吓了一跳，顺着Marvy的目光看过去。就见她视线集中之处，有位大婶犹豫着从拐角处现了身。

“从电梯口就鬼鬼祟祟地跟着我们，想做什么？”Marvy的口气和眼神一样冷厉。

那人大概五十多岁，身上还穿着清洁工的衣服，那一脸老好人相让恩静眼睛一眯：“是你？”

“怎么？你认识她？”

不算认识，不过是两三个小时前在阮初云的病房里有过一面之缘。没错，就是那个劝她要好好开导初云的大婶。

可大婶此时却神色慌张，在Marvy的怒视下，一副犹犹豫豫的样子。

“是不是出了什么事？”恩静的口气比Marvy温和了不知多少倍。

大概也是因为如此，那大婶才吞吞吐吐地回答她：“太太，您是住在……住在2408号房间吗？”

恩静听她提到了自己的房号，和Marvy对视一眼：“怎么了？”

“刚刚阮小姐打电话过来，让我帮她到房间里拿些换洗衣物。可就在我路过2408号房间时，发现……”

“发现什么？”

“发现你的房门半掩着，有人鬼鬼祟祟地进去……”

恩静眉头一皱，就听到她说：“好像……放了什么在床上……”

蛇——这是Marvy的第一反应。可恩静说她是侦探小说看太多了，正想开门进去看看，又被Marvy拉住。

随后便见她迅速走到长廊的另一边，按下某间房的门铃：“为了雇员的安全着想，老板是不是应该高抬贵脚，过来帮个忙？”

“永远为你效劳，我美丽的雇员。”

一个邪魅的嗓音传出来——那个被Marvy从房里唤出来的人，天哪，竟是连楷夫！

从头到尾没有在今晚的试吃会上露过面的连楷夫！

三分钟后，这厮踩着优雅的步伐踏入陈恩静的房间。

又过了三分钟后，这厮同样优雅地出来，关上房门的同时不知给谁打了一通电话：“2408号房，带上显微镜。”

显微镜？恩静与Marvy面面相觑。

很快竟真的有陌生男子出现，扛着一台大概就是显微镜的东西进了房。不久后再出来时，对着Cave一板一眼道：“恙螨，一种喜好叮人的毒虫。一旦与人有接触，它便会爬到人的身上进行叮咬。被咬者若未及时发现，延误了治疗，可能很快会出现发热并引发心肌炎、胸膜炎、脑炎以及多器官功能衰竭，甚至导致死亡。”

Cave一边听一边点头，听陌生男子汇报完毕后，转向恩静：“恩静妹妹，原本今夜将与你共眠的，就是这种东西。”

多么恶毒的东西!

可刚和丑东西打过照面的Cave却神色自若:“连某没有专业的杀虫剂,不过送佛送到西,倒是可以给恩静妹妹你建议一个好睡处……”那双桃花眼瞥向了长廊另一边——当然,阮东廷的房间是也。

其实连某人能那么快喊来专业人士,想必是早就在怀疑什么了。所以,“没有专业的杀虫剂”?呵,骗傻子呢!分明是想让恩静睡到阮东廷房里去!

如此月老的举动却惹来Marvy的冷嗤:“还真是‘兄弟情深’哪,什么时候才在宴会上对我们阮太太摆出一脸的觊觎相……”

“雇员小姐这可就是大大的冤枉了!我再不济,也算得上是香港著名的黄金单身汉吧?怎么可能去觊觎兄弟的老婆呢?那都是受我干妈之托,为促进某对夫妻的健康发展,才不得不降低身份来演出的。”

“呵呵。”Marvy很冷地发出了一道和愉快沾不上边的笑声。

然而一旁的恩静却像是完全没听到这两个人在说什么,Cave一指出阮东廷的房间,她便转身走往那一处。

几乎是门铃一响,她面前便出现了那张冷峻的脸。

只是这下子,恩静没有心思再铺前奏,迅速从门缝里钻进去,然后反手关上门:“是恙螨!初云的感染源一定就是恙螨!今晚那东西也被人弄到了我的床上,阮先生,这其中一定有古怪!”

可阮东廷没有回应她。

他的表情高深莫测,恩静的话音落下许久也不见他发表意见,只一双眼冷冷地盯着她,一动不动。

“那个……”她被他盯得有点发毛。

“不闹了?”他却有点牛头不对马嘴。

恩静的一张脸突然涨得通红。

此时门铃声又响起,适时地缓解了她的尴尬。只见阮先生瞥了一眼房门,再看过来时,高冷的神色依旧:“待会儿看我怎么收拾你!”随后他走过去,打开了房门。

这回不请自来的,是Cave和Marvy。

“我问出来了。”Cave不请自入的动作简直和方才恩静的一模一样,待Marvy也进来后,他立刻反手锁上门,“到2408号房去放虫的,应该就是这家酒店的人。”

恩静拢眉:“是刚刚那个大婶说的?”

“她不敢说，可看那表情，也八九不离十了。”Marvy说，“我问她是不是酒店的人做的，虽然看上去很怕惹麻烦，可她也不敢否认。”

“看来应该就是了。”恩静看向阮东廷，眉宇间皆在提醒他自己方才的推测，“只是，到底是谁，又为什么要害我呢？”

“只有一种可能，你今晚得罪了何家母女。”Marvy的言下之意很明显，她认为事情是何秋霜做的。

“那初云呢？”恩静却不这么认为，“Marvy，我现在怀疑初云之所以会入院，很有可能是被人在房间里放了恙螨。如果想害我的人是何秋霜，那初云又是怎么一回事？何秋霜总不可能害初云吧？”

Marvy沉默了。

最终还是恩静提出以不变应万变：“那个企图陷害我的人应该是认定了我今晚会出事，要不然我们明天好好观察观察，看看有谁露出了破绽？”

可事实上啊，愿望如此丰满，现实却只剩骨感。

隔天众人在餐厅碰面时，恩静仔仔细细地观察了每一个和他们有交集的人——说话的、微笑的、点头的，甚至只打过照面的——可统统都没有。人人见她和他在一起，都觉得天经地义。当然，除了何秋霜。

一看到恩静与阮先生同坐，她的脸便拉了下来，踩着一双三寸细高跟鞋“噔噔噔”地走到阮先生的餐桌前：“阿东，我有话和你说。”

阮东廷原本正在看菜单，听到她的话后，便将菜单交给了恩静：“你来点。”再转过头去：“正好，我也有话要跟你说。”

于是两个人一同离开了餐厅。

Marvy见他们谈了好久也没回来，便怂恿恩静道：“去看看呗，傻坐在这儿干吗？”

恩静却只是笑笑。又过了半天，Marvy见她还没有去看一看的打算，干脆放下餐具拉起她：“当太太当成你这样，姐姐还真是替你感到羞愧呢！”说罢，便拖着她一同走向两个人离开的方向。

那两人个正在附近的包间里说着什么，恩静一走近，就听到里头传来何秋霜抓狂的声音：“那你也不能和她们合起伙来对付我啊！你知道颜又舞的手段有多下流吗？现在所有人都把我当成了荡妇……”

“那也是你咎由自取！”

秋霜愣了一下。包间外的两个人只觉得空气有一瞬间的僵滞，随后是女子低沉下来的声音：“所以我说了那么多，你就是不肯相信我，对吗？”

男人没有再说话。

“我说我没有把项链塞到陈恩静的包里，我说我是清白的，我说是那个颜又舞冤枉了我，我说一百遍你就是不肯相信我，是吗？！”

“是！”

“阮东廷！”

“从那张三十万的支票开始，秋霜，我已经不知道你的话哪句是真，哪句是假了。”

包间外，Marvy挺愉快地朝恩静眨眨眼：“不是不报，时候未到。”可恩静的心思早已飞进了包间，耳朵里只有何秋霜歇斯底里的吼声：“那张支票只是想让你少放点心在陈恩静身上！可是阿东，这次是十几万的项链啊！没处理好可是会害人坐牢的啊！这种事你真以为我做得出来吗？”

男人的声音里只余讽刺：“原来，你也知道会害人坐牢的啊。”

已经没有必要再听下去了。

轻轻对着包间里头的人勾起一抹笑，纵使他看不到，她也已心安，拉起好友：“走吧。”

突然之间，就像在沙漠中等船的那个人看到了绿洲与玫瑰。那船还未来，可沙漠中已有玫瑰，冥冥之中牵引着船只流浪的轨迹。

他到或不到，来或不来，都已经不重要了。

因为，她已知足。

包间外，两个身影越走越远，却丝毫不影响包间内连绵的战火。秋霜已经糊了一脸的泪，将原本精致的妆容破坏殆尽：“阿东，你开始维护她了，是吗？”

阮东廷没有说话，只是抿了抿薄唇，看上去余怒未消。

“你的承诺呢？你说过会一直照顾我的……”

“够了，照顾你并不代表就要纵容你无理取闹！上次你到酒店掌掴她的事，我念着你刚做完手术情绪不稳定，没和你计较，谁知如今你竟变本加厉。秋霜，有时候我真的怀疑，当初那个任性却率直的何秋霜是不是已经消失了！”

再回到餐桌上时，阮东廷的脸色还是铁青的。Marvy用完餐就走了，恩静替他点了蓝山咖啡和三明治，再配上一小份蔬果沙拉。阮先生大致看了一下：雪梨、西瓜、火龙果、青瓜，甚至……苦瓜？

他锁起眉头："阮太太，你觉得我现在亟须降火，是吗？"

"有一点吧。"恩静笑吟吟的，看着他虽然挺不满，却还是拿起餐具吃起自己点的食物，心中不由得生出一丝温存，"你昨天让我回去，就是因为初云已经在这里出了事，你怕我留下来也会有危险，对吗？"

"不然你以为呢？"某人的目光从食物上转移过来，睨了她一记，"为了更方便出轨？暗度陈仓？"

恩静的脸颊微红，因想起昨晚那个令她想挖个洞把自己永远埋进去的时段——就在Marvy与Cave退场后，那个说过"待会儿看我怎么收拾你"的阮某人果真磨刀霍霍，端着一副和现在一模一样的高冷表情："说吧，闹了一整晚，都在怀疑些什么？"

"没……没有啊……"

"没有？没有敢给我甩一整晚的冷脸？"他冷哼，见她死也不承认，又接下去说，"是看了监控以后，怀疑我和秋霜在房间里厮混吧？"

丢人的心事就这么被捅破，恩静简直想找个地洞钻进去。很快又听到他说："你以为秋霜得的是什么病？感冒？发烧？"他冷眼睨她，"她都是一个尿毒症中晚期患者了，我还去和她做那种事，陈恩静，你以为我是禽兽吗？"

"还是在你看来，我就是禽兽？"

"没有！绝对没有！"她急得双手直摇，就怕摇得不够用力彰显不出诚意，又会让某人借题发挥。

可那人还是不领情："听说你的房间今晚不能住了？"

明明是风马牛不相及的话，却让恩静起了一丝警惕。

果然，下一秒就听到他那低柔又危险的声音："那不如，就在地板上将就一晚，嗯？"

她的双眼瞪成了两个铜铃——睡地板？

初春时分，乍暖还寒，即使铺了地毯再加一层毛毯，那地板也还是冷冰冰硬邦邦的，而她还穿着那条黑色小礼裙——是的，从试吃会开始到现在，她就没进过自己房间，又怎么可能换衣服呢？

很显然，阮某人就是看出了这番窘境，才会让她留下。他打开衣柜，似笑非笑地扔了件衬衣过来："就穿这个吧。"

只是那衬衫——恩静好为难地拿到身上比了比——也太短了吧？

“犯错的人还想有好待遇？”他的薄唇贴近她的耳朵，“再犹豫，连衬衫也别穿了。”

恩静一惊，火速奔入浴室里。

“我拿浴袍的时间是两分钟，两分钟后还没换出来，我就进去帮你换——速度！”简直不能再过分了！

这一晚，恩静失眠了。

那睡床的人大概能一夜好眠，舒舒服服地洗了澡出来，舒舒服服地躺在床上看报，见恩静敢怒不敢言地在毛毯上翻来覆去，大爷他也只是嘴角微勾，然后，继续舒舒服服地看他的报纸。

也不知辗转了多久，那方的床头小灯才悄声熄掉。她闭着眼，半清醒半蒙眬中，似乎觉得有双温暖的手贴到了自己身上。

她的双眼猛地睁开：“啊……”

“是我。”低沉的嗓音在黑夜里鼓动着她的耳膜，然后贴在她身上的那双手一个用力，就将她从地毯上移到了席梦思中央。

那里一定是刚刚他躺过的地方，所以才会这么温暖。

可从冷地板进入了暖被窝，恩静反而又睡不着了，睁着眼睛在黑暗中躺了好久，躺到身旁的男子也察觉出了异样：“还不睡？”恩静这才咬了咬唇，片刻后，她开口：“阮先生，能不能问你一个问题？”

“什么？”

沉默突然在这片黑暗里横陈，直到阮先生又“嗯”了一声，她才说：“你刚刚说何小姐有尿毒症，你不可能和她……和她……呃，有那种关系，可……可是她的病也不是一朝一夕……”

她的话凌乱无章，讲了又断，断了又讲，老半天也没讲出个所以然来。

却听到身后传来一道低沉的声音，也不知他是在笑，还是在叹气：“这就是你睡不着的原因？”

她有些尴尬地沉默了。

温暖的气息好像朝她这边移了移，恩静背对着他，有些紧张地僵直身子。直到这时，她才确定刚刚那个声音是他夹杂着低笑的叹息声：“我承认自己并不是一个好丈夫，可是恩静，”他顿了一下，温暖的气息轻拂过她的颈项，“我也还没有混账到那种程度。”

“啊？”恩静猛然转身，这才发现他原来已经离自己那么近，“你的意思是……”

“好了，睡觉吧。”阮东廷却不想再说下去。

“可是……”

“都说得那么明白了还问？睡觉！”大手干脆罩上了她的眼睛。

好吧，反正夜已那么深，反正她想问的问题似乎也有了答案……

其后，一夜好眠。

想到这里，恩静的嘴角就忍不住悄悄勾起来，可那目光还定在她身上：“笑得这么开心，晚上还想睡地板？”

“晚上？”她不明所以，“晚上我的房间应该可以睡了吧，我待会儿就让人……”

“阮太太，现在全酒店的人都知道你是我老婆，再分房睡，你是想让人以为你有问题，还是你先生有问题？”

她的脸红了起来。

那道目光还定在她的脸上，看得恩静一颗脑袋低了又低，垂了又垂。最后实在挨不过去，她干脆说：“我先去医院看看初云。”

想必现在在病房里陪阮初云的，就是昨晚那个替她去拿东西的大婶吧。

刚走到房门口，恩静却听到从里头传出一个低沉的嗓音。

那是个中年男人的声音，大概五六十岁的样子。他不知说了些什么，很快恩静就听到阮初云急切地道：“何伯伯您别这么说，秋霜姐是我的好朋友，我保护她是应该的……”

看来应该是何秋霜她爸了，只是——保护？为什么她会说“保护”？

房内初云的声音仍在继续：“至于那个李阿姨，何伯伯可以别开除她吗？要不是她及时发现，恐怕我也没救了。”

不过男人却在听到这句话后显得更加生气：“及时发现？要不是那李阿姨迟到、没按要求的时间去做清洁，你根本不必躺到现在！”

“那是因为李阿姨家里有事……”

“好了初云，我知道你心肠好，但何成有何成的规定……”

心肠好？病房外的恩静勾了勾嘴角——在她的印象里，阮初云和心肠好似乎扯不上任何关系吧?

可接下来发生的事，却让她对这女子彻底改观了。

初云刚出院，一行人便收拾好行李，迅速离开了厦门。

飞机上，恩静和阮先生坐在一起，Marvy和Cave坐一起。而另一边，和初云坐在一起的人，是李阿姨。

“你一直看初云做什么？”明明看上去注意力都搁在财经杂志上了，可一开口，阮先生还是准确地指出了她的小动作。

恩静收回目光：“突然发现初云心肠挺好的。”本来李阿姨被何成开除也不关她的事，可这大小姐竟胸脯一拍：“怕什么？大不了跟我回香港，随便都能找到一份工作！”初云如此热心，李阿姨又怎么可能不答应?

阮先生原本是不同意的，可向来最怕他的初云竟跟他软磨硬泡了大半天，最后甚至拉下脸请素来最讨厌的恩静出面说话。如此之上心，简直令人刮目。

可事实上，总有一些事是恩静不知道的。比如在初云软磨硬泡了大半天无果、恩静帮着劝了几句也无果后，初云终于悄悄将她哥拉到一旁：“其实之所以坚持让李阿姨跟我回去，还有一个原因。”

“什么？”

“我有点怀疑，放恙螨的人是谁其实李阿姨是知道的——有一天我怀疑到何成的一个保安头上，因为他曾经怠慢顾客被我看到，我代何伯伯训了他一顿。可当我将这个怀疑说给李阿姨听时，她却很肯定地告诉我，说放恙螨的不是男的。”

“所以，你怀疑其实她知道点什么？”

“对！可后来我再问下去，她却怎么也不肯说了，就像是在维护什么人一样。”

“所以你想把她带回去，再慢慢套话？”

“是。”

他这才沉思片刻：“我会让人先去查清楚她的底细，确定没问题了，再把她带过去。”

当然，以上对话，恩静一个字也没听到。

想到这里，阮先生也沉沉地笑了一下：“我看你心肠更好。”

“啊？”

“天天被奚落，还要替人家说好话。”

恩静无言了。

可前方的Marvy听到这话就兴冲冲地转过头来："何止啊？天天被老公冷落，她也还是天天在我面前说老公的好话呀！"

"是吗？"阮东廷挑挑眉，睨过恩静满脸的窘意。

爆完料后，Marvy小姐便心满意足地回过头去，徒留这一对夫妻。那当人妻子的窘意还未退，那当人先生的已攒了一脸傲娇样，补上一刀："她说的老公，该不会是我吧？"

"……"

这天回到家时，已是晚餐时间，可该在厨房忙活的用人全候到了家门外。一见恩静下车，一席人竟齐齐迎了上来。

"太太辛苦了，太太慢点走。"

"太太辛苦了，我来拿包吧。"

恩静傻了眼——明明行李箱在阮先生手上啊，她拿的不过是和重物完全不搭边的手提包，可一群人却殷勤得仿佛恨不得用八抬大轿将她迎进门一样。

"这……怎么这么奇怪？"

"你不是说先生冷落了你吗？"阮先生却十分理所当然，"现在呢？还冷落吗？"

是的，不冷落，真的太不冷落了！

第 四 曲

柳暗花明又一村

“我这个当妈的的确是比你这个当儿子的更懂得挑儿媳妇呢？”

“有件事您好像还没搞清楚。挑儿媳妇的人并不是您，知道吗——是我。”

从厦门回来后，全家人对她的态度简直是一百八十度大转变。用人自然不用说了，自得到阮东廷的暗示之后，全都聪明又伶俐地将恩静当成了太皇太后伺候。

“先生说，递茶递水的事太太您就别做了。”

“先生说，下午茶，太太想吃什么吩咐一声就是，千万别再自己进厨房了。”

“先生说，太太这两天有点感冒，出门前特意吩咐我做这壶可乐煲姜呢！”

先生说，先生说，明明那人看上去依旧是冷面包公的模样，可原来背地里也有这么细心的时候。有时恩静被伺候得实在不习惯了，便趁着阮东廷晚上回家，同他商量说：“其实真的不必对我那么好……”

“哦？”他总是一边盯着文件，一边漫不经心地回她，“意思是，张嫂的手艺太差，可乐煲姜做得不合你胃口？”

“不是啦……”

“那就是你很想下厨房，我的吩咐碍着你了？”

“也没有啦……”

“还是你其实很想端茶递水，”他头也没抬起来一下，语气又淡又闲适，可偏偏，总能适时地截断她欲出口的解释，“端茶递水后，再以此向妈咪证明自己是个好儿媳妇，她疼你疼得没错？”

“哪里？！”太过分了，完全是故意歪曲她的本意嘛！

恩静被这恶意的歪曲堵得一句话都说不出，无奈口才不好性子却太好，一时回不了话也生不了气。

某人却似乎挺享受她这副敢怒不敢言的样子。这下，黑眸终于从文件上移开，似笑非笑地睨向她："既然这么想端茶递水，就去给我换杯咖啡吧。"

于是乎，回来一个多月了，恩静做过的唯一的家务事就是替她家先生换咖啡。

而一众下人呢，自然是继续将她当成太皇太后伺候。

妈咪看在眼里，满意在心里。至于初云，自恩静因李阿姨的事帮她向大哥求过情后，初云待她虽然称不上亲热，可从前那些冷嘲热讽也都消失了。

尤其在初云头疼着该替李阿姨找什么工作时，恩静向阮东廷提议将李阿姨安排在阮氏的清洁部，卸了心头大石的初云对她的感激更甚。

某天出来饮下午茶，连Marvy都说："不错嘛，守得云开见月明，听说就连阮初云都对你服服帖帖了？"

恩静笑："哪有那么夸张？"垂头啜了口咖啡，又道，"对了，不是有事要告诉我吗？"

"嗯。"Marvy搁下咖啡，左右瞟了一眼后，沉下嗓音，"关于我们之前怀疑过的事，连楷夫找医生确认了。"

一句话将恩静拉回到厦门奇遇里："结果呢？"

"你的猜测没错。医生确定了，导致阮初云入院的，就是那晚放到我们房间里的恙螨。"

恩静握住杯柄的手突然间一紧："也就是说，有人用同样的伎俩，将恙螨也放到初云的床上？"

"是。"

恩静拧起眉，看着好友凝起一脸的疑虑："到底是谁想在对付阮初云的同时，还想对付你呢？"

到底是谁在对付阮初云的同时，还想对付她呢？

一整个下午，Marvy的话都绕在她心头，久久不散。直到饮完下午茶回了家，这疑云才被新一轮的意外吹到九霄云外——家里出事了！恩静一踏进家门，就听到里头传来阮东廷的怒吼声。还来不及弄清楚究竟发生了什么，就见这阵子对她态度好了许多的阮初云，突然间像是疯了一样朝她奔过来，一把揪住她的衣袖："是你！一定是你！你这个女人，一定是你怂恿大哥……"

恩静错愕，还没弄明白这是怎么一回事，又听到身后阮东廷怒喝一声："阮初云！"

瞬间，初云只敢淌着泪站在原地，一双大眼愤恨地瞪着她。

恩静茫茫然：“怎么了？”

此时整个阮家都沉浸在某种凝重的氛围里，阮东廷铁青着脸，初云一边哭一边不停地摇头。而几个下人束手无策地站在一旁，连大气也不敢出。

没有人回答她的话。阮东廷只是冷冷地瞪着初云：“你自己做了什么自己明白，别一闯祸出来就想赖到别人身上。要知道，厨房里的摄像头可不是你大嫂逼你装上去的！”

“什么?什么摄像头?”此时秀玉也正从房间里出来,刚好听到这一句。事隔好几个月,原以为阿东早已经放弃了追查,谁知今天竟又让她听到这么一句话。

只见老人迅速从二楼下来，直逼初云面前：“装摄像头的人是你？”

“妈咪……”

“别叫我妈咪！”秀玉面色铁青，“说，到底是不是你？”

初云瑟缩了一下。

“说啊！”

“不是……真的不是我……我只是、只是知道有监控，我只是……没有告诉你们，可那东西真的不是我装的啊！”

“闭嘴！”她话未说完就被阮东廷打断，“不是你装的?我也希望不是你装的！一开始《×报》负责人跟我说是你我还不相信，哪知今天那个和你来往过密的记者竟然跑到阮氏来跟我说，当初的事就是你和他联手做的！”

“什……什么……”阮初云几乎以为自己听错了，“你说他……你是说王加生？”

想必王加生就是那个与初云有过接触的《×报》记者了。阮东廷面色铁青：“那姓王的到澳门赌博欠了一屁股债，今天被债主架着来找我，说若是我能帮他还钱的话，他就把当时的秘密交易告诉我。”

阮初云就像是听到了什么荒唐的言语,泪水糊了一脸,却还不停地摇头:“不可能的,不可能的!我和他哪来的秘密交易啊?不过是一起吃过一顿饭而已,哥……”

“别叫我哥！从明天开始，把自己的东西收拾收拾搬出阮氏，财务部不需要你！”

“什么？！”

“再说一句，你就连阮家都别想待下去！”

初云无力地瘫到地上。

竟然是她，与摄像头有关的人，竟然是她！

连楷夫说，当初在剑桥合租过的人都深知这“X-G”的妙处，所以他列了名单让Marvy将那群人一个一个研究过去——从何秋霜、何成，到一群从香港过去的学弟学妹，却怎么也没想到会是阮初云！

即使她再不喜欢自己这个大嫂，可爱大哥爱家人的心她还是有的啊！丑闻一旦曝光，首当其冲的难道不是阮家人吗？阮家受牵连，对她个人又会有什么好处呢？

恩静疑惑的目光中夹杂着强烈的不赞同，在初云身上越积越浓，直到她听到自己的名字。

“把手头的账务和恩静交接一下，从下个月开始，恩静，你到阮氏来实习，就接她的位置。”

“什么？”恩静没想到阮东廷竟然会来这么一出，错愕得不知所以，“可我不是学会计的呀！”初云到英国时学的就是财会，可她在厦门唱南音，来香港后也只在大学里寥寥修过几门声乐课，这样的资质到阮氏去任会计，岂不让人笑死？

“而且我也没什么经验……”

“你平时不是常帮妈咪做账？”

“可那只是家里的账啊，阮氏那么大，光香港就有三家连锁酒店……”

“那就从现在开始学，恩静，财务部有一名资深的前辈，你就跟在他身边学习，等上手了，再正式上工。”

“可是、可是我没有基础……”

“慢慢来，”他口气温和却不容抗拒，顿了顿，又说，“我相信你。”

一时间，恩静竟不知该如何接下去。又听到了这句话——我相信你——他看着她，幽暗的目光只定在她一人身上，在她脸上，在她眼中。

一句“我相信你”似有千斤重，其实谁也不知道，并不只是表面上的相信。在阮家上下十几双眼睛前，他带着笃定的神情说：“先实习，酒店里会有前辈教你。恩静，我相信你。”

她还能说什么呢？

恩静接的是初云的班，做的自然是初云从前的工作，比如员工的工资核算，又比如阮氏的一部分成本性支出。

在企业内如此，在家里，妈咪见她连阮氏的账都敢做，便也放开了手：“好了，以后这个家的出入账也由你全权负责吧，妈咪就不再操这个心了。”

一时间，里里外外的财务全都落到了她这个阮太太的手上，于是自这个春末起，窸窸窣窣的声音便从阮家大门外传至大门内——

“我们先生现在对太太可好了，家里什么事都让太太决定！”

“何止是家里啊？连酒店的事也让她插手呢！”

你看，俗世人眼中的好就是这样的：他给你权力，他承认你的地位，他手下的人全都要听你的话，如此一来，阮太太便坐实了“阮太太”的位置。

至于那些细微的旁枝末节，比如爱，比如男人对一个女人而不是对一个结发妻的温柔，谁又在乎呢？

阮东廷给恩静安排的前辈姓杨，是财务部的主管，当初阮初云留学英国回来，到阮氏实习时，就是他带起来的。

谨慎如恩静，硬是跟在杨老身边学了两三个月，才敢独自接手阮氏的一部分账目。可谁能料到，她都已经这样小心了，做出来的账最后还是出了问题。

这天在阮氏，有员工说恩静将他的工资算错了，比之前二小姐给的足足少了五百块。这是恩静正式接手阮氏账目的第一个月，她将那账目重新核算了一遍：底薪、绩效、加班费、满勤奖，没错呀。于是又将那员工唤进来，当着面算了一遍。可那员工还是不满意，坚持说她的算法与初云的相差太大。

原本恩静以为这不过是一件小事，谁知这员工当天就愤恨不平，第二天竟有三个同样愤很不平、声称“被少算了五百块工资”的员工和他一起来到财务部，一致要求恩静重新核算工资。

因为人多，她又仔仔细细地将四个人的工资核算了一遍。可是都没错呀！连分毫都算出来了，完全没错！

当天下午，那几名员工便一同坐到了财务部门口，将财务部的大门给堵死了。瞬间，举店震惊。这是干什么？静坐？示威？抗议？

当晚阮东廷就将恩静叫进书房：“你确定那几个人的工资都没有算错？”

“确定，我来来回回算了好几遍。”

阮东廷沉吟，浓眉紧锁了片刻，最后下结论道：“看来他们是故意滋生事端。”

“滋生事端？为什么？”恩静不解。

他抬头冷静道：“人马轮换，有时是会这样的。或许这些员工之前受过初云的恩惠，又或许，”他顿了一下，目光陡然间转冷，“就是初云教唆的！”

一股凉意从她的背后森然爬起——初云教唆的？那个刀子嘴豆腐心的初云？那个因为偷偷在厨房装了监控所以被免职的初云？可这么做损害的是阮氏的声誉啊！就为了吐一口恶气？就为了把脏水泼到她这个大嫂身上，值吗？

“还在想什么？”阮东廷原本正在审核一份资料，见她满脸深思，以为恩静正为员工闹事而烦恼，干脆合上文件，“我明天会开除他。”

“没必要吧？”

“怎么没必要？你刚上工就有人给你下马威，不处理好以后岂不是谁都敢爬到你头上？”

“可是，”她怎么想都觉得不妥，“别人会不会说你公私不分啊？”

“那不是更好？知道老板公私不分，那些聪明的才会知道老板娘得罪不得啊。”

就像家里这帮用人，前几年看阮先生一点也不将阮太太放在眼里，便一个个也不把她放在眼里。想到这里，恩静轻叹一口气。

“怎么？不高兴了？”

她轻轻摇头：“没有。”

阮东廷一边盯着她一边站起来，长腿绕过书桌，走到她眼前：“不高兴我这么处理？”

“没有啦，只是……只是怕你会被人在背后说闲话……”

“为了我太太，被人在背后念几句不也挺好？”

“啊？”

“人人都说阮氏夫妇举案齐眉，当先生的不维护太太，还怎么‘举案齐眉’？”他说得一本正经，那严肃的样子让她几乎要以为他是认真的，直到看到他眼底玩味的星火。

“唉，你这人……”恩静的叹气声幽幽。

“怎么？”

“连开玩笑都这么不好笑。”

隔天，恩静在办公室里左思右想阮先生昨晚的话——或许这些员工之前受过初云的恩惠，又或许就是初云教唆的。

不知为什么，她想来想去总觉得有哪里不对，干脆问老前辈：“杨老，初云之前的工作情况怎么样？”

“二小姐啊？要说实话吗？”

“当然。”

恩静以为听杨老这口气定是初云做事不认真，谁知老先生却说：“说出来太太您可别生气，我绝对没有拿二小姐和您比较的意思。但她做得好，是真的很好。原本她就是专业出身，账做得好不说，性子虽然娇了点，可平日里也能和员工打成一片。所以在她任职期间，”说到这里，杨老顿了一下，一副“我真的没有其他意思”的表情，“从来没有员工因为工资闹过事。”

恩静错愕——和员工打成一片？这样的初云，还真和她平日里看到的二小姐不太一样呢。只是这个不太一样的二小姐，当真会利用自己和员工的关系，教唆他们来闹事吗？

她不清楚，可另一厢，阮先生大概已经这么认定了。

一进办公室，阮东廷便将人事处主任叫了进来：“那个带头闹事的是叫王阿三吧？多付两个月工资，开了他。”

“这不太好吧？”主任看上去有些为难，“其实他也没犯什么大事……”

“得罪董事长夫人还不算大事？”

人事处主任一时愣在那里。杀一儆百，上下五千年来管理者们最擅长的一招。

可谁知，这招用在阮氏却掀起了轩然大波。

隔天秘书就神色焦急地闯进他的办公室：“不好了不好了！阮总，昨天被辞退的员工竟然在酒店外示威了！”

阮东廷迅速下楼，就见那前一天才领了辞退金的家伙此时竟举着块“还我公道”的牌子，带着其妻其子在酒店大门口静坐！

“阮总，这……”

“马上找人来打发了他们，别让事情上报！”

“可是，已经来不及了。”大堂经理几乎都要哭了，“记者已经过来了。”

恩静怎么也想不到事情会闹成这样。在酒店门口看到记者时，她当机立断，叫来司机：“送我回家！”

是的，现在能解决问题的，只有阮初云了！

其实那员工来闹事的第一天她便打算找初云核对了，可初云回应她的只有冷嘲热讽：“大嫂不是很厉害吗？妈咪昨天还夸你上手快呢。怎么？现在一点小账就要来找我了？”

冷嘲热讽没关系，关键是，冷嘲热讽后还拒不帮忙。恩静一想到她就有点头疼。

她回到家后向张嫂打听初云的去处，张嫂说：“二小姐有客人呢，就在后花园里。”

走过去一看，竟是之前被他们从内地带过来的李阿姨。

很明显，李阿姨过来的目的和她一样：“初云小姐您别顾着怄气啊，现在问题那么严重，我早上去上班时，那王阿三可是带了老婆孩子在酒店外示威啊！原本念着同是内地过来的，我刚到酒店上班时，他还会给我一些照应。可今天就连我和他说话他都不理了，情况好严重呢！”

“可真不是我教唆的啊！为什么你们每个人都来说我？陈恩静说是我没交接好，妈咪也说是我的错，昨天我还被大哥臭骂了一顿……”

“那你现在就更应该马上回酒店！”恩静冷着声插入两个人的对话里。

李阿姨一看来者是恩静，顿时紧张起来：“太……太太，我也是看事情太严重才偷偷跑出来的，酒店的活我都做好了，您千万别记我旷工……”

恩静摆摆手，现在已没空再去计较这些小事。那个任性的女子一看来者是她，就直接拉下脸：“又是你？昨天害我被大哥骂得还不够吗？竟还有脸让我去帮你？”

“到现在你还以为是在帮我吗？”

初云一顿，恩静又说：“连记者都来了，阮初云，你还以为自己是在帮我吗？当真不顾阮氏的声誉了吗？！”

“什么？”

这下连李阿姨也吃惊了：“记者也来了？我刚刚出来时还没看到啊……”

恩静冷了脸，不再说话，只那样站着，看着初云。

可看了许久，见那女子还在自尊与现实中犹豫不决，简直朽木不可雕，她冷声向身后命令道：“阿忠，载我回酒店！”

见她转身就要离开后花园，阮初云才如梦初醒：“我也去！”

可已经太晚了。三个人匆匆坐着阿忠的车赶回酒店时，情况又变了——方才出门时看到的报社小汽车变成了救护车，记者中又添了几名医生和护士！

“怎么回事？”恩静没看到阮东廷，拉住大堂经理问。

经理真是快疯了：“那三个人不知刚刚吃了什么东西，记者来了没多久就说肚子痛，现在全口吐白沫，送医院了！”

“什么？”

食物中毒。一事未平，一事又起。

酒店外有三个倒下的人——王阿三、王太太，还有他们的孩子。半冷的来自酒店厨房的面还搁在一旁，救护车和警察一起赶到的时候，那名偷偷将酒店剩食打包给他们当午餐的员工简直快要吓傻了：“不是我，我发誓不是我……”可他还是被带回警局去问话了。

经理说阮先生正在会议室里同几名高层商讨对策，而身后的阮初云已经快吓傻了。尤其在听到经理说出中毒者的姓名时，她腿一软，几乎昏厥。

晚上恩静回家时，这个骄傲的大小姐竟主动来找她：“陈恩……呃……我是说，你到我房间来一下吧？”

还不到晚餐时间，趁没人注意，她将恩静拉入自己房里：“今天那个食物中毒的员工，就是之前那个闹着说你算错账的人吗？”

恩静看她脸上有种大难临头的慌乱，有些奇怪：“是啊，怎么了？”

“是叫王阿三？”

她点头。

“完了！完了！”那种大难临头感更直接地显现在初云脸上，她破天荒地紧握住恩静的手，“大嫂，拜托你大人有大量别计较我之前的不礼貌，这次你可一定要帮我说两句！大哥现在只听你和妈咪的……”

“怎么了？”恩静被她这种反常的行为弄得有些莫名其妙。

“帮帮我好不好？你一定要帮我……”

“你先把事情说清楚啊。”

“好、好，我说。”初云说，“那王阿三的工资不是你算错了，而是我之前每个月都多给了他五百块，交接的时候我只顾着赌气，忘了告诉你。”

“什么？”

“酒店有四名伙计的家庭情况非常差，王阿三就是其中之一。他老婆是偷渡过来的，没有工作，一家七口人全靠他一个人养活，所以我每个月在结工资时，给他多加了五百块。这件事我没让别人知道，就怕有员工说我不公平。当然，钱我可以保证是从我自己的口袋里掏的，没动过酒店半分不该动的资产！”说到这里，她突然抓住恩静的手，目光是这几年来面对恩静时从未有过的坦诚，当然，还夹杂着恐惧，“你那天和我说算错账时，我发誓我真没想到会是这个员工！大嫂，我当初真的只是出于一番好意，谁能想到他竟然会去示威，而且还食物中毒，还闹来了警察……”说完她开始发抖，恐惧完全剥去了这个女子平日里的高傲和任性，只剩下一个小女生的慌乱：“对了，他该不会、该不会……”

恩静摇摇头：“你哥已经跟去医院了，刚刚我打电话给他，说是抢救成功了。”

初云这才松了一口气，可转念一想，又慌了：“怎么办？大哥知道了会不会把我……”

“我会向他解释的。”

“可是……”初云眼里已浮起了雾气，“可是”了好半天，似有话要说，却又不好意思开口。

恩静看出了她的心思：“放心吧，这件事我不会告诉你大哥的。”

要是让他知道账目问题全出于初云多给的那五百块，而初云又顾着赌气没说出实情才引发了今天这一系列事情，就他那脾气，初云该被训成什么样？

“大嫂……”

感谢的话还来不及说，恩静又开口：“你有王阿三家里的电话号码吗？既然一开始是出于好意才多给的钱，我想先跟他家人解释一下，对接下来处理这件事应该会有点帮助。”

“对、对！我没有王阿三的电话号码，但李阿姨说不定有！今天她还跟我说因为同是从内地过来的，王阿三给了她不少帮助，她的电话号码我的手机上有，我马上去找！”说着她匆匆拿过一旁的包，可翻来覆去找了老半天也没找到手机。最后她索性将包里的东西全倒了出来，钱包、车钥匙、笔记本、化妆品、零食以及……药。

“你生病了？”

“啊？没有啊。”

“那这药……”恩静拿起那瓶药——透明的瓶子，透明的液体，看起来类似于注射液，只不过瓶身写满了英文字母，不知是药品名太专业了还是她的英文太差，恩静一个字也看不懂。

“这是我的？”初云莫名地接过去，可看了一会儿，似是没印象，“算了，可能是以前忘记扔掉的吧。”说着随意地往旁边一搁：“天哪，终于找到了！”

手机就藏在包包的最下面，她打开翻起电话簿来。

可就在这时，房门外传来一阵喧哗：“太太，不好了太太！”

恩静推门而出：“什么事这么吵？”

却见几名便衣走上楼，朝她亮出搜查令：“对不起阮太太，关于中午那起中毒案，我们想请你配合我们的调查工作，这是搜查令。”

阮东廷还没回来，秀玉又不在，阮家上下瞬间全乱了套。

好在恩静很快就反应过来：“搜查令？难道你们怀疑我和中毒案有关？”

“对不起阮太太，阮氏许多员工都说，您和王先生近来矛盾很大，所以……”阿sir（警官）又扬了扬搜查令。

而楼梯上的阮太太也果然如传言中那般好说话：“明白，虽然阿sir的目标是我，不过需要什么，这屋里的人肯定都会配合的。”

阮东廷推开家门时，看到的就是这样的场景：家里多了好几个陌生人，全堵在一楼与二楼相接的楼梯口，恩静、初云、俊仔，还有一群用人，也都围在那里。

一看到他，初云便面露喜色：“大哥回来了！大哥，这些阿sir竟怀疑毒是大嫂下的！”

他面色一沉，加快脚步走向楼梯。

最前面的警察刚开口：“是这样的，阮先生……”可话还未说完，恩静房里突然传来他同事的声音。

“老大，有情况！”一名女警员拿出一瓶透明的、类似于注射液的药品，“找到了，就是这个——加到王阿三午餐里的奎宁！”

恩静错愕地看着那瓶透明药品：“这是从我房里找到的？”

“是。”女警员点头。

“可这不是我的东西啊！”

“那怎么会在你包里？”

一时间，恩静愣在那里——透明瓶子，透明液体，满瓶身陌生的英文及注射液一般的外形——突然间，她瞪向初云。

可后者一副比她更震惊的样子，瞪着那东西——透明瓶子，透明液体，满瓶身陌生的英文及注射液一般的外形——是的，她觉得这东西十分眼熟，她突然就想到刚从自己包里掉出来的那一瓶。所以电光石火间，她也错愕地瞪向了恩静。

怎么回事?

什么意思?!

“阮太太，王阿三一家全是奎宁中毒，而我们又在您的包里找到了这个东西，加之您和王阿三之间的矛盾——我想，阮太太该跟我们回一趟警局了。”

恩静蒙了，一整个白天都隐隐发酵的不安感，终于在这一刻，以灭顶的姿态迎面袭来。

“这东西不是我的！”她迅速回应，转向阮东廷时，就见他也是满脸错愕的神色。

此时房中又传来另一名阿sir的声音：“老大，找到购买记录了！”

就在恩静房间梳妆台的柜子里，在柜子最底层，一张购物单安然地躺着。

那购物单上仅有的物品便是奎宁。物证，全了。

靠近楼梯口的这一方，静寂无声。

直到阮初云出声，就像突然反应过来一般：“不，绝对不会是她！阿sir，刚刚我……”

“初云！”声音却倏然被打断，这回开口的是恩静。只见那女子的目光紧紧地定在初云的瞳仁之中：不，别把自己也拖下水！

恩静再回过头时，声音那么轻却也那么坚定，她说：“药不是我的，这其中一定有问题！”她看向阮东廷，这次不是对着警察，而是对他，“你要相信我，这东西绝对不是我的！”

可阮东廷只是紧盯着阿sir搜出来的那张购物单，她常去的那家药店，作案的药品……

一旁的恩静还在说：“不是我……”

他冷厉的眼缓缓抬起，却是对着警察：“阿sir，二十四小时后可以保释，没错吧?”

“阮先生！”她惊得一时间忘了该在外人面前叫他什么，目光难以置信地定在他身上，“我说过了，那东西不是我的！”

“那购物单呢？”

她的一双大眼里已浮起一层雾气，红唇微微颤抖着，却不知该如何回答。

购物单呢？东西不是她的，那么她又怎么会知道那购物单究竟是怎么一回事？明明同样的东西也在初云的包里出现过，这其中一定有猫腻，可此时面对那么多双眼，面对极有可能将初云也拉下水的窘境，她又该怎么说呢？

一旁的阿sir已经拉过她的手铐上了手铐：“走吧，阮太太。”

恩静却仍死死地瞪着阮东廷。双手被铐，她却像是无知无觉一般，雾蒙蒙的眼只定在阮东廷的脸上，想在那上头找到一丝关于信任的东西——可是，没有。他的面孔，竟冷峻得一如既往。

“你不相信我，是吗？”

“我会让律师保你出来。”

律师？呵，律师！

阿sir带着她就要往楼下走，只是在路过他时，恩静的脚步微缓，就像想起了什么：“你说过以后都会相信我的。知道吗？那时，我真的信了。”

众目睽睽下的那张俊脸突然变得十分难看：“恩静……”

“明明做不到的事，为什么总要给我希望？”

她跟着阿sir走了，不，她走得比阿sir还要快，就像在这里多待一分钟，她都会觉得难受一样。

警察一走，阮东廷就冷着脸将张嫂叫进书房：“从太太回家到现在，上过二楼的所有下人的名单，你现在就列一张给我。”

“好的。”

“今晚我不在家，你帮我盯着太太的房间，有任何异常马上打电话给我。”

张嫂见他脸色极难看，也不敢多问，便答应着离开了。

紧接着是初云推门进来：“大哥。”她手里也拿了个透明药瓶，阮东廷一看那东西，双眼便危险地眯起。初云还在结结巴巴，“我觉得、我觉得大嫂这次是被冤……”

可他没兴趣听她多讲废话：“这东西是谁给你的？”

“不知道啊！就是莫名其妙被人放了这瓶东西进去，我本来还以为是以前忘了扔掉的药，直到刚才从大嫂的包里搜出这东西，大哥……”

“给我。”

阮初云将东西搁到他桌上，那表情说不清是担心还是害怕：“大嫂那边……”

“你不用管，好好想一下自己的包被谁借过或是碰过，想到了马上告诉我。”他站起身，拿过药瓶便离开了书房，不轻不重的嗓音在他走到门口时，又传到了初云这边，“对了，妈咪回来后和她说一声，今晚我不回家了。”

警局里，恩静一坐下便说：“事情不是我做的，在律师来之前我什么都不想再说，抱歉，耽误你们的时间了。”

或许是因为她的口吻，又或许是因为她眼中淡淡的自嘲和悲怆，阿sir竟也没有为难她。

刚刚走出阮家时，那女警员见她步伐太快，正想让她慢点儿，可头一转过去，撞入眼帘的竟是恩静迅速滚落的泪水。女子的心思是何等细腻，弹指之间，她似乎明白了阮太太走得这么快的原因。

在一个不相信你的人面前，眼泪是耻辱，还是懦弱妥协的证明？

上了警车后，她悄悄和上司咬耳朵：“老大，不知为什么，我觉得她是被冤枉的。”老大耸耸肩：“有什么办法？东西是在她包里找到的，咱们只是公事公办。”

阮东廷的律师迟迟未到，恩静一直保持着平静。或许，她的整个灵魂都已经不在这件事情上了。

直到大半夜，那个羁押她的女警员才出现：“阮太太，你可以走了。”

恩静这才有了反应：“律师来了吗？”

“不是，是……”她顿了顿，“是阮先生，他也中毒了。”

“什么？！”

事情瞬间混乱无比。

恩静离开警局后便直奔医院。在那里，秀玉、初云和俊仔正焦急地在急诊抢救室外踱来踱去。一见到她，秀玉便急忙迎上来：“孩子，你没事吧？”

恩静摇头：“阿东怎么样了？”

“正在里面洗胃，医生说没有生命危险。”

她的情绪这才稳定下来。

抢救室外的等待太漫长也太难熬，大半夜了，也不知是几点，才有医生走出来：“可以进去了。”

可进去以后，一行人却比没进去时更加难受。在所有人眼里，阮东廷永远是刚毅的、坚强的、运筹帷幄的，可今夜躺在这病床上的他依旧刚毅、依旧坚强、依旧运筹帷幄，只是那张脸和那双唇，却白得没有一丝血色。

俊仔忍不住哭出声来：“大哥……”

可被哭的人不领情：“哭什么，你哥死了吗？”口吻是一贯的冷冽，一边说，目光一边掠过俊仔，定到后面的恩静身上，“很晚了，你们先回去吧。”

“可我们才刚进来……”初云与俊仔几乎异口同声。

却又听他说：“恩静留下来就好。”

他这么一说，大家便都想起了之前的场面。秀玉待他转入住院部，叮嘱了两句就带着姐弟俩出去了。一时间，偌大的病房里只剩他和她。

恩静依言留了下来，只是之前在阮家的场景仍历历在目——明明做不到的事，为什么总要给我希望——话语清清楚楚地浮在各自的心头，所以即使留在这儿，她也不见得有多热络，只是静静地替他倒了水，递过去：“喝点热水吧。”

他却不接那个玻璃杯。

女子的面容苍白而沉静，是那种哀莫大于心死的静。阮东廷看了她半晌，才开口：“之所以让你跟阿sir走，是因为我知道，你很快就能出来。”

恩静对他的解释却没什么兴趣。见他不喝水，她转身将玻璃杯搁在桌上：“你先休息吧。”

她刚想离开又被他拉住了手：“好了，这个时候可以不赌气吗？”他口吻严肃，“听我说，回家后你马上去找张嫂，让她将我交代的东西交给你。我离开之前让她盯着你的房门，那个陷害你的人，今晚很可能会再进去一趟。”

恩静这才反应过来：“你是说……”

“对，我没有不相信你，这件事一定有蹊跷。”

她的耳根突然有些发烫，抬头看向病床上的男子。那厮正一脸傲娇地睨着她。什么也不必说，她已经能从那眼神里读懂他的意思：“陈恩静，你说你蠢不蠢？”

她的脸一下子红了：“那……那我现在是……”

“是先在这儿睡一觉，还是先回去找张嫂，随你。”

她一看那床，不过一米宽，被他一霸占几乎已经没空间了，她再躺上去岂不是要挤到他怀里去？

这个想法令恩静脸上的赧意更浓了。

“阮太太，这种关键时刻，你该不会是在想什么限制级的画面吧？”

“哪……哪有？”她一羞，飞快地抓起一旁的小包，“我先回去了——找张嫂！”

“张嫂说不定已经睡了，要不然……”

“我可以把她叫醒！”就像不敢听他接下来要说的话，她急匆匆地开口。

身后传来男人的低笑，几乎是难得的愉快，却逼得恩静加快了脚步。

回到家已是凌晨三点多，众人都睡了。可她刚走上二楼，张嫂仍第一时间冒出来，沉声对她说："太太，这是先生让我列出来的名单。"她跟着恩静进了房间，拿出一张字条，又看了一眼房门，确定关紧了，才转过头来，"太太，刚刚大家赶去医院看先生时，我发现二小姐鬼鬼祟祟进了你的房间。"

恩静拧起眉。刚刚阮先生已经说过了，那个陷害她的人，很有可能会在今晚又进她的房间。

"你确定是初云？"

"是的。自先生吩咐后，我就一直藏在二楼最里头的那个角落里。听说先生出了事，大家都急得直奔医院。只有二小姐，她是等夫人和少爷离开后，进了一趟你的房间，然后才赶去医院的。"

她的手心一片冰凉，瞬间就想起几个钟头前，从初云包里掉出来的那瓶透明药液。是叫奎宁吗？那种让王家三口人差一点就没命的东西？从初云的包中拿出来，藏到她的包里？

是初云？恩静几乎一夜无眠，满脑的思绪逼得她的眼睛怎么也闭不上。第二天一早，房门口便传来低低的声音："大嫂，你醒了吗？"

正是阮初云。

打开门，迎面而来就是初云忐忑不安的脸："我哥他……怎么样？"

"还好，应该没有危险了。"恩静动作很小地捋了一下头发，见初云也挂了两个黑眼圈，一副没睡好的样子，不由得回想起昨晚张嫂说的话。

"初云？"

"嗯？"

"昨天下午你包里出现的那瓶药，我是说，那瓶很像是'奎宁'的液体，你……"

"我交给大哥了。"

恩静一怔。

初云的样子看上去很诚恳，丝毫没怀疑她这句话别有用意："阿sir一走，我就赶紧把东西拿给大哥了。大嫂，"说到这儿，初云的表情里又添了一丝赧意，尤其那"大嫂"二字吐出来时，从舌头到眼神似乎都还没能适应，"虽然以前我一直对你……呃，不怎么好，可这次我也觉得你是被冤枉的。"

恩静的嘴角勾了勾，努力想露出一个完整的微笑。可不知怎么的，这笑最后还是完不成。

她只能柔下声来：“谢谢。”

“你不用谢我，其实……”她顿了一下，低声喟叹，“都怪我。”

“什么？”

初云笑笑，没再说什么，转身离开了。

其实……都怪我？什么意思？

早餐后再来到医院，恩静脑海里仍回响着这句怪异的话。

阮东廷显然也没有休息好，不过他是铁打的，只要睡上一个小时，整个人又能恢复到素来的冷静和精神，甚至都不见黑眼圈。这不，恩静刚一进病房，就见他已经坐起了身。虽是在病床上，可他那一脸严峻地审视资料的样子，哪像个刚洗过胃的人？

而再看那沓资料，阮氏的出入账。天哪！助理也真是的，一大早还送这些过来！

恩静将在家煲好的粥搁到小桌上，正要打开，阮东廷已先开口：“把张嫂列的单子给我。”

单子一交到他的手上，恩静又着手盛粥。热乎乎的白色糯米粥在阳光下泛着温润的光泽，香气淡淡地弥散开来，引得阮东廷也往这边看过来：“谁做的？”

“张嫂。”

“哦？端过来我尝尝。”

本来也就是要让他尝的，可谁知一碗粥端过去，阮东廷只尝了一口就皱起眉头：“这是糯米麦粥？”

“是啊。”

“味道太淡，糯米太烂，小麦嚼劲不够。”恩静的脸一下子红透了，可这厮还不松口，不疾不徐地又总结了一句，“张嫂的手艺没这么差。”

简直太过分！

要不是恩静脾气好，换了谁都得当场翻脸吧。当然，前提是她敢在万年面瘫跟前翻脸。

阮东廷睨了一眼满脸羞窘的她，说：“说吧，张嫂有没有说昨晚谁进了你的房间？”

一句话又将恩静的注意力引回到正事上。只是面对这个话题，不知为什么，她竟有些难以启齿：“有，她说……”

“嗯？”

“初云。”

死寂瞬间笼罩了这一方空间，阮东廷轻拧起眉。

很显然，就和她昨晚听到这回答时一样，他从错愕到愤怒再到怀疑，不过是电光石火间。

恩静连忙又开口：“其实我觉得，她进房间不一定就代表……”

“你不用替她说话，我会查清楚的。”他的薄唇紧抿成一条线，通常，这就是阮先生不高兴的表现了。

恩静默默地转移话题：“对了，初云说她包里的那瓶奎宁已经交给你了？”

“嗯。”

“在你出院前，能不能先借我？既然有人要陷害我，那我想先研究研究。”

“不用了，我已经交给Cave了，他会负责研究。”

“连楷夫？”

怎么会是他？这两个男人，明明一个高冷一个倜傥，在一起时不是明贬就是暗侃，甚至还打过架，可此时她发觉，每每有紧要的事，阮东廷会托付的人，却总是连楷夫。

“这个人，”她有些疑惑，“真的可信吗？”

“放心吧，除了对你的那点小心思，其他的他大体可信。”

“阮先生！”她脸一红，这人真是的，又旧事重提！

不过某人看上去却挺愉快，黑眸睨着她羞恼的神情，嘴角甚至是上扬的：“人长得好看有什么办法？狂蜂浪蝶到底也是有审美的，这不怪你。”

他这是在赞美她吗？

恩静瞪大眼，简直要怀疑自己是不是听错了。不，不，即使她没听错，也应该是曲解了他的意思吧？结婚这么久了，阮先生可从来都没说过她一句好话呢！

突如其来的敲门声打断了两个人的对视，恩静转过头，就看见了进门的婆婆。

“哟，看来妈咪来得不是时候啊。”看这小两口挨得这么近，还真是……挺赏心悦目呢。

恩静红着脸往后退了退：“妈咪您来了？那我先回酒店了，你们慢慢聊。”

再扭头看阮先生，准备收过他手中的碗时，竟发现那一整碗粥不知何时已经被他喝光了。

阮东廷将空碗递给她：“去吧，医生说要明天下午才能出院，我明早还吃这个。”

不会吧?

“可你刚刚不是说……”

“手艺是差,不过胜在熬粥的人够用心,烂粥养胃,病人也不宜吃得太咸。

“更何况,阮太太难得下回厨,该鼓励鼓励。”

这家伙实在是太会装了!明明刚刚还一副“这粥谁熬的啊手艺这么糟”的嫌弃样,这不头一转,就换了一副面孔。

恩静悄悄瞪了他一记。当然,分寸很好地把握在了不被某人发现的范围以内。

等她一走,秀玉便笑眯眯地看向儿子,不发一言。

阮东廷也大方地任她看,甚至像是做好了让妈咪长期观赏的准备一般,他又拿起那份酒店出入账报表,直到秀玉开口:“本来妈咪还挺担心你知道那件事后会不会大发雷霆,结果这都好几个月过去了,也没见你对妈咪说过一句重话。”

不用问也知道她指的是什么事。此时病房里只有他们母子二人,关起门来,说的自然是最隐私的话。

阮东廷的表情不变,依旧盯着手中的出入账报表:“恩静这个‘受害者’都没发脾气了,我又有什么资格多说话?”

“哦?没发脾气?”秀玉挑眉,“可我记得那会儿我儿媳妇可是和你闹了一星期的冷战呢。”

阮东廷的眼角抽了抽:“妈咪,您有点啰唆了。”

“是吗?”秀玉站起身,一派端庄的贵夫人样,“其实呢,妈咪一直挺怀疑,我儿子是不是从不觉得妈咪在恩静房里燃香是一件罪大恶极的事。”说到这里,她亲切地走向床头,和蔼地拍了拍儿子的肩,“所以妈咪大胆地猜测,是不是我们东仔也觉得,我这个当妈的的确是比你这个当儿子的更懂得挑儿媳妇呢?”

“妈咪,”听到这里,阿东终于将那份出入账报表往旁边搁了搁,“有件事您好像还没搞清楚。”

“什么?”

“挑儿媳妇的人并不是您,知道吗——是我。”

尽管医生说隔天下午就能出院,可事实上,七七八八的检查再加上办理出院手续,回到阮家时,已经是晚餐时间了。

张嫂是老派人，烧了个说是去晦气的小火炉，硬是摆在门口，要阮东廷跨过去：“太太也跨，一起跨！夫妻和睦，平平安安，早生贵子！”

话音刚落，大厅里头就传来一道调侃的声音：“才出院就想要贵子？张嫂，你这要的是Baron的命吧？”

“去去！胡说八道！大吉大利，大吉大利……”张嫂连忙对着火炉念叨。

当然，够胆在万年面瘫面前说这种混账话的，除了连楷夫外还能有谁呢？

在阮东廷和恩静回家前，那人已先一步坐到了阮家的餐桌旁。

秀玉瞪他一记，声音里却没什么斥责的成分：“还不是因为你妈咪？成天带着Angela在我面前炫耀，aunty都这把年纪了还抱不上孙子，不念一念，这两个人能有动力吗？”

被念的两个人正好走进餐厅，阮东廷自然还是一副万年面瘫的样子，倒是恩静有些不好意思。她想到这两个人曾在某件事上那么推波助澜，所以听到连楷夫和妈咪讨论这种问题，她总觉得不自在。

“看看阮太太瞅我的这小眼神，简直是在看杀父仇人嘛！Baron，这下你可以放心了吧？”连楷夫眼波一转，桃花眼笑意盈盈地对上恩静：“不过话又说回来，恩静妹妹，你不能把旧账都算到我身上吧。俗话说‘冤有头债有主’，我那么做，也是为了帮aunty嘛！”

“你说够了没有？”那个面瘫好像并不领情，看恩静被说得满脸通红，他瞪了Cave一记，“吃饭。”

大概所有人都以为连楷夫今晚过来是为了探望阮东廷的，但事实上，酒足饭饱后，两个人移步到阮东廷的书房里，密谋声低沉，像是在说什么重要的事。恩静端着药和温开水要送进书房时，就看到阮初云鬼鬼祟祟地在门前踱来踱去。

“初云？”

阮初云吓了一跳。

“你在这里做什么？”

“没……没什么！”初云一看是她，稍稍松了口气，又急促地往书房门口瞥了一眼，“你是来给大哥送药的？”

恩静点头。

“那……那我先走了。”

纤瘦的背影略显仓皇地消失在二楼楼梯口，看得恩静一脸狐疑。

扭头再去敲阮东廷的房门，里头传来略为警觉的声音：“谁？”

“是我。”

“进来吧，门没锁。”话音落下，低沉的密谋声又起，丝毫也不顾忌她。

只是一进门，恩静便觉得书房内气氛凝重，两个男人皆眉头紧锁，像是在讨论什么重要的事。她隐约听到连楷夫说了什么“监控”“中毒”，只是一看到她端在手上的药，这厮又像是想到了什么，看看恩静，再看看阮东廷：“记得你将奎宁交给我时，里头只有五分之四的分量，那少掉的五分之一……”

他一双桃花眼含着笑瞥向阮东廷的胃部：“啧啧，貌似和你胃里被检查出来的那一些差不多分量呢。”

什么意思？阮东廷的表情淡淡，依旧波澜不兴，可一旁的恩静却像是听到了什么爆炸性的消息。

“如果我的猜测没有错的话，”连楷夫又露出他那自以为很帅很迷人的笑容，“那少掉的五分之一，进的应该就是咱阮大少的胃吧？”

“阮先生！”恩静惊叫出声。

阮东廷却没理她：“你先出去，我和Cave有事要谈。”

这话一落，她哪还能继续待在这里？

只是退出书房后，恩静就开始心神不宁，满脑子全是连楷夫刚说的话。走回自己房间时，她突然又想起那一夜，就在阮东廷入院而警局也终于放人的那一夜，他说：“之所以让你跟阿sir走，是因为我知道，你很快就能出来。”

她心一惊，难道说，那时起他就已经布置好了这一切？

连楷夫在阮家待了很久，接近凌晨时分才回去。

阮先生进房取换洗衣物时，恩静还没睡，坐在床上研究着阮氏的账本。听到开门声，她抬起头，就见阮先生若有所思地走向衣柜，神色之冷峻，就连房间亮着灯而她还没睡都没发觉。

她本想开口唤他，可又觉得他一定是在思考什么重要的事，不忍打断，只能任他拿着衣物进了浴室。再出来时，他才看到恩静：“还没睡？”

“是啊，”她搁下账本，看阮东廷还湿着头发，便下床打开抽屉，拿出吹风机，“就在这里吹吧，大家都睡了，在外头吹会吵到别人。”

她的意思很简单，其实就是让他自己在这里把头发吹干。谁知阮东廷看着那吹风机，冷不防问了一句：“你帮我？”

“啊？”恩静一愣。

“开玩笑的。”

他伸手过来要取吹风机时，却听到那人说：“好，我帮你。”

“哦？”

她的脸有点红，尤其是在他这一声略带调侃的“哦”之后。

阮东廷舒适地坐下，任由她的手指轻触他的发丝。手指冰凉，吹风机发出“嗡嗡”声。许久后才掺入了恩静的声音：“连楷夫晚上说的那件事，是真的吗？”

阮东廷没有回答。

“那些奎宁……真是你自己喝下去的？”

阮东廷依旧没有回应。直到她关上吹风机，搁到一旁，他的眼皮才掀起来，在镜中对上她固执的眼。

半晌，他说：“我说过，不会让你在里面关太久。”

所以他喝下那些药，明知山有虎，偏向虎山行，不过是为了让警局的人知道，其实将阮太太抓走也没用——凶手仍逍遥法外！

可恩静急了：“那也不能这样啊！你知道那么做有多危险吗？万一、万一……”她说不下去了。

直到阮东廷定定地看着她，看了好久，恩静才反应过来自己的声音有多抖，而眼眶处已着实浮上了一圈红。

“我的头发还没干。”突然，他开了口，声音低低的。

恩静这才又拿起吹风机。只是那双手啊——握着吹风机轻碰着他的发丝的那双手又是怎么一回事？为什么压抑而隐忍，那微微颤抖的样子，就像刚刚逃离了一场巨大的劫难？

直到头发吹干，他转过身来，才发觉女子的眼眶里已蓄满摇摇欲坠的液体。

阮东廷十分无奈：“以前怎么没发现原来你这么爱哭？”

她羞窘至极，他一开口，那些丢人的眼泪便全数滚落。恩静尴尬地要去擦，谁知对面的大手已抢先一步，动作轻柔地替她擦掉那些滚烫的液体。

他这么一说，她便更加羞窘：“哪有？”

“没有吗？”温暖的拇指划过她的眼角，不出意料，又沾上了些许滚烫的泪水，“嗯？”

她垂下头，突然不知该怎么回答。要怎么说呢？那些连她自己往深处想都会觉得羞窘的心事，他能体会吗？爱有两种形式：一是于大庭广众处呈现，巴不得全世界都跟着自己欢喜；一是小心翼翼地隐藏，就怕被他察觉了，嘲笑多情的自己。

许久，阮东廷退开身子，不想为难她似的："好了，你休息吧。"

言毕就要走出去，却被恩静急急地叫住："阮先生！"

"嗯？"

"今天天气这么冷，你又刚出院，真的要睡书房吗？"

阮东廷挑眉。

"我的意思是……呃，我是说……你书房的被子太薄……"

"你的被子比较厚？"他揶揄地看向床上貌似也挺薄的被子。

"我……我有电热毯啊！"

"所以想分享给我？"

她脸红了，不，她的脸像苹果已经红得快熟透了！

哪知阮先生却来了兴致，俊脸故意往下挨近她："这么邀请我，孤男寡女的，就不怕我做点什么？"

她的唇张张合合好几次，都说不出一句完整的话来，一双大眼死死地盯住他身后的墙："其……其实是妈咪说、妈咪说……"脑子飞速运转，"妈咪说"了老半天，最后才说出来，"妈咪说，让你别再睡书房了！"

"哦？"他扬眉，一声"哦"拖了老长后，才轻笑着将毛巾递给她，"拿到浴室去。"

"啊？"

"我要睡了啊——看你这么有诚意，我就留下来吧。"

呵，连妈咪都搬出来了，还不够有诚意吗？

等恩静从浴室出来，方觉大灯已经被他关了。昏暗的台灯光中，一个高高大大的身影走向床畔。恩静突然有些不知所措，就愣愣地呆在浴室门口，直到那方传来声音："还不过来？"她才挪动双腿，小心翼翼地踱到床边，却是躺到了离他最远的地方。

然后，她小心翼翼地拉过被子。

静寂笼罩，喧嚣退散，可床上的人丝毫也不见松懈。她背对着他，满腹心事的样子，直到阮东廷开口："还在想什么？"

"没……"

"在想明天要怎么委婉地通知妈咪，说你编了某些话套到了她身上？"

恩静的脸一下子红透了："什么啊？"

回应她的却只有男人低沉的笑——妈咪说，让你别再睡书房了——呵！就妈咪那爱迂回的精明性子，能把话说得这么直白才怪！

恩静简直欲哭无泪，结果罪魁祸首却笑得挺欢快，胸腔的震动甚至传到了她的身上："过来吧。"他拍了拍身旁的空位，"再躺过去就要摔下床了。"

他的声音里有淡淡的调侃，见恩静紧张得一动也不动，干脆长臂一伸，将她拉过来。

"哎……"

"放心吧，我是不会和你计较的。不过下次撒谎前记得先打一下草稿，你的谎言实在是……和你的厨艺一样糟。"

"阮先生！"

他笑了，低沉而富有质感的笑声透过胸膛，传到她的耳朵里。察觉到怀中女子的手脚太过冰凉，他下意识地用双臂圈住了她。

"阮……"

"嘘——睡吧。"

一夜无事，他只是抱着她。有好长一段时间恩静无数次睁大眼，悄悄地看他入睡后的俊颜。静默之中，嘴角浮起淡淡的笑。

隔天用餐时，餐桌上只有妈咪、俊仔和他们夫妻二人，张嫂说："二小姐感冒了，想多睡一会儿，说是不下来用餐了。"

秀玉挑眉："昨天不是还好好的？"

"是啊，"张嫂也一副奇怪的样子，"我昨天也没见她有感冒的迹象啊。"

的确，稍后恩静不放心，弄了点早餐送去阮初云房里时，并未见她有感冒的迹象。只是她面色苍白，一副心神不宁的样子。

恩静越发觉得阮初云最近有异，将早餐搁到床头柜上后，她坐到初云的床边，柔着声音试探道："看你最近好像经常闷闷不乐，是不是有什么烦心事？"

哪知阮初云听她这么问，竟吓了一大跳，神色越发慌张："没……没有啊！"

"那你昨晚……"她巧妙地省去了"鬼鬼祟祟"这个词，"猫在你哥书房外做什么？”

“我有事想问大哥。”初云垂下头。

恩静轻拢起秀眉，在心中思忖着该不该问是什么事。谁知初云突然又想起了什么，求助般地抓住她的手：“大嫂，你说在厨房里装摄像头是正常的吗？”

她这么一问，恩静便马上想起了之前在厨房发现的那个X-G摄像头。

不过她是何等聪明的人，自然知打草必惊蛇的道理，所以回答得不动声色：“这就要看具体情况了，如果是在餐饮企业里，有些管理者会利用摄像头来掌握员工的工作情况，比如说员工是否在工作时偷懒。可如果是装在家庭厨房里……”

她说得头头是道，本以为初云暗示的就是之前在厨房发现的摄像头，所以想由企业装摄像头谈到在家里装摄像头，以降低她的戒心。

可谁知她才分析过企业的情况，初云便急忙开口：“可如果、如果摄像头所装的位置根本就不可能拍到员工呢？”

“什么？”恩静一愣，难道她所指的不是之前在家里发现的那一个？

“初云，你究竟想说什么？”

“没有啦，”初云干笑两声，“只是……突发奇想罢了。”

可看她那神情，哪像是突发奇想？

只是再问下去也不会有结果，两个人素来就不亲昵，阮初云对她，不会有那么大的信任的。

接下来的两天里，张嫂依旧在吃早餐时说：“二小姐说感冒还没好，不下来吃饭了。”

连续三天。

这一晚，阮东廷从浴室出来后，恩静忍不住说出心中的疑惑：“还记得之前厨房的那个摄像头吗？我总觉得关于这件事，初云好像有什么事瞒着我们。”

阮先生对这个话题却是兴趣不大：“她瞒着我们的又何止这一件？”他将毛巾往头发上蹭了两下，又朝她招招手，“过来给我吹头发。”

自那晚被服侍以后，这大少爷便养成了不自己动手的坏习惯。

恩静有些无奈：“你这个人，又不是没手！”

虽然声音柔得听不出一丝抱怨的味道，可阮某人还是挺计较地睨着她：“怎么？你替我吹头，我替你暖床，不是挺好吗？”

“……”

“说啊，不好吗？”

恩静简直不知该怎么回应这个耍无赖的家伙，只好把吹风机的挡位调得更大，用轰隆隆的声音抵抗某人不加掩饰的恶意。

其实即使已同床共枕了，隔天开了门，这两个人依旧是素日的阮先生和阮太太。阮东廷向来起得早，恩静还没醒呢，他就已经穿戴整齐到书房办公了。所以直到现在，阮家上下也没有人发现这件事。

直到这天张嫂早起，到二楼想拿点什么东西时，正好撞见阮东廷从房间里出来。她“哎呀”了一声，不久后，喜讯就传遍了阮家上下。

也传到了……何秋霜的耳朵里。

其实继在厦门的那一次争吵以后，秋霜与阮东廷已经好一阵子没联系了。听到这个消息时，秋霜慌了手脚，当天就打电话告诉阮东廷，说她身子不舒服，要来香港做一个全身检查。

谁知这厢他还没替她约医生，隔天下午，秋霜竟已提了一大篮子美味来到了阮家。

彼时阮东廷正坐在沙发上和妈咪说着什么，两个人声音低沉，眉头紧锁。谁知秋霜在张嫂的引路下一进来，就亲热地朝着他们走来。也不管两个人正在谈什么，便满脸惊喜地叫道：“哎呀，太好了，伯母和阿东都在啊！”

“你怎么来了？”阮东廷浓眉微皱起，谈话被打断，他面上有淡淡的不悦。

秀玉却很好地控制住表情：“是啊，稀客啊。”

“伯母这么说我就要不好意思了！都怪我，来香港好几次了也一直没来探望您。”秀玉正心中冷哼：还好你没来，否则这个家还能安宁？何秋霜已经走过来，亲热地挽住她的手臂，“伯母，为了表达我的歉意，我今天特地准备了些点心带过来，都是我们何成酒店今年刚上桌的甜点呢。”

她这话一落下，张嫂立即将一个英式小篮子提上前来，那里头摆着一大盒精致的小蛋糕，旁边还体贴地配了包咖啡豆。

恩静从楼上走下来时，看到的就是这样一个场景——何秋霜亲密地挽着妈咪，旁边是看不出情绪的阮东廷……

“最喜欢伯母家的后花园了，张嫂啊，你去煮一壶咖啡，就用我带来的咖啡豆，让我和伯母、阿东到后花园好好地喝个下午茶。”

“好咧！”张嫂回答得中气十足，只是抬头看到楼梯口的恩静时，面上闪过一丝尴尬。

阮东廷顺着张嫂的目光转过头去：“正好，你也下来了，过来。”他朝她招招手，“秋霜带了何成酒店的新甜品过来，你也一起尝尝。”众人面面相觑，可大少爷再自然不过地又回头吩咐张嫂：“给太太添一套咖啡杯。对了，也给初云添一套吧，把她叫下来，就说秋霜来了。”

秋霜来了，初云自然是要下楼的。

只是这一次初云却着实气坏了何秋霜。

众人同坐，原本秋霜下意识地要坐到阮东廷旁边，可初云突然插进来：“大哥，我和你换个位子吧，我想和秋霜姐坐。”而换了位子后，阮东廷的一左一右就变成了妈咪和恩静！

秋霜简直要气歪了嘴：那三个人就坐在她对面，尤其是那个陈恩静——表面上温温柔柔的，谁知竟当着她的面替阮东廷又是倒茶又是拿糕点的！

东西可是她带来的呢！可这女人做了什么？秋霜才伸出手，正想替秀玉和阮东廷倒杯咖啡，谁知那女人竟比她抢先一步：“何小姐是客人，怎么好意思劳你动手呢？还是我来吧。”

话语轻柔，微笑恬静，字里行间俨然一副女主人的姿态。

可笑！这女人当初是什么出身？之所以能嫁给阿东，不就是因为名门千金们不可能忍受丈夫花那么多时间去照顾一个有过感情纠葛的旧友？否则她凭什么捡了这个漏？

可现在，漏捡了，大少奶奶当了，这女人竟还妄想在她这个知情人面前撑出女主人的气势，荒唐，简直荒唐！

更过分的是，按“客人为上”的原则，她先给秋霜、妈咪和初云倒了咖啡后，轮到阮东廷时，这女人竟然不倒了！阮东廷挑挑眉：“我呢？”

“你胃才刚好，忘了？”她笑吟吟地替自己倒了最后一杯咖啡，“红茶养胃，喝红茶好不好？我去给你泡。”

秋霜简直要不顾形象地瞪她了——什么意思啊？这咖啡可是自己特意带过来让他品尝的！这女人是什么意思？

不过看上去其他人都支持恩静的说法，甚至连向来站在秋霜这边的初云都开了口：“对了，前几天有朋友送了我一包锡兰红茶，味道挺不错的。大嫂，我带你去拿。”

“好。”她朝初云笑笑，回头见阮先生没有反对，只是玩味地勾了勾唇，便大胆地站起身来。

两个女子一同走到初云房里。

其实平素交流不多，所以当其他人都不在时，她与她反而不知该说些什么。

于是一路沉默，直到走进初云的房间，恩静才开口：“刚才谢谢你。”

初云愣了一下，有些尴尬地笑笑：“算了，比起你帮我的，这根本算不了什么。”

看来她还记着那件事呢。恩静笑了笑。话说回来，这女子娇纵归娇纵，可到底也算得上是个懂得记恩的女子。

初云的红茶就放在抽屉里，恩静站在她的身后，看着她打开抽屉，拿出红茶，却在准备关上抽屉时惊呼了一声！

“怎么了？”恩静顺着她的目光看过去，却看不出有什么异样。

直到初云拿起一张小小的购物单：“这个、这个是不是……”

递到面前时，就连恩静也变了脸色：“奎宁？”

没错，又一张购买奎宁的单据，就和那天警察在她房内搜到的一模一样！

初云惊恐地捂住嘴，瞬间就想起那个混乱的傍晚。是的，警方在恩静包里搜到了奎宁，并在恩静房间里搜到了购物单。可是，她的包里、她的房间里也有一模一样的奎宁和购物单！

“怎么回事？这是怎么回事……”初云捏着红茶袋的手突然害怕得颤抖起来，“大嫂，难道、难道也有人想陷害我？”

一模一样的奎宁，一模一样的购物单，就分别放在初云和她的房间里！

突然间，恩静想起了那日喝下午茶时Marvy的话：“现在到底是谁想在对付阮初云的同时，还对付你呢？”

是的，是这样的！看来Marvy的猜测并没有错。

“到底是谁想在对付我的同时，也对付你呢？”恩静眯起眼，一脸深思。

沉默横陈，久久无声。

恩静再度开口时，所问的话却让初云勃然变色：“还有一件事，初云，你老实告诉我，之前厨房里的那个摄像头到底是谁装的？”

红茶“啪”的一声掉到地上，初云俏丽的脸上突然掠过一丝慌乱：“问……问这个做什么？”

恩静是何等聪明的人，怎么会看不出异样？她温和地转到初云面前，就在离她很近的地方："初云，我知道你不会做这种事，不敢，不肯，也不必。"

阮初云愣了愣，眼底突然有明显的动容。

于是恩静趁热打铁："所以，告诉我实话。"

可这铁打得并不成功——有一瞬间，恩静几乎以为她要开口了，你看她嘴唇翕动着，似有千言万语想涌出喉咙的样子。可最终，最终那千言万语竟只化成一声叹息："大嫂，谢谢你相信我……别问了……"

"初云！"

"拜托你……"

她还能说什么呢？看着阮初云纠结的神情，恩静细眉紧锁，满眼的若有所思。

再回到后花园时，原本还算和乐的氛围已经不在了。也不知中间发生了什么，恩静一到后花园，就觉得周遭似遇到寒流。尤其是阮东廷，一张俊脸上布满了寒霜。是的，他脾气向来是不太好没错，可这会儿的寒霜，却是比素来的坏脾气更令人心惊！

"怎么了？"恩静将热红茶搁到桌上。

正欲替他倒茶，阮东廷却忽地站起身："阮初云！"

初云被惊得打了个寒战："哥……"

"王阿三的工资对不上，这件事你早就知道了是吗？却因为任性不配合，结果闹得这么大！"

"哥……"初云大吃一惊——怎么回事？大哥知道了？

再看向妈咪，她也一副恨铁不成钢的震怒模样。

初云彻底慌了，两只手紧张得开始颤抖："妈咪，我不是故意的，真的！我只是、只是……"

"够了！我受够了你一次又一次的解释！"阮东廷不容分说地打断了她的话，"现在就给我回房间，把东西收一收，马上滚出去！"

恩静一惊，知道他会生气，可怎么也料不到他竟气得要赶初云出门："阮……"

"谁都不准求情！"

初云吓得整个人都傻了，那句"滚出去"出来以后，她张大嘴瞪大眼，一句话也说不出来。

反倒是何秋霜要做好人，拉起初云的手："别怕别怕，先到我那儿住几天……"

却被恩静一句话就堵住了嘴："你们怎么会知道王阿三的事？"

这话一出来，阮初云也想到了重点了——是啊，这件事就她、大嫂和秋霜三个人知道。王阿三中毒、大嫂被抓的那一晚，她慌得六神无主，又不敢跟大哥说出实情，慌乱之中只好打电话向秋霜姐求助……

蓦地，初云反应过来，转头瞪向何秋霜——不过是一会儿工夫，大哥就怒成这样，而她和大嫂又都没在现场，那么，还能是谁告的密呢？

太过分了！

"你不用瞪秋霜。"阮东廷冷冽的话证实了初云的猜想，"要不是她不小心说漏嘴，我还不知道你阮大小姐竟还有这种本事！"

"大哥……"

"马上收拾东西，出去！"他不想再听任何求饶或是解释，长腿一跨就离开了后花园。

那壶刚泡好的锡兰红茶还在那里，袅袅白雾飞舞上天，似在预示着某一场命运。

第 五 曲

只是当时已惘然

“傻瓜，
现在是讨论初云的时候吗？”
“可是……”
“可以说点我爱听的。”

初云不肯走，即使行李收拾好了，也只是带着行李坐在大厅里。而张嫂则在一旁好言相劝："小姐还是先出去避避风头吧，何小姐不是说让你先过去和她住两天吗？等先生气消了再回来……"

而正在盛怒中的阮东廷已经出门了，载了何秋霜回酒店后，自己也回到了办公室。

恩静到学校接了俊仔回来，见初云还坐在那里，一副焦急又患得患失的样子。一听到开门声，她转过头来，看到恩静就如同看到了救命稻草："大嫂你帮帮我！这一次你一定要帮我……"

张嫂还站在一旁，看样子还是想劝她先出门，别再惹阮东廷生气。

恩静叹了口气："张嫂说得对，初云，先去外面住两天吧，你大哥的脾气你又不是不知道，怎么着也得等他气消了点，我跟他说才会有用啊。"恩静想了想，拿出手机，"我让酒店的人给你开个舒服的房间，你先到那边住两日，等我的消息。初云，我一定会跟你哥说的。"

这一席话像是稍稍安慰了初云，却也只是稍稍。

她还站在那儿，一副有话不知该不该说的样子。

恩静想起她这几日的异常："怎么了？"

"大嫂，"她深吸一口气，像是终于下定决心，"大嫂，借一步说话。"

其实何止是一步啊？就像有什么天大的秘密，她一路将恩静拉到了二楼，连俊仔都好奇想跟上去，却被她喝住："站住！"

俊仔委屈地站在那儿，又听初云对张嫂说："在这儿看着他！"

一回到房间，她就落了锁："大嫂，你下午不是问我监控的事吗？"

恩静眼睛一眯——是了，这一刻，来了！

初云的表情再严肃不过，红唇一张一合间，只吐出一个名字："何秋霜。"

"什么？"恩静震惊了。

可初云看上去一点也不像在开玩笑："是秋霜姐装的。"

"怎么会呢？"恩静只觉得胸口被人重重一击。何秋霜？恩静瞬间便想到了阮先生失望的样子。是她吗？如果真的是她，那……阮先生会是什么心情？

初云以为她不信："是真的！"

"你亲眼看到的？"

"不，"她目光阴冷，"我没有亲眼看到。"

"那……"

"可如果连何伯父都开口说让我替她保密呢？"

连何伯父都开了口？

是的，恩静想起来了，那日在厦门的医院里的画面袭上她的脑海——她走到病房门口，正欲进去，却听到一个女子急切的声音："何伯伯您别这么说，秋霜姐是我的好朋友，我保护她是应该的……"

保护？

保护！

原来如此！

"所以之前被《×报》冤枉时，你怎么也不肯说出实情，就是怕会连累到何秋霜？"

她懂了！瞬间全都懂了！

难怪疑点重重，难怪罪名严重，难怪初云始终都不开口！

"那时，"初云惨淡地一笑，"我真的是希望她能和我哥好好的，在英国留学时她那样帮我、照顾我。"她的思绪悄然回到了多年前："那时候我真的以为她和我能当一辈子的姑嫂、一辈子的好姐妹。"说到这里，须臾间她的神色一转，如狂风暴雨，"没想到如今她会变成这样！我一再地帮她、维护她，可她今天一看到我帮你，竟转头就在大哥面前这样告发我！"

滚烫的泪水迅速滑落，那是女子在友谊里遭到背叛时的痛心。

原来初云对她是带有希冀的，揣着那年曾被温暖过的心一直等候在原地，初云希望她也在那里。可再回首，原来，沧桑历尽，旧情已逝。

恩静不知该怎么安慰她，倒是初云迅速擦干眼泪：“这件事你先搁在肚子里，别说出去。至于奎宁中毒的事，你今天不是说有谁在对付你的同时还想对付我吗？”她的目光陡然冷厉起来，闪耀着微微骇人的光，和甜美的五官衬起来，是那么不搭调，“我想了一整晚，发现有个人很值得怀疑。”

“谁？”

初云没有回答，只是说：“我待会儿就去那个人那里走一趟，至于大哥这边……”

“我会尽力的。”

“嗯！”她的大眼里浮起深深的感激。话不多说，心中明了。

纤瘦而略显孤寂的身影缓缓走出房间，自二楼往下。

可不知为何，走在她身后的恩静却突然打心底里腾起一股不安：“初云……”

“嗯？”

“你……”她顿了一下，可要说什么呢？其实她也不知道，所以最终也只是说，“没事，就是你一个人在外面要小心。”

“嗯，我知道。”

既然答应了初云，恩静便说到做到。头两天阮先生正在气头上，就连她提起在初云房里发现了购买奎宁的发票的事，他都不为所动：“事情我自会查清楚，但被陷害并不代表她就可以被原谅。”恩静讪然，碰了一鼻子灰后，便也不再轻易开口了。

直到几天以后，阮先生在内地又有一家新酒店开张，趁着他心情好，晚上在替他吹头发时，恩静试探性地开口：“气消了点吧？”

“没有。”

“……”

“怎么？”阮先生抬起头，从镜中看着她无奈的表情，“打算帮我消消气？”

恩静本以为有希望，吹头发的动作停了一下：“怎么消？”

谁知却被他冷睨而过：“陈恩静，你到底每天都在干些什么？”

“啊？”

“做太太的该怎么给先生消气，你说呢？”

她一下就红了脸，被阮先生再明显不过的暗示呛得不知该怎么回应。

可这厮不打算放过她，从镜中气定神闲地盯着她的气不定神不闲——这就算了！看着恩静红着一张脸，努力想将注意力重新放到吹头发上，他竟手一伸，一把拿过吹风机扔到一旁。

高大的身躯倏然站起。

“哎……”恩静抬起头，入眼便是阮先生放大的俊颜。

“想通了没有？”

“通……通什么？我不懂。”

“真不懂？”他故意慢条斯理地俯下身，邪魅的声音渐至她耳旁，然后低低地说了句什么。

却让她羞窘得想尖叫：“阮……”

“嘘——”他勾起嘴角，还未干的一缕头发上有一滴水珠轻盈地滑下，看上去是那么性感。

可能是太性感了，才让她慌得连看也不敢多看一眼：“别闹了，我在和你说正事。”

“我也是在说正事啊。要想当个好大嫂，就先当好阮太太吧。”伴着调笑的话语，某人的手滑上她的背部，摩挲轻柔，却令恩静紧张得微微颤抖。

“阮先……”

“嘘——我保证，初云会非常感激你的。”调笑的嗓音里添入了一丝低哑。

话音刚落，房内的大灯“啪”的一声被关上。瞬间，黑暗笼罩了全场。

暧昧的气息开始蔓延，伴着女主角犹豫着不敢进入状态的声音——

“阮先生？”

“嗯？”

“那初云的事……”

“傻瓜，现在是讨论初云的时候吗？”

“可是……”

“闭嘴。”

真是翻脸不认账啊，她好无奈：“哦……”

谁知见她不敢吭声了，某人又低笑，轻哄道：“可以说点我爱听的。”

“……”

她的头顶，似有十万只乌鸦飞过。

阮东廷这人脾气虽不怎么样，但在信守承诺这一点上，向来还是做得挺像样的。

这不，第二天一早，恩静还蜷在被窝里，他已经起床穿衣，一边扣着衬衫纽扣一边说：“让她回来吧。”

“真的？”恩静大喜，一不留神便从床上坐起来。

阮东廷嘴角忍不住抽了抽：“美人计都使得这么彻底了，我能不守信用吗？”

顺着他的目光，她方察觉到自己羞人的赤裸，“啊”了一声拉起被子时，又见某人恶劣地将唇移到她的耳旁：“晚了，该看的都看光了。”

早餐时俊仔说：“奇怪了，大哥大嫂今天看上去好像很高兴啊！”

秀玉挑挑眉，看上去也认可了俊仔的话。

恩静喜上眉梢：“你大哥同意让初云回来了。”

“真的？”俊仔十分吃惊，“怎么可能！大哥向来说一就是一……”

“我看有可能。”秀玉却懒懒地啜了口咖啡，那双富有洞察力的眼睛瞥过了儿子，又瞥了瞥恩静，“至于怎么个可能法，俊仔，这你就不懂了。”

“妈咪！”恩静被说得满脸通红。秀玉笑着转移话题：“那初云呢？要回来了吗？”

“刚打了她电话，估计还在睡觉吧，把电话给挂断了，待会儿吃完饭我再打一个。”

结果吃完饭后恩静再打初云的电话还是被挂断。那端的人估计是被这扰人清梦的电话给惹怒了，这次挂断后，接下来的一整个上午，恩静不知打了多少通电话，那方始终都是关机。

“会不会是手提电话没电了？记得那天何小姐说过要让初云去她那儿住，要不你打电话问问她？”中午休息时，在阮氏的饭店里，恩静问阮东廷。

“也好。”

可奇怪的是，何秋霜的回答竟是：“没错，我是让她来和我住，可她没来啊！”

阮东廷的眉头皱起：“你的意思是，这两天都没见过她？”

"是啊！自从那天离开你家以后，我就没再见过她。"

通话结束后，恩静只觉得阮先生脸上已结了一层霜："不像话！电话不接，秋霜那里也不去，她这是在耍什么性子？"

"你是说，她没去何小姐那里？"恩静关注的重点却和他的不同，"那她还能去哪儿呢？"

"谁知道呢？反正她狐朋狗友一大堆。"

那种熟悉的不安感再一次蹿上她的心头——对，是不安。

恍惚间便想起了那晚，初云在灰心失望之余，对她说："我待会儿就去那个人那里走一趟。"

那个人……不就是何秋霜吗？

午餐一结束，她就来到监控室："帮我把最靠近3812号房的监控调出来，我想看看前天晚上的记录。"

3812号房就是何秋霜的房间，结果把监控一调出来，她发现——是的！那晚初云的确去找过何秋霜，只不过她敲了半天门都没人应，又打了一通电话，电话挂断后，才垂头丧气地拉起行李箱离开了。

直到三个小时后，监控里才出现了何秋霜的身影——她刚从外头回来。

"这么说来，初云到酒店等不到何秋霜就离开了？然后就再也没有去过？"打电话给妈咪，那端妈咪的声音也有些疑惑。

"是的，而且电话到现在也还没有开机，妈咪，我担心……"

"不会的，"秀玉的态度和阮东廷的如出一辙，"她肯定是跑到哪个狐朋狗友家去了，这种事也不是第一回发生了，你别替她操心。"

如此无谓。

可越是如此，恩静心中的不安就越是强烈。挂断电话后，她一个人在办公室沉吟良久，最后还是打了电话给好友："Marvy吗？待会儿有没有空，一起喝个下午茶？"

依旧是在阮氏，还不到下午茶时间的咖啡馆里人影寥寥。

Marvy出现在咖啡馆门口时，即使只是简单地着一件白衫衣加阔腿裤，也依旧引来一大堆人的注目。

她拉开恩静对面的座椅，慵懒的目光只在好友脸上扫了一遍，便读出她有一肚子愁思："看到你这样子我就觉得，待会儿每喝一口你的咖啡，就得付出一份沉重的代价。说吧，怎么了？”

“初云失踪了。”

此时正好有服务生将菜单拿上来，Marvy摆摆手：“一杯曼特宁。”又回过头来：“你小姑？很好啊，失踪了最好，我一看到她就烦。”

“Marvy！”

她轻笑了一下，一只手却已经从包里掏出了录音笔：“来吧，把来龙去脉详细地说一遍。”

果然是有备而来。

录音笔一开，Marvy的工作开始，恩静的陈述也开始了。只不过这陈述进行到一半就被人打断了，熟悉的男声自身后传来：“巧啊！”

是连楷夫。

恩静条件反射地轻皱起眉。

谁知这一回让她错愕的是，这厮的重点竟不再是她。

没等两位女士开口，Cave已坐到了Marvy身旁，桃花眼邪气地朝恩静眨了眨：“放心吧，我今儿不找你。”然后，他深情款款地望向身旁绝美的脸：“靓女，真巧啊！”

他找的是Marvy。

可事实上，Marvy连理也没理他一下，只一双眼扫了扫桌上的录音笔，示意恩静继续。

Cave已经明白了她们这是在做什么。

于是恩静的陈述继续，Cave的桃花眼也继续。这厢两名女子正专注于恩静口述的事件，那厢他则紧紧盯着Marvy美艳的侧脸。Marvy原不打算理他的，可被人持续不断地盯了那么久，谁能没点反应啊？

Marvy怒了，忍无可忍地扭过头时，却见这厮笑眯眯地指了指录音笔：嘘——人家正录音呢，别出声。

只是那双精明的桃花眼，在盈盈的笑意下，却划过一丝深沉。

那时正听到恩静在陈述：“其实我觉得很不对劲，离开那晚她告诉我，关于奎宁中毒案她已经有了怀疑的对象……”此时，连楷夫眼中精光一闪。

下一秒，他已拿起最近刚入手的Nokia（诺基亚）1011——世界上第一部能发短信的手机，前阵子他托人到欧洲弄来两部，他与阮先生人手一部，此时恰好能试一试它的发短信功能。

“和你老婆在一楼咖啡馆约会呢，来捉奸吗？”一字一字敲出来，发出去，收件人——阮东廷是也。

果然十分钟后，阮先生大驾光临，看到的就是好友死皮赖脸地坐在Marvy身旁的场景。

此时恩静已大致陈述完毕，阮东廷坐到她旁边时，就听到Marvy问：“所以你觉得，她可能出事了？”

恩静下意识地瞥了一眼阮东廷：“我不确定，但一天联系不上她，我就一天不放心。”

“明白！”Marvy收起录音笔，“我会尽快查明她的去处。”说完她便转向刚坐下的阮东廷：“阮先生，你娶了个好太太。”

话中似有话，阮东廷微微颔首：“阮某和颜小姐看法一致。”

只听她轻哼一声：“最好是！”回过头，她伸手拍了拍恩静的手背：“那我就先走了，一有消息马上联系你。”

“好。”

结果Marvy一起身，用目光锁了她大半天的桃花男也跟着站起来：“一起去喝杯咖啡？”

Marvy用看精神病人的目光瞥了他一眼。

“当然，如果你现在没空……”

“不，空得很。”她口气淡淡，“只是对你这种是女人都想勾搭的花花公子，本小姐永远没空。”

语毕，女子高傲地转身，踏着优雅的步子离开了咖啡馆。

徒余身后的连楷夫，对着美人的背影，勾起一抹胜券在握的笑。

阮东廷的语气难得调侃：“稍微收敛一下吧，你这个样子，看上去真像是只准备活剥兔子的豹。”

“男人遇到想要的女人不都这样？”

“哦？”阮东廷似笑非笑地转头，睨了身旁的恩静一眼，话音低柔，“是吗？”

话中似有深义。

她的脸一下红了，被这暧昧的问题和他暧昧的目光弄得不知所措，再加上旁边那好事的连大少调侃的眼神……

不过很快，又听某人说：“连总，你可以滚了。”

“是该滚了。”Cave愉悦地站起身，那嘴角散不去的邪魅笑意似在昭告众人。半小时前，Marvy违章停的跑车已被阿sir“眼尖”地拖走了。而现在，他，连楷夫，该做的就是赶到她身边，施以他的救美大计。

待Cave离开了咖啡馆，恩静脸上的红晕还未散去，心中犹有疑惑：“我怎么觉得看到连楷夫想追Marvy，你似乎还挺待见的？”

“是挺待见的。”

“为什么？”

阮某人浓眉微挑，睨向自家夫人：“你说呢，阮太太？”

“我？我不知道啊……”

“那你就继续不知道吧。”

“为什么？”

“朽木不可雕。”

恩静被他的话弄得一头雾水。

可饶是如此，两个人双双起身要离开咖啡馆时，他还是朝她伸出了手。

恩静怔了怔。

其实已经不是第一次了。以往在公众面前、在报纸上，他永远都牵着她的手。可这一次不一样了。咖啡馆里人影寥落，众人各司其职，谁也没注意到这一方。

可他依旧伸出手，在无人看得到的背面，朝她，伸出手。

恩静微微一怔，但很快便反应过来，轻轻地将手置于他的掌心。

一对光鲜的男女牵着手离开了咖啡馆。那男子高大冷峻，有一张酷酷的脸。而那女子纤瘦温柔，站在他身旁，嘴角慢慢地，勾起一丝甜蜜的笑——

“阮先生？”

“嗯？”

“其实，我还蛮喜欢你牵我的。”淡淡的红晕爬上她的耳朵。

可阮东廷连眼角也没动一下：“说错了吧？”

“啊？”

“不是蛮喜欢，”行至电梯口，他用没牵她的另一只手按下了办公室楼层键，方转过头来，傲然地扬起脸，“是非常非常喜欢。”

“阮先生！”

明净的电梯门上映出那张英俊的脸，也浮起了淡淡的笑意。

然而轻松的氛围也只能维持到这儿了。

晚上七点钟过后，众人正聚在餐桌旁喝汤，恩静接到了Marvy打来的电话。

好友的口吻很严肃，带着某种大事不妙的沉重感：“阮初云的座驾是不是一辆红色奔驰？”

“是啊，你找到她了？”

“车牌号是×××××？”

“对。是不是发生了……”一种不安瞬间蹿上她的心头。

然后，她听到Marvy低沉的声音：“她死了。”

手机“砰”的一声掉到餐桌上，震惊四座。恩静的脸一下子全白了。

众人面面相觑，唯阮东廷先反应过来：“是Marvy？”

是的，电话那头还有Marvy焦急的呼唤：“恩静？恩静？”

阮先生一把接起：“我是阮东廷。”

这时Marvy又说了些什么，恩静已经听不到了。此时的她正以一种震惊混合着痛楚的神色，将目光缓缓投到秀玉的脸上。

瞬间，她的婆婆如临大敌：“难道是……”

“是。”

阮东廷已经挂断电话。

餐厅里瞬间沉寂如死水。

所有人，从俊仔，到妈咪，到恩静，目光全数落到他的身上。那张冷峻的脸上此刻只有可怕的森冷。而恩静就坐在他身旁，在那张森冷的面孔下方，看到了他颤抖的手。

永远刚毅的、镇定的、运筹帷幄的阮先生的手，原来，竟然，也会有颤抖的时候！

蓦地，阮东廷站起身，大步踏向门外。

“大哥！”

“东仔！”

恩静站起身：“妈咪，我跟他一起去！”

“好、好！快去！快去！”永远严肃镇定的张秀玉已经不再严肃镇定，惶恐如魔鬼，瞬间吞噬了她。

一旁的俊仔像是猜到了什么，豆大的泪滴开始滚落，小手慌乱地抓上恩静的衣角：“大嫂、大嫂我也要去！”

一行人匆匆赶到现场时，警察已抬着尸体准备上车。

“前天晚上，一辆红色奔驰夜闯狮子山，可能是灯光太暗，连人带车摔下了山崖。阮总，那个人……应该就是你妹妹。”大半个钟头前，在电话里，Marvy用低沉的声音对他说。

此时尸体被白布盖住，只看一眼，他便知，那人定是初云——

那只外翻的、沾着已风干的血迹的手暴露在白布之外。苍白的皮肤黑红的血，手腕处是初云最喜爱的那块表。不远处坠毁的火红色奔驰里，还有一个……初云的行李箱。

一切，尘埃落定。

俊仔已经傻了，呆呆地站在那儿，一动不动。

而阮东廷呢？明明警方一再阻止，他还是沉重地、一步一步地走过去，紧紧牵住那只沾满血迹的手。就像着了魔中了邪一般，他紧紧地抓住一只僵硬的手。

那尸体，至少已在风中吹了两天。

“阮先生……”

Marvy朝再一次开口的小警员摇了摇头。也不知为何，竟真的奏效，瞬间，一群警员全都闭上了尊口，看着阮东廷眼神空洞地紧握着初云的手，握着那一只沾着血迹的、属于他妹妹的手，走向警车。

一路沉默。

回到家时已是半夜，可秀玉还端坐在正对着大门的沙发上，愣愣的。直到一行人进门，她看到恩静拖着的东西时，终于失去了所有力气，瘫软到沙发上。

那是初云的行李箱，以及警察从车里取出来的……初云的包。

终于，秀玉捂住脸，崩溃地哭出声来。

“妈咪、妈咪……”俊仔哭着跑到她身边，双手紧紧抱着她的肩膀，“妈咪……”他脸上的泪早已湿了又干，干了又湿，可突然间，他松开抱着秀玉的手，愤恨地转过头来：“都是你！都是你！”

怒火指向的，竟是他向来最怕的阮东廷！

“你为什么要把二姐赶出去？”

阮东廷已悲恸欲绝。

“为什么要害她那么晚了还一个人开车上山？为什么不让她回家？为什么？为什么？”

他没有出声，就站在那里，任由俊仔愤怒的拳头一下又一下捶打自己。

夜一分分沉静，这一晚，阮东廷没有回房间休息。

也许是开始习惯了身旁有温暖的怀抱，没有他的夜，感觉冷得难以入眠。恩静睁着眼躺在森冷空寂的房间里，眼前一遍又一遍浮现盖尸布被俊仔一把掀开时，初云那张被碎玻璃伤得血肉模糊的脸。

也不知过了多久，终于，她轻叹一口气，起身披衣，打开了房门。

走廊尽头的书房里，有昏黄的光从门缝底透出来。她轻敲了两下门，没得到回应，便直接推门进去。

在那里，书桌后面，阮东廷正背对着门坐着。他高大的身躯整个陷入靠背座椅里，在散发着淡光的立式灯旁，看上去是那么孤寂。

恩静来到他身旁：“回房吧。”一只手轻轻地搭上了他的肩膀。

可被搭的那一处，不，或许应该说，被搭的那个人却一动也不动，似一尊雕像。

“阮先生……”她蹲下身来，原本搭在他肩上的手也移了位，轻轻地抚上他冰冷的手背。

“她小时候怕黑。”那一瞬间，男子突然开了口，“那时我们住在半山上，晚上溜出去玩时，她总要我紧紧牵着她的手，说‘大哥，如果旁边突然出现一个鬼，你一定要握着我的手，不要让我被它拖走’。”

所以这个晚上，看到她的手露在盖尸布外，他不管身旁的警察如何告诫，也执意要握着她的手。

因为她要去的地方，周遭全是鬼。

而他，只能送她那短短一程。

“阮先生……”

“她那么怕黑，我却不让她回家，那么晚了，我不让她回家……”被她覆住的那只手终于轻轻地颤抖起来。终于，他再也说不下去，深吸一口气后，紧紧地闭上了眼睛。

仿佛全世界的灯都灭了，因他沉痛地闭起眼，所有的光亮突然之间都丧失了意义。

许久，恩静才听到他低沉的声音：“你出去吧，我想静一静。”

不出书房，不说话，不进餐。

整整一天了，他将自己关在书房里。恩静送了几回粥进去，全一动不动地摆在原处。她想让妈咪去劝他，妈咪却摆了摆手：“随他去吧。”

那声音里的虚软无力，让恩静也不忍再开口。

只是有些事，终究是需要有人去做的。

比如这个下午，警局来电让阮家人去取初云的遗物。除了昨晚带回来的行李箱和包包外，警方后来还在坠毁的车里搜出了一些初云生前的东西。

阮先生闭门不出，妈咪在房里一坐就是一整天，这任务很自然地就落到了恩静身上。

和她一起去的是Marvy。

“查出为什么会坠崖了吗？”Marvy问。

“查出来了，阮初云的座驾刹车失灵，在坠崖之前她曾试图刹车，可是刹不住。”警察回答。

“刹车失灵？好端端的刹车怎么会失灵？”

“这个还在进一步侦查中。”

恩静眉头紧锁，从头到尾，只静静地听着Marvy与警方交谈。

“怎么了？你有些不对劲。”直到走出警局，好友才开口。

“没什么，就是觉得有点怪。”

“哪里怪？”

“初云的车。”她沉吟片刻，“如果我没记错的话，她的车才刚做过保养，怎么会突然刹车失灵？”

Marvy原本正帮着她一起将警方移交的物品塞进后备厢，听到这句话，动作一顿：“你的意思是？”

恩静摇头：“说不清是什么，就是觉得好像有哪里不对劲。”

Marvy沉默了。

侦探的习惯使然，遇上这类问题，此时她脑海里已是翻江倒海，无数可能接二连三地闪过。直到车子抵达阮家大门口，她才被恩静的声音拉回神来：“好了，别想了，先进来喝杯茶吧。”

其实谁还有心思喝茶呢，整个家里现在是一团乱。可更乱的是，两人一进门，竟看到一位不速之客。她就站在大厅里，几近歇斯底里地抓着一个用人：“你说初云、初云她……”

是何秋霜。

那倒霉的用人看到恩静就像是看到了救星：“太太、太太回来了！”

可何秋霜连头也没转过来一下，依旧抓着那个用人：“我在问你话呢！阿东呢？阿东现在一定快疯了吧？他在哪儿？”

张嫂就在这时从二楼下来，端着一碗已经凉了的粥。见恩静回来了，她叹了口气，摇了摇头。

“还是不吃？”

“嗯，”张嫂看上去满脸的不忍，“就坐在那儿，东西一端进去就被打发出来。太太，你说……”

“让我来！”恩静还没开口，一旁的何秋霜倒是急匆匆地奔过来，一把抢过那碗粥。粥已凉了，她眉头一皱，“去去去，张嫂，去换碗热的！”

Marvy不可思议地看着她这旁若无人的样子：“何小姐，这里好像不是你家吧？”

可何秋霜哪有心思理她。

“何……”

“Marvy，”恩静拉住她，轻轻摇头，“我们先把东西送去初云房里吧。”

这才是正事。这样说的时候，她的目光其实是凝在那个被何秋霜捧着的碗上。

Marvy一进初云的房间就开口了，侦探架子十足：“把东西再查一查吧，看阮初云有没有留下什么重要的遗物，刚刚在警局也没仔细看。”

可事实上，重要的遗物不存在，应有的东西倒是很奇怪地也没有被找到。

“化妆品、润唇膏、钱包……怪了——”

“怎么了？”

“手机呢？”Marvy仔细地将东西翻了一遍，“怎么没看到手机？这不科学啊！”

其实昨晚到警局备完案后，恩静将初云的包包和行李箱带回来时，就已经找不到手机了。

Marvy说："我让李sir再去问一问。"

李sir是Marvy在警局的熟人。话音落下，恩静便见她拿起手机："李sir，是我……"声音渐渐地低下去。

恩静轻叹一口气。

脑中似有某种念想，盘旋良久，最终，趁着Marvy和李sir交谈时，她悄悄离开了房间。

走廊另一端的书房门并没有关，也不知何秋霜是不是故意的，她一走近，就听到里头传来女子任性的声音："我不管！你不吃饭我就不吃药，要死一起死！看谁先死！"

门外的她，在他永远也看不到的角落里站了半晌，直到最熟悉的叹息声传出来："真是服了你。"而后是碗筷相碰发出的声响，伴着何秋霜娇媚的声音："要全部吃光哦！"

她的目光在某个方向凝了凝，最终无声无息地走下楼去。

突然忘了Marvy还在房间里。

张嫂不久后便欣喜地端了个空碗下来："还是何小姐有办法！先生啊，终于肯喝一碗粥了……"转头看到恩静就坐在沙发上，她又觉得不妥，赶紧住了嘴。

恩静只当没听到。

可真要当没听到，也是不可能的。张嫂前脚才收拾了碗筷下楼，何秋霜后脚也跟着下来了，脸上带着隐隐胜利的神色。她叫住张嫂："两个钟头后再给我熬一小锅干贝粥，记得把干贝泡久一点。阿东胃不好，要吃烂点的东西。"

张嫂十分吃惊："可先生不是才喝过粥吗？"

"才喝过粥？天哪！他都多久没进食了，一小碗粥够塞牙缝吗？"带着讽刺的话很明显是说给一旁的恩静听的，这不，话刚出口，何秋霜的眼就扫过恩静，"也不知那当太太的人是怎么伺候的……"

"伺候？"只是不等恩静有反应，刚从二楼下来的Marvy已经冷冷地接了话，"何小姐想把自己当老妈子，我们阮太太可没有这个心思。"

"颜又舞！"

Marvy轻轻一笑，刀子嘴又刀子心的她可从来不会给何秋霜留情面："我说错了吗？哦——对不起！我还真是说错了！"她作势拍了一下脑袋，"我又忘了，何小姐怎么会是老妈子呢？人家张嫂踏进这个门，还是名正言顺被招聘进来的呢，而你何秋霜呢？一名不正，二言不顺，在这里当老妈子——呵，似乎还不够格吧？”

“你……”

眼看何秋霜就要发火，恩静淡淡地开口：“Marvy，家里都已经是这种情况了，吵吵闹闹似乎有失你的身份吧？”

她表面上是在告诫好友，其实话里的意思谁会不知。

Marvy心领神会：“这样啊？那我就闭嘴吧，谁爱失身份让谁去失，我一个路人甲，学路人乙凑什么热闹呢？”

何秋霜被这两个人这么讽刺，气得说也不是，不说也不是。看张嫂避难似的要逃回厨房，她一肚子气全撒向了这个倒霉的老管家：“张嫂！你去吩咐下面的人，帮我准备一个房间，顺便到酒店去把我的行李搬过来！”

“这……”

看恩静和Marvy皆面露惊愕，何秋霜就觉得一口恶气痛快地吐了出来。收妥了被Marvy逼出来的怒火后，她微微一笑：“阮太太忙得顾不上让自己的先生吃饭，而我呢，承蒙阿东照拂多年，如今阮家有事，我反正闲着也是闲着，来帮帮忙也好。”

“太太，这……”张嫂为难地看向了现在唯一能说上话的人。

得到的回复却让她吃惊：“既然何小姐这么热心，就让她留下来吧。”

一旁的Marvy瞪大眼睛：“恩静……”

“Marvy，我们上楼。”

很明显，恩静已经不想在这里多逗留了。

不过Marvy可没那么轻易被打发：“张嫂！”倒霉的老管家刚要离开，又被她叫住，“帮我也准备一间房。”

“啊？”

“阮太太痛失小姑，心情很郁闷，也吃不下饭，而本小姐呢，反正闲着也是闲着，留下来帮帮忙也好。”语毕，她看也没看何秋霜一眼，便长腿一迈，跟在恩静后面上了楼。

一上了楼，她关上门便问好友：“你傻了吧？把那女人留下来不是引狼入室吗？”

可当事人态度平静：“如果真是一匹狼，你以为不引，她便入不了室吗？”

“恩静……”

“Marvy，有件事我还没有跟谁透露过。”她声音阴沉，衬得这房间里的气氛也跟着沉重了起来，“还记得之前问过你的那个摄像头吗？”

“嗯，怎么了？”

“初云告诉我，那个摄像头，就是何秋霜装上去的。”

Marvy十分震惊：“什么？何秋霜？”

可就和那晚的阮初云一样，恩静的表情一点也不像是在开玩笑，相反是那么严肃：“所以我想让她在这儿留几天，好好观察观察。”

Marvy点头，这回也认同了好友的做法：“只是，就没有其他原因了？”

知我者，Marvy也。

恩静淡淡地一笑：“或许吧。”她脑中不由得浮现方才在书房外看到的那一幕，“这种时候，或许他也需要她。”

“我不管！你不吃饭我就不吃药，要死一起死！看谁先死！”——那时她就站在书房门口，听着何秋霜这样威胁自己的先生，口吻亲昵而任性。

而他，也确实是吃她这一套的。

这就够了，不是吗？现在最紧要的，便是让他恢复精力。

“我就知道你是个死心眼！”Marvy简直有些恨铁不成钢，“他需要她你就要让位吗？陈恩静，到底谁才是阮太太啊？你可是正室、原配、结发妻，你到底懂不懂啊？”

可这女子还是很平静：“Marvy，以大局为重。”

“大局？我看你的大局就叫‘阮东廷’吧？”Marvy没好气地道，“都快二十一世纪了，谁家还流行齐人之福啊？”

“Marvy……”

“恩静，你这样什么都只为他考虑从来不顾及自己，我真怕有一天你会不知道究竟该恨他，还是恨你自己。”

“我真怕有一天你会不知道究竟该恨他，还是恨你自己。”

有好长一段时间，这句话都在她脑海里盘旋，一遍又一遍。

直到Marvy的电话响起。

是李sir的来电，Marvy听了两句便皱起眉：“手机不在车里？怎么会？”

恩静的注意力这才被拉过去。

Marvy很快就挂了电话，揣着一脸颇感奇怪的深思状：“太奇怪了，李sir又让人到车里搜了一遍，却怎么也找不到初云的手机。怎么可能呢？包里没有，行李箱里没有，车里也没有……”

就在这一瞬间，恩静低呼出声：“Marvy！”

Marvy被她吓了一跳：“怎么了？”

“有一件事……”她脸上突然血色尽褪，就像是想到了什么特别恐怖的事情。蓦地，她瞪向好友，“昨天录音时，还记得我说了什么吗？其实昨天早上的前两通电话，我是……”

“天哪！”Marvy也忍不住瞪大眼，“天哪！”

她想起来了。

昨天早上，早餐时恩静给阮初云打的第一通电话和早餐后打的第二通电话——明明、明明是接通了之后被人挂断的！

可那个时候……初云已经……死了。

一股凉意传遍四肢百骸，就在这一瞬间。

“难道……”

“有人……”

两个人一前一后，只说了这么四个字。

可一切已在不言中。

恩静白了一张脸，无数令人恐慌却极有可能的可能，突然全数冲上她的脑海：“Marvy，刹车失灵，手机失踪……”

“我想，也许你小姑的死……”Marvy平静而凝重地接了下去，“并不是意外。”

而恩静也正有此意。可现在不能说。在理清楚思绪之前，谁也不能说。

只是思绪又该怎么理呢？证据要去哪里找？或者说，真的有证据吗？就因为初云的车有定期保养，就因为他们找不到初云的手机，就因为她昨天拨打初云的电话时被人挂断两次，便能让所有摆在眼前的、证明初云是意外坠崖的证据全数作废？

不可能。

“要不要报警？”

Marvy点头：“我先和李sir通个气，但现在一片混乱，估计警方那边也理不清头绪，况且还有一种可能——就是阮初云的手机被盗了，或者她坠崖时落在了什么地方，被人捡到了。她那部手机，我没记错的话应该是Nokia 1011吧？这型号现在那么贵又那么难买，如果真是被人捡到或被人偷了，我想，没几个人是愿意奉还的。”

这也不是不可能的。

“所以，我们也只能试一试了。”

Marvy说：“首先，和阮初云有过节的人有哪些，你列一张名单给我。重点标出在案发当晚她会致电的那几个。”

其实这个任务并不是那么容易完成的。一来恩静平时和初云交集太少，哪会知道她和谁有过节；二来在这个关头，恩静又没法拿这种问题去询问他人。

可就在Marvy说出“案发当晚她会致电的那几个”时，恩静突然眼睛一眯，想起昨天在监控器里看到的场景：初云在何秋霜的房门外等了半天，最后，拿出手机……

而Marvy也像是想到了什么：“你刚刚说，阮初云告诉你摄像头是何秋霜装的？而且那一晚，她说她要去找个人？”

电光石火只一瞬，两人的目光相对——是了！阮初云说摄像头是何秋霜装的，阮初云说那晚她要去找个人，阮初云那晚也真的去找人了。对，她找的正是何秋霜！

“走！再去阮氏走一趟！”

半个钟头不到，两名女子已窝在了阮氏的监控室里。还是昨天中午的那一卷监控带，恩静让保安将镜头调到初云拿起电话的那一刻，然后放慢、放大，再重复一遍，再仔细看……最终，对照着初云的口型和正常的剧情，Marvy开口：“我想，接电话的那个人百分之九十……”

“就是何秋霜。”恩静冷静地接了下去。

而按正常的推测，很有可能在接下来的时间里，初云要去找的人便是何秋霜。

“何小姐的房间整理了吗？”

“整理了，太太。”

“再整理一遍。”

“啊？”

“彻彻底底地整理，包括角落。”

“是的，太太。”

“我给你两个钟头。”

清洁部主管瞪大眼，像是突然明白了事态的严重性。正常说来，收拾一间客房哪用得了那么长的时间？可那句“两个钟头”一出来，主管即使再蠢，也明白了阮太太的用意。

恩静与Marvy还是选择用下午茶来打发这两个钟头，可这回谁也没心情品咖啡了。两杯曼特宁搁在桌上，早已凉透，终于等到那个清洁部主管过来，毕恭毕敬道："太太，已经收拾好了。"

恩静点点头，与Marvy对视一眼，起身，来到了三十八楼。

主管很聪明也很谨慎，不敢胡乱揣测上头的用意，只将何秋霜的每一样东西都收拾到了明处。所以恩静和Marvy一进房间，便看到何秋霜的东西整整齐齐地摆了满桌满床。

Marvy看上去挺满意："你们家员工可真是聪明，连内衣都摆到了床上。"

恩静笑："这不正是我们要的？"她一边说，一边开始在房间里搜寻，从桌子，到床，再到……

"恩静！"突然，Marvy急急地低呼了一声。

恩静转过身，就看到她从床头柜上拿起一部手机："这是不是……"

恩静眼一眯——Nokia 1011，是，这就是初云的诺基亚！

其实认真说来，两个钟头前，当恩静让清洁部主管来整理房间时，心中的怀疑是微小而隐约的。可她怎么也想不到，这么快就找到了自己要找的物品。

Marvy立即将主管招进来："这部手机是在哪儿找到的？"

总管想了一下，指向床头："是塞在枕头里的。我本来还没发现，是在收拾床头时，觉得这个枕头比另一个重了些。"她的声音很肯定。

也自然是肯定的，一部Nokia 1011重达四百多克，一个枕头才多重？只是笨重的手机之所以会被藏到枕头里……

恩静与Marvy互看一眼。

"这么说来，"Marvy开口，"这部手机藏得很隐蔽？"

"是的，颜小姐。"主管老实地回答。

呵！得来全不费工夫啊。

Marvy转头看向好友："走吧，回你家。"

一场大戏即将开始。

第 六 曲

山雨欲来风满楼

“还记得我说过的最大的遗憾是什么吗?
是结婚那天,
你忙着思念你的秋霜,
连交杯酒都没有和我喝。”
“现在补上，还来得及吗？”

山雨欲来风满楼。

家中竟已是水深火热。

恩静一踏入家门，就看到已经在二楼深居了好些天的婆婆和阮东廷竟齐齐来到了一楼大厅。两人面色严肃地坐在沙发上，有凄凄哀哀的哭诉声萦绕在大厅里。

那是硬要留下来的不速之客何秋霜，只听她凄凄哀哀道：“我也不想在这个关头说这些，可她带着那姓颜的去搜我的房间，这到底是什么意思啊？伯母、阿东……”

恩静与Marvy相视一眼，惊疑万分：这么快？她们前脚刚离开酒店，何秋霜后脚就得到了消息？

里头的何秋霜还在说：“其实我也不是想要讨个什么公道，就是觉得她应该给我一个解释……”

恩静这时已经来到她身旁，深色镇定、严肃，口气里一丝理亏的成分也没有。“那么请何小姐你也好好解释解释，”她的声音倏然插入这满室凄哀里，“为什么初云的手机会在你的房间里！”

瞬间，满厅死寂。

一句话像原子弹在这群人中炸裂开来，所有人都怔住了。

直到秀玉站起身：“你说什么？”声音是那么震惊，震惊得竟有些变音，“恩静，你刚刚说什么？！”

恩静将手机从包包里拿出来，放入秀玉颤抖的手里：“妈咪，刚刚清洁部的员工在何小姐房里搜出了这个。”

黑色的，长方形的，时下功能最全也最轻巧的Nokia，机身上还挂有初云最喜爱的小链子，背面还贴有初云的照片。

秀玉愣怔地看着它，好半晌，突然腿一软，整个人跌回到沙发上。

而恩静已经转向了何秋霜："昨天早上我往这部手机上打了无数通电话，其中前两次是被人挂断的。何小姐，那个人就是你吧？"

一时间，大厅静寂如死。

是的，是了，所有人都想起来了！那天早上，明明恩静还往这部手机里打了那么多通电话——前面两次都通了！却全被人挂断了！

可那个时候初云不是已经遇害了吗？

何秋霜随后也反应过来："你说什么？陈恩静，你别信口开河啊！这怎么可能！"她霍地站起身，和秀玉的一起一落间，看上去竟是那么滑稽。

恩静没有回应她，反倒是Marvy冷笑着走到秋霜面前："怎么可能？是啊，何小姐，我也挺纳闷呢，初云的手机怎么可能会藏在你的枕头里？"转头再看向阮东廷，见他正一脸比方才更甚的严峻，Marvy说："阮先生，听明白我的意思了吗？你妹妹的手机就藏在这个女人的房间里，而我和恩静看了一下午的监控，发现从那晚到现在，初云就没进过她的房间！这么蹊跷的事，阮先生你说，是不是很有必要好好查一查呢？"

"胡说！"何秋霜尖叫起来，慌乱地转向阮东廷："阿东你要相信我，我是不可能骗你的，你要相信我！"

"是吗？不可能骗他？"旁边却有人笑了一下。

声音轻轻，笑意讽刺。是，竟是素来温和柔弱的恩静！

阮东廷还坐在那儿，没有任何回应，她已经迈开步伐，一步一步地逼近秋霜。那一双眼，竟凌厉得完全不像平日里的陈恩静："那次在酒店，我带了一罐养胃汤却被你中途截下，你拿到办公室告诉他，说这是你熬了一个下午的成果；王老板的六十岁寿宴上，你故意在我敬酒时踩到我礼服的裙角，却对他说你很同情我；那一次我发烧到三十九度，他在医院陪我打点滴时你说你尿毒症发作，硬生生将他催走，可阮氏的员工看到你那天下午还和初云去铜锣湾购物……还有呢，还要我继续说下去吗？说那三十万的支票？说那条钻石项链？"

"你……"

"可真正的重点我还没说到！"恩静已逼至她眼前，明明是娇小纤瘦的女子，在高挑的何秋霜面前，却像是被赋予了无限强大的气场。

全场鸦雀无声，唯她站在何秋霜面前，面色森冷，带着从来也不曾在她脸上出现过的盛大的怒意："大家不是都说厨房的摄像头是初云偷装的吗？可你知道初云在离家的前一晚告诉了我什么吗？"

满室寂静，所有人的目光都凝在这女子身上。她说："初云告诉我，安装摄像头的人——姓何名秋霜。现在，何秋霜，你还有什么话要说吗？"

几乎停滞的气流，在这方空间里艰难地移动着。

全场静寂。

直到爆出一声尖叫："你胡说！"

战火被点燃，连绵直至最高潮。

"你胡说！怎么可能是我装的？那阵子我根本连踏也没踏进过阮家！"

"所以你想说，是初云冤枉了你？"

"初云根本就不知情！"

"那如果连你爸也承认了呢？"

"你说什么？"秋霜愣了一下，口气忽然就软下来，"你说谁？我……爸？"

她是那么错愕，就仿佛……她真的是无辜的。

旁观者似乎还没弄明白这个剧情。隔岸观火，不过只几秒钟时间，彼方剧情却已天翻地覆。恩静冷着眼："对，你爸！"

"到底是怎么一回事？"终于，有声音插入了这场争执中。

是阮东廷。

回过头，就见他紧皱起一对眉，在听到恩静的话后问："你说，摄像头是秋霜装的？"

"没有！根本不是我……"

"闭嘴！"他却连看也没看她一眼，一双深邃的眼只死死地盯在恩静脸上。然后，他听到对方冷静而肯定的声音："是的。初云离开的那晚把我拉到她房里，非常清楚地跟我说，何成曾经拜托过她，要她替何秋霜保密！"

森冷的气流在周遭缓缓流淌，寒意侵蚀人心。一派死寂中，只有秋霜在徒劳地辩解："没有，没有，真的没有……"

"住嘴！"可身边突然又爆出一声怒吼，把所有人都吓到了。

是秀玉。

此时的她红着眼，一双紧紧抓住手机的手不知是因为怒还是因为惊，止不住地颤抖：“我告诉你，何秋霜，不管有没有，也不管摄像头是不是你装的，现在要是让我查出你和初云的死有一点点关系……”

“不可能！”秋霜急得眼泪都流出来，“伯母，我怎么可能伤害初云，她可是我最好的朋友啊！那天不小心把王阿三的事说漏嘴，害初云被赶出去我已经很自责了，怎么可能再去伤害她？她可是我最好最好的朋友啊！”

秀玉脸上却没有丝毫动容，只冷声吩咐管家：“张嫂，送何小姐出去！”

“不！不，伯母！”秋霜一下子慌了神，“我不走！伯母，我一定要留下来证明自己的清白！阿东，对，阿东！”说到这里，她突然一个转身，又奔到阮东廷面前：“你一定要相信我，我是清白的，这次我真的是被冤枉的，阿东……”

被她求助的男子却是眉头紧皱。

“阿东！”

“好。”声音不高，却骤然炸开了每个人脸上的震惊之色，“妈咪，让她留下来吧。”声音低沉，却字字清晰。

“东仔！”

“阮先生……”连恩静也难以置信地望向他。

可是没用。

话音落下，他不知想到了什么，长腿一跨，转身离开了阮家。

阮东廷去了哪儿，没有人知道。

只是到很晚他才回来，身后跟着连楷夫。

已是夜深人静之时，Cave到秀玉那儿去安慰了一番后，便和阮东廷窝进书房了。两人也不知说了些什么，直到快凌晨一点，阮东廷才回到房里。

大概是怕吵醒恩静，他在一楼的浴室里洗了澡才进来。哪知推门而入后，却看见恩静还躺在床上写着些什么。见他进来，她也没出声，只一双眼习惯性地往他头发上瞥去。见他的发还半湿着，便下了床，到梳妆镜旁取出吹风机。

从头到尾如同往常一般，只不过那张素净的脸他细看下去，便察觉出她眉宇间添了一丝忧郁。

嗡嗡声如常响起，男人的眼透过镜子紧紧盯着女子素净的面容。许久，他才平静地开口：“怪我吗？”

她的动作顿了一下：“没有。”

“是吗？”

恩静无言了。

没有吗？明明是有的，否则自他开口让何秋霜留下来后，她不会满心难过。尤其今天晚上，当他撇下这个烂摊子独自出去，而何秋霜那女子就凭着他的一声令下，死赖在阮家时，恩静心中的失望一阵阵腾起，却无处诉说。发生了这么大的事，她的丈夫却还护着那个嫌疑人，她该去和谁说？

阮先生的一只手伸过来，抓住吹风机，扔到一旁：“恩静，死的那个人是我妹妹。”

言下之意太过明显：死的人是他妹妹，所以他这个当哥的，自然不会放过任何一丝可能。是这意思没错吧？可是——

“可现在有嫌疑的不是别人，而是你的秋霜，不是吗？”

“你想说什么？”

她努力不让自己的声音听上去有一丝哀怨：“如果有嫌疑的那个人不是何秋霜呢？如果安装摄像头的人不是何秋霜，如果最后一个与初云见过面的不是何秋霜呢？那现在那个人应该已经被你押去警局了吧？”

哪容得了何秋霜还在这个家里逍遥法外。

阮东廷却说：“是不是她都一样。”

“是吗？”

“是。”他的口吻是那么肯定，“恩静，你所说的嫌疑，证据并不充分。”

“连初云临死前的话也不足以证明吗？”

“恩静！”

“算了，再说下去也不会有任何意义。”

明明初云的手机就落在何秋霜房里，明明手机里显示初云的最后一通电话就是打给何秋霜的，明明何秋霜撒了一次又一次谎……

可她是何秋霜啊，怎么会一样呢？

轻轻地，她将手从他的掌心抽出来：“抱歉，我还约了Marvy谈事情。”

已是凌晨，其实Marvy哪还能陪她谈事情，不过是借口逃离而已。

不过是这么多年过去，她始终学不会在他面前发脾气而已。

Marvy的房门早已紧闭，原本恩静还有些犹豫，要不要敲门探探她是否入睡了。谁知一走近，便听到里头传来压抑的声音。

“滚出去！”是Marvy。

“不。”一个玩世不恭的笑声——是Cave！

恩静瞪大眼，很快又听到Marvy低吼的声音：“这是我的房间！”

“如果我没记错的话，这应该是我干妈家的房间吧？”

“你怎么这么无耻？”

“无耻？为了你无齿又算什么？我还无眼无鼻无心呢……”

果然花花公子并非浪得虚名，恩静几乎想象得到好友怒气冲天的样子。可这回她只是无声地笑了笑，不打算进去劝架了，转身沿着幽暗的走廊下了楼。

满室昏暗，只有一楼的墙角开了盏昏黄的壁灯，恩静一路摸黑到了地下酒窖。

这是整个阮家大宅里除了书房以外，阮东廷最宝贝的地方。里头的酒除了那些自异乡空运过来的之外，大半为阮先生亲手所酿。数量那么多，香气那么浓，以至于整个幽暗的空间里，似藏了无数欲语还休的旧情。

恩静坐到了酒窖中央的圆桌旁。

也不知过了多久，门口突然传来一个熟悉的嗓音：“你忘了带这个。”

不必回头也知道是谁，这样低沉的嗓音，在这样孤寂的夜里，除了阮先生还能有谁呢？

尽管没有回过头去，也敏锐地听到了他越来越近的脚步声，直到鼻息间被灌入熟悉的古龙香水气味，她方抬眼，看到他手中握着两个高脚玻璃杯。

是啊，来酒窖怎么可以不带酒杯呢？

“还不睡？”她问。

阮东廷没有回答，只是用一双亮晶晶的眸子定定地看着她。在这万籁俱寂只亮了盏昏暗小灯的酒窖里，那双眸子如同一泓深潭，要引她坠入。

而她也的确坠入了，不过用了一分钟时间，那双大眼便慢慢游至那一泓深潭里。

然后听到他说：“我过来，是想和你一物换一物。”

“什么？”

那两个杯子在他手中轻轻晃动，清脆的玻璃碰撞声在黑夜中尤其清晰。阮东廷说：“用我新酿的酒，换你的信任。”

恩静愣了愣。

“相信我，我并没有偏袒任何人。”他已经坐到她旁边。

一时间，她竟不知该怎么回应。

酒窖里飘荡着浓郁的香气，透明的酒杯就在她眼前。恩静垂眼看着那两个杯子：“你来酒窖之前，想过被拒绝的可能吗？”

“没有。”

呵，这就是了！

就他这性子，嘴上说“想和你一物换一物”，其实哪里是“想”，他根本就不会允许她拒绝。

“第三排全是新酿的葡萄酒，酒杯在这里，一旦你的手碰到它们，我就当刚刚的建议成交了。”

而她不过是迟了两秒没接，那个酒杯就已经被递到了她的眼前，递到了离她的手那么近的地方。

“你会允许我不碰它们吗？”

“你说呢？”

恩静苦笑——你看，还有其他选择吗?

接过酒杯，在那双幽深的黑眸下，她起身，缓缓移到第三排酒桶前。

其实认真说来，这女子也是美的，既不似秋霜那般浓烈，也不似Marvy那般冷艳。她美得从容宁静，如月光，只是从来都不自知。

阮东廷就坐在圆桌旁，眼睛眨也不眨地盯着他的妻子，看着她走到第三排的第一个酒桶前。

可不知为何，就在这时，她的背部突然有一瞬间的僵硬。阮先生方要开口询问，却见她又恢复如常，只是身子微微往第二个酒桶移了移，看看左边的，再看看右边的：“是哪一桶啊？”

“一整排都是。”这个笨蛋，刚刚不是说了吗?

“两桶都一样吗？”她还在左看右看。

“一样的。”

“哦。”她应了声，又磨了一会儿，才慢吞吞地盛了两杯酒过来。

只是走近了，阮东廷才觉得恩静面上似添入一丝异常。

“怎么……”

“其实何小姐住进来，我也不是不介意的……”结果他刚开口就被她打断了，印象中怎么也不可能从恩静口中说出来的话，竟在这时跑出了她的口，“还记得吗？在酒店过生日那晚，她甩了我一巴掌，那一处至今还隐隐作痛。”

阮东廷的目光一暗。

恩静又接着说：“还记得我说过的最大的遗憾是什么吗？是结婚那天，你忙着思念你的秋霜，连交杯酒都没有和我喝。”

他眸中幽暗的光越发深沉了，一双眼有些紧张地盯着她那双会说话的眼睛。

半晌，他才开口：“现在补上，还来得及吗？”

她微笑，举起握着酒杯的那只手。

他亦将身子前倾，握酒杯的手钩过了她的，英俊的面孔挨近，再挨近。

然后，他听到她几不可闻的声音——

“那边，有监控。”

第二次了。

就在他家里，就在他的眼皮子底下，前后相隔了几个月，竟再一次发现了摄像头。

而且，同样是X-G——那一种非比寻常的、附带录音功能的、十米开外的人连毛孔都能拍得清清楚楚的，在阮家已出现过一次的摄像头！

若不是事态严重，阮东廷简直要花一整晚时间来感叹恩静的聪慧，竟然在发现了摄像头后仍不动声色，竟然连“交杯酒都没有和我喝”这么荒唐的话都说得出来。呵，怎么会没有喝呢？新婚那晚，她说这是闽南结婚的旧习俗，坚持喝了一杯；去年她过生日，两人又在酒店里喝过一次……

等等，慢着——生日那晚，两人在无名氏的监控下喝了交杯酒，难道说现在……

电光石火间，他也反应过来，所以才有了那一句“现在补上，还来得及吗”。

夫妻默契，原来如此。原来，两人竟有了这样的默契。

“我很怀疑，这个摄像头和去年在厨房发现的那个有关系。”回到房间后，房门一关上，恩静便这么说。

“不用怀疑，绝对有关。”阮先生的口气十分肯定。

恩静却突然不吭声了。

“怎么了？”阮先生想起下午的闹剧，又问，“现在你还坚信摄像头是秋霜装的吗？”

哪知恩静的想法却与他南辕北辙：“其实我也正想问你，现在，你还坚信摄像头不是何小姐安的吗？”

她刚入住，家里就又多了一个摄像头。重重疑点全指向这名女子。可事实已经这么明显地浮到水面上了，这人却执意要闭着眼，不肯看清。

“阮先生，初云是你妹妹。”

“正因初云是我妹妹，所以这件事才更不能马虎。两个摄像头前后相隔那么久，恩静，你觉得秋霜是那么有耐心的人吗？”

她轻笑了一下，无话可说。

“你觉得秋霜是那么有耐心的人吗”，不过是两个摄像头安装的时间隔久了些，需要上升到耐心的层次吗？说穿了，不过是因为那人是何秋霜吧？

她嘲讽地勾了一下嘴角。既然如此，那就这样吧。

不再说话也不再看他一眼，她转身，直接走进浴室里。

“陈恩静！”谁知这个动作却激怒了他。那浴室门刚关上，她才刚要脱衣服洗澡，门却突然“砰”的一声被人推开。

恩静吓了一大跳：“你做什么？”脱到胸口的衣服又迅速拉下来，“我要洗澡！”

“然后呢？”

“然后你出去啊！”

“出去做什么？又不是没看过。”

真是……这人怎么这样啊？

她把衣服重新穿好：“要用你用吧。”脚步一抬她就要出去，反正家里也不止这一个地方能洗澡。可她刚与他擦肩，手腕就被这人一拉，然后整个人被拖到他跟前：“没说清楚之前不准走！”

“说什么？”

“我说你这是什么见鬼的态度？”

“我的态度？”

“我话还没说完你就甩脸走人，陈恩静，这就是你对待先生的态度吗？”

恩静张开嘴，却一个字也说不出来。是的，简直不知该怎么来反驳这个人！

她什么态度？她说了那么多，他一个字都不听。好吧，她认输了，她逃避了，她去洗澡了，他却问她这是什么态度？

“说啊，你这到底是什么态度？意见不合就甩脸，陈恩静，我对你太好了是吗？”

她原本面上还无风无浪的，听到这句话却蓦地笑了：“你对我好吗？”难得的讥讽悄悄爬上她的眉梢，“房里一个，外面一个——阮先生，这就是你所谓的好吗？”

Marvy甚至都搬出“齐人之福”的老话了，他这算是对她好吗？

阮东廷愣了一下，没想到她突然会冒出这句话。可不知为何，他原本满脸怒火，却在听到这句话之后，竟莫名地平息了。

“所以，这就是你坚决认定秋霜有罪的原因？”

她失望地垂下眼：“如果你觉得是的话，那就是吧。”

身子再度移向浴室外，这一回，他没有再用力，她轻易便挣开了他的手。

倩影翩翩，移向房内。拿了一些换洗衣物打算另择浴室时，恩静又在门口顿了一下：“阮先生？”

他应了声，认定她的别扭是因为吃醋等俗到死的原因后，那张脸不知怎么的，就没那么臭了。

谁料她接下来的话却是：“晚上你睡书房？还是我睡客房？”

什么？他愣在了那里。

“呀，谁一大早脸就这么臭啊？”

让贱嘴连楷夫住到他家果真是最愚蠢的决定！

第二天一大早，当阮东廷双眼乌青地从书房出来时，就遇上了正春风得意地从Marvy房间出来的连楷夫。那奚落的声音简直和他本人的满面春风一样刺眼：“怎么？有房不睡睡书房，昨晚被恩静妹妹赶出来了？”

更窘的是那边的房门也正好“啪”一声被打开，那罪魁祸首走出来，看到两人正站在走廊上，也没说什么，只是朝这边点了点头：“早……”

可还没“早”完，阮东廷就臭着一张脸下楼了，完全视她为无物！

昨晚当那句“大逆不道”的话被她说出来之后，他到底是太震惊以至于怀疑自己听错，还是什么见鬼的原因，总之那一刻，阮东廷在浴室里愣了好半晌，直到她走到门边：“那就我睡客房吧。”他才彻底反应过来——睡客房？堂堂女主人跑去睡客房？

这女人竟敢以退为进，真是翅膀长硬了！

他冷着脸在她开门之前从床上抽出自己的枕头，冷着脸摔门而出，冷着脸走到书房里那张曾经睡了好几年的折叠沙发前。

从那一刻起，他再也没踏进过卧室。

“啧啧！没想到这万年面瘫也有面不瘫的时候啊，恩静妹妹，看样子，接下来你可得小心咯！”Cave“好心”地提醒了一句，不过长腿欲迈下楼时，又停住了，返回来问她，“话说，你是怎么做到的？”

恩静当然没理他。

只是接下来的日子也果真如连楷夫所言，一点也不好过。同在一处上班，下了班又回到同一个屋檐下，抬头不见低头见。可每次一见，她总觉得阮先生浑身的冷冽锋芒快要把她冻成霜，明明一开始生气的是她，可那厮就是有本事化被动为主动。以至于没过两天，用人在处理初云后事之余，又开始窃窃私语：“这次又是怎么了？先生怎么突然又搬去书房睡了？该不会是因为那一个住进来，所以先生又要冷落太太了吧？”

他也懒得理会，由着一众下人去猜。

初云的丧期就在这一片冷寂中度过。出殡那日，走得近的和走得不近的宾客来了一大堆，包括阮氏里那些平时受过初云恩惠的员工。

可没想到的是，那闹事的一伙人也来了，就和李阿姨同一批，在初云遗像前沉默地鞠躬。

彼时恩静就站在阮东廷身旁，作为主人向宾客行礼。眼一抬，看到那几个身影时，她沉下声来问阮东廷：“会不会是来闹事的？”

其实两人已经好几天没讲过话了，可阮东廷看上去还是没有消气，只淡淡道：“他们也没那个胆。”

她还想说什么，却见李阿姨领着那些人过来对着他们俩鞠了一躬：“阮总、太太，请节哀。”

“二小姐是好人，会上天堂的。”

“二小姐对我们有大恩，我们所有人都会替她祈祷的。”

说最后那句话的人不是李阿姨，对，正是之前在酒店闹事后又奎宁中毒的王阿三！

恩静眯起眼，“二小姐对我们有大恩，我们所有人都会替她祈祷的”？

这么说来，那多出来的五百块工资王阿三已经知道了？初云也交代清楚了？

她忽然想起那次奎宁中毒时，初云曾说要打电话给李阿姨，问王阿三的号码，可电话还未拨出去，阿sir就到家里来了。后来又杂事乱事一大堆，初云是什么时候去办这些事的?

员工们前脚走开，她便和妈咪说了一声，后脚跟着走出了殡仪馆。

正欲叫住李阿姨时，却见一道高挑的身影突然从另一端蹿出，飞快地将李阿姨拉离了人群："怎么样，带来了吗？"

竟是何秋霜!

恩静脚步一顿，下意识地隐入一旁的大树后。

"带来了，带来了！"只见李阿姨从口袋里拿出一瓶小小的东西。

恩静没看出那是什么，却看到何秋霜迅速将东西收进口袋里："对了，千万不要和别人说哦！"

李阿姨看上去有点儿好奇："何小姐，这是？"

"是什么你别管，总之不要让任何人知道你今天拿药给我。"

"哦，好的。"

两个人匆匆碰头，又匆匆分手，余恩静若有所思地站在那里。片刻后，她才拿出手机："Marvy，李阿姨刚刚不知拿了瓶什么给何秋霜，就藏在她牛仔裤的口袋里。我想，或许你可以去查一查。"

至于该怎么查，这就是颜侦探专业范围以内的事了。

挂断电话后，恩静还是决定去向李阿姨问个究竟。在殡仪馆外，百米之内清静无人时，她叫住了她。

"是太太啊？"回头看到叫住自己的人，老妇人毕恭毕敬道，"太太，您有事吗？"

"工资的事，工人们都知道了是吗？"

"是的太太，二小姐都跟我解释过了，唉……"她原本就哭红了的眼里又浮起泪意，"那么好的姑娘，您说到底是谁那么狠心想要害她？那晚她去了我家，和我说那企图将奎宁中毒一事栽赃给您的人也想加害于她。您看，那么好的姑娘，那么好的姑娘啊……"李阿姨泣不成声。

恩静垂首，长长地叹了口气。

只是一口气还没叹完，又蓦地哽在了喉中——那晚她去了我家，和我说那企图将奎宁中毒一事栽赃给您的人，也想加害于她。

初云和李阿姨说了栽赃的事？这么说来，她是在发现了购物小票后才遇到李阿姨的？而发现购物小票的那一天，不正是她被阮先生赶出家继而出事的时间？

天哪！她浑身打了个激灵：“李阿姨，你还记得具体是哪天吗？”

“怎么了？”李阿姨看她表情这样严肃，便知是出大事了，扳着手指努力地算着，“我想想啊，好像是七号吧……”

“七号？你确定吗？”

李阿姨又扳着手指仔仔细细算了一遍：“对！是七号！”

突然之间，恩静浑身颤抖——七号，七号！

初云坠崖的那天——正是七号！

“七号？七号怎么了，太太？难道就是……”

“对，七号就是初云出事的日子！李阿姨你再仔细想一想，初云那晚是什么时候离开你们家的？”

“大……大概九点多吧。”

“你确定？”

“不能百分之百确定，可是不会太晚。因为二小姐说还要去找何小姐。”

“何秋霜？”

“是的，何秋霜小姐。”

一定要马上告知阮先生，立刻！马上！

只是她回到殡仪馆时，却不见了阮先生的踪影。

“阮先生人呢？”

Marvy的口吻听上去没好气：“何千金身体抱恙，刚刚虚弱得晕倒了，我们阮总正要送她回去休息呢。”

身体抱恙？晕倒？可刚刚在外面不是还好好的吗？

恩静沉吟片刻，看这边事情也差不多结束，便走过去和妈咪说了声，随后她又走向好友：“Marvy，我的身体也有些不舒服。”

Marvy心领神会。

她的车就泊在后方的露天停车场里。两个人刚走到车旁，就看到阮东廷的车正好开出了停车场，Marvy冷哼一声，加快速度。

可再怎么快，她的跑车开出停车场时，阮先生的车已不见了踪影。

回家时张嫂看上去挺惊讶：“太太回来啦？”一双眼却下意识地瞥向客房，

面上似有尴尬。

“你们先生呢？”Marvy明知故问。

张嫂看上去更加为难。

她冷哼一声：“在那女人房里？”

“嗯……何小姐身体不舒服……”

“哦？本小姐也挺不舒服呢，要不你也去把他叫出来陪陪我？”

“这……”

“Marvy。”还是恩静开口，解救了为难的张嫂。

Marvy这才收敛了态度。

只是待老管家一走，她脸上的娇纵便全退去，拉过恩静严肃地道：“你现在找个借口，把家里的用人都集中到一起说话，我去何秋霜的房外盯着，一有机会就去拿她的药。我现在很怀疑，那药就是造成上回员工中毒的奎宁！”

“我也正有此意。”她拧眉思索了片刻，在Marvy走往何秋霜的房间时，转身走向厨房：“张嫂，你把大家都召集过来，我有点事要吩咐……”

可结果，那厢恩静把闲杂人等都支开了，这厢Marvy来到秋霜房外时，却一无所获。趴在何秋霜门上听了几分钟，房内几乎毫无动静，她在心里低咒了一声，抬头却看到一张笑得邪魅的脸从楼下走来：“嗨，靓女！”

是连楷夫！

见鬼！她被那声男高音“嗨”吓得飞快地跳起，三步并成两步跑过来，捂住他的嘴。

可这无耻的花花公子，顺势搂过她的腰也就算了，竟还不要脸地亲了下她的掌心。

“喂！”Marvy惊得尖叫。

然后，紧闭的房门就在这一声“喂”下，打开了。

“浑蛋！”她真想杀了这个不要脸的登徒子！

是的，门打开了，阮东廷走出来了，她被发现了！

见鬼！被轻薄也就算了，现在竟然连计划也失败了！

只见阮东廷冷着脸站在门口，看看她，再看看好友：“你们在这儿做什么？”

“做什么？”登徒子搂着她的手又紧了紧，“这都看不出来？打情骂俏呗。”

阮先生淡淡地瞥他一眼：“秋霜在休息。”再瞥过Marvy的一张冷脸，然后添了句，“把你的人带走。”

一句话都没说完，Marvy已被连某人捂着嘴拖走。

大半个钟头后，阮东廷才从秋霜房里出来。一下楼，便见那对欢喜冤家和恩静坐在大厅里，正在谈些什么。

只是他刚走近，三人的对话便中止了。Marvy抬起头睨他，那目光里颇有挑衅的意味。

然后，看着他坐到沙发上，这位大小姐才开口："连楷夫，想追本小姐的话，有件事你可得给我听清楚，我这人有个习惯，最讨厌脚踏两条船的花花公子了！"

虽然口口声声叫着"连楷夫"，可说话时，Marvy的眼片刻也不浪费地盯着阮东廷。

连楷夫倒是对答如流："颜又舞，我这人也有个习惯，说话办事向来喜欢来直接的。"他微微一笑，一双桃花眼好看得简直能让人触电，只是嘴里吐出的话——"你呢，明明想骂的是Baron，却指着我干吗？"

"噗！"Marvy一口咖啡差点没喷到他的脸上，"连楷夫！"

指桑骂槐原是一门多么微妙的艺术，结果这浑蛋竟直接把那棵槐树给揪了出来！这，弄得大家多尴尬啊！

可连楷夫还在说："瞪我做什么？你这样损害我的名誉，该生气的人是我才对吧？明明那脚踏两条船的花花公子是Baron……"

"连楷夫，再胡说八道就滚出我家。"阮东廷冷冽的声音响起。

当然，连某人怎可能买账："我知道我是在胡说八道，可问题是我们阮太太不知道啊。"他一边说着，一边笑意盎然地扭头向恩静道："恩静妹妹，别怪我这当哥哥的没提醒你，你们家阮先生呢，看着是挺混账的，可那心里啊……"

"Cave！"

"呃……"恩静突兀的声音和阮东廷的同时响起。

她站起身，一时间，奇怪的人反倒成了恩静，身旁那三人突然齐刷刷地将目光定到了她的身上。

"我是想说……"她被这几道目光盯得有些尴尬，"呃，面包应该烤好了，我去给你们拿。"

说着，她转身就要往厨房里走。

可谁知楼梯口又飘来了另一道声音："加我一份如何？"高傲的，餍足的，像是饱睡了一顿之后的女子的声音。

无疑，正是何秋霜。

只见她优雅地逐级而下，穿的还是之前的那条牛仔裤。

恩静与Marvy不动声色地对视一眼——

“有点子了？”

“当然，本小姐是谁？”

交流只在眼神间，无声胜有声。

果然，秋霜一入座，Marvy便幽幽地叹了一口气，开始实施她的点子：“初云的事总算是告一段落了，还记得她生前总爱跟人说，她哥哥酿酒的功夫一流，阮总，要不趁着葬礼刚结束，初云的魂魄还没有散去，我们一起到酒窖里，以美酒送她最后一程？”

无厘头的点子让恩静也摸不着她的用意。

可对众人来说，这点子却是极好的。港、闽两地皆有类似的说法，在亡灵魂魄未散之时，以其生前最爱的事物相送，让其安心上路。所以阮先生想也没多想就回答：“好。”

众人起身时，Marvy已不动声色地来到恩静身旁：“听说何秋霜酒量奇差？”她嘴角荡起一抹胜券在握的笑，“正好，本小姐酒量奇好。”

好得把何秋霜灌倒，不过是分分钟的事。

恩静明白了她的意思——灌倒何秋霜之后再去查那瓶药，不是容易多了吗?

众人纷纷移至酒窖，只有恩静转身，往另一个方向去了甜品间。

阮家的厨房和甜品间是分开的，都在一楼。恩静进来时，面包还没有烤好，她在烤炉旁静候了片刻。

只是十分钟后，带着一阵刚出炉的面包香来到酒窖时，她的表情似乎添了一丝凝重。

众人都已添满了酒，恩静一走近，便听到秋霜惊喜的声音：“是merlot！阿东你竟然把merlot也酿出来了，这不是我们在英国常喝的那一款酒吗？”

她这话音刚落，便有Cave在一旁凉凉地道：“是啊，‘我们’在英国常喝的那款酒。”就她何千金这种酒量，能喝几次啊？还“我们”呢！

秋霜被他说得有点儿尴尬。

于是自然而然，阮先生淡淡地瞥了Cave一眼。

害得Cave叹气：“唉，这日子简直没法过咯！天天看着某些人在装，苦的是，我又装不过他们。”他一边感叹，一边俊脸又转向他家女神：“既然装不过，我们不如闭嘴喝酒？”

“明智。”Marvy看到恩静下来了，也答得挺爽快：“来来，阮总，我们都举杯，致初云吧。”

“致初云。”众人举杯，五只手五张脸，竟是各怀心思。

一杯酒入肚，秋霜的脸上已染了一层红晕。

阮东廷知道她酒量素来不佳，秋霜一搁下杯子，他便说：“别再喝了，你这种身体情况不适合喝太多。”

“就是，何小姐，要不你先回去睡觉吧？”Marvy刻意加重了后面这句话，“这酒窖里都是能喝酒的人，你一杯来我一杯去的，我怕你待会儿会很无聊呢。”

本来阮东廷那一声劝后，秋霜的确是不想再喝的，可Marvy这话一落音，好胜心那么强的她哪会肯乖乖停手？

露出一抹刻意的优雅微笑，秋霜慢条斯理地替恩静倒了杯酒，再替自己倒了一杯，完全懒得理会Marvy的话，何千金打算以行动来回击，你看——

“恩静妹妹，”只见她笑容真诚，举杯看向对面的恩静，“你我之间也算是有些缘分。那年在厦门听你唱南音，只觉得这小姑娘长得清清秀秀的，唱得还真是不错，谁知今日你竟成了阮氏的董事长夫人。我替你牵了这条线，你说，咱们俩该不该干一杯呢？”

这话听着挺客气，可字里行间的鄙夷和挑衅，谁会听不出来？

阮东廷蹙眉，不悦地瞪向她：“秋霜，再胡说八道就回房！”

可那个被鄙夷被挑衅的主儿只是淡笑着，温温柔柔地举起酒杯：“何小姐客气。”大眼探向秋霜越来越红的脸——是的，刚刚那杯酒的酒劲已经上来了。

她微微一笑，仰头，一整杯merlot全灌进肚里：“何小姐，我干杯，你随意。”

只是她这么猛地喝下去，秋霜哪还能随意呢？

再一杯酒入肚，秋霜已经面色不佳，她很努力地想让漂亮的眉头不皱起，可好像不太成功。

只是对面的恩静看她酒杯方歇，又拿起醒酒器，往她杯里注了七分满的酒，同时也给自己注了十分：“何小姐，这杯我敬你。”

Marvy几乎要赞叹这女人的坏心眼了——可怕！可怕！你七分满，我十分；我干杯了，你还好意思不干吗？

是的，也许换了其他人可以，但气盛如何秋霜，呵，那是不可能的！

那头恩静还在说："这几天因为初云的事，大家心力交瘁，有招待不周的地方还请何小姐见谅。"漂亮地回敬了秋霜方才的口出狂言后，她端起十分满的酒杯，干脆利落地灌入肚里，余下秋霜和她眼前的merlot，还纹丝未动。

搁下酒杯，恩静见秋霜还不动，便扬起体贴的笑容："何小姐如果嫌我倒多了，意思意思就好，不必勉强……"

而话未说完，就见秋霜已经拿起杯子，一口气喝光。

是，一口气。

杯子再落到桌上时，她的眼神已经迷离。

压倒骆驼的最后一根稻草奏效了。

只是戏演到这个份儿上，阮东廷哪还能看不出古怪？刚刚恩静主动要敬秋霜酒时，他就觉得事有蹊跷，于是干脆什么也不说，就坐在那儿。直到这会儿，看到秋霜已经摇摇欲坠了，他才淡淡地开口："颜小姐，有劳你送秋霜回房。"

果然天助她也！Marvy的回答愉快且响亮："没问题！"一双眼悄悄朝恩静眨了眨——很好，待会儿我就把她送回房间里，然后……呵呵！

Marvy一走，连楷夫自然也跟着她离开了。酒窖里只剩他们夫妻二人时，阮东廷看着自家太太，突然觉得长久以来都以"柔弱温顺"来定义这个女子似乎有些错了。

"有什么要向我交代的吗？"他问。

哪知她竟想也没想就回答："有！"那一脸凝重，想想也知不是小事。然后就听她继续说，"我们也回房吧。"

阮东廷没再多问，直到回了房落了锁，才开口："怎么了？"

"刚刚，"恩静一脸大事将至的凝重，"我在甜品间里又发现了一个摄像头。"

第 七 曲

夜深忽梦少年事

“所以，
以后还敢不敢让我去睡书房了？”
“不敢了。”
“那放话说要去睡客房的事，
还有没有第二次了？”
“也没有了。”

第三次！

从厨房，到酒窖，到甜品间——第三次！

“还有一件事我中午就想告诉你，李阿姨跟我说，初云最后一次去找她，就是在七号晚上。”

“七号？”不出所料，那对坏脾气的眉迅速拢起。

而恩静接下来的话，无疑让他的表情更加凝重：“她还说，那晚初云离开她家时大概是九点，她说，初云还要去找何小姐。”

“何小姐？”

“何秋霜。”

阮东廷顿时想起方才在酒窖里恩静和Marvy的合作。她们俩你一来，我一去，其结果是秋霜三杯酒下肚，便不省人事了。

“所以你刚刚和颜小姐联起手来对付秋霜，就是为了这件事？”

恩静沉默了。只是，此时无声胜有声。

那颀长的身躯猛地转过去，迅速移往房门口。

“你要做什么？阮先生，别打草惊蛇！”

可是她错了，原以为他是听到了那番话后想去质问何秋霜的，可谁知这男子顿了一下脚，再转过头来问她：“恩静，你真的相信初云是秋霜害死的吗？”

她愣了一下。

“有件事请你最好想清楚，秋霜如果真是你说的那种有心机的人，我不认为你会有机会在她的房间里搜到那部手机。”

所以他还是愿意相信她，尽管事已至此，尽管证据一个接一个地摊到了眼前，他依然愿意相信她！

恩静笑了，突然觉得自己在他面前一而再再而三地摆出证据，原来是这样可笑的事。

隔天Marvy将那瓶药的调查结果带了回来："你要做好心理准备，恩静，Dr.Green（格林医生）已经确认了那瓶药的性质。"

恩静看她那么严肃，不禁怀疑道："难道真是奎宁？"

"不，不是奎宁，是环孢素。"

"环孢素？"

"这是抗移植排斥反应的药物。"Marvy一边说着，一边从包包里拿出一小瓶白色药丸，"就是这个，何秋霜为了掩人耳目，把药瓶换了，明明瓶子上写的是维生素C，可我拿到Dr.Green那儿去检查时，Dr.Green说，这是预防器官移植后发生排斥反应的药物。"

恩静愣了一下。预防器官移植后发生排斥反应的药物？可何秋霜为什么要吃这种药呢？

"你之前不是说何秋霜的尿毒症没治好，是因为一直没找到合适的肾源吗？"

"对。"

Marvy的声音冷静得近乎无情："可是恩静，如果没有找到合适的肾源，没换肾，你以为她为什么要吃抗排异的药物？"

瞬间，陈恩静腿一软，整个人就在这句话落下后，瘫到沙发上："你是说……"

Marvy点头："Dr.Green说，何秋霜之所以会服用这种药，很有可能是因为她已经找到合适的肾源并换过了肾，为了防止排斥反应，才服用这种药的。"

"你的意思是，何秋霜极有可能已经手术成功了？"

"是。"

她的一颗心就这么被一个寒意逼人的字，生生逼入深渊地狱。

是什么时候酒店的员工来电说"何小姐尿毒症发作身体不舒服"？是什么时候何秋霜打着旧疾复发的借口将他从自己身边催走？又是什么时候阮先生告诉自己"秋霜找不到合适的肾源，情绪很低落"？

什么时候？！往事历历在目，可这个女人——竟然已在服用抗排斥反应的药物！

霍地，她站起身："那女子竟敢这样戏弄我们一家人！"目光已由震惊转为罕有的狠戾。

Marvy以为她要去找阮东廷，眼明手快地拉住她："你要做什么？去找他？"

"不，"恩静的声音是史无前例的冷静，"这事先不要让他知道。"

"那你这是……"

"去找妈咪。"

很好，和她想到一块去了。

"竟如此猖狂！"秀玉的玉镯在茶桌上"哐"的一声，敲出了满心的愤怒。

先是初云的手机落在她那里，再是李阿姨说初云遇害那晚去找了她，最后竟又听说她极有可能已经找到肾源做过了换肾手术。

有问题！这个女人绝对有问题！

"妈咪，还有一件事，"恩静把声音降低，也因此成功地让秀玉把怒气搁到了一旁，"还记得之前在厨房发现的摄像头吗？后来，我们在酒窖和甜品间也发现了一模一样的摄像头。"

"什么？"

"我很怀疑，"她斟酌了一下用词，"在家里的其他地方，或许也被人装上了那款摄像头。"

此时正是在秀玉的房间里，小型的沙发和圆形咖啡桌独立在卧床的另一边，这是秀玉平时用来喝晚茶看报纸的地方，今天却成了三人商谋的密地。

恩静的话音一落，其余二人顿觉从脚底蹿起一股凉气，而她的声音却低沉而冷静："妈咪，我有个想法。"

"你说。"

"我们家很久没装修了吧？我想，是时候重新装修一番了。"

"重新装修"便有机会将整栋房子彻底检查一遍，而且还查得名正言顺，不动声色！

好主意！

秀玉也不再细想，招招手，唤来站在一旁的张嫂："你去通知何小姐，让她收拾收拾东西，明天就搬走。"

张嫂应声而去。

恩静又继续道："那么妈咪认为，装修期间我们又该搬到哪儿去呢？"

秀玉略一沉吟。

做媳妇的已经接了下去："不如就搬去酒店，跟何秋霜当邻居？"

晚餐桌上，秀玉宣布："明天就找人来将这房子重新装修一下吧，初云走了，我不想再睹物思人。恩静，你去把家里用人的工资结一结，让他们休一个月假。东仔，你去吩咐酒店安排房间，这段时间我们就去那里暂住。"

阮东廷面上不动声色，只是颔首："我待会儿就让下面的人去安排。"可晚餐一结束，恩静前脚回房，他后脚便跟着进来："好端端的为什么突然要装修？"

可想而知，这个想法定会招来阮东廷的怀疑："你有事瞒着我？"

其实自那次冷战以后，两人至今都没有好好说过话。每次她一想跟他说什么，这男人都摆出一张傲娇的冷脸。这次难得他肯先开口，她自然是要回应的："这是妈咪的决定，我也不知道原因。"

"真不知道？"

"嗯。"恩静垂下头，避开了他的眼。

阮东廷却一下看出了破绽："恩静，我要听实话。"

"我说的就是实话。"

"陈恩静！"

她叹了一口气。其实也早就能料到，这人是不会轻易善罢甘休的。所以刚刚在吃晚餐时，恩静已经暗自准备了一套说辞，以防他打破砂锅问到底。

就着那套说辞，她解释道："我把摄像头的事情告诉妈咪了，她和我都觉得，除了那三处，家里说不定还装有其他的，所以才想到要用这种方法来探一探虚实。"

字里行间再自然不过地忽略了何秋霜的病。

阮先生看上去却不是很赞同她们的主意："所以你和妈咪都觉得，在装修过程中，我们可以很自然地发现所有摄像头？"

"是的。"

"可是，"这下他的眉锁得更紧了，"你们可能已经打草惊蛇了。"

"什么？"

"来，跟我去酒窖。"

深幽的地下室，酒香弥漫。在第三排的第一个和第二个酒桶之间，陈恩静僵直了身子，难以置信地摇头：“不，怎么会这样？不……”

不该这样的！怎么会这样？那个原本装在这里的摄像头竟凭空消失了！

它不见了！

那另一个摄像头呢？甜品间那个呢？

她刚转过身，手臂就被阮东廷拉住：“不用去了，如果没猜错的话，也已经被拆掉了。”

天哪！“怎么会……”

“你也知道的，家有内贼。”

是，家有内贼，可她怎么也想不到那贼人的速度竟然这么快！从下午提出这个想法到现在，不过四个钟头时间。最近家里那么忙，人人任务繁重，那人究竟是怎么从一堆家事中脱身，然后神不知鬼不觉地进来把摄像头给拆掉的？

不，不对——人人任务繁重？

任务繁重？不！只是绝大多数人任务繁重，可还有某一位……

电光石火间，恩静想起了晚餐时何秋霜迟了又迟，直到餐桌上的菜已经减少了大半，她才姗姗来迟……

还有，下午恩静的想法一提出，妈咪就让张嫂去通知何秋霜收拾行李，她应该就是在那个时候嗅到了不对劲吧？所以动作迅速地解决了一切……

想到这里，恩静背上密密麻麻出了一层汗。隔天趁众人都忙着收拾行李，她悄悄将婆婆拉到一旁：“妈咪，摄像头不见了。”

“什么？”秀玉的表情就和昨天的她一模一样。

“我想，有人已经先下手了。”

“是我们打草惊蛇了？”

恩静点头。可经过昨夜的深思，她已经冷静下来，反过来安慰妈咪：“其实塞翁失马，焉知非福。”

“怎么说？”

“昨晚谁最有机会下手拆除摄像头？”

秀玉只略一沉吟，便将她的意思猜出了七八分：“你是说……何秋霜？”

是！她想说的就是何秋霜！

“昨晚有充足时间去拆监控器，同时知道我们计划的，还能有谁？”

而她张秀玉竟精明一世糊涂一时，让张嫂先去通知那个女子搬家！这不是给了她毁灭证据的机会吗？难怪昨晚的晚餐那个何秋霜迟到了，难怪！

“这女子！等找到证据看我怎么收拾她！”秀玉的眼底闪过一丝狠戾，可很快又隐入这青天白日里。

众人的行李很快便收拾好放入了酒店。何秋霜的房间依旧是在3812号，而恩静与Marvy，一个选在了她对面，一个选在了她旁边。

原本秋霜看恩静的房间就在自己对面还挺高兴：“原来阿东也想和我住得近一点哪。”

恩静只是冷哼了一声——住在你对面是为了就近监视你，你以为会和阮先生有关系？

而事实也证明秋霜的高兴纯属多余。自搬到酒店后，阮先生根本连踏都没往三十八楼踏过一步。阮家大宅正在装修，一天二十四小时，他至少分了十小时在那栋逐渐裸露的房子里。至于休息时间，自那次冷战后，在阮家都硬着脾气坚决睡书房的他，搬到酒店后还能到三十八楼休息吗？

开玩笑！

第一晚，住在秋霜隔壁的Marvy汇报：那女人窝在房里看了一整晚电视，现在好好地躺到床上了。

第二晚，住在秋霜隔壁的Marvy汇报：那女人又看了一晚电视，刚打了通电话。哎，我这儿监控摄像头好烂的，你去向阮东廷要个X-G来给我啊！我保证连她给谁打电话、说了什么都查得到！

第三晚，住在秋霜隔壁的Marvy汇报：那女人心情特别不好，打了好几通电话，刚刚还叫来服务生问你家阮先生的去向……

“是吗？”

“可不是？听服务生说，之前也是这样，只要是长时间见不到你们家阮先生，就开始抓着服务生问东问西，问得最后没人敢来应她的room service（客房服务）。恩静你说，再这么下去，她该不会疯了吧？”

恩静冷冷地勾了勾唇：“怎么能让她疯了呢？她要疯了，那些谜团可就查不清楚了。”

“那……”

“既然她这么想知道阮先生在哪儿，就告诉她好了。”

Marvy的红唇张成了“O”形，可看着好友目光中似还有别的含意，瞬间又心领神会。是，她明白了。

几分钟后，正坐在顶层办公室里看文件的阮东廷就收到一条短信：琴房多了一张照片，是你挂上去的吗？

发信人：恩静。

阮氏有专门的琴房，用于放置平时做节目需要的乐器，钢琴、吉他、古筝、二胡、萨克斯、长笛、短笛等应有尽有，数量虽多，却也分门别类，摆放得整整齐齐。

恩静越往里走，看到的稀有乐器便越多。走到房间尽头，令她错愕的是，里头竟摆上了冷门的南音琵琶、洞箫和拍板。而她眼一抬，就在房间尽头的那面墙上，看到了他和她。

确切地说，是他和她的照片。那日在连氏周年庆的酒会上，在成百上千双眼睛的注视下，他与她在台上合作了一曲《陈三五娘》。而今那场景被定格为墙上的照片，那么大一幅，用金色花边的相框装裱着，挂在无数乐器的尽头。

她的手，轻轻抚过照片上男子英俊的面孔，指尖在那嘴角停住。

直到门口传来低沉的嗓音：“我记得第一次听南音，是小时候同妈咪到泉州去吃远亲的喜酒。”她原本温存地抚摸着照片的手不着痕迹地抽了回来，又听到那个声音说，“在酒宴上，听人唱了一曲《琵琶行》。”

恩静没有转过身，却已觉得身后有熟悉的气息慢慢靠近，一步一步，慢慢挨近。

她念出了《琵琶行》里印象最深的那几句：“我闻琵琶已叹息，又闻此语重唧唧。同是天涯沦落人，相逢何必曾相识。”

“你会吗？”熟悉的气息已经拂上她的颈间。

恩静怕痒地缩了一下脖子。

“会的话，来一曲吧。”

“啊？”她愕然，转过脸去，“现在吗？”

“不然？”

她咬了下唇，想到两人已经好久没这么和平地说过话了。就像之前所说，自那次冷战后，每次跟阮先生说话，他总要摆出一张高冷的脸，她好声好气地说一句，他永远只淡淡地回一个“嗯”“哦”“哼”。忆及此，恩静寻思片刻，声音里又添入一丝商量："一物换一物，好不好？"

"一物换一物？"谁知阮先生却挑眉，"好像上回也是说好了一物换一物吧？"可喝过了他的酒，不到半个钟头，这女人竟翻脸不认账地把他赶去睡书房！

一想到这事，阮某人的表情就陷入了十二月的隆冬。

恩静自然读得出这是什么意思，脸颊微微发红，柔了声音："好不好？"

却换来某人高冷的回应："先说说看。"

她说："我给你唱《琵琶行》，然后，晚上你回房睡吧？"

"回房睡？"

"嗯。"

"三十八楼的房间？你那间？"

"嗯……"

幽深的黑瞳里骤然燃起一丝兴味，盯着她的目光越来越深，也越来越沉。

恩静被他盯得满脸窘意，可这窘也间接验证了阮某人理解无误。你看他薄唇微微勾起："阮太太这是知错后悔了，在向你先生认错吗？"

声音里似添入了某种傲娇的意味。

恩静垂下头："嗯。"

下巴却又被对面的长指勾起："所以，以后还敢不敢让我去睡书房了？"

"……"

"说啊。"

"不敢了。"

"那放话说要去睡客房的事，还有没有第二次了？"

竟然还得寸进尺！这人真是……

她叹气："也没有了。"

他这才满意地松开她的下巴："唱吧，视唱功的好坏来最终定夺。"

"……"

俗话说得饶人处且饶人，妈咪在发现两人之间不对劲后，也跟她说："那孩子就是吃软不吃硬，你别跟他来硬的啊。首先你得服软，然后他才会同样对你软。"

可现在陈恩静发现，妈咪其实并不了解他，这人简直就是得寸进尺的典型代表嘛！

你听——"开始吧，唱得不好的话，今晚继续独守空房。"

“阮先生！”她气恼地瞪他一眼，红晕染了大半张脸，却发现自己越气恼脸越红，他那恶趣味的笑便越是浓烈。所以她干脆不理他，径自从琴架上抱起了琵琶。

白居易的诗篇顷刻间化为闽南古音，配着悠悠琵琶声，她素手拨动琴弦。琴声婉转，曲调悠悠：“浔阳江头夜送客，枫叶荻花秋瑟瑟……”

其实也是巧，今夜恩静着一袭白色的丝质长裙，乌丝柔顺地散在后背，配着长裙，衬得整个人那么古典，那么适合在这静夜里，给他来一首古老的乐曲。

一字一句，在似熟悉又不熟悉的闽南古音中，阮东廷仿佛看到了立于江头的男子，忽闻琵琶声从某一艘船上飘出。然后他循声而入，便看到了有着一张秀丽面孔的弹琴女子。

多少岁？十六？十五？十四？

呵，怎么回事？那年轻女子的脸，看上去竟与恩静那么相似。

此时恩静已唱到“夜深忽梦少年事”，却突然停了下来。见阮东廷似在回忆着什么，她停下了歌声，只留指尖在琵琶上轻轻抚弄，直到他回过神来问她：“怎么不唱了？”

“唱到‘夜深忽梦少年事’，突然在想，阮先生是不是偶尔午夜梦回，也会想起从前的事呢？”她轻笑，指尖还抚着弦，让微弱得几近于无的调子作为夜的背景。

阮东廷却反问她：“你呢？会不会也有‘夜深忽梦少年事’的时候？”

“当然。”她垂头，静静地沉吟了一下，又轻笑着抬起头来，“阮先生想听吗？”

他没出声，只是用一双黑宝石般的眼深深地望着她。

她的思绪回到很早以前：“小时候家里很困难，爸爸出去捕鱼，捕到大条的拿去卖，小条的便带回家，一条鱼盘算着让家里人吃一个星期。”

“那时爸爸喜欢把鱼挂在屋梁上。旧时闽南古厝的屋梁并不高，哥哥总是跳一跳便能够得着，所以他总是偷偷去吃那条鱼。一天天下来，鱼肉越来越少，被奶奶发现了，哥哥为了不挨打，总赖到我头上。小时候的我不善言辞，也不懂得争辩，奶奶又重男轻女，所以总是衣架子一挥就往我身上打。”

她嘴角含笑，他却浓眉微皱起，仿佛在这样的诉说中，看到了当年被衣架挥打得极痛哭得极惨，却只是闭口不语的小恩静。

而长大后的恩静说：“那时总是哭得特别惨，觉得特别委屈。为什么呢？

其实打得也并不是很疼，可为什么会那么难过呢？大抵是因为，这世上处处有偏爱，而我呢，总是不被命运眷顾的那一个吧。”

所以小时候替哥哥挨打，长大后替何秋霜嫁到阮家，都那么久了，依旧在这场混沌的三角关系里纠缠不清，找不到出口。

一只手不知何时伸了过来，抚上她冰凉的手。

“大概是因为贫穷，也大概是因为失望吧，所以十四岁那年我便辍了学，跟着爸爸离开了家。”

“我们到了厦门，爸爸捕鱼，我到游轮上去给人唱南音。我们每隔一周便回一次泉州，将赚来的钱和捕来的鱼送到家里。那一年，”她不甚明显地顿了一下，大眼悄悄瞥向自己的丈夫，“我十四岁。”

她的丈夫却没有过多的意外，只是掐指一算：“十四岁，是一九七九年？”

“嗯。”

“那一年，秋霜与阿陈结婚。”

你看，在他的回忆里，关于那个年份，生命中最极致的幻灭不过是爱人他嫁，而新郎不是他。

他怎么还会记起两人在那场游轮喜宴上的相遇呢？

“那时候一定很痛苦吧？”恩静接着他的话问。

阮东廷笑笑：“也不全是。大概是年轻吧，心高气傲，一半是痛苦，一半是恨。”他似回到了旧时光，大抵是忆及当时的自己，眼底掺进一点类似于宽容的东西，“那时候不懂，其实世间万物冥冥之中都有注定，所以看不破。”

“那现在呢？看破了吗？”

他凝了凝神，最终还是没有回答。

不过都是深陷红尘之人，对这乱糟糟的尘世又怎么可能看破？

她这么想着，对面的阮东廷突然又开口：“要是早一点遇到你，或许今天这一切就没那么复杂了。”

他的话似有深意，可恩静只听到了她想听到的含意。

愣了愣，又听到他的叹息：“你看，我们的缘分还是不够啊。那一年你在厦门，我也在厦门，可如果我们早一点相遇……”

她的眼中突然浮起浅浅的泪意。

“可如果我们早一点相遇”，阮先生，我们怎么会没有早一点相遇呢？怎么会缘分不够呢？明明是你不记得了啊。

一九七九年，在陈、何两家的喜宴上，我就遇到了你。

只是这命运，到底是哪里出了错？为什么不过是转了一个身下了一艘船，再相逢时，已是相见不相识？

后来再相遇，在一九八七年，他再度来到厦门，为阿陈奔丧，也为了给何秋霜一个承诺。只是中途插入了一个阮妈妈，于是两人又有了全新的故事。在那个清晨，在厦门冷冷的海边，他说："请问小姐名姓？"

"耳东陈，恩静。"

原来，所有的相遇都是久别重逢。

第二年，一九八八年春，她便嫁给了他。

恩静的手离开了琴弦，移到他的腮边，两人挨得那么近，近得她再靠前一点就会碰上他的鼻尖："那现在呢？我们已经遇见了，也已经在一起了……"

他往前再移了一点，高挺的鼻直抵住她的："那我们就好好在一起吧。"

原来，原来是该感激这命运的，有生之年，未嫁之时，我遇上你。

"那何小姐……"

"恩静，我以前一直以为没必要告诉你，可既然你那么介意，我也就把话说明白吧。我说过要照顾她，就一定会照顾她，可是恩静，那只是照顾，你明白吗？照顾。"

"所以，还有必要再继续看下去吗？"琴房大门口，在无数纵横交叠的乐器的另一端，Marvy轻咳一声，"何小姐，走吧。"

是的，此时站在Marvy身旁正对那场夫妻恩爱戏码目瞪口呆的，不是何秋霜又是谁呢？

十几分钟前，当听到Marvy"不经意地透露"说阿东和陈恩静在琴房约会时，她打死也不肯相信。可现在，眼前的这一切……

"不，不会的，不会这样的……"

"走吧，何小姐。"

"不可能的……"她痴痴地摇着头，直到被Marvy硬拉着走出了好远，才蓦地回过神来，"你要带我去哪儿？不！我不走！我要去找那个女人算账！她抢走了阿东！她就是一个下作的卖唱女，凭什么来和我抢阿东！"

"够了，何秋霜！拜托你别再自取其辱了好吗？你口口声声说'阿东是为了照顾你才娶的陈恩静'，可说穿了，你自己也知道是'照顾'！是，阮东廷曾经爱过你，也许后来挺长一段时间也依旧喜欢你，可你们早就分手了！从你和阿陈结婚的那一刻起，他对你来说就只是'前任'了！退一万步讲，分了手的前任出于愧疚还是什么鬼的感情天天帮你找医生、给你安排手术、大事小事都能想到你这个'前任'，真的也够仁至义尽了好吗？他和陈恩静，人家小夫妻好不容易才有了点感情，你就别掺和了，好吧？给自己留点脸吧！"

秋霜愣了一下，又听Marvy说："知道你和恩静最大的区别在哪里吗？就在于换成她是你，这种时候，她根本连走也不会再往那里走一步！"

何秋霜彻底呆住了，原本蓄了满眼的泪，突然有一颗滚落，然后是第二颗、第三颗……

"所以我已经输了，是吗？"

只是啊，在一段感情里，到底什么叫赢，什么又叫输呢？

一个多钟头后，待恩静唱完一曲《琵琶行》，又唱完一首《陈三五娘》，回到三十八楼时，便见对面的房门半掩着，有女子不甚清醒的凄哀声自里头传出，然后是好友几近崩溃的声音："拜托，你别拉着我啊！"

她原本已踏进房间的脚又挪了出来，转向对面。一进门就见Marvy正抓狂地哄着何秋霜："好好好，你先睡，先睡一觉再打给你爸，到时候你爱怎么打就怎么打……"

此时何秋霜正上半身躺在床上，下半身软在地上，酒后猩红的眼半张半阖着，一只手——天哪！一只手竟紧紧抓着她向来最讨厌的Marvy不肯放！

"怎么回事？"

"这女人！"Marvy已濒临崩溃，"刚刚被你一刺激，竟死活要我陪她去喝酒！结果你看，三杯酒下肚，醉倒就不说了，竟还开始耍酒疯！"她简直欲哭无泪。

恩静错愕地瞪着那个已经彻底没了形象的何千金。

平日里见她，哪一次不是妆容精致、珠围翠绕的？可现在，那娇艳的妆花了，出彩的长卷发乱了，余下一张和心一样破碎不堪的惨白面孔。突然间，"哇——"何秋霜难受地张开嘴，迅速挣扎着起身。

"妈呀！"Marvy险些被吐一身，猛地跳开后，就见何秋霜已经奔进了洗手间，"还好，这点修养还是有的，要是敢吐到本小姐身上……"说着说着头一抬，却见恩静满脸凝思，便问：“怎么了？”

“你有没有顺道……”恩静的眼睛暗示性地在房间里扫视了一圈。

“你以为我傻啊，当然有啦！”Marvy没好气地道，“但是，什么也没搜到。”

“没搜到？”

“嗯，我原本也在想，这女人并不像是心思缜密的人哪，结果整间房搜下来，一点蛛丝马迹也没找到。”

“这就怪了，”恩静疑惑地蹙眉，原本还以为能在何秋霜房里找到一点和初云的死相关的信息，可现在……她略一沉吟，“打扫贵宾房的是哪几个服务生，你平时注意过吗？”

“没注意，就知道那个李阿姨也在其中。”

恩静点点头：“或许，我们可以让她留意一下。”

此时秋霜正跌跌撞撞地从洗手间里出来，就要撞上床头柜时，被Marvy扶了一把，跌坐回床上。

“颜又舞，”结果她顺势就拉着Marvy的手不放，“给我打我爸的电话！快！我要跟他说，说阿东真的爱上那个女人了……”

“神经病！”Marvy瞪了秋霜一眼，“一整晚都嚷着要打给她爸，像她这种大小姐，我真是想象不出她到底哪来那么大的勇气，竟敢设计出这种弥天大局！”

“所以阮先生不相信事情是她做的，也并非没有道理。”

Marvy冷哼：“知人知面不知心！”

两个人退出了何秋霜的房间。

可哪里想得到，就因着今夜何秋霜的这一句醉话，两天后，尴尬的场面果真降临了。

同一个财务室的杨老突然神神秘秘地告诉恩静：“太太，听说那个何成今天来了我们酒店。”

恩静一开始还没反应过来他说的是谁，直到杨老说：“一个女儿成天赖在这儿，名不正言不顺的，这下连当爹地的也要来……”她这才想起前晚，那女子口口声声说要向她爸告状，难道……

她问杨老："你是说何秋霜她爹地？"

"对啊！"

"天哪！"她暗叫一声不好，迅速打内线电话给阮东廷的秘书，"何成先生什么时候到的？"

"刚到的，太太，阮总刚让我送咖啡进去。"

"先别送，让我来。"她挂断电话。

这么突兀的举动出现在阮太太身上，秘书不是不惊讶的。可当恩静将咖啡送进办公室以后，阮东廷却没有什么特别的表情，只当她是送咖啡的秘书。倒是他对面的中年男子双眼如冷锐的刀剑，她刚一进门，便觉得如芒在背——是的，何成冷厉的目光已经射到了她身上！

会客室里气压极低，阮先生端着一张百年不变的面瘫脸，而何成亦是面无表情。可比起阮东廷，很明显，他眉宇间透着隐隐的怒色。

恩静倒好咖啡后并没有马上出去，而是安静地退到了阮东廷的身后。

然后，就听到何成的声音："前天晚上，我女儿不知为什么事情喝醉了，哭着给我打电话，说她在这里过得很不开心。"

果然！他很明显想做出努力压抑怒气的样子，以至于让旁观者恩静都怀疑，这样的压抑，是不是刻意做给他和她看的呢？

阮先生却是不亢不卑，既维持了晚辈应有的尊重，又不至于讨好："秋霜千里迢迢到香港来就医，没有照顾好她是我的责任。这一点，我很抱歉。"

"我要的不是抱歉！"怒气明显迸发出来了，何成怒视阮东廷，"当年秋霜为了你在阮氏的继承权而选择离开，你说抱歉；当年你为了安抚你妈娶了这个女人，你也说抱歉！可那有什么用？你还信誓旦旦地说不管有没有娶这个女人，你都会好好照顾秋霜！"怒指陈恩静，何成那对凶悍的眉几乎可以射出利箭来："可现在呢？你们在这里夫妻恩爱，我女儿却在一旁躲起来偷哭，这算什么？"

身后的恩静细眉紧拢。当然，不是因为何成那逼过来的手指。那晚将阮先生约到琴房，一方面固然是想修复夫妻关系，另一方面也是想给何秋霜一个告诫。谁知那女子竟然酒后失态，一通电话就将何成千里迢迢地搬了过来！

事情是她惹出来的，那么现在呢？又该怎么善后？

眼看阮先生一对浓眉锁得死紧，眼看那何成嘴一开，重话又要出来，恩静不着痕迹地移向前，替他添了点咖啡：“何伯伯，其实秋霜姐姐那次也算不上是独自去买醉，那一晚，是颜氏地产的千金Marvy和她一起去喝的酒。”

恩静再直起身时，就看到何成一脸的不悦。她温婉地笑了笑：“酒过三巡，难免悲从中来，可事实上那天在喝酒之前，秋霜姐姐的心情还很好呢。”

“哼！”何成一脸“我听你放屁”的样子，“心情好？你从哪个角度看出了她心情好？”

恩静微微一笑，一副没心没肺的样子：“是秋霜姐姐自己说的呀，尿毒症原本是那么严重的病，肾源那么难找，可皇天不负有心人，竟真的让姐姐给找到了。”她眼里看上去只有纯粹的欢喜，也不管何成当下就愣住了，又继续道，“虽然还要吃环孢素来抑制排斥反应，可换好了肾又没出现问题，听说这病也就治得差不多了呢。”

她微笑着，温柔平静地站在那里。

可突然间，满室静寂。

何成原本被恩静打断了话半张着嘴，尴尬地站在那里。阮东廷原本紧紧拢起的眉，僵硬地定在那里。一片死寂。

一时间，左右两个男人就像突然被封进了阿尔卑斯山上的坚冰里，一动也不动。

直到恩静故作好奇状：“怎么了？”

一个压抑的声音才从阮东廷的喉咙里喷出：“你刚刚说什么？”

“说什么？”

“你说秋霜的肾换好了？”

“是啊。”

“你确定？”冷冽的气息瞬间罩了他一脸，阮东廷站起身。是，阿尔卑斯山上的冰裂了，寒意直接、迅速、凶猛地甩到另外两个人身上。

恩静却像没察觉到不对劲一般：“你不知道吗？”说着，又柔柔地笑着看向何成，“即使你不知道，何伯伯也应当知道啊。对吧，何伯伯？”

呵，当然对了！你看他那一脸再也凶悍不起来的表情！

冷不防，阮东廷走出会客室。

“阿东！”

三十八楼，12号房。所有人都知道他的目的地。

对，就是何秋霜的房间。

门铃响起时，秋霜原本还满脸欢喜，尤其在打开门看到阮先生的那一刻，由衷的欣喜自面上绽放开来：“阿东？你怎么来了？”

可男人没理会她的欢喜，自顾自地踏进房里：“今天吃药了吗？”

“啊？”

“把药给我。”

她愣住了。此时方见跟在他身后，同恩静一起坐了下一趟电梯的何成匆匆赶来，满脸大事不妙的神色。

何秋霜饶是再愚钝，也知道有事发生了。更何况阮东廷见她迟迟没有动作，突然大吼一声：“拿出来！”

“拿……拿什么……”

“你在吃什么鬼东西就给我拿什么！”

秋霜吓了一大跳，只傻愣愣地站在那里。好半天，才有惶恐慢慢爬上她的脸：“你……你……说什么……”一只手在空气中颤抖着，好久才攒足了力气，颤巍巍地捂上自己同样颤巍巍的唇。

她是如此惊慌如此恐惧，答案，昭然若揭。

阮东廷冷冷地瞪着她，那双眼里同时有着震怒与难以置信，就像是刚刚知道这世上还有如此可怕的蛇蝎心肠：“我简直不敢想象，十几年前认识的那个何秋霜和我现在看到的，竟是同一个人！”

一字一顿，那么冷，那么震惊，那么失望。

“阿东！”秋霜的心一惊。

可当她焦急地要伸出手去拉他时，阮东廷已经转过身，毅然走出了这间房。

已经不需要再看那些药了——不需要！

“阿东！”何秋霜正要跟着他出去，却在门口看到冷眼盯着自己的恩静，“是你？是你对不对？一定是你……”

“是，”何秋霜没想到恩静竟承认得那么爽快，“是我说的。何小姐，我只是告诉他事实。”

恩静的语气是那么冷静那么肯定，竟让她一时间不知该怎么回应。

好半晌她才开口：“你……你是什么时候……”

恩静却只是冷冷一笑，转身离开了这个是非之地。

什么时候知道的能告诉你吗？开玩笑！

阮先生一扭头便乘了电梯直上最顶楼，恩静晚了一步，只好搭下一趟上去。可方到办公室门口，便见大门紧闭，秘书迎上来说："太太，连先生过来了，阮总说一个小时以内不让任何人进他的办公室。"

想必是为了防止那对父女跟上来吧？恩静叹了口气，"那阮总什么时候得空了，你再通知我。"

"好的，太太。"

只是一直到晚上，她也没有收到秘书的消息。

恩静就在房间里等他，也不知等到了几点，刚迷迷糊糊合上眼，就听到门口传来"咔"的一声。随即，一股熟悉的古龙香水味涌入房间里。

恩静睁开眼："你回来了？"

映入眼帘的男子锁起了眉："怎么睡沙发？"

"没有啦，还没睡……"恩静揉了揉惺忪的眼睛，"对了，你肚子饿不饿？我留了芝士给你。"

房间里有小冰箱，那芝士就放在里头。恩静没等他回答就匆匆下了沙发，从冰箱里端过来一小碟芝士。

此时房间里只亮了一盏壁灯，暗暗的，映着女子殷勤的身影。他原本已同Cave吃过夜宵了，这下还是接过了芝士："你做的？"

"是啊，"恩静有些不好意思地笑笑，"放心吧，这次我先尝过了，而且，俊仔也吃了两块。"

阮先生嘴角一勾，瞬间就想起了上一次。

那时初云还没出事，初云陪着妈咪去听歌剧，家里只余他、她和俊仔三人。这大少爷陪着二少爷在沙发上写作业，正是兄友弟恭的温馨场景，恩静自甜品间端出一碟烤饼干："刚刚学会做的，要不要尝一尝？"

结果阮先生和俊仔各尝了一块后便决定："我们来下棋吧，谁赢了饼干就是谁的。"她原本还好感动，有点高兴又有点羞涩地批评阮先生："你这不是欺负俊仔吗？以他现在的棋艺，怎么可能赢你嘛。"结果一盘棋看下来，恩静真真是看糊涂了。这两个人，今天竟一个比一个发挥失常，阮先生让着俊仔，俊仔也让着阮先生，让让让，让到最后，竟然是俊仔赢了。

可这赢了棋的小朋友却一脸悲乎哀哉："大哥你怎么这么过分！不让你输，你偏要输！"

输了棋的人看上去却挺愉快："吃吧，谁让你赢了呢？"

"那也是你害我赢的啊！哼，我不管！反正饼干是你老婆烤的，你就要负责吃！"

"我老婆不是你大嫂啊？谁平时动不动就大嫂长大嫂短的？"

"你也整天恩静长恩静短的啊！"

"胆小鬼。"

"你才胆小鬼！毒药都敢喝，这点饼干就不敢吃吗？"

她这下总算是听出端倪了，竟连毒药都搬出来做比较了！天哪，都怪她刚刚端出来之前没自己先尝一块！

想到这里，恩静连忙伸出手，正要拿起一块饼干尝时，阮先生又说："也是，毒药都敢喝了，更何况这点饼干？"

长臂一伸，烤饼干便被移到了另一处。

那晚小朋友俊仔语重心长地告诉她："其实呢，喝毒药只需一秒钟，吃一碟外焦里不嫩、把焦糖做成焦盐的曲奇饼，像大哥那种对甜品超级挑剔的人，大概需要三十分钟。"

想到这里，恩静就懊恼得想挖个洞把自己埋进去。

要不是想着他心情不好，她又怎么会再次动手做这一盘芝士呢？

记不清是谁说过，人在不快乐的时候，吃一点甜的就能让心情好起来。

而阮先生一直嗜甜，就像阮家的每一个人，都嗜甜，是否因饮够了人生的苦酒，所以才渴望在膳食中多尝点甜头？这世间最容易得来的甜，也就是如此了。

那厢阮东廷已经将芝士送入嘴里，却见恩静仍睁着大眼，小心翼翼得就像个等待老师阅卷的小学生。他不禁莞尔："这么紧张做什么？怕我批评？"

她点头，一副好诚实的样子。

不料却成功取悦了他："其实还不错。"

"真的吗？"

"只是口感还可以绵软一些，苹果香再淡一些，鸡蛋和面粉的比例也还可以再改进些。"

这叫"还不错"？

可眼看着那浓眉似乎舒展开来，恩静又拉了拉他的衣角：“你教我好不好？”

阮先生睨着她的眼神还挺高冷：“就凭你的领悟能力，确定不会让我白费工夫吗？”

“我会好好学的，我发誓！”

他被这副认真的小模样给逗笑了，突然又像是想到了什么事，长腿一迈，走向大门。

可回头见她还愣在原地，便说：“不是要学吗？还不跟上来？”

去的正是酒店底层的厨房，不过不是厨子们用的那一间，而是隔壁那间小得多也清爽得多的厨房。

麻雀虽小，五脏俱全。推开门，看到的便是一屋摆放得整整齐齐的厨房用具。做正餐的摆一边，做甜品的摆在另一边，烤箱、打蛋器、大大小小的不锈钢盘，面粉、巧克力酱、鸡蛋等分门别类，被整齐地装在各种盒子或篮子里。

阮东廷说：“这是我平时用来研究新菜的地方。”

“董事长专用吗？”她笑。

其实哪家酒店的老板会像他这样，还专门开间私人厨房、私人甜品室、私人酒窖，不为珍藏，只为自己研发？

“我记得爹地生前最常说的一句话是，‘如果连自己这关都没办法过，又凭什么呈到顾客面前？’”

“所以重要的产品你都要亲力亲为？”

他只是笑着，恩静却像想到了什么，突然低呼一声：“我知道了！”

“嗯？”

“知道为什么你要把‘海陆十四味’撤下来了！”她的眼睛突然变得好亮，比起所有纳闷他为什么要把那么赚钱的“海陆十四味”撤下来的人，恩静觉得自己似乎看懂了他，又接着说，“因为‘如果连自己这关都没办法过，又凭什么呈到顾客面前’，对不对？”

阮东廷原本正在估量西米的使用量，听到这话以后，把东西搁到桌上，朝她慢条斯理地招了招手：“过来。”

“嗯？”她不明所以。

结果一过去，她的红唇就被重重地啄了一下：“啊！”

某人说："我的回答。"

"什……什么回答？"

老半天才反应过来他的意思，恩静掩不住嘴角的笑。唇上还留有他清爽的气息，可这人已经又估量起他的西米来，就像刚刚那场面不曾发生过一样。

"哎……"恩静轻轻开口，拉了拉他的衣角。

阮先生仍专注于手头的工作："说。"

"刚刚那样，"她小声地问，"是对我回答正确的奖励吗？"

阮东廷的薄唇抽了抽，可那张面瘫脸还是酷得要死："今天我教你做阮式的老牌甜点，杨枝甘露。"

这算哪门子的回答啊？

"天亮之前能学会的话，会有第二个奖励。"

"啊？"

"就和刚刚一样。"

"……"

结果恩静学会了，做出来的味道却和阮先生之前做的相去甚远。明明是他手把手教的，明明他说一句她就照着做一步："太奇怪了，焖好的西米一定要冷却，淡奶和椰奶要按比例来……"她一个个细数阮东廷方才的提醒，"没错啊，我每一步都做到了，可为什么还是没你做的好吃呢？"

身后的男子却搂住她，那薄唇寻到她的耳旁："没有我做的好吃，这就对了。"声音低得几乎听不清。

"啊？"

他只笑，眼底不知为何渐渐凝起一丝冷意。

仿佛感受到了那丝冷，突然之间，恩静竟不再提之前的疑惑了，轻笑着说要把这成果拿回房，明早让俊仔和妈咪尝尝。两人离开厨房后，那抹笑才骤然变成满脸的凝重："难道说，里面也有摄像头？"

阮东廷没有回答，却是默认了。

我的天，竟如此猖狂！在家里装了摄像头还不够，这下连酒店也装进来了！

突然之间，恩静就像是想起了什么，急急地喊了他一声："阮先生！"

"怎么？"

"我想起来了！"对，她想起来了——初云！那阵子称病天天窝在房间里的初云！恩静去看她时，初云问她：“在厨房里装摄像头是正常的吗？如果那摄像头根本就拍不到员工呢？”难道说那时的她就已经发现了这厨房里的摄像头了？

对，一定是这样的！

“这摄像头不是最近才装的！”恩静十分肯定地告诉阮东廷，“初云没遇害前就已经装上了。对，当时她和我提过，一定就是这个！”

阮先生眯起眼：“你是说，初云早就发现了这个摄像头？”

“对！”

“可她没说是谁装的？”

“是的！”

所以隔天同秀玉、Marvy说起这件事时，秀玉笃定地道：“看来一定是何秋霜装的了，不然初云怎么会不肯说出安装人是谁？”

“而且，”Marvy冷静地补充，“从酒店到家里都有摄像头，你们说，能同时在这两个地方搞小动作的，除了何秋霜外还能有谁？”

如果不是这些事接二连三地发生，或许秀玉会怀疑别人：比如家里的摄像头是某个下人偷装的，比如酒店的摄像头是某个员工暗地里装的，甚至她可能连初云生前最维护的李阿姨也要怀疑——可问题是，这些人里根本没有一个能同时在阮家和阮氏下手！更没有一个人能在时间上与这些事一一对应！

只那何秋霜，她没搬进阮家尚住在酒店时，初云便在酒店里发现了摄像头。

阮家发现了一个又一个摄像头时，那女子又住进了阮家！

“还有一件事，”秀玉冷着声补充，“在厦门时，你和初云的床上不是都被人放了恙螨吗？我很怀疑那也是她做的。”

“怎么说？”Marvy蹙眉。

秀玉道：“初云不是说，何成曾默认过那些摄像头就是何秋霜装的吗？即使那傻丫头有心替她隐瞒，可那姓何的一定是不放心，才会下狠手往她床上放恙螨！”

“那恩静呢？恩静床上的虫也是她放的？”

“我看是。”

“这又是为什么？”Marvy不明白。

“为什么？”这下，秀玉看向了恩静：“还记得出发去厦门前，你和东仔发生了什么吗？”

恩静一惊。出发去厦门前她和阮先生发生了什么？出发去厦门前，她和阮先生刚刚、刚刚……有了夫妻之实啊！

这下重重疑点全被串起来了：难怪那女人会突然对她下狠手，看来是被那件事刺激到了！

尽管不明白那么亲密的事何秋霜是怎么知道的，可对于这一连串疑点，恩静心里已差不多都有数了：“看来现在要做的就是抓紧时间找证据了，毕竟口说无凭。”

“对！”

可事实上，这厢她还没开始行动，那一厢，就在同一天，何秋霜就自己送上门来了。

恩静离开妈咪的房间时，就看到何秋霜守在自己的房门口，一看到恩静，立马心急如焚地奔上来：“阿东呢？阿东去哪儿了？”也不管两个人此时是怎样的关系，她就急急地抓住了恩静的手，“我到他办公室门口等大半天了！你说他去哪儿了？你说啊！”

恩静皱眉，抽出被她抓住的手：“我不知道。”

“陈恩静！”

回应她的，是恩静用房卡开门的动作。“嘀”的一声，房门打开，恩静移步进去，丝毫没有邀请这不速之客进入的意思。

可不速之客竟赶在她关门之前，将自己从门缝里塞了进去：“我们谈谈。”

“谈？我们之间有什么好谈的吗？”恩静冷淡地看着她。在同妈咪及Marvy讨论过那一系列可怕的怀疑后，恩静心中对这女子已只剩下满满的厌恶，“阮先生出去了，没在酒店里。你有他的电话，想谈什么、谈多久，自己去跟他谈。何小姐，我要休息了。”说着，她将门把一拉，做出送客的姿态。

何秋霜却像是没看到那大开的房门，依旧倔强地站在那儿：“你是故意的，对吗？”

恩静没有回答。

“如果他愿意接我的电话，我还用得着在这儿苦苦哀求你吗？”

恩静还是没有说话。

“好，很好！”秋霜难以置信地笑了。时至如今，她还是不敢相信自己竟会受到这样的对待，“风水轮流转，风水轮流转啊！陈恩静，当年在厦门，如果不是我让你到阿陈灵前唱南音，如果不是阿东因为想照顾我而放弃娶那些千金小姐，你会有今天吗？”

可今日这女人竟不肯让她见阮东廷一面！

恩静原本已经不想再和秋霜多说，可对方话既至此，她原本往里走的脚步还是停了下来：“何小姐，如果不是因为当年，今天的你绝对不会有机会站在这里说这么多。”她抬眼，想到那几个莫名其妙的摄像头，冷厉的目光与秋霜的歇斯底里形成对比，“在你对我、对初云、对阮家做出那么多事后，你以为自己还有资格站在这里吗？”

“我没有！我说过一百遍了，摄像头不是我装的，初云也不是我害的！”她简直要疯了，“陈恩静，我现在不想和你争论这些，你告诉我，快告诉我阿东去哪儿了，你快告诉我啊！”

“我不知道！”

“你骗我！”歇斯底里的怒吼终于伴着眼泪，从这女子身上爆发，“你为什么不敢告诉我？”

恩静愣住——不敢？

“是因为你知道，其实阿东现在真正需要的人是我吧？他真正需要的是我的解释吧？所以你怎么也不肯让我接近他，是这样吗？”

恩静简直要赞叹她丰富的想象力：“何小姐，我是真的不知道他在哪里。”

可秋霜一个字也不肯相信。房内灯光昏暗，那插上门卡后便自动亮起的廊灯，照亮她泪迹斑斑的脸。

“你知道吗？当初阿东说要娶你时，我是第一个赞成的，你知道这是为什么吗？”

恩静没有回答，只是静静地看着她。

“第一，因为我相信他不会爱上你；第二，因为我相信即使他不爱你，你也会好好照顾他。因为那时的我真的以为自己很快就要死了，而你能够照顾好他，在我死后用一辈子时间好好照顾他。可是陈恩静，现在情况改变了——我没有死，我的病好了，我还很爱他，我对他的爱不比你少一分一毫！”她顿了一下，目光陡然间清醒而坚定，“所以为了他好，你是不是该给他一个重新选择的机会？”

每一个字每一个词，恩静都听得清清楚楚，脸上却没有一丝一毫的情绪。

秋霜迫切地看着恩静。她越迫切，恩静便越冷静。

许久，恩静才开口，一个字一个字道：“知道吗？你说这些话，真的很荒唐。”

“荒唐吗？”秋霜却笑了，“那一定是因为你没听过鸠占鹊巢的故事。”她冷冷地盯着恩静，一字一句地说："鸠将蛋产在鹊类的巢里，它的孩子只要一孵出，就会把别的鸟蛋推出巢。而陈恩静，你现在在做什么你知道吗？你在费尽心思地将我从阿东身边推走，让阮伯母恨我，你就是那只忘恩负义的鸠你知道吗？"

再也无法沟通了，秋霜的目光从最开始的疯狂渐渐转化为冰冷。

再看一眼陈恩静，蓦地，她转过身去。

此时却听到恩静说："如果你真的是那只无辜的鹊，又为什么要隐瞒病情？"

她消瘦的身子一僵，冰冷的杏眸中那一闪而过的情绪……是凄楚？

身后的人不得而知。

"为什么要隐瞒病情？"秋霜的声音又低又弱，又似是添进了无数自嘲，"有时候，我也想问问当时的自己，究竟是在想什么呢……"

话落，那瘦到病态的身子蹒跚离去。

第一次，恩静在嚣张的何秋霜身上看到了落寞。

阮东廷大概过了一个星期才回来，却是满脸凝重，一边开门进房一边还拿着手机吩咐："把病房号给我……"刚进门，他只换了件衣服，便又要出去。

恩静一看那神情便知有事发生："怎么了？"

"秋霜在医院里。"

"医院？"

顾不上回她的话，他已经踏出了房门，连影子都不见了。

阮东廷赶到医院时，阿忠正焦急地候在门口："先生，打听出来了，是兰桂坊里的一个酒保送来的，说是何小姐在他们那儿连喝了几晚酒，没想到昨晚突然昏厥了。"说到这里，他匆匆瞄了一眼病房，又低下声音道，"医生说，是因为抗排斥反应的药停太久了，新换的肾脏没办法适应。"

阮东廷的浓眉本就已经拢起，这下看上去，皱得更紧了。透过房门上的窗子，他一下子就看到了那张苍白消瘦的脸。

推门进去，被安排过来照顾病人的张嫂"哎呀"了一声，欣喜地转头对何秋霜说："小姐，先生来看你了！"话说完后，她就识相地退了出去。

床上的女子却没那么好的反应能力，看了他好久，无神的眼眨了好几次，才敢确信自己没有看错人："阿东？真的是你吗？我不是在做梦吧？"

这哪里会是做梦？眼前正是她所熟悉的阮东廷的脸，阮东廷的声音。眼耳口鼻都是她熟悉的那个人的。

她胸中无数翻滚的情绪一下子涌上来，挣扎着就要起身，却被他制止：“别起来。”可那只手刚伸出，就被秋霜紧紧地抱住。就在他伸手想制止她起身的那一秒，秋霜死死地抱住了那只手，生怕他下一秒就会消失。

“我以为你永远也不会来了！”滚烫的泪水簌簌滑落，几乎要灼伤他的手背，“阿东，你恨我，你恨我对吗？”

阮东廷沉默了。

“说你恨我啊！”这女子这么没头没脑地来了这样一句，倒让不知情的人疑惑，她究竟是想被恨，还是不想被恨。

可阮东廷不是那个不知情的人，他读出了言下之意。

果然，又听到她凄哀的声音：“所以，已经连恨都不肯给我了，是吗？”

黑漆漆空洞洞的眼直勾勾地对上他的，对上那双幽暗深邃的眼。

阮东廷还是沉默了。

原本死死握着他的那双手已经丧失了力气，软软地滑了下去。

“是啊，怎么会是恨呢？”秋霜的声音有些自嘲，“再怎么说，恨也是需要感情的吧？要是换到从前，换到从前……”

“好了，别说了。”

秋霜却像是没听到他的话：“那时候，你和我，哪里要谈爱或恨呢？哪里还需要欺骗呢？”她轻笑了一下，目光突然飘忽起来，“那时的我们多么相爱啊，不管我再任性再无理取闹，你都会包容我。可是后来呢？”

“别再说那些事了，秋霜，上次我已经说得很清楚……”

可她听不见，什么也听不见，只自顾自沉浸在陈旧的回忆里：“还记得吗，决定要娶陈恩静的那一晚我问过你，‘你怎么可能一直陪我，陪到我死了再去考虑终身大事呢？’就是因为这句话，你才想到要娶旁边那个唱戏的吧？因为她穷，又没地位，可只有娶了这么穷又这么没地位的女人，你才能不受阻碍地照顾我啊！你要是娶了其他名门千金，就算你我之间清清白白，只剩下照顾和被照顾的关系，试问又有哪个千金能容忍呢？所以那时我多庆幸她出现了。反正我的时间也不长了，那女子又待你那么好，等我死后，你到底是要爱上她还是一辈子都有名无实地和她过下去，那都是你们的事了。可是阿东，我没有死，我竟然没有死！”

“在你渐渐将心移到她那边的时候，我……竟然没有死。”一颗眼泪从秋霜的眼眶里滴下来，“好尴尬，对不对？”

他沉默了，一时之间竟找不到更合适的词来反驳她的这一句“尴尬”。

好尴尬，对不对——哪里会不对呢？

她的目光散乱地在这房间里游移：“你真的以为我不想告诉你吗？怎么可能？我多想看看你得知这个消息时高兴的样子。”她的声音轻轻的，“可我不敢，我不敢告诉你。因为我知道，高兴过后，随之而来的一定就是最尴尬的场面，到时候我和你该怎么办？明明你一早就说过了你要照顾我，你只是要照顾我。”伴着不断滚落的泪，她笑了一下：“可如果我已经不需要你的照顾了呢？如果我已经不是个病人了，如果我的身份只剩下旧情人，阿东，你和我之间，在你的心已经彻底转向陈恩静之后，又该怎么办呢？”

“我根本不知道该怎么办。就连爸爸都看得出来，就连爸爸都懂得和我说，如果让你知道我的病好了，我们之间就完了。我好怕，好怕……”她激动得一度说不下去，可后来还是断断续续说完了，“我好怕你会左右为难，可我更怕你一点都不为难，这是什么意思你知道吗？阿东，你一定知道的吧？在你对陈恩静越来越好，在你对她的感情浓得连瞎子都看得出来时，你对我、对我们的关系，会不会连为难一下都不再愿意呢？”

说到这里，她飘忽的目光终于还是移到了他的眼睛里，与他眼底深刻的痛楚相接。

那是实实在在的痛楚，为了过去，为了昔日爱人在混沌的情感中痛苦地挣扎，可她知道，唯独不是为了爱情。

秋霜的眼泪又落了下来：“所以我宁愿就这么拖着，一直拖着。”

“你这又是何苦呢？”男子沉重的声音过了好一会儿才响起。

“苦吗？”她却笑笑，“不苦。”

阮东廷沉声道：“既然病好了，你就该有新生活。”

“新生活？”秋霜摇着头，“阿东，我最怕和最不想听的，就是这句新生活。”

新生活意味着什么？不就是意味着离开他，离开这段“照顾和被照顾”的关系，彻底断了与他的最后一点关系吗？

那叫新生活？那是什么生活！

“我根本就做不到，”她的声音里满是自嘲，“那三十万支票，你也知道，是我栽赃给陈恩静的。因为我好怕，我看着你对她一天比一天好，我好怕！可这种怕，在发生那条钻石项链的事情以后，就彻底幻灭成绝望了。我跟你说了一百遍，那条项链不是我塞到她包里的，可是你不信我，这么严重的事你竟然不信我！”她的泪大颗大颗地滚落，想到那日他决绝离去的背影，她的心在微凉的晨光里，碎成一万片一亿片：“阿东，你怎么可以不信我？怎么可以！”

她突然急促地喘起来，大概是急火攻心伤及心肺。突然，她痛苦地捂住胸口。

“怎么了？你怎么了，秋霜？”

“我告诉你阿东……”

“别说了！”

“阿东……”

“好了，别说了！”他捂住她的嘴，她却如八爪鱼般迅速缠住了他的脖子。

那是十几个春秋午夜梦回里最熟悉的怀抱啊，到底是从什么时候开始，变得越来越远了？

她紧紧地抱着他。渺万里层云，千山暮雪，只影向谁去？

或许，神才有答案吧。

病房外的人影，渐渐远离。

陈恩静走出了医院。

三分钟前，当她从秘书处得知何秋霜的病房号匆匆打车赶过来时，在病房一米开外的地方，被张嫂给拦下。

老管家吞吞吐吐：“那个……太太您……您……”一句“太太您还是别进去了”怎么也说不出口，却越发挑起了恩静的疑心。张嫂越是迟疑，就越是让她觉得一米外的那一处有什么正在发生。果然，她越过张嫂走过去后，就在房门外，恰好看到了那对男女拥抱的身影。

她梨花带雨，而他呢？看不到脸，恩静却清楚地看到了缠在他脖子上的那双手，抱得那么紧。

她走出了医院。外头日光大好，明晃晃的，耀得人眼花。人潮疾速地往同一个方向涌去，这城市如此之繁忙，似不知日光太猛烈，人偶尔也需要停下来歇一歇。

恩静伸出右手去挡那明亮的日光，却突然感觉左手拿着的包被一股巨大的力一拉，脱离了她的掌心。

恩静只觉得自己的身子也被那股力往左扯了一下，还没反应过来，就听到旁边有人惊呼：“天哪！抢劫！”

那个刚拉扯过她的黑影迅速往人群中奔去，随即有另一个高大的身躯迅速追上去：“站住！”

整条大街人影幢幢，被日头照耀得清晰而明亮。好半晌陈恩静才反应过来发生了什么。是的，她被抢劫了，就在一分钟之前！而有仗义者已经替她去追那个劫匪了！

追到街的尽头再转弯，人潮终于退散之时，她竟看到三四个黄发混混正围着一名西装革履的高大男子。很显然，就是刚追出来要帮她拿回包的好人。

那好人一看到她就低咒一声“不妙”，干脆放弃那个包，跑过来拉住她：“跑！”

可抢到了东西的人竟不肯放过她。他们一看到恩静，彼此递了个眼神便举刀冲了过来。还好拉着她的人跑得够快，可跑到巷子口时，她还是被一个黄毛抓住了手，那尖锐的刀在日光下闪着明晃晃的光，然后就划破了她的手。

有鲜红的液体涌出来，带着温热的腥气。

好人低咒一声，连一秒钟也不敢停，加足了马力拉着她更快速地跑。恩静只觉得日头晃得人眼花，终于，在大片人潮再度涌入视线之时，她听到拉着自己的男子高声吼：“阿sir！阿sir！”

周围的人纷至沓来，她终于疲惫地闭上了眼睛。

有男子的声音在飘荡，是刻意压低的那一种。

“我不知道，可就觉得不是单纯的抢劫……”

“为什么？因为这位小姐赶过来时，我怕对方人太多会伤到她，本来已经决定不追那个包了……”

“对，他们不肯罢休……”

“不，不！绝对是冲着这位小姐来的，我敢肯定，他们是故意把我们引到小巷里动手……”

“每人都带着刀，不是普通的劫匪，要不是我先追出去，这位小姐肯定已经没命了……”

沙沙沙，沙沙沙……

人声细碎如同铅笔落在纸上的声音，沙沙沙。也不知过了多久，恩静才听到一个公事公办的男声：“谢谢你，刘律师，有需要我们会再请你到局里协助调查的。”

“没问题。”

然后，世界一片宁静。

想必一定是有人在找她，所以手机才会一直不停地响。送她来医院的人在晚餐时分就走了，她似乎知道，又似乎不知道，只感觉昏昏沉沉的，睁不开眼。直到感觉已经睡了一个世纪，天光乍亮时，手机铃声又尖锐地响起。这一回，恩静的眼皮才缓缓地掀开。

“你醒啦？睡好久了呢！”护士连忙跑出去叫医生。

手机停了一下，又响，怎么也不肯罢休。恩静被划破的那只手此时被包得像个粽子，她用另一只手去翻大衣。手机就放在大衣口袋里，所以包被抢走了，手机却还在。

一接起，她就听到妈咪焦急的声音：“终于接电话了！恩静，恩静你在哪儿？”

整整十几个小时，从没有彻夜不归过的恩静竟然一整晚都没有回家！秀玉直觉出事了，结果这头声音明明还是很虚弱的女子却说：“昨天太晚了，就直接在Marvy这边睡下了。”

“胡说！”婆婆却是一声怒喝，“Marvy就在我房里！”

果然，她并不是说谎的料，说的谎全然经不起推敲。恩静叹了口气，压低了声音：“昨天包包被人抢了，在追那个劫匪时，不小心被划破了手……”

“什么？发生了这么大的事你怎么不打给东仔？他都快急死了，整晚都在打你的电话！”

恩静的眸光暗了暗，电话挂断后，果然看到未接来电记录里，阮东廷的号码旁显示着“16”，他给她打了十六通电话。恩静刚要搁下手机，可下一通电话又进来了，是第十七通！

她的手在空中顿了一下，最终还是将手机重新扔回大衣口袋里。

医生说她并无大碍，想回去或是想留院观察都可以。

医生说这些的时候，隔壁病房突然传来耳熟的叫嚣声：“我说呢，怎么连老婆住院了都不知道，原来这儿还有个住院的啊！”

是Marvy。

恩静眉一皱，穿上大衣走出病房时，就看到了好友站在隔壁病房里，而一旁冷着脸任她冷嘲热讽的男子，不就是阮先生吗？

原来何秋霜也转到普通病房了。

而原来，她所入住的病房，就在自己的隔壁。

“本小姐在和你说话呢！装什么面瘫啊？自己老婆住院了都不知道……”

阮东廷当即拉下脸，拿起手机理也不理Marvy，便拨下一连串的号码。

门口立刻响起手机铃声。

“恩静？”他顺着铃声转过头，就看到恩静正站在门口。一张苍白的面孔，一只缠了厚厚一层白纱布的手。他走过去：“你的手怎么了？”

她下意识地往后退了一步。

可这人根本就是霸道惯了的，哪会管她的态度？恩静往后退一步，他就往前进一步，到最后，她无奈地叹了一口气，才开口说：“昨天遭到了抢劫，不小心弄伤了。”

他蹙眉，即使已经听妈咪在电话里讲过了，可亲耳听到她说时，那对眉还是忍不住紧皱起来：“哪来的劫匪？报警了没？”可念头一转，他又问，“医生怎么说？”

“医生说没事了，随时可以出院。”

他这才稍稍宽了心：“你的病房呢？”

“就在隔壁。”

阮东廷薄怒地瞪她：“所以从昨晚到刚刚，我就是在你隔壁打了十几通电话对吗？”

恩静不知该怎么说那些混乱的心事，只好说：“我……在睡觉，没听到……”

“听到了妈咪的，听到了Marvy的，唯独没听到我的？”

她垂下了头。

阮东廷拉起她那只没有受伤的手，走进隔壁病房。后面的Marvy要跟上来，他倒好，当着人家的面直接关了门又落了锁，也不管Marvy在外头直翻白眼，便将恩静推到病床上：“说吧，你到底在闹什么？”

他看上去情绪也不太好，估计是有什么烦心事缠身。

恩静垂下头，不出声。

“说啊！”

“说……什么？”

“有什么你就说什么！说你为什么会遭到抢劫？为什么不接我电话？”

“那你为什么又突然原谅了她呢？”低低的询问冷不防插入他的问话中。

阮东廷怔了一下，好一会儿才反应过来这里的“她”是指谁。

恩静已经接了下去：“明明那天你那么生气，她装病骗了你那么久，害你白担心了那么久，可你怎么突然就原谅了她呢？”

声音轻轻的，就像一丝责备或反对都没有，只是单纯的疑问。

阮东廷深吸一口气，片刻后才说：“恩静，她有她的苦衷。”

苦衷？

就算她有她的苦衷，那他呢？也再一次敞开胸怀，接纳了她的苦衷，是吗？

她永远也不会忘记，昨天在重症病房的门外，她看到那双瘦削的手不顾一切地攀着他的脖子，那样紧。

苦衷？人生在世，谁没有苦衷？不过是有人选择沉默，有人选择诉说，而更有些人，诉说得过分生动罢了。

“记得有一回我问你爱是什么，阮先生，还记得你是怎么回答的吗？”慢慢地，她将目光移开，不再对着那双会让她深陷的无底黑眸，“你说，‘爱就是想看她笑，想让她快乐，无论她犯再大的错，你都会原谅。’”她轻笑了一下，那么自嘲：“所以后来，无论她犯再大的错，再怎么无中生有、谎报病情，你都会原谅她，对吗？因为爱就是‘无论她犯再大的错你都会原谅’啊。”

“恩静，不是你想的这样！”阮东廷的脸上却一点儿犹豫也没有，坦荡得让人难以怀疑他的话，“我之所以会原谅她，第一，是因为她的苦衷我能理解。第二……”他顿了一下：“是因为我和她之间，归根结底，是我对不起她。”

当初如果不是为了他，虽然患病可尚能医治的秋霜不至于下嫁给阿陈，也不至于落到今日的结局。

恩静笑了:“你对不起她?”瞬间便想到那天和妈咪、Marvy讨论过的话,“如果我告诉你,我、Marvy、妈咪都怀疑当初就是何秋霜在初云和我床上放恙螨,如果有一天我能拿到证据证明所有事都是她做的,你还会觉得对不起她吗?”

“不可能的！”

“你看，”她讽刺地笑了，“你又要维护她了。”

阮东廷头疼地抚额，其实这番言论他已经不是第一次听到了，昨晚妈咪就已经对他说了一遍，可他一个字也不相信：“恩静，妈咪说秋霜放恙螨害你的原因是她知道我们有了夫妻之实，可事实上那些东西出现在你床上时，她还不知道这件事，她是到事发第二天才听说的。”

“你怎么知道？”

“因为，就是我亲口对她说的。”

恩静有一瞬间的愣怔：“你亲口……”

“那天我们在何成酒店吃早餐时，秋霜约我到包间里说话，还记得吗？为了不让她继续欺负你，我把这件事告诉她了。恩静，在此之前秋霜绝对不知道这件事，我甚至可以打包票，那时知道这件事的人根本没几个……”说到这儿，他突然顿了一下。

突兀地、面色冷峻地，他顿了一下，就像是想到了什么生死攸关的要事。

“怎么了？”

阮东廷没有回答，只陷在自己的思绪里。

直到门外有敲门声响起，他才回过神来：“估计是你的好朋友等不及了。”

阮东廷以为是Marvy，哪知走过去打开门，看到的却是一张全然陌生的娃娃脸。

那娃娃脸也错愕地看着他，不过很显然，对娃娃脸来说阮东廷并不陌生：“你是……阮东廷？”

阮先生蹙眉，以他的知名度，有人认出他也并不是什么稀奇事。真正让他意外的是娃娃脸接下来说的话：“既然你是阮东廷，那我昨天救的……难道就是阮太太？”

原来是昨天那个身材高大的好人。

“敝人姓刘，当律师的。”好人极懂得察言观色，见自己救的正是阮氏的董事长夫人，立即笑眯眯地朝董事长递出自己的名片，“答谢费、鲜花礼品什么的就别送了，日后有需要用到律师的地方，请阮先生尽管找我就好。”

阮东廷嘴角一抽，又听对方说：“本来今天过来是想提醒阮太太一些事的，不过既然阮先生在……”他笑眯眯的，不失时机地和未来的大客户拉近关系，“阮总，借一步说话？”

两个人不知借一步借到了哪儿，许久也没见阮先生回来。倒是大个半钟头后，Marvy在楼下喝完咖啡上来，对她说："别等了，刚刚Cave一杯咖啡没喝完就被你家阮先生叫走，估计一时半刻那两个人是不会回来了。"

恩静的心思还在方才的那番对话里。见好友进来，也没仔细听她说什么，便拉着她严肃地说："Marvy，刚刚阮先生说，何秋霜是在恙螨事件之后才知道我和他有夫妻之实的，所以我们之前的推论有可能出错了。"

哪知Marvy对这件事却没有什么大反应："关于恙螨的推论我们有没有出错我不知道，可初云的事，我想我们是没有猜错的。"说着，她从包里拿出一份资料，递到恩静面前，"还记得我们在何秋霜房里找到的Nokia 1011吗？你小姑的那一部？"

"怎么了？"恩静接过资料。

"昨天同连楷夫吃晚餐时遇到他的一个朋友，说是在移动电话营业厅工作的，我就磨着他去找那个朋友弄了一张初云的电话单。"

那单子此时就在恩静手里，密密麻麻的一排号码看下来，最终，恩静的眼定在了最后一个号码上："何秋霜？"

"对，最后一个电话正是打给何秋霜的。你看那个通话时间，就在她出事的当晚，九点四十六分！"

而那天李阿姨说，初云离开她家时，大概是九点多。

"恩静，关于这几个时间，我想，我们得再去找李阿姨谈谈了。"

十五分钟后，两个人已坐到了出租车上。

打电话回阮氏，清洁部的主管说李阿姨今天上的是晚班，这会儿还在家，因此她们让出租车直接开到了主管告知的李阿姨的住处。

那是观塘一处老旧的住宅区，李阿姨一见到恩静便热情地招呼儿子去倒茶。将李阿姨安排至香港后，初云见她念儿心切，干脆好人做到底，将她儿子也一并接了过来。

可两个人哪有心思喝茶，一入座，恩静便打开天窗说亮话："李阿姨，你再仔细想想那晚的事好吗？到底初云是什么时候来的你家，又是什么时候走的？还有，你那天偷偷塞给何秋霜的药我们已经知道了，那药怎么会在你这儿？"

"啊？"李阿姨看上去好慌张，"药……药的事你们知道了？可我没说漏嘴啊……"

“不是你说漏嘴的，你现在只需要告诉我，那药怎么会在你这里？”

李阿姨看上去有些为难，像是怕说错话，随时会陷何秋霜于不义。

“没关系的，李阿姨，你只要把你知道的说出来，剩下的我们会自己判断。”

“唉，好吧，”她叹了口气，“其实药是那晚初云小姐落下的。她说等会儿要拿着这东西去找何小姐，临走时却忘了把药收进包里……”

恩静与Marvy对视一眼：莫非那晚初云已经查明了这药的成分，发现何秋霜一直在吃的不是维生素C，而是抗排斥药物？

难怪那晚她会突然把何秋霜给招出来，难怪！

“那你能再仔细想想，那晚初云是什么时候离开你家的吗？”

这点李阿姨确实想不起来了，只说大概是九点多。她那倒好茶出来的儿子却像是想到了什么：“你们说的是阮初云小姐吗？”

“是啊。”

男子将茶杯摆到桌上，想了想：“那天我是下班回来时遇到阮小姐的，我在修车行的晚班一般要上到八点半，回来时差不多九点半。”

“你确定？”

“确定。”

九点半，九点四十六分，前后相差不过十六分钟！

一定是这样了，那晚发生的事几乎可以完完整整地摊开在眼前了！

九点半离开李阿姨家，九点四十六分打电话给何秋霜，将近十点钟时坠崖，同时手机被拿到何秋霜房里——没错，就是这样！

两个人以最快的速度赶回医院，不过这次不是回恩静的病房了。

隔壁病房里，张嫂正在伺候何秋霜喝药。恩静推门而入，“啪”的一声将那张电话单扔到何秋霜眼前。

“陈恩静！”秋霜被恩静吓了一大跳。

恩静却不理她的大呼小叫，只冷静地道：“初云过世那晚，九点半离开李阿姨家，九点四十六分打电话给你，十几分钟后坠崖，后来手机出现在你房里。何秋霜，现在你还有什么好说的？”

秋霜瞪大眼。

可这厢恩静话音刚落，那厢Marvy的声音又起：“当晚阮初云曾透露阮家的第一个摄像头是你装的，在你搬入阮家后，酒窖和甜品间又出现第二个、第三个摄像头！可就在你得知阮家要重新装修后，所有的摄像头全部消失了！何秋霜，你还有什么话好说？”

秋霜张了张嘴，一勺汤药生生僵在半空中，片刻后才摔到张嫂端着的碗里：“你们俩又在发什么疯？我说过一百遍了，那些事不是我做的！”

此时正有一个高大的身影从病房外走进来，看到这满室混乱，便加快了脚步：“怎么了？”

是阮东廷。

“这个女人！真是疯了不成？我都跟她说过一百遍了，初云的死和我无关，那些摄像头我连碰也没碰过……”

“碰也没碰过？”Marvy冷笑，“你家何成酒店用的正是那款X-G！X-G和阮家发现的那些摄像头有什么关系，何千金，不必我在这里多说了吧？”

“那也不能证明就是我装的啊！全香港用X-G的那么多……”

“你错了，并不多。”一个冷冷清清的声音响起，是恩静，“何小姐……”

“够了！”阮东廷终于听明白了这几个女人又在为什么事争吵，转头看向恩静时，浓眉已经紧紧地锁起，“我已经和你说过了，这些事情交给我、交给警方，你为什么就是不听？”

“为什么？因为有人老是想着要护短哪！”不等恩静开口，Marvy就不客气地冷哼。

可阮东廷压根儿就没理她：“恩静，现在就收手。”

“阮先生！”

“这件事我会查明白的。”

“现在还不够明白吗？”那电话单还在何秋霜的床上，就在她刚刚甩过去的那个地方，可这会儿恩静突然又一把抢过，逼至他眼前，“看到了吗？这就是证据！初云最后一通电话就是打给她的，晚上九点半离开李阿姨家，九点四十六分打电话给何秋霜，将近十点就坠崖了！还有监控，明明初云已经告诉过我们，那个摄像头就是这女人装上去的，可你偏偏不信！现在呢？家里有监控，酒店也有监控！阮先生，谁能同时在阮家和酒店之间兴风作浪？除了这女子还能有谁？”

可他只是蹙眉，脸上没有丝毫震惊之色：“你就那么确定在家里和酒店兴风作浪的是同一个人？”

她一愣：“你说什么？”

可阮东廷已经不想再继续这个话题：“好了，回你的病房，别在这儿无理取闹。”

“我无理取闹？”她张了张嘴，却突然间什么也说不出来了。

怎么会是无理取闹呢？明明她手上有那么多证据，明明每一个证据都指向同一个人。

可突然间，那些证据都成了荒唐之言。

恩静垂下头，失望地笑了：“说到底，你就是舍不得查她吧？”

还有什么好说的呢？

她没有再住院，反正Marvy已经为她办过了出院手续，反正医生已经说住不住院随便她自己。

只是晚上回到酒店时，那张比病床大了许多却空空荡荡的席梦思床让她彻夜失眠。

这一晚，阮东廷没有回房间休息。

他就待在秋霜的病房里，和被派过来照料她的张嫂一左一右围着病床。待秋霜睡过去后，张嫂悄声问他：“先生，太太那边……”

阮东廷垂下眼：“你说呢？”

张嫂不敢妄自揣度他的意思，直到阮东廷又开口：“我是你看着长大的，张嫂，你说，我该怎么选择？”

那口气似迷惑亦似无助，张嫂这才大胆道：“其实我觉得，先生心里还是爱着秋霜小姐的，只不过碍于老夫人、碍于秋霜小姐的病，又碍于太太这些年对你的好，才没有表现出来。可现在秋霜小姐的病都好了，先生，我觉得，你也该替自己考虑考虑了。”

“嗯。”他垂头，在张嫂看不到的角度，掀起一抹微乎其微的冷意。

等夜渐深，张嫂也熬不住而趴在病床边打盹时，这个高大的身影才悄无声息地离开了病房。

医院附近有二十四小时营业的咖啡馆。在隐蔽的一角，已有人等在那儿。

待阮东廷坐下，刻意压低的邪魅男音便响起：“怎么样，揪到狐狸尾巴了吗？”

阮先生冷冷一笑：“何止揪到狐狸尾巴？还揪到一只能传达旨意的信鸽。”

“信鸽？要信鸽做什么？”

“对方又开始对恩静下手了，今天那姓刘的律师告诉我，这次的抢劫案并不单纯。”昏暗的光线中，他眼里有冷冽的微光掠过，“一次钻石项链事件、一次恙螨事件、一次抢劫案，Cave，我不能再坐以待毙了。”

“所以呢？”

“所以这阵子，你和你家那位就多帮我看着恩静吧。”

Cave听出了他的言下之意，皱起眉：“你该不会真打算遂了那只狐狸的意吧？万一恩静妹妹要闹起来……”

“就是要她闹。”

“Baron？”

“她要不闹，恐怕对方还不肯相信我的诚意吧？”阮东廷眯起眼，“诚意”二字被他咬得沉重而危险，“Cave，不管情况如何，你一定、务必要确保她的周全。”

这天过后，阮东廷再也没有回过恩静的房间。一天二十四小时，他要么在酒店的办公室里，要么就在何秋霜的病房里。于是没过多久，好事的娱记们又揪到了小辫，开始高调宣扬起“阮何复合”的消息来。

“岂有此理！”秀玉怒气冲冲地摔掉报纸。这阵子的闹心事一件接着一件，吵得她头痛，谁知这会儿又出了这档子混账事，“不像话的东西，真是昏了头了！恩静，你马上打电话让他到我的房间来！”

可恩静纹丝未动，直到妈咪又唤了她一声：“恩静？”她才回过神来说：“他……算了吧。”

“什么叫算了吧？那混账东西……”

“妈咪，他陪何秋霜去厦门了，昨晚……Marvy在机场遇到了他们。”

秀玉紧紧按住太阳穴，头又开始痛了。自从初云过世以后，她的身体就每况愈下，一碰上不顺心的事就开始头痛、胸闷。

所以恩静不敢向她描述那个情景——就Marvy昨天义愤填膺地向她转述的那个情景：“那个女人竟全程都挽着阮浑蛋的手，旁边还有记者在拍呢！当真连脸都不要了？”

她空洞的目光顿在了某一处。

其实已经很久没有看到他了，就像是两个毫无关联的人，每天都生活在同一个屋檐下，只是不再相遇。

直到入厝那一日。按老规矩，搬入新居时宴请的宾客越多，人气越旺，则日后必定家旺业旺人事旺。

自初云过世以后，秀玉已无精力再去打理这一切，全权交给了恩静。

只是这厢她周到地邀请了应该邀请的人，那厢新居的男主人却迟迟没有出现。

秀玉在宴席快开始时叫来恩静："那混账东西是怎么一回事？就连今天也不打算回家了吗？去，快去催一催！"

可恩静给他打了无数通电话，那端却始终提示关机。

"关机怎么了？去酒店找人哪！阿忠——"妈咪手一扬，招来阿忠，"载太太到酒店去把先生给请回来！"

"可是……"

恩静还要说什么，却被秀玉直接打断："可是什么？这种日子，客人全到了，有主人不在的道理吗？真是岂有此理！"

因此恩静迅速带着阿忠，驱车赶往阮氏。其实她也不确定阮先生就在酒店里，只不过现在手机打不通，又没人知道他在哪儿，可寻之处也只有这里了。

而果然，电梯行至顶层，恩静一踏入，便见阮东廷在办公室门口向秘书吩咐着什么。

他面色冷峻，似乎瘦了一些。已经好些天没有见到的男子，看上去就像是被什么烦心事缠身，即使眉头不皱起，也有了浅浅的纹路。

恩静一走近就听到他对秘书说："Cave下午会过来，你将资料转交给他。注意，千万别让任何人碰到这东西……"说着说着，他余光一扫，就看到了逐渐走近的女子："恩静？你怎么过来了？"

秘书恭敬地朝她颔首，恩静亦轻轻点头，转过头来说："你手机打不通，妈咪让我来接你回家。"

"手机没电了。回家？"他像是突然想起有这么一回事，"今天入厝？"手一抬，看了一眼腕表，那上头显示的日期提醒了他今天是什么日子。

可阮东廷看上去像是还有什么事，沉吟片刻后，他走进办公室拿起座机话筒，拨下了一连串号码："我要晚点才能过去，你先去吃饭吧……嗯，家里有事……好，回头再聊。"电话挂断后，他看到门口的恩静正一眨不眨地看着自己："怎么了？"

她移开眼："没什么。"

“走吧，回家。”他走出来，顺手锁上了办公室的门。

明明依旧清冷俊逸，明明依稀是旧日的眉目，可隔了一个多月再来看，恩静却觉得两人之间已经隔了千万里。

“你原本有约吗？”

他“嗯”了一声，电梯门开了，要走进去时，却又听到办公室里的座机响了起来。

阮东廷皱眉，似乎低咒了一句什么，而后对她说：“你等我一下。”又转身回到办公室，接起电话：“张嫂？”

听到这两个字，恩静就知那端来电的人是谁了。今日入厝，这本该忙进忙出的老管家也没回家里来，只因被阮先生派到何秋霜那里去照顾她了。

果然，他听了没多久就出声：“哪儿不舒服？刚刚打电话不还好好的？”

絮絮地说了几句后，他再转身时，原本平静的眉目间添了一丝犹豫：“恩静。”他蹙眉唤她，看着女子似乎已经了然的目光，又说，“你先回去吧，和妈咪说一声，我今天恐怕没办法回家了。”

恩静却只是静静地站在那里，隔着一米多的距离，既没有接话，也没有点头。良久，她才问：“她不是已经换好肾了吗？怎么又不舒服了？”

明明该用讽刺用不屑用愤怒的口吻，可她问出这句话时，声音却是那么轻，那么平静。

不必过多说明，阮东廷知道她已料到方才是谁的来电：“说是药物过敏……”

“你信了？”

他顿了一下。

可你看他的表情，明明他自己也是不相信的。不相信，却依旧纵容着。

她摇摇头，轻轻地笑了——不，不是笑，那嘴角微微勾起，眼角却隐隐有了泪意。她问他，声音依旧是轻的：“告诉我，你陡然改变的态度，一个多月都不回家，就是因为她病好了，你又可以重新选择了吗？”

明明那天在琴房里他跟她说要好好过下去，明明那天做杨枝甘露他吻她时是那么温存，可自从知道何秋霜康复了以后，一切都变了。

他不再温存不再有耐心，他所有的温存和耐心统统物归原主——是的，物归原主！

“阮东廷，你怎么这样啊？”她睁大眼，那么用力地盯着他。那口气，不确定得就像是怎么也想不通眼前这一切。

“是你自己说要好好过下去的，是你说对何秋霜只是照顾的！”她摇着头，就像是没有办法接受这一切，“你知道吗？我真的相信了。明明一开始就告诉自己不要贪心，一开始就告诉自己你是别人的，你却总给我希望，一次又一次地给我希望！”

最终，却让她这样的失望。

她死死地捂着嘴，一步一步地往后退。他进一步，她就退一步，一边退一边摇着头：“你这么大人了，怎么能说话不算话呢？明明知道我那么蠢，蠢得你说什么我都相信……”

可他骗了她，在她将未来编织得那么美好时，将她所有的幻想都打碎了。

阮东廷的面色十分难看，却薄唇紧抿，一句也没解释。

恩静失望地摇着头，还想说什么，门口却传来一声“哎呀”。阮先生眉头一皱，满脸怒火地看向办公室门口：“做什么？”

那处不知何时已围了好几个清洁大婶，大概是在外头打扫时，听到了办公室里的声音，才围过来瞧个究竟的。

恩静心灰意冷地走出办公室。

大婶们纷纷赶在她出门前各就各位，只有那李阿姨看恩静红着眼，担忧地追上来问：“太太，您还好吧？”

恩静摆了摆手，已经累得不想再说任何敷衍的话。

就这样吧。算了吧。什么也别说了。

可这厢她不说，那厢总有人要说。

几天后，终于被何秋霜放回来的张嫂从外头带回了几份报纸。原本恩静也没在意，只是老管家一看到她，便心虚地将报纸藏到身后，反倒让人起了疑。

“你藏了什么？”

“没……”

“拿出来我看看。”一如既往的温和，只是那口吻坚定，却让张嫂不敢不从。

果然，那以他人隐私博得关注的小报上今日的头条不是阮东廷又会是谁呢？那图文并茂的首页上，赫然登着那日她与何秋霜在病房里争执的照片。顾不上怀疑那时怎么会有记者在，她目光一转，又看到了旁边另一张简直可以称得上是温情的照片。

是的，是温情。春光大好，日头大盛，入厝的黄道吉日里，那个本应参加一场入迁仪式的男子正陪着美艳的女子逛名品店。周遭是大好的春光，画面唯美动人，动人得……仿佛那日两席等着他这主人归来的宾客全都不是人！

照片旁边更配上了煽情的文字——正室外室烽火大燃，可显然，阮东廷已经做出了选择。据悉，阮家入迁当日，阮先生阮太太便在办公室里起了严重的争执，婚姻危在旦夕……

她握着报纸的手一颤，在二楼秀玉教育俊仔的声音渐至一楼时，不着痕迹地将那份报纸扔进了垃圾桶。其实也是多此一举，他天天不回家，外头的花边新闻满天飞，妈咪又怎么会不知道呢？

一切仿佛又回到了她嫁入阮家的头两年，他一直不回来，她就一直等在家里。

午夜时分醒过来，摸到身旁冰冷的半边床，她也曾扪心自问：陈恩静，你这样，又算是什么呢？

是啊，又算是什么呢？

入厝的第十天，他还是没有回家。不过恩静知道，很快，有些事就要到来了。

这年的隆冬马上要过去时，因为一个本土品牌的新品发布会，久未归家的阮东廷终于还是回来了。

“阮氏董事长阮东廷今夜亦将偕夫人参加，这是继何秋霜风波后，两个人第一次相偕出现在公众面前……”小道消息的描绘永远比真实的人生更精彩。

所以，有那么多人仍在关注着她的一举一动，她又怎能露出落魄的姿态？

阮东廷踏入房间时，在房门口站了许久。不，不是因为太久没回来，而是乍踏入房间，便看到房里美得几乎令他窒息的女子。

这一晚，她放弃了在名品店订购的黑色小礼服，改穿一袭正红色的露肩长裙。那长裙是用做龙凤袍惯用的布料缝制而成，典雅大方的款式，唯一的装饰是裙角用金丝勾勒出的紫罗兰。他最爱的紫罗兰，一朵一朵，自裙角斜斜地往上延伸至胸口。

精致的花朵，金色的丝线，将恩静衬得越发惊艳，以至于男子走到房门口，恰逢她转过身来，四目相对，他愣在了原地。

是的，那是好久没见的阮东廷。

十天前在他办公室里哭诉的情景清清楚楚地跃入恩静的脑海——“阮东廷，你怎么这样？你怎么这样啊？”

可波涛汹涌的情绪此时全被裹进了这袭正红色长礼服里。她见到他，只是一笑：“还以为你会迟到呢。”

声音中一点儿哀怨也没有，真的，一点点都没有。她只是含着笑拿着包，朝他走过来。

四寸高跟鞋被她驾驭得稳稳当当，她袅袅婷婷地走到这个男子面前：“我已经准备好了。”

如同出水芙蓉，娇艳而甜美，带着红色本身所传达的喜意。

他微微笑了一下：“很美。”

从头到脚的红，连鞋也是红的。她说：“是不是你也和外面的人一样，以为今晚的我会穿一身黑呢？”

那样落寞的颜色，也不是没在他的脑海里闪过。此时的阮东廷却只是牵起她的手，不做正面回答：“这个颜色的确和你很相配。”

稍后的会场上，那么多镜头全对着她，不穿惨淡的白，也不穿落寞的黑，这个喜好冷色调的女子头一回在公共场合穿正红色，竟也能穿出时尚杂志里的味道来。

当然，惊艳了一番后，众人最感兴趣的还是八卦新闻。所以发布会一结束，无数记者的镜头便和话筒一起挤到这对夫妇面前。别人一问一答里全是对发布会的感想，可偏偏缠在他们身边的记者问的却是：“有传言说阮先生阮太太的婚姻危在旦夕……”

不客气的问话让阮东廷瞬间黑了脸，反正他脾气不好全世界都知道。那记者倒也不觉得自己得罪了他，反而再接再厉：“如果传言有假，阮先生是否准备做点什么，让谣言不攻自破呢？”

“是啊是啊！”另一个栏目的记者也随声附和。

更过分的是下一个：“如果阮先生阮太太的婚姻没触礁，那今年怎么都没听说阮先生在准备阮太太的生日宴呢？”

这个最过分的问题，却给了他当头一棒。生日？

蓦地，他转头看向身旁的女子。只是举首抬眉间，众人也就都知道了——是的，阮先生已经完全忘了太太的生日！

农历十二月三十——见鬼了，今天是几号？农历十二月二十九！

身旁的女子却浅浅地漾开了笑，不着痕迹地挽紧了他陡然僵硬的手臂：“怎么会没有呢？要不是阮先生精心准备了这一份好礼，凭我的审美品位，今日也不可能以一身红出场了。”

“难道说……这袭红裙就是阮先生送给阮太太的生日礼物？”

她微微一笑，落落大方得看不出一丝撒谎的痕迹。

自然还是有人不相信的，可已经无所谓了，至少她已经给了他一个台阶下。

这晚回家的车程尤其漫长，从香港岛驶往九龙半岛，车子几乎驶过一整座城市。霓虹灯光落在车窗上，被一条条蜿蜒的雨水分离得落寞而朦胧，她突然开口：“下雨了呢。”他也同时打破了沉默：“这是你第几次替我在记者面前撒谎了？”

曾几何时，他说“你撒谎的能力简直和厨艺一样糟”，可细细想来，其实也不是的。结婚这么多年了，有那么多次，面对无数闪耀的闪光灯，她总能端庄又自然地替他杜撰出子虚乌有的美好事迹。

恩静依旧看着那一条条落寞的雨柱，声音仿佛是愉悦的：“你这么问，是良心发现想报答我吗？”

玻璃窗上映出的男子正看着她，目光深沉。

恩静转过头来：“如果想报答我，那就送我一份真正的生日礼物吧。”

“礼物？”

她就像是心血来潮，清澈的大眼里陡然燃起某种欢愉。她转头吩咐司机：“阿忠，你先回去吧，把我们放在前面的巴士站就好。”

“什么？”阿忠一声低呼，阮先生则瞪大眼睛。

恩静笑吟吟地说：“陪我坐一次巴士好不好？就当生日礼物。”

就像是没有十天前的争吵，就像是没有这几十天以来的冷落，就像是时光大步地将所有龃龉都一跨而过。她拉着他的手，二十分钟后，在双层巴士的顶层，寻到了最靠近车头的座位。

温婉纤瘦的女子拉着她冷峻的先生，好一个温馨的场面。

巴士绕着城市外沿慢慢地走，因为坐得高，那么轻易就能看清整个城市的面貌。璀璨的灯火，飞驰的车辆，川流不息的人潮，这个城市怎么会有黑夜呢？连午夜都璀璨明亮得不输白昼。她看着看着，突然轻轻将头靠在阮东廷的肩头：“你知道吗，其实刚嫁过来的那一年，我好想让你带我把整个香港都走一遍，就坐在双层巴士上，就像现在这样。”

幽幽的发香沁入他的鼻间，恍惚间，竟让人以为又回到了甜蜜美好的那些时日。

阮东廷头一低，也顺势将下巴抵到她的发上：“那你怎么不说？”

低哑的嗓音，温存得如同世间每一个痴情的男子。

“因为那时好怕你啊，所以有什么事都憋着不敢说。憋到最后，就连自己也忘了。”

他笑：“那现在呢，还怕我吗？”

“怕啊！你总是那么凶，又爱装酷，谁不怕你啊？”

她转过头，柔软的双臂突兀却又那么自然地缠上他的脖子。

阮东廷一愣。

在他面前，她似乎还不曾有过这么娇憨的姿态吧？她甚至都不曾在他面前撒过娇。

可今晚，她似乎不一样了。

此时恩静的表情看上去是那么自然也那么愉悦：“我们今晚就一辆巴士一辆巴士地换乘，把香港逛个遍，好不好？”

“好。”

可事实上，换到第三辆巴士时，恩静就已经扛不住困意，靠在他的肩头睡了过去。

巴士上的乘客一点点在减少，从窗外照耀进来的霓虹灯光却绚烂依旧，透过玻璃，跃在女子白净的脸上。

为什么这张脸连入睡时看上去都那么忧郁？他想着，长指慢慢游移在她的脸上，从眉间，到鼻尖，到她微微张开的檀口。终于，在时钟嘀嘀嗒嗒地走到零点时，英俊的面孔和手指一同落到她的耳畔：“生日快乐。”

生日快乐，祝你快乐，这温婉聪慧的女子。明明你值得这世上最丰盛的快乐。

可是你没有，你没有得到。

巴士颠簸了一下，颠醒了原本就睡得不踏实的女子。她迷迷糊糊地睁开眼睛：“到站了吗？还是我睡过站了？”

“你是睡过自己的生日了。”他的声音也好轻，简直是难得的。

恩静娇憨地揉了揉眼睛，对着他笑笑：“我肚子饿了。”

“我带你去吃饭。”

就好似一对年轻的爱侣，还未到谈婚论嫁的地步，只是彼此中意，所以在这最热烈也最暧昧的时分，他愿为她赴汤蹈火，在所不辞。

于是即便已是午夜，他也坚持要为她寻一间闽南餐厅。

更难得的是，这间餐厅里竟然还有人在唱南音。

打过盹的女子看上去神采奕奕，从选座位到点菜全都一手操办。他们挑了个靠窗的位置，正好对着台上唱戏的老生。

已至凌晨，到底是夜太寂寥，还是唱南音的人已疲惫，老生抚着琵琶的动作似有些迟缓。

却不是不动人的。咿咿呀呀，幽婉深情，恩静听着听着，突然笑了一下："阮先生，你还记得我第一次给你唱南音是什么时候吗？"

第一道菜已经被送上来，是泉州人常吃的甜粿，大大的一块被体贴地分成六小份，方便夹取，还有她为他点的清酒。阮东廷抿了一口酒，也没多想，便说："一九八七年吧。我们第一次相遇时，在阿陈的灵堂前，你唱了一个晚上。"

一九八七年?

她嘴边笑意浓浓："刚结婚那年你问过我，为什么就是不肯改口叫你的名字，阮先生，你知道是为什么吗？"她替他夹了一块柔软香甜的甜粿，又替他添满了酒，才含着笑静静地看他，"因为这么叫你，我怕我会忍不住陷入被爱的错觉里。"

她努力睁大眼，看着这个自己爱了近十余年的男子。对面老生悠悠地抚着琵琶，唱着曲，多么像一九八七年，他与她于阿陈灵堂前相遇的那一夜。所有这些都不过是背景，如同她本人，也注定只是他人生中的一段背景。

怎么还会有未来呢?

"还记得刚结婚的时候你说过什么吗？你说，恩静，我不爱你，并不代表我不会爱护你。"

他握着杯子的手微微颤抖，突然嗅到了危险的气息。

而她还在说，连一点铺垫都没有，跳跃、唐突，声音却好轻、好慢，就像生怕重了快了，便要打破这袅袅南音所营造出来的沉静："你说我们会这样相安、平淡地度完这一生；你说何小姐死亡在即，你也没打算再结交其他女子；你说我可以一辈子都不必担心自己的地位。可是我呢？"她顿了一下，嘴角甚至还是勾起的，"我该怎么告诉你，其实从认识你的第一天起，我就一直在渴望婚姻以外的东西？那么多年了，我怎么能以深爱的姿态，每天面对一个不爱我的人呢？怎么可以呢？”

她哭了，毫无预兆地，在夜半微凉的晚风里，在精致的故乡菜式被一道道端至眼前，第二十八个生日到来之时，她哭了。

老生依旧抚着琵琶，咿咿呀呀地唱着，那么熟悉的曲调，婉转如同旧日：“才子为获好缘分，不惜将镜击陷痕。无情荒地有情天……”

无情荒地有情天，无情荒地有情天……

只是天公再有情，也是没用的。如果他对她，并没有她想要的感情。

窗外的雨又开始落下，点点滴滴，被风卷着带至每一张沿窗的餐桌。她盯着手臂上一点一点多出来的雨，竟细微索然得如同无动于衷的眼泪。

她慢悠悠地将目光移到窗外，和着雨声说：“阮先生，再这样下去，我怕有一天，我会恨你。”

他手里握着的酒杯突然掉到了餐桌上，某种恐慌以灭顶之势重重地击到他的胸口。

女子的目光飘忽得再也落不到他脸上，嘴角那抹仿佛快要消失的笑，却始终是存在的。她说：“阮先生。”好轻好温存地再唤他阮先生，然后说，“我们离婚吧。”

这彻夜的温存，这相偕着在一个又一个巴士站辗转，这平淡温馨得如同每一对世俗爱侣的夜，他陪着她走，一路走，可原来，原来是为了走到这样一个结局。

“恩静……”他一时间竟不知该说些什么。

是料得到她会闹的，可怎么也没想到，竟会闹到这样的地步。

恩静却像是没看到他错愕的表情，自顾自地说：“新婚那夜你对我说：‘恩静，我不爱你，并不代表我不会爱护你。’阮先生，你做得这样好，真的，做得很好。”

“这么多年，吃的喝的穿的用的，你什么都给我最好的。可是，可是……一定是我太贪心了。

“是我太贪心了，竟贪心得一直企望得到吃喝穿用之外的另一些东西。

“明明你和我，注定不会如世间其他的夫妇一般啊。”

明明有那么多的情感，那么多对夫妻，恒河沙数中却偏偏出现一对他与她。在无数投桃报李的俗世关系中，十余年来，恒久上演着我赠你琼浆，你还我泪光。

她断断续续地说着，和着酒，和着雨，将这漫漫十余年里的爱恋一句一句道出。

“可是我啊，都是我啊，明明到了这个年纪，竟还抱有不现实的幻想。是我太愚钝了，对不对？

“所以，阮先生……再见吧。”

她拿起包，款款起身前再看了一眼这十余年来已蚀入她心骨的男子。

她与他的距离，看似亲密欢喜得如同眼前的这一桌闽南菜：甜粿、清蒸鱼、佛跳墙，代表着夫妻甜蜜，福寿双全。

可那最终的双全，早已走不到。

走不到了。

第 八 曲

白头偕老共余生

“再给我一点时间，再等等我……”

“我已经等了十四年了，
已经……心灰意冷了。你怎么就
没有想过，一直在等的那个人，
也会累呢？”

雨一直在下，从午夜至天明。

天明时，恩静将这一决定告诉了秀玉，秀玉勃然大怒：“不行！我不同意！”秀玉震怒之中以为是阮东廷提出的要求，一巴掌只差没往他脸上甩过去，“你还有良心吗？还是人吗？恩静是你带来香港的，即使你要离了婚去娶那个女人，我这个当妈的也要把她留在家里，等着你被判重婚罪！”

恩静简直啼笑皆非，可阮东廷一句也没替自己解释。

不知为什么，离婚的消息很快就传遍了全香港，而且所有人都以为是他提出离婚的。人人都说，阮家那个负心汉一见旧情人病好了，就向原配提出了离婚。

全世界都如此口口相传，以至于恩静到律师事务所找人时，受理她案件的律师义愤填膺道：“过分！太过分了！这次我一定帮你狠狠地敲他一笔！”

那个律师有一张标准的娃娃脸，高大的身躯，满脸正气，他看恩静似乎有些疑惑地盯着自己：“哎，我说阮太太，这么快就把救命恩人给忘了？”

竟是上次自己遭到抢劫时救她的刘律师！

恩静何等心细之人，瞬间便想起那天在病房他对阮先生说：“日后有需要用到律师的地方，请阮先生尽管找我就好。”

“这么巧？该不会是阮先生请你来受理这案子的吧？”她问出心中的疑惑。

却换来刘律师的汗颜：“想到哪里去了？他请我受理，我还能当你的律师吗？”

话虽这么说，恩静却觉得似乎有什么地方不对。但她只是垂眸片刻，然后抬起头：“那一切就拜托刘律师了，我先走一步，家里的行李还没收好。”

“现在就要分居吗？这么急？”

她笑而不语。

其实和妈咪说了离婚的事以后，恩静就想搬出去了。只是那好长时间都不回家天天说忙的阮东廷却不知是怎么回事，突然又不忙了，说什么也要亲自带她去找新房子，所以搬家的事才一拖再拖，拖到了现在。

两天后，阮东廷驾车陪她在香港的大街小巷里寻找。这一次，从九龙半岛开到香港岛，几乎是反方向地重复着那晚的路线。路途漫长，两个人却一路沉默，除了未上车时的约法三章：“要搬出去，可以，但我有三个要求——第一，酒店的班要照上；第二，我上门看你时，不能不让我进门；第三，除了我之外，不能让其他男人进门。”

“我们已经要离婚了。”她始终看着前方的车流。

“只是‘要’，不是吗？”

沉默持续到了终点。直到车子停在一套住宅外，下车前，她才轻声开口：“你这样，又有什么意思呢？”

藕断丝连也是需要感情的啊，可他对她，又哪来的感情呢？

搬出来之后，原以为自己的世界会一片安静，可谁知偶尔在深夜该入睡时，她公寓的安全门会被打开。那安全门就在储藏室和通往楼下车库的楼梯间，挺隐蔽的。确定了住处以后，阮东廷就顺手拿走了一套安全门的备用钥匙。

第一次她还有些错愕，他带着水果，提着一个很明显是从家里拿过来的保温壶：“妈咪熬了汤，让我带过来给你。”

她心中不是没有失望的，可面上也只是淡淡地说声“谢谢”，然后接过保温壶，便没有再理他。

他没走，就坐在沙发上看他的文件。直到大半个钟头后，恩静暗示性地开口：“那个，我想休息了。”

他连眼皮也没抬一下：“那就休息吧，我不会打扰你的。”

“……”

第二次再过来，是在一周以后。这次他干脆什么都不带了，只是自己开门进来，随手拿起一份报纸坐在沙发上看。没过多久，恩静就洗好了衣服，提着一桶湿衣服走出来时，看到他，愣了一下。他起身欲替她拿那桶并没有多重的衣服，却被她避开了。他的手生生在空中顿了两秒，之后两个人彻底无言。就这样，他坐在沙发上看报纸，她在书房里看账本。恩静连准备去睡觉时都不再开口让他回去，反正他也不会理的，不是吗？

第三次过来，又是一个星期以后，他还是那副若无其事的样子，在沙发上看着自己的文件。这一次，她终于开口说："不要再来了，好不好？"

有什么意思呢？他和她都已经走到这种地步了。她在阮家时，他成天不回家，夫妻关系早已名存实亡，现在再这么要断不断的，又有什么意思呢？

外头的人都说，是他不要她了，他有了新欢——不，他选择了旧爱，"阮氏""何成"即将联姻。很多时候，他陪着那个女子从商场辗转至舞会，大报小报笑称："已经可以称她为'阮何秋霜'了吧？"

阮何秋霜，阮何秋霜啊——你看，原来，连这个社会都承认了她。

阮东廷在听到这句话时，却只淡淡地抬了一下眼皮说："恩静，我们还没有离婚，我偶尔来看看你也是正常的。"

"我不需要你来看我。"

"可我需要。"

可他需要？为什么需要？为了两个人还没签字离婚？为了随时可能将他谴责成负心汉的舆论？

她笑了，忍无可忍地笑得那么讽刺："是不是我一直没有表达清楚？阮先生，我不仅不需要你来看我，我也不想让你来看我。"

无辜的报纸终于"哗"的一声被愤怒地合上，并被扔到了一旁。

那个高大的身躯倏地站起："一周就一次！一周一次都让你那么痛苦吗？"

她背对着他，从他扔了报纸冷了脸后，她就背过身去，不声不响地僵在那里。

"看着我！"他愤怒地过来扳她的脸，"我都来过那么多次了，没有一杯水也没有一句话，现在……"他突然噤了声。

被硬扳过来的那张脸上什么时候淌满了沉静的泪，他全然不知。或许是在他摔报纸的那一瞬，又或许是在她说完不想让他过来的那一瞬。

明明泪水肆意地汹涌着，可声音却还是平静的。"不是一周一次让我痛苦，是见到你，"她顿了一下，"是见到你……让我痛苦。"

灼热的液体仿佛烫伤了他的手背，他耳旁只有她绝望的声音：是见到你，让我痛苦。

自那次以后，他再也没来过。

香港开始进入春季，偶尔雨，偶尔阴，乍暖还寒时，最难将息。

许是染上了流感，她突然发起烧来，猛打喷嚏。她跟杨老请了两天假，在家休息，急着处理案件的刘律师赶紧抓住这个空当。她说发烧了不想出门，他干脆就上门来同她谈离婚的要求：“你想要多少财产？我听说阮先生去年在浅水湾置了一套豪宅……对了，要股份如何？我看要阮氏的股份最实在，不会坐吃山空。”

恩静却兴趣寥寥：“我什么也不想要。”

“怎么可以不想要呢？我收费很贵的，什么也不想要你还怎么给我付律师费？”

“……”

“你再好好考虑考虑，别傻了，都什么年代了，还讲求全身心奉献啊？”他说着，又像是想到了什么，“那家伙昨晚才在尖沙咀包了一家餐厅给何秋霜庆生呢！婚都还没离就那么嚣张，得狠狠敲他一笔，别便宜了那个浑蛋！”

她目光一滞，原本凝聚在脑门的热力突然间扩散，散向四肢百骸，灼热的高温几乎烫得人喘不过气来。就在那一瞬，就是那么一瞬，突然，安全门被人打开了。

她愣在了那里。

携着三十九度的高烧，愣在了那里。

有多久了？这扇门除了她包里的那把钥匙以外，再也没被第二把钥匙开启过。

只是那进门的人一看厅里除了恩静之外竟还有旁人，而且还是个男人时，那对眉迅速拧起：“你来做什么？”

是阮东廷。这有着低沉质感的声音，又永远能不悦得那么理所当然的，除了阮东廷外还会有谁呢？

刘律师笑眯眯地答：“来做什么？当然是来和陈小姐谈怎么敲诈你啊。”

“出去！”

“可我们还没谈完呢。”

“我让你出去！”

刘律师竟然不怕他，甚至还使出了看家本领。“据我所知，这套公寓登记在陈恩静小姐名下，按香港法律，使用权归陈小姐所有，也就是说，如果陈小姐没有要求我出去，阮先生，”他一张娃娃脸笑得挺欢愉的，“那就抱歉了。”

这娃娃脸也不知怎么回事，前阵子才热络地想拉阮东廷当自己的客户，今日就在这儿嬉皮笑脸地挑衅。

恩静却不想再蹚这趟浑水。这边刘律师转过头：“陈小姐，别赶我走啊！”那边阮东廷冷厉的目光已经射过来，仿佛在说“你敢”。

她微微勾了嘴角。这个人哪，为什么在任何时候都能把占有欲表现得这么理所当然呢？

她没有理会那两个人，干脆转身，走进房里。要斗就让他们俩去斗吧，她发烧至三十九度，也再没有力气去理这些混乱的事。

只是她前脚刚移到房间里，后脚便听到“咔”的一声开门的声音。熟悉的气息自后方袭来，根本不需要猜那人是谁，她的细腕便被他拉过来，温热的大手同时探向她的额头：“杨老说你发烧了？”

却被恩静不着痕迹地避开了。

刚刚刘律师的话逼上她的脑海，那家伙昨晚才在尖沙咀包了一家餐厅给何秋霜庆生呢！

那么可笑，她直到今天才知道，原来何秋霜的生日跟她不过相差一个月。可一个月前的生日，他得到了自由，一个月之后的另一个生日，他便在豪华地段大设宴席，是在庆祝这得来不易的自由吗？

既然如此，他现在又来做什么？

那只被拒绝的手根本就不理会她的拒绝，又要探上来，这回甚至还用另一只手将她禁锢住：“生病了就要去看医生，一个人还这么不懂得照顾自己？再这样下去，我干脆让用人过来照顾你好了。”

“不必了，只是小感冒。”她再次用力，却怎么也挣不开他的手，反倒弄得阮东廷挺不耐烦：“做什么？几岁了还耍小孩子脾气！生病了就要去看医生，连这点常识都不懂凭什么搬出来住？明天我就找个人过来照顾你，要不你就搬回家……”

“够了！”上次都已经闹成那样了，这人怎么还能若无其事地来她家说这种话，“阮先生，我们已经要离婚了！要、离、婚、了，你没听懂吗？”

“要离婚了？”他不怒反笑，看上去就像是明白了什么，“就因为要离婚了，所以迫不及待地让新欢进门，让那个浑蛋在我面前嚣张吗？”

“你说什么？”她简直不敢相信自己听到的话——新欢？

太可笑了！

“什么叫新欢？有新欢的到底是谁啊？”

那家伙昨晚才在尖沙咀包了一家餐厅给何秋霜庆生呢，昨晚才包了餐厅给那女子庆生呢！

太可笑了！

她用力一甩手，冷不防将他握着自己的大手给甩开，没等阮东廷反应过来便走出房间。刘律师已经走了，她穿过大厅走到大门口，一把将大门狠狠地拉开，然后怒目瞪向还站在房门口的阮东廷：“出去！”

阮东廷以为自己听错了：“你说什么？”

“出去！”

“见鬼，你看我出不出去！”高大的身躯倏然穿过几十平方米的大厅迅速来到她跟前。“砰”的一声，大门被怒不可遏地关上，又锁上，然后她眼前一乱，整个人被这浑蛋打横抱起，重回房间，被丢到床上！

直到看见他疯了一般扯着自己的领带，恩静才嗅到危险的味道：“你要做什么？”

她慌了，高大的黑影却已经跃到了床上。

“走开！你要做什么？走开……”

“想得美！要离婚是吗？好，很好！我就老实告诉你吧，从你提出离婚的第一秒开始，我就没想过要同意！陈恩静，这辈子你都休想和我阮家撇开关系！”

“阮东廷！”

“闭嘴！谁准你连名带姓地叫自己先生的？”

她简直快要疯了！这个野蛮人竟然扯下领带就将她的双手捆到了床头，想到某种可怕的场面，她的一颗心狂跳起来：“你要做什么……”电灯“啪”地被关掉，一瞬间，黑暗笼罩了整个房间。

“阮先生、阮先生……”她好怕好怕，双手被捆，黑暗笼罩。

可许久后，原本悬在她上方的男子才缓缓地俯下身来，将下巴搁到了她的肩上。

他什么也没做。

他灼热的气息喷在她的脖颈间，那狂躁的声音随着陡然而至的黑暗沉下去：

“再给我一点时间。”

“什么？”

“再给我一点时间，再等等我……”

她的眼泪突然涌出眼眶。“等你成年了，我就来娶你。”一九七九年，她十四岁时，他这么说，于是年少的她将这句话捧到心尖奉为圣旨，从十四年前等到十四年后，最终等来一个无心的人。

如今的她，二十八岁，一个女子全部的青春即将逝去之时，他还是叫她等他。

她该怎么等？又还能怎么等呢？

她与他之间，隔了千重山万重水，隔了漫漫十四载人生路，艰辛地熬到现在，竟还是无缘。

“阮先生，”她闭上眼，“我已经等了十四年了，早已……心灰意冷了。”

他掌心一震：“恩静……”

“你怎么就没有想过，一直在等的那个人，也会累呢？”

是啊，他怎么从来就没想过呢？

“因为那个等待的人一直给了你太多太多，所以现在只要少了一点点，你就无法忍受。可是阮先生，你是否想过，你给她的，一直也就是这么少啊，甚至是更少。可你从来也没有想过她有多害怕，害怕有一天，你突然就不要她了……”

这世间的情感，那么多，然而归根结底也不过是两种：一是你投我以桃我报之以李；二是你赠我琼浆，我还你泪光。

他曾经一度以为他们的婚姻关系属于前者，原来在她看来，却是完完全全的后者。

这一晚他没有离开她的房间，也没再做什么，只是抱着她一整晚，抱着她柔软却虚弱的身子，抱着她脆弱却坚持的决定。

一整夜，那么紧。

只是第二天醒来时，她已经不见了。

他的怀抱空了，床上只有他自己。跑出房间时，整个大厅也空空荡荡的。他再跑回房，拉开衣柜——空了，里头她常穿的那几套衣服消失了。

说来也是可笑，明明是在他怀中消失的，可阮东廷还是将电话打到各处，妈咪那儿、Marvy那儿，甚至还没上班的杨老也接到了他的电话。

“有有有，太太刚刚才打电话给我，说她身体不舒服，想请假几天……”

“有没有说去哪儿？”

“没有啊……对了，通话时我好像听到飞机起飞的通知，难道是在机场？”

他挂断电话，随后火速拨了一连串号码：“马上派人到机场，太太准备搭飞往厦门的航班。你找两个可靠的人，务必全程保护！”

她去了泉州。

从香港坐飞机到厦门，再转大巴回泉州，熟悉的闽南语和着海风腥湿的气味，从四面八方灌入她的感官世界。

在客运中心等候大巴时，她买了一份报纸，当地的小报。可也是讽刺，那报纸一摊开，首先映入眼帘的竟是阮东廷与何秋霜在尖沙咀庆生的照片。拍得好清晰，俊男靓女亲密无间，正一起将香槟注入精心排列的酒杯里。好一场盛大的生日宴，报上写：“这是何秋霜大病初愈后两人共度的第一个生日”“阮何联姻指日可待”“强强联手欲创酒店行业新辉煌”……

大家已然忘了，他背后还有一个未签字离婚的阮太太。

她将报纸扔进了垃圾桶。

隔了六百四十公里的路程，那信息还是大张旗鼓地传到了这里，是不是代表着就连远在故乡的人也都知道了这场可笑的变故？

是的。

回到家时，阿妈正在后花园里浇菜。这栋典型的闽式小别墅是结婚那年阮东廷雇了师傅过来建的。后头一大片花园，勤劳的爸妈都拿来种菜了。

就像是心有灵犀，浇菜的阿妈突然从满眼青翠中抬起头来，然后，愣住。好半晌，阿妈怔怔地丢下手中的水管：“恩静？是恩静？”她不敢相信地擦了一下眼睛。

“阿妈……”她的声音好轻，是归乡情怯吗？看着阿妈惊喜的样子，恩静突然握紧了行李箱，仿佛不这么做，两只手便不知该搁到哪里。

“真的是恩静啊！老头子，恩静回来啦！”阿妈高兴地穿过菜园跑过来，可跑到一半，看到她身旁的行李时，那由衷的笑就僵了一下。突然间，就不是那么由衷了。

是不是连家里也知道了那些事呢？

恩静强撑的笑说不清是心虚还是无措：“阿妈，我……”

“没关系，没关系！回来就好，回来就好！”可阿妈避开了她的眼，匆匆替她拖起行李，快她一步转身走进屋时，一只手往突然湿润的眼眶上揩了揩。

原来避开她的眼，是为了不让恩静看到自己陡然而出的泪。

原来家里也已经听到了风声。

“老头子，恩静回来了！”中气十足的声音穿透了厅堂，阿妈又强打起精神。可里头许久也没有动静，直到恩静跟在她身后进了屋，才看到爸爸正僵硬地站在里厅。看到她时，有一瞬的难以置信。

可很快，就和阿妈一样，他的目光在掠过了她的行李箱之后，迅速露出了满脸的笑：“回来就好，回来就好！”

回来就好，可她知道，他们都不怎么好。

那个年代的闽南，离婚是多严重的一件事啊。

可他们谁也没有提。

大哥还没回来，厅里只有她和父母。阿妈从进屋后就不停地絮絮叨叨：“得煮点好吃的，我们恩静最爱吃阿爸做的清蒸鱼和蚵仔煎了。不行不行，刚回家，得先吃点汤圆啊……”

而爸爸呢？在妈妈的絮叨中，默默地将恩静的行李拖进了她的房间。

自嫁到阮家以后，她又在这房里住过几次？可房间干净整齐得就像她昨晚才离开。妈妈说：“你阿爸啊，每天都要把你的房间打扫一遍，说万一恩静突然回来，才不会没有地方住啊。尤其是最近看到那些报纸……”她不敢再说下去了。

那一晚，吃完汤圆后，爸爸就称困先回房去了。她和阿妈在餐桌前漫无边际地聊了好久，终于，阿妈绕到了重点上——阿妈那么小心翼翼，生怕一不注意就会让她伤心般，轻声问：“所以你和阿东，就这样了吗？”

恩静沉默了。

所以她和阮先生之间，就这样了……吗？

大概，是这样吧。

其实爸爸还没睡，恩静回房时路过他的房间，就看到他背对着房门，默默地坐在桌前。房里灯光昏暗，却清楚地照出了父亲满头的白发。他面前放着一个大红色的首饰盒，只看一眼，恩静就死死地捂住自己的嘴，差一点，只差一点点就要哭出声来。

那是一对龙凤手镯！闽南女子出嫁时，父母最常赠予的陪嫁！

原来他一直都留在身边，连大哥结婚时都没有送出去。

就像是察觉到身后站着女儿，背对着恩静的父亲说：“你办喜宴的那一天，阿爸本来是要将这对龙凤镯给你的，可一看到那边送来的金链和金条，又觉得它太寒碜，所以便收回来了。都是阿爸不好，不该收回来的，这对龙凤镯，你阿妈是带到关帝庙去过了炉的，说是可以保佑你幸福，可是爸爸没有给你，所以你才不幸福。这些年来，原来，你一直都不幸福……”

“对不起，爸爸……”她死死地捂住嘴，怕哽咽的声音一冒出，就会让老人难过。

老人的声音却比她想象中更加难过：“对不起吗？可是你知道自己最对不起爸爸的是什么吗？”他一个字一个字地说，“是你离开了爸爸，去了那么远的地方，却过得这么不快乐……”

“对不起，对不起……”

爸爸的身影为什么看上去那么孤独？那还是曾经乘风破浪奋战在海上的男人吗？为什么他看上去那么老，那么寂寞？

这些年以来，她离乡背井，横跨河山，离开了从小就疼爱她的爸爸，到底是为了什么啊？

阿妈说，因为泉州的陪嫁风俗，阿爸从她十岁起就开始攒钱。收入原本就那么少，可他宁愿晚餐不吃，午饭少吃，也执意要买这一对龙凤镯，就为了在他的女儿出嫁那一日，给她办一场体面的婚礼。

可是她，为人子女，竟连父亲最微小的愿望，连作为父亲最基本的期望，也没有办法满足。

这些年来，她过得……原来，一点也不快乐啊。

深夜的风漫过海平面，徐徐拂向雾气蒙蒙的沙滩。她独自一个人沿着长长的海岸线一直走，呼吸着许久不曾呼吸的腥湿的海风。

这是离家不远的海滩，凉风习习，真正的如沐春风。她闭上眼，深吸一口气，身后突然传来熟悉又欣喜的声音：“恩静？”

回头就看到大哥正提着个精致的甜品盒朝她走来：“阿妈傍晚就打电话给我，说你回家了，可这阵子我工作上的事又特别多。”他欣喜地将甜品盒递到恩静手上，面上一点也没有下午爸妈看到她时僵了一僵的表情，“来，大哥买了甜点将功赎罪。”

恩静微笑着接过那个粉红色的精致盒子，对于大哥再自然不过的反应，心里不是没有感激的：“看来公司的生意很好吧？听阿妈说你最近天天加班。”

原不过是一句平凡的开场白，谁知却收到了最不想接收的回应，大哥顿了顿：“其实之前的公司已经关闭了，现在的事业，”他盯着恩静，“是妹夫投资做起来的。”

恩静愣了一下，目光似有片刻的呆滞。

远方突然传来了一阵热烈的欢呼声，恰好解救了她不知该搁到哪里的目光。那是一对男女，在众人的欢呼下，男子半跪在沙滩上，举着戒指向女友求婚。恩静的双脚不由自主地往那对甜蜜的人移过去。移到时，正好听到那男子浪漫地问女子：“选择爱，或是百年孤独？”

原来，爱是一百年都不让你孤独啊。

她垂下头，突然自嘲地笑了笑，爱或百年孤独？

其实遇上错的人，爱即百年孤独。

大抵是看出了她的心思，大哥急忙拉住她：“其实妹夫对我们还是不错的，真的！你看这些年来，他为爸妈、为大哥、为家里做了那么多事……”

“别说了，哥。”

“不，有件事我一定要和你说！”大哥却固执地拉着她的手，“还记得那三十万的事吗？你也知道当时大哥是被那个何秋霜骗了，她说是你让我找她拿的钱，本以为妹夫不会信我的话，谁知我把事情向他说明以后，他不但替我把钱还了，还出钱资助大哥做其他生意！恩静你说，要是换了其他人，真能对大舅子这么好吗？”

“你是说……”

“对！事实就是你听到的这样！恩静，你到现在还不知道吧？因为妹夫说这些事没必要让你知道，所以大哥才一直没有告诉你。可是恩静，这件事是真的，而且这么多年来，他为这个家、为爸妈、为大哥做的，根本就不止这一件啊！恩静，恩静……”

她垂下了头。

那方浪漫的求婚大概是成功了，热烈的欢呼声几乎要震醒这个沉睡的夜。烟花随着那一阵欢呼声，“砰”的一声，点亮了沉寂的苍穹。

原来爱也能被演绎得这样轰动绚烂，可这世间的绝大多数人，都在讴歌着可歌可泣的故事，却过着平凡的人生。

如她，如她这一生。

“大哥，你不知道，我和他之间……”沉沉的尾音淹没在一片喧闹里。

许久之后，两个人才又开始缓慢地行走，依旧是沿着海岸线，一步一步远离热闹的人群。

大哥叹了口气：“所以，你真的不肯原谅他了，是吗？”

她无言以对。

海风咸咸的气息依旧一波又一波，吹了好久，大哥才突然拍了一下脑门：“看我这脑子！来来，红豆粥都要凉了。”

他随便选了个地方坐下，同恩静一起将那个精致的甜品盒打开，里头有两小碗红豆莲子羹及两块cheese cake，恩静笑道：“这么晚了甜品店还开着？”

“怎么可能呢？是晚上和客人到酒店谈业务，想到你最爱吃甜的，才打包的。”

可嗜甜的恩静却在一口cheese cake下肚后，瞪大眼睛，顿住了动作。

“怎么了？”

“这芝士，”她几乎是震惊地瞪向手中的甜点，“是在哪家酒店打包的？”

没等大哥回答，她又垂头喝了一口红豆莲子羹，瞬间，整个人如遭雷击。

大哥答道：“何成酒店。”

何成？！

恩静突然站起，几乎像只无头苍蝇般寻找回家的方向。

“怎么了？”大哥被她吓了一跳。

“这甜点……”她的声音几乎是颤抖的，就像突然间参破了巨大天机，就像这辈子都活在巨大的谜团中可又倏然清醒。难怪阮家会有那么多摄像头，难怪要安在厨房、酒窖、甜品间，她早该想到的！自己真是个蠢货，早该想到的！

“大哥，快把手机借我一下！”她的手机里装着的是香港的电话卡，一过关便无法使用。

几乎是以最快的速度将电话拨至妈咪那儿，也顾不上此时夜深人静，妈咪很有可能已经入睡。电话一接通，她便急忙开口：“妈咪，我知道为什么何秋霜要在家里装那些摄像头了，我刚刚吃到了何成酒店的甜品，竟和阮先生之前给我们做的一模一样！”

他做的cheese cake有特别柔软的上层，奶酪香里混进柠檬淡淡的气味，还带着点奇特的苹果香。她不是没吃过芝士蛋糕，可就是这道奇异的苹果香，让她在刚入喉时，便想起“阮东廷”三个字。

而大哥今晚从何成酒店买回来的cheese cake，就有这种独特的苹果香。

还有那碗仍温热的红豆莲子羹，跟那天早上在阮家吃到的有什么区别吗？

没有，简直一模一样！

难怪！难怪何秋霜要在那么多和餐饮相关的地方安装摄像头，“狗仔队偷拍阮家夫妇的真实面目”？呵！天大的笑话！根本就是她何秋霜在替何成酒店偷阮氏的烹饪秘方啊！

可现实的丑陋远不止如此，那端妈咪的声音听上去一点睡意也没有，在她一句话落下后，开口说：“恩静，Marvy有话要跟你说。”

“Marvy？”

“嗯，她在我这里。”

凌晨了，Marvy还待在阮家？是不是发生了什么？

不祥的预感就这么涌上心头，直到她听到好友说：“何秋霜找到不在场的证据了。恩静，初云出事的那晚，她说她去了药房，药房的监控视频能证明她的清白。”

“怎么可能？”她错愕了，“那初云之前和我说的话都没用了？”

“我也是这么想的。”好友的声音听上去比她要冷静得多，大概是经过了反复咀嚼，这消息再出口时，已如同被嚼烂了的剩菜，色香味俱无，“可是据阮总说，那视频是药房的监控摄像头拍到的，说是初云遇害时何秋霜就在医院里拿药。”她顿了一下：“恩静，就是环孢素。”

她的一对眉越拢越紧，直到最后，话筒里的声音由好友的换成了妈咪的：“现在的问题是，那视频被阿东藏起来了。而我们需要先找到那段视频，才能确认其真实性。”

“所以……”她不明白妈咪的言外之意。

“恩静，那装着视频的软盘，就藏在阿东买给你的公寓里。”

原来如此！看来今夜她要是不打电话回去，明天也肯定会接到妈咪的电话。只是那公寓……

“妈咪的意思是，让我回香港找软盘？”

“正是。”

她沉吟片刻，最后说："妈咪，小区管理员那里有我公寓的钥匙，我可以让Marvy去拿。"话说完后，她沉默了。

妈咪也沉默了。

该说什么呢？"你不回来吗？""为什么不回来？""恩静，你回来吧。"

可明明大家都知道她离开的原因。一纸离婚协议还没签，原以为近日便会着手解决，她却突然离开了，连见也不想再见那男子一面。

"恩静，你真的……不会再原谅他了吗？"

妈咪最后那句话和大哥的如出一辙，人人都问她是否可以原谅他，可他又做错了什么，需要她原谅呢？

有一句老话是这么说的：你没有错，只是不爱我。在听到妈咪最后的那句问话时，突然之间，她的脑海里便闪过了这一句。

然后，她自嘲地笑笑，挂断电话。

Marvy的办事效率向来值得钦佩。第二天她就到恩静的小区去，只是跟小区管理员论了半天，都论不出个所以然来。大抵是阮东廷之前有吩咐，无论谁来问钥匙，都不能给。所以那小区管理员坚决地拒绝了，就连恩静亲自打电话过去，都无法说服他。

"我看你还是回来吧，难道你还看不出阮东廷的用意吗？"

钥匙只有她和他有，不让小区管理员再给第三人，又偏偏要把东西藏在她的公寓里，不就是为了逼她回去吗？

恩静没有回答她。

隔天妈咪打来电话："恩静啊，回来一趟吧。阿东那孩子也不知天天在忙什么，十天半个月都不回家，我见他一面都难于登天。可初云是我身上掉下来的肉啊，现在那证据就在你的公寓里，你就当帮帮妈咪，就当同情一个丧女的母亲吧……"

她还能说什么呢？

同样的路程，不过是沿着相反的方向：乘大巴至厦门，再从厦门乘飞机至香港。离别数日，这座城市依旧车水马龙。

改变的，不过是人的心境罢了。

恩静直到夕阳快落山时才回到公寓。她一路舟车劳顿，却顾不上休息，一进门就开始寻找起那传说中的软盘来，趁着最后一丝霞光还挂在窗边。

是的，她不敢开灯，就怕屋里的灯一亮，那个小区管理员就会通知阮东廷说她回来了。

她不要那样，她要悄悄地来，找到东西后悄悄地走。

于是她一路从书房找到卧室，在那最后一缕霞光即将消失时，她竟真的在梳妆台的抽屉里找到了一张软盘！迅速打开电脑，将它装进去读取，很快，那一小段摄于药房的视频便映入她的眼帘，晚上九点四十二分！竟真的是九点四十二分！

九点四十二分何秋霜竟然出现在药房的监控视频里？就在法医判断为初云出事的那个时间？怎么可能？

会不会有假？会不会被人动了手脚？会不会那个人根本就不是何秋霜？

可她的手方摸上鼠标，想将那视频扩大点看得清楚些，一道黑影已无声无息地走进卧室。恩静灵敏地嗅到了熟悉的古龙香水味，可已经来不及了，骇人的力道猛地挟住了她！

是阮东廷！他竟按住她移动着鼠标的手，然后以公主抱的姿势将她整个抱起！

“阮……”

“在做什么？”他的声音是低沉的。离别数日，在这样的场景下再见面，他的口吻竟波澜不惊，全然不同于她的惊慌，一双利眸瞥过视频：“想修改证据？”

“我……”

“还是想毁灭证据？”

他到底在说什么？她不过是想把视频最大化，看得再清楚一些，竟被这人说成了这样！

可阮东廷连解释的机会都不给她，那厢恩静还瞪着眼不知该怎么解释，这厢他已经长腿一迈，抱着她离开了公寓。

“阮先生、阮先生……”

“闭嘴！想引来全世界的人围观吗？”

不想引来全世界的人围观的男人依旧没从大门走，只是打开储藏室的安全门走了出去。

阿忠和车子早已等在安全通道口，见到酷酷的老板和越挣扎越愤怒的老板夫人，那厮只是眼观鼻鼻观心，就像是早料到了会有这么一幕——对，螳螂捕蝉，黄雀在后！阮东廷最常用的一招，当初他不也是用这一招将那群记者耍得团团转吗？

可今天，被耍得团团转的人是她！

阿忠将车一路驶到阮家，诡异的是，这素来有用人忙进忙出的大宅子今日一个人也没有。

她不禁有些慌："你带我来这儿做什么？"家里一个人也没有，而他还抱着她，双腿一秒都没有停，直接就往二楼的房间里走去。

"你要做什么？放开我！放开我啊！"

可阮东廷面色平静，长臂如同上了锁，紧紧箍住她妄图动弹的四肢。进了房，踹上门，恩静只觉得一阵天旋地转。顷刻间，竟被他抱着坐到了沙发上——不，不，描述错误！而是他坐着，却让她趴在他的大腿上，面朝着地板！屁股朝天！

"知错了没有？"一个冷峻的声音从头顶传来。

可她哪还有心思去回答啊？这羞辱的姿态完全突破了她的忍耐限度："放开我！"

可刚要挣脱，就听到"啪"的一声，恩静僵住，只觉得天地间"轰隆"一声，所有理智瞬间燃烧殆尽——他竟然……

太！过！分！了！他竟然像教训小朋友一样打她的屁股！

恩静感觉臀部火辣辣的，那是阮东廷的杰作！

"说，错了没有？"他竟然还问。

"你……你……"她气得连话都不知该怎么说，"你简直不可理喻！"

"啪！"

于是屁股上又挨了一下。

她真是要疯了："阮东廷！"

"就冲你连名带姓地叫自己的丈夫，我就该多给你两下！"

眼见着那只手竟真的又扬起，这回恩静再也顾不得形象了，使尽全身力气就要从他腿上挣扎着起来。他越用力，她就越挣扎，最后甚至嘴一张，往他手上就是一咬。

只一瞬间，女子便逮到了机会，挣扎着起身。

可是没用。

温热的气息又迅速笼罩上来，还没等她反应过来，他便将她整个圈入温暖的怀里。

"阮……"

之后的字眼再也没机会说出口，因为某人的唇已经不由分说地吻了上来：“张嘴！”

疯了。

真是疯了。

绵长而固执的吻，从强硬渐至温柔。他一只手牢牢地固定住她的后脑勺，她的心跳得好快，“怦怦怦”，想开口叫他停下，红唇却被整个含住。渐渐地，那强势的亲吻缓了下来……

“别闹了，嗯？”他的声音低沉而浑厚，如同楼下酒窖里那一排排酝酿太久的琼浆，是那般醉人。

只是一只手仍牢牢地禁锢着她的后脑勺，容不得她半点挣扎。

恩静狂跳的心突然之间就随着他轻下来的动作缓了下来。

也不知过了多久，才又听到一声喟叹：“见鬼，竟然离开我那么久……”

就像是在对她说，又像是在自言自语。

他不再粗暴，原本牢牢禁锢住她后脑勺的手不知何时已经松开：“你知道有多少次，我都差一点就跟着你飞去泉州吗？”

薄唇还抵在她的嘴角，吐出的话语暧昧不明。

却让她身体里的每一个细胞都脆弱了：“你不要哄我，我会……”

我会……当真的。

可她没机会说完整句话，男子的唇又吻了过来。这一回，大手开始在她的后背游移。她虚弱地皱起眉，那唇便游至她眉间。她方开口：“你的手……”薄唇又移过来，吞没了她所有的叹息。

随后，是一整夜的混乱。

恩静怎么也想不到最后会发展成这样，游移在她后背的手越来越放肆，他的唇也越来越放肆。她逐渐衰弱却还想做垂死挣扎，还妄想拉开他的手：“手拿开……”

“不拿。”

“不要碰我……”

“办不到！”

“阮……”

“还闹！是想把全家人都招来参观吗？”

到底是谁在闹啊？她简直哭笑不得。那样威胁的声音，配上那样放肆的手，一层层剥开对方冷硬相对的外衣。

仿佛要到地老天荒，至死方休。

隔天醒来时，恩静简直想挖个洞将自己永远埋进去。羞耻！自己真是太羞耻了！太太太羞耻了！竟然在这种情况下被这个人……

她紧紧闭了闭眼，只觉得自己再一次蠢出了新境界。

身后男子的手臂又缠了上来，带着还没睡醒的咕哝：“这么早？”

东方才露白，怀中的女子就坐起身来，他迷迷糊糊地瞥了一眼挂钟，又将她拉下：“再陪我睡一会儿。”

“阮先生！”

“乖了，”他的口吻好似那日在餐厅里哄Angela，“再等一下，很快就好……”

“什么？”

“嘘——好好睡饱了，待会儿才有精力办正事。”

“……”

真是秀才遇到兵了！

可双手双脚全被这人锁住，就像怕稍有松懈，她就会像上回一样，再一次逃离他的生活。

四肢被禁，面孔也被迫对着他，恩静视线所及，只有男子脸上一点一点扩大的晨光。

那么好看：英挺的鼻，微凹的眼，他大了她那么多岁，可十几年时光匆匆流逝，岁月在他脸上留下的，只有更加沉稳的气韵。这样的男子，让她在年少无知又参不透生活之苦楚时爱上，是多么轻易的一件事啊。

直到房门口传来轻微的敲门声，极轻的，就两下，阮东廷的眼才陡然睁开，再不复方才的惺忪样。

几分钟后，当恩静不知所以地看着他穿戴整齐，然后在他的督促下自己也穿戴完毕后，门口再次传来敲门声。

这一回，还有阿忠低低的声音：“先生，抓到了。”

“怎么回事？”

“什么抓到了？”

“我们要去哪儿？”

一路上阮东廷都紧闭尊口，对恩静提的问题一个也没回答，只是牵着她的手，一路往楼下走。

除了恩静以外，这宅子里的其他人却大多都知道了点零碎——昨天早上阮东廷难得回家，带着一款新研发的玫瑰布丁让妈咪和俊仔品尝。可俊仔嘴挑，说玫瑰布丁做得不够清爽，需要再改进。阮先生说酒店里还缺了点特殊配料，而那配料甜品间里刚好有一些，所以打算明天不去酒店了，就留在甜品间里做试验。

以上都是铺垫，并不重要。重要的是，就在今早，当醒来的恩静被阮东廷再一次拉着躺到床上时，有一个身影悄悄潜入了甜品间。

她的手上有东西，她对这个甜品间是那么熟悉，她极其轻易地就找到了最适合拍摄的角度，然后，她举起手上的东西就要安装。整个过程一气呵成，熟练得仿佛做过无数次。只是就在那个黑乎乎的东西将要被安装到角落里时，甜品间的灯“啪”的一声亮了。

“真巧啊，勤劳的张嫂。”最熟悉、最威严、最冰冷的声音，就在甜品间门口响起！

是秀玉，还有司机阿忠！

那正熟练地将摄像头往墙角上装的张嫂惊呆了。大家不是都外出了吗？老夫人不是带着小少爷出去旅行了吗？阿忠不是请假了吗？这家里上上下下的用人不是都放假了吗？可现在这一切、这一切又是怎么一回事？

她手中的摄像头“啪”的一声掉到了地上，秀玉含怒的声音正好响起：“吃里爬外的东西，枉我这么信任你！阿忠——”

“在！”

“去把先生叫下来！”

当恩静被阮东廷拉到甜品间时，看到的就是妈咪站在哆哆嗦嗦的张嫂面前，严厉得就像是要把张嫂给吃了：“你给我老实交代，前后一共装了多少个摄像头？”

恩静震惊了——张嫂？！

阮东廷的声音里却一点意外也没有，就像是早料到了会有这一幕：“所以，为什么我坚持说事情不是秋霜做的，你现在明白了吗？”

恩静简直错愕得连话都说不出口，那方妈咪还怒火中烧地质问着张嫂：“你说啊，为什么要做这种吃里爬外的事？”她目光有些涣散地看看妈咪，再看看张嫂，许久才回过头来问阮东廷：“你是什么时候发现她的？”

“其实很早就怀疑家里有内贼了，只是一直不能确定到底是哪个。直到那天和你说到恙螨事件发生时，知道你我关系的人总共就那么几个，我才想起来，能在当时把这件事传出去的，除了你、我、妈咪外，就只有这老鬼了！”

难怪当时的他会突然间愣住那么久，任她怎么问都不答：“照你这么说，恙螨的事也和张嫂有关？”

“称不上直接相关，但如果没有这老鬼通风报信，也不会有那些混账事出现了！”

天哪！恩静好震惊，只是震惊之余，又突然想起一件事：那次她建议妈咪装修房子时，妈咪让张嫂去通知何秋霜搬家，结果摄像头当晚就被拆了！她满心愤怒地以为是何秋霜，妈咪也满心愤怒地以为是何秋霜，只因“知道要装修房子的除了何秋霜还有谁”？

可事实上，还有张嫂。她这个蠢货，竟再自然不过地忽略了另一个嫌疑人！

“可初云之前明明和我说过，何成曾经默认过装摄像头的人是何秋霜啊！”

“这就是幕后指使者最高明的地方。”

“幕后指使者？”

“你以为这老鬼要是没有收到好处、没被人指使，她敢在家里做这种事？”

“这么说来，”这一刻，恩静的脑子终于也恢复正常运转了，“张嫂通风报信的对象就是这个‘幕后指使者’了？”

“没错！”他声音冰冷，而后看向那早已吓坏了的张嫂，“送警局，我阮家不做违法囚禁的事。”

“那摄像头呢？”阿忠问。

令人毛骨悚然的冷笑浮现在阮东廷的嘴角：“装上去。”

“东仔！”

他的笑容依旧从容：“别着急，妈咪，这游戏才刚刚开始。”

让阮氏员工们窃窃私语的是，第二天，恩静竟又出现在了酒店的股东大会上！

阮氏的股东们永远不会忘记那个清晨，股东会上无端多出了一名女子。那是早已被各路媒体形容成“阮氏弃妇”的陈恩静。她依旧面色平静，眉眼疏淡，只是，竟赫然坐于阮东廷常坐的位子上！

就在众股东面面相觑时，坐在她身旁的阮东廷开口了："我和陈恩静女士的离婚协议里规定，我手头上百分之七十的阮氏股份，将有六成会划到陈女士的名下。"

整个会议室都沸腾起来："什么？"

百分之七十的六成，那不是总股本的百分之四十二吗？

如果这份离婚协议一签下去，这女子倒成阮氏最大的股东了？

只有中央的两个人波澜不惊，恩静转过头去，轻声吩咐站在她身后的男子："刘律师，麻烦你宣读离婚协议里关于股份的那一条。"

"好的，陈女士。"

会议室里顿时鸦雀无声，方才的哗然全数收敛，只有刘律师的声音缓缓流淌，一字一句："阮东廷先生手上拥有的阮氏酒店的股份，将有百分之六十被分配到陈恩静女士名下，即时生效。陈恩静女士必须接受，并在阮氏酒店里担任实职。如双方任何一人拒不履行，则离婚协议失效；如陈恩静女士在接受股份后出现任何不测，无法接管阮氏和股权，则股权归阮张秀玉女士所有。"

最后一条更离谱的规定，让在场股东纷纷倒吸一口凉气："什么？意思是再一次让阮家老夫人当大股东？"

就连恩静也皱眉，很明显，这是协议书里新添进去的条款，她并不知晓。

刘律师却像事先已和阮东廷通过气，笑眯眯地补充道："前提是，如果陈女士有任何不测。当然，我绝对相信陈女士会健康又平安，所以，股权和管理权还是归陈女士所有。"

恩静看向阮东廷，男子的脸半掩在落地窗外洒进的晨光里，平静得看不出情绪。他补充道："协议书里所提及的实职，是指阮氏的总经理职位，所以从今天起，陈女士调离财务部，到三十九楼的总经理室办公。"

与他只有一墙之隔。

众股东简直惊呆了，恩静也错愕了，可她没机会拒绝。因为很快阮东廷便宣布了散会。

"为什么要调我的职？这一点刘律师并没有和我说啊！"等股东们都退出去以后，恩静飞快地走到阮东廷面前。

"现在不是和你说了吗？"

"你这不是在和我说，你这是在通知我！"

"有区别吗？"

她气得有些发抖，简直不敢相信这人能不可理喻成这样。

你听——

“要么任职，要么取消离婚协议，选哪个？”他的口气那么张狂。

“你！”

“你看，这就是我没有提前通知你的原因。”他两手一摊，仿佛自己的行为是合情合理的，“完全没必要，不是吗？”

太过分了！

当然，他阮某人前脚能出张良计，她后脚就敢搭过墙梯。全世界都以为离婚协议里那条“百分之六十的股权归陈恩静所有”是她这“阮氏弃妇”厚着脸皮要求添上去的，好，很好，那她就再厚脸皮一点——要搬上三十九楼是吗？要当总经理是吗？又有何不可？

新官上任三把火，陈总经理一就职，便在阮氏上下掀起了改革大潮。有些自然是有意义的，比如人事改革，能者居上，且将每年十佳员工的评选范围从高层扩大到基层员工，调动众人的积极性。可另一些就莫名其妙得令股东们愤怒了。比如说，将一贯出现在茶楼、普通茶餐厅的南音，引进到阮氏的早茶厅里。

“岂有此理！我们阮氏可是星级酒店，来往的都是大人物，把这种音乐引进来算什么？”

“难怪早前有小道消息说她是个歌女，我看八成是真的！”

“这阮总也真是疯了，竟由着她胡来！”

“有什么办法？不就为了尽早甩开她，奔赴他的美人窝吗？”

Cave一来到阮氏便听到了这么一堆闲言碎语。在阮东廷的办公室里，素来人贱嘴更贱的他当然不忘损好友：“再这么下去，本少还真是替你的前途担忧啊。”

阮东廷却连眼角也没抬一下，自顾自盯着手头的文件：“两件事——第一，下次进办公室前再不敲门，我会让保安把你架出去。”

“第二呢？”

“第二，有屁快放。”

Cave笑弯了一双桃花眼：“啧啧，粗话都说出来了，看来恩静妹妹的大改革闹得你够呛啊！”邪魅的俊脸移下来，这妖孽，连对着男人都能放电，“要不哥们让Marvy出个面，帮你劝劝她？”

“你以为有用？”阮东廷不以为意地瞥他一眼，这下终于搁下了文件，目光越过空气中的尘埃，不知落到了哪里，“想闹就让她闹吧。她心里有委屈，不闹一闹，也不痛快。”

“股东那边呢？听说现在意见很大啊。”

“那又怎么样？”他的喟叹几不可闻，“既然是我的人，她敢闹，我就没理由不敢当。”

他目光深沉，可Cave一点也没被这深沉感染：“啧啧，真是感人肺腑啊……”可你看那张脸，哪有丝毫感动的痕迹，“只可惜你在这儿深情款款，我们恩静妹妹在那边可是闹着要离婚呢。”

愚蠢的旁人都以为是阮东廷提出的分手，可他是谁啊？是有点贱却一点也不蠢的Cave，一句话便能让万年面瘫冷了脸：“你以为她能离得成？”

“我不知道啊，重点是我们恩静妹妹以为她能离得成呢。”

阮东廷面上一黑，冷厉的目光从眼底射出。下一刻，他的嗓音陡然下沉：“那现在就加快速度吧，我需要你出面。”

可连大少爷还是一副玩世不恭的样子：“哎，出面很费劲的呢，阮总。”

“给你加一成。”

“真的很费劲呢。”

“一成半。”

“真的……”

“别给脸不要脸！”

“好，成交！”

没有人知道这段对话的意思，也好，反正他们也不打算让旁人知道。

这边连楷夫春风得意地从总裁办公室退出来，那边恩静正在早茶餐厅里指挥工人布置南音表演的舞台。

一道靓丽的身影从隔壁的咖啡卡座移过来，怒视恩静：“你可真行啊！是真的要把阿东的心血给毁掉吗？”

当然，面对着别人的产业都能这么颐指气使的还能有谁？恩静都不用转头，便知那必是何秋霜。

“阿津，幕布再往右移十厘米。”她自顾自指挥着工人，全然视何秋霜为无物。

高傲的何秋霜哪能忍受这种态度？

“我在和你说话！”她干脆三步并成两步来到恩静跟前，瞪着这些在她看来简直荒诞至极的闹剧，“在星级酒店里唱南音？陈恩静，你要股份，好，股份给你！你要当总经理，好，职位也给你！可你竟还敢在这里无理取闹，到底凭什么？”

“你呢？”恩静的面色十分寡淡，是那种很明显不把对方当对手的淡，声音也不咸不淡，她说，“门都还没进，就急着摆总裁夫人的架子，请问你又是凭的什么？”

只一句，就激得秋霜怒气大起：“陈恩静！”

身后似有闪光灯一闪而过，恩静淡淡地往那处瞥了一眼：“如果想让阮先生丢脸，就趁那边的狗仔队没收照相机，尽管撒泼吧。”

秋霜立即转过头，可很快就在确认了真有娱记在那边后，俏脸又由阴转晴：“谢谢提醒啊，陈女士。”

语毕，她风情万种地朝着那狗仔队走去。恩静还猜不到她要做什么，就听到何秋霜的声音愉悦地响起：“你们这些当娱记的，我拜托一点啊，像她这么厚脸皮的，股份都给了，总经理也让她当了，还死撑在那里不签字，你们竟然也没人报道，真是……一个个都在做什么啊？”

狗仔队的娱乐嗅觉瞬间被点醒。

陈恩静面色一冷。

第二天，大街小巷里传的都是“阮氏弃妇得了股份却还死撑着不肯签字”的消息。

这简直成了全香港的笑柄。

不，何止是香港啊？几天后，她接到大哥的电话：“阿爸很好，阿妈也很好……”絮絮叨叨一堆后，才问她，“恩静，如果你觉得不好，要不要回家？”

家吗？吾心安处是故乡。可原来，故乡的人也知道了她的丑闻。

“大哥，我的事还没办完，暂时不回去。”

“事？离婚吗？”

“嗯。”

“恩静啊，其实妹夫他……”

“好了，你别替他说话了。”

说再多又有什么用？原本他说了今晚要来恩静的公寓谈事，可下班时间还没到，就因为何秋霜的一句“身体不舒服”，两个人便双双从阮氏消失。

一整夜，她一个人坐在静谧的公寓里，如同那漫长的十余年的等待时光。

静寂如死。如死静寂。

许久，她才打开餐桌上的牛皮纸袋，取出一纸文书，签下了名字。

她培训的南音团队已经能完美地演唱出她和他都爱的经典曲目了，《陈三五娘》《子夜歌》《琵琶行》……只不过还没有正式登台表演过。

约上他进行最后谈判的那一日，恩静只在电话里说：“来茶餐厅验收我的工作成果吧。”阮东廷以为她说的成果只是这一支唱南音的队伍，没多想便搁下了手头的工作。

时值傍晚，午茶已过，晚茶未到，又是下雨天，整个茶餐厅里人影寥寥。

她坐在靠窗的角落里，也不知道要把窗子关严，只是失神地坐着，任细雨绵绵地打湿了她的衣袖。

阮东廷一过来就先替她关好窗子，又皱眉拉起她的手，掏出手帕擦拭她的衣袖：“怎么回事？下雨了也不懂得关窗……”直到黑眸瞥到桌上的牛皮袋，“这是要做什么？”

烧成灰他也认得，那就是她拿来放离婚协议书的袋子。

他的眉倏然皱了起来。此时台上的歌女已经唱了起来，幽婉的弦声如泣如诉：“浔阳江头夜送客，枫叶荻花秋瑟瑟……”

好一派寂寥的秋景，她静静听了两段，才开口说：“阮先生，请你把协议书签了吧，我想回家了。”

这城市的繁华夜景再迷人，终究也不是她的归宿。她想念那座有着腥湿海风的古城了。

阮东廷却看也不再看那牛皮袋一眼：“可以，我明天就让阿忠去给你搬行李，送回阮家。”

“我说的不是阮家！”他明明知道她的意思。

可很明显，他故意装不知道：“不是阮家还能是哪里？”这一次，他冷冷的脸上似乎有了一丝怒意，“恩静，你不把我当先生，也不把妈咪当妈咪了是吗？知不知道自从你搬出来以后，她老人家的日子是怎么过的？”

她当然知道！即使不去探听，因初云的事而时不时到秀玉那儿去的Marvy也告诉过她，老人失去了女儿，现在又失去了中意的儿媳妇，能陪她听歌剧、能给她唱南音、能同她聊天解闷的女孩们一个个都走了。妈咪素来疼女比疼男多，初云走了，恩静也走了，现在一看到阮东廷她就心烦。在阮家，你说不上她有多大变化，厨子却换了一个又一个，皆因秀玉说：“不知为什么，吃不下，没胃口，什么也吃不下。”

她沉默了。

为什么年轻人做的这一切抉择，最终伤害到的都是老者呢？

台上的歌女依旧悠悠地抚着琵琶，唱着：“别有幽愁暗恨生，此时无声胜有声……”不过是半首曲的时间，已有幽愁暗恨生。

“恩静，”也不知过了多久，浓眉皱起的男子才像是做出艰难的决定，告诉她，“我现在其实是有计划的。”

恩静闭了闭眼睛，他有计划，聪颖如她是能料到的。从那天他在抓到张嫂后还把摄像头装上去，她便知，他一定是有计划的。只是——

“你的计划就是放任何秋霜伤害我，放任全世界来取笑我吗？”

“如果我说，这只是必要的计划之一呢？”那对眸子依旧如一泓深潭，冷峻，却撩人。

但这一次，她再也不会放任自己沉沦：“那我真的觉得，阮先生，和你在一起好累。”

真的，好累好累。

这一天的谈判还是以失败告终，他根本就不肯签字。她将协议书留给他，昨夜便已签好了自己的姓名，就待他签字生效：“你什么时候签好了，就让刘律师过去拿吧。”

而后她站起身，离开前，下意识地看向窗外加大的雨势。

怎么会这么巧呢，似乎每一次同他谈分离，都会下雨，从十几年前下到十几年后，还没停。

她突然想起十四岁那年的雨夜，目光还停留在窗外时，低低的询问已经脱口而出：“阮先生，你还记得我们第一次见面，是在什么时候吗？”

她总爱问他这个问题，问了好多遍。问到这一刻，他都开始怀疑自己这么多年来其实从来就没有答对过。

所以，她自顾自地笑了：“你想说一九八七年，在阿陈灵堂的那一日，对不对？”

他的回答，永远都不对。

恩静离开了餐厅。《琵琶行》已唱到尾音："凄凄不似向前声，满座重闻皆掩泣。座中泣下谁最多？"

座中泣下谁最多……

那真正身临其境的人，到最后，其实已经流不出一滴泪。

第二天阮东廷真的把签好名的文件拿过来了，不过不是离婚协议，而是股权让渡书。

"把名字签下，从今天开始，阮氏百分之四十二的股份就都是你的了。"见恩静似有拒绝的意思，他又说，"你不收股份，那离婚协议我就永远不签。"

恩静无奈，再开口时，声音里也不由得添进了讽刺："为什么不签？有钱送上门，我高兴还来不及。"

"最好真的是。"

恩静把合同扔进抽屉里，连看也不再看一眼。

她的办公室就在阮东廷的隔壁，这一层楼，其实也就他们这两间办公室。因为这阵子阮氏出的事太多，所以平常没什么事的话，普通人是上不来这一层的，就连清洁，也只由阮先生信任的清洁大婶来做。

当然，那个被他信任的清洁大婶，便是被初云从内地带过来并得到了恩静信任的李阿姨。

十点半还有个小会，自从当上总经理后，她总是大小会议无数。有时候会一开就从早开到晚，人家朝九晚五，她朝九晚九，于是那姓阮的便有理由说："太晚了，我送你回家。"

她怎么拒绝都没用，因为这人根本就听不懂拒绝。就像昨晚，和他在茶餐厅里说完事后，阮氏的高层还有个会要开。她明明一散会便溜往酒店后门口，想避开他，结果一到后门，就看到阿忠站在那儿，憨厚又老实地对着她笑："太太，请上车。"

回到家时，就看到阮东廷已先她一步坐到了大厅里——对，从储藏室的另一张门进来的，他来她家，从不走正门。

可昨晚和其他时候能一样吗？

明明几个小时前她才在茶餐厅里和他谈签字，几小时后，他又若无其事地坐到她家，完全把自己当成男主人的样子！

她真的怒了，只觉得自己无论说什么这个人都只当耳旁风。“砰”的一下摔上门，她来到他面前：“你又来做什么？我们都要离婚了！”

阮先生却只是翻了面报纸，不为所动地说：“能换句台词吗？每次见到我都得提醒一次。”

“那是因为你怎么提醒都不改！”

“有什么好改？”他扔下报纸，起身站到她眼前，声音温柔，气定神闲，“要离婚怎么了？那天不也是说要离婚，可到最后还不是和我睡了？”

“阮东廷！”他竟然敢说这种混账话！恩静飞速涨红了脸，只觉得这公寓里的每一粒尘埃都在取笑她毫无定力，“那……那是因为你强迫我……”

“你确定是我强迫你？要换了其他男人，你也让他这么强迫？”

“你说什么？”

“你完全可以甩我两巴掌，再让我去死，或者扯大嗓门喊救命，可你没有，不是吗？”

“阮东廷！”她已经从脸红到了脖子根，不，已经红到胸口了，“住嘴、住嘴、住嘴！”

“好了，”他低低地笑了，一只手控制住她闹腾的两只手，另一只手拥住她，“别闹了，我就是来问问你，为什么那么在意那个问题？”

她的动作停了下来。

“阮先生，你还记得我们第一次见面，是在什么时候吗？”几个小时前，她这么问过他。

这几年来，她一直在这么问他。

“可是啊，”恩静的喟叹听上去那么无奈，“如果是由我自己来回答，这问题就已经没意义了啊。”

所以她不会再说了，再也不会说了。

男子的目光看上去那么复杂：“你问我为什么怎么提醒都不改，恩静，你真的不知道为什么吗？”他看着她清澈的眼，目光似思索，似犹豫，又似有无数深沉的心事，“恩静，那是因为我想和你待在一起，哪怕只有一分钟空闲，哪怕你再恨我，我都想让你待在我身边，你，明白吗？”

不，她不明白。

也曾经有过那么多时候，哪怕只有一分钟空闲，哪怕他一点也不喜欢她，她都那么想待在他身边。可那些时候，她心里头只有他一人，全世界能与她沾上关系的男子，只有他一人。

可此时他的身边，还有其他人。

“事情不是你想的那样。”阮东廷叹了口气，明明就是妈咪所说的“脚踏两条船的混账东西”，可每次说到这里，他面上总有一种退让的无奈感，“好了，我不和你争这个。恩静，到真相大白的那天你会明白的。但现在先答应我，别那么快下决定，嗯？至少先陪我揪出伤害初云的凶手。”

凶手吗？可是啊，她想起了那死得不明不白的初云：“凶手？凶手又要到什么时候才揪得出来呢？”

“我看，很快了。”阮东廷的眼里晦暗不明，“万事俱备，只欠东风。”

“东风？”

“你明天就会知道了。”

然后第二天，这人就送来了股权让渡书。

开会时间到，恩静走出办公室时，看到李阿姨在外头用吸尘器做清洁，便随口唤她：“李阿姨，麻烦你去收拾一下我的办公室。”

随后，她走进隔壁的总裁室。

真是小会，就四个人——阮东廷、恩静、连楷夫、Marvy。

她一进去，关上门，便看到那对据说已开始出双入对的男女正饶有兴致地盯着阮大总裁的办公桌。不知何时，那里多出了一个小型的监控视频，恩静走过去，就看到熟悉的场景。

那是她的办公室。刚刚被叫进去做清洁的李阿姨一进去便将门关上将吸尘器放到门边，确定不会有人进来了，才小心翼翼地走到办公桌后面。然后想了想，她又走到门边，打开明明没有在工作的吸尘器，在“嗡嗡”的声音里，返回到书桌后，一个个拉开了恩静的抽屉。

第三个，最中间的抽屉，里头有一本股权让渡书。李阿姨拿起它，悄悄将它塞到吸尘器底座，同时，从那底座里掏出另一本……

狸猫换太子！

“砰！”

就在这时，办公室的门被人踹开。原本有笨重的吸尘器挡着，这门是没那么容易被推开的，可这会儿，偏偏有股庞大的力道一举踹开了那扇门。

紧接着，是阮东廷冷得吓人的声音："李阿姨，我的让渡书好看吗？"

狸猫，看来是换不成太子了。

"联系过警方了吗？"

"当然，这点事还需要你交代？"

"让他们低调点，阮氏现在到处是那边的耳目，别打草惊蛇了。"

"我说阮大总裁，你做什么事都这么谨慎，人生真能痛快吗？"玩世不恭的声音无疑出自连某人之口，只不过被与他对话的阮东廷冷冷瞥过一眼后，这厮又改口，"放心吧，那条蛇现在正春风得意呢，哪那么容易被惊动。"

此时阮东廷的脸上是谁也没见过的表情，夹杂着冰冷、恨意以及欲除之而后快的凶狠神色，全射向他正对着的那个老妇人！

那一个穿着他阮氏的员工服，一只手握着吸尘器，一只手拿着股权让渡书的李阿姨！

"阮……阮总，"李阿姨好像很无辜地看着四周的人，"您在说什么？我就是好奇，想看一看……"

"别演戏了，"Cave冷笑了一声，"老太婆，本少可是关注你好久了。"

话落，只一瞬间，李阿姨的脸色骤变。和之前被抓包的张嫂不同，就在听到这句话之后，她连一句求饶的话也没有，原本装出的无辜全部消失，连带着平日的和善面目也消失了。就在股权让渡书被阮东廷抽回时，她一点表情也没有，突然之间就从原本属于李阿姨的神情变为冷漠。

那初见时和蔼的、善良的，有点儿笨拙的李阿姨不见了。

那一遍一遍地和她说 "太太您劝劝小姐吧"的李阿姨不见了。

取而代之的，是面前这个冷漠的、训练有素的老妇人，带着精明强干的神色，在Marvy冷着声低咒"竟然是你这老东西"时，无动于衷地注视着前方。

阮东廷冷冷地盯着她："说，到底在酒店安了多少个摄像头？"

恩静吃了一惊：摄像头不是张嫂安的？

可很快她又想起那日在何秋霜病房里，阮先生莫名说出的那一句"你们怎么知道装摄像头的只有一人"——原来，真的不止张嫂一人！

可李阿姨——不，或者她根本就不姓"李"。这陡然陌生的老妇人只是不为所动地盯着前方，就像没听到阮东廷的问话。

“不说？”他也不急，只是口吻里不着痕迹地添了一丝狠意，“没关系，等会儿到了警局，阿sir自然有办法让你说。”

话落，几名便衣正好在秘书的带领下走了进来。其中一位恩静认得，就是同Marvy相识的李sir。

“就是她？”李sir指着老妇人问。

阮东廷点头：“这老鬼和上周进去的那个，是为同一个人办事的。”

“那就交给我们吧，那个已经交代得七七八八了。”李sir的口吻颇有自信，话中的“那个”，指的自然是上周被阮东廷在甜品间当场抓到的张嫂。

“那就有劳李sir了。”

两名便衣左右架起李阿姨。可正要离开办公室时，从头到尾都沉默的恩静突然喝了一声：“慢着！”

“怎么了？”李sir顿住脚。

见恩静像是突然从巨大的震撼中反应过来，也不管众人的目光都落在自己身上，她冷着脸，快步走到李阿姨面前：“所以，你一开始接近初云就是有目的的？”

她浑身冰冷，想到那一夜在厦门的医院里，那坏脾气却软心肠的女子曾经全身心地依赖着这妇人：“李阿姨，再坐一会儿吧，先别走，一个人我害怕……”

可原来，真正可怕的是这慈眉善目的老妇人——竟然是她！

是那一个“及时”将她送入医院的和蔼的大婶；是那一个“及时发现”恩静的房间被人动了手脚的和蔼的大婶；是那一个口口声声说“二小姐是大好人”的大婶！

这一桩桩过往之事，剔除了和善的表皮后，竟丑陋不堪，一层又一层在她眼前剥离开来。

“那些恙螨就是你放到初云和我的床上的吧？却佯装成别人放的，就为了骗取初云的信任？”她眼底寒光乍现，而那老妇人却仍是沉默，只是在恩静一句一声“初云”时，原本无动于衷的表情开始有些松动。

“你眼睁睁看着她中计，看着初云为了帮你，一次次求她哥带你来香港！然后你心安理得地享受她对你的同情、对你的好，再然后，你心安理得地把她杀掉！天哪，你这条毒蛇，你这条毒蛇！”

“不！”怒气在这张原本已丧失了表情的脸上裂开，李阿姨突然转过头，恶狠狠地瞪着她，“什么我都认，可初云小姐……”她顿了一下，口气突然间软了下来：“不是我杀的。”

“那是谁？”

李阿姨又不说话了。

直到阮东廷冷冷地开口，一边走过去牵住恩静的手，一边问：“李sir，聪达汽修厂里的那个年轻人，你们抓到了吗？”

李阿姨重新构建出的冷漠才再次被打破。蓦地，她瞪向阮东廷：“你做了什么？”

“那取决于你们先做了什么。”在李sir点头说“抓到了”之时，永远玩世不恭的连大少也插话进来了，依旧是那一脸玩世不恭的模样，可眼底的狠意丝毫也不亚于阮东廷，“话说回来，本少还真是要感谢你那可爱又自作聪明的儿子呢。为了将作案时间指向何秋霜，竟说自己那晚八点半下班，九点半到家。智障哟，智障！聪达什么时候在星期五也要上夜班了？”一边说着，那张俊脸一边转向他家女神：“所以为什么你一和我说那臭小子八点半下班，我就断定他在撒谎，现在明白了吗？”

Marvy冷哼了一声，不肯承认自己当时的粗心大意，只对着李阿姨咒了一句：“老贼！小王八！上梁不正下梁歪！”

“你们把他怎么样了？”李阿姨却不理Marvy的讽刺。

Cave愉悦地一笑，半真半假道：“严刑拷打，威逼利诱，上刀山，下油锅！”

“你……”可没“你”完，李sir已经向手下的警员递了个眼神，将李阿姨带了出去。

Marvy说她也要去看一看，便拉着Cave一同去了。

余下这一男一女，在陡然寂静的办公室里。片刻后，阮东廷问：“在想什么？”他的手还牢牢牵着恩静的手。

恩静的目光却牢牢定在李阿姨消失的那一处：“你是怎么发现她的？”

“那你呢？”

“我？”她回过头来，不明所以。

阮东廷说：“你曾经对我说，能同时在阮家和阮氏兴风作浪的只有秋霜一个人，所以那时候，你、妈咪、颜小姐三个人都更加确定了凶手必定是秋霜。可是恩静，你怎么能确定就只有一个人？如果不止一个人，而是一个在阮家，另一个就在阮氏兴风作浪呢？”

是，时至如今她终究要承认，原来她的思路一直都是错的，她把所有的事都串起来——其实所有的事也都是串起来的，只不过，执行人却是分开的!

可她忽略了这一点，她和Marvy这两个不成器却又自作聪明的半吊子侦探，竟固执地将两个人做的事判定为同一个人所做，然后，固执又盲目地将所有线索都推到了何秋霜身上!

“还有一点，”阮东廷说，“你有没有怀疑过秋霜的药怎么会在李阿姨家?”

恩静想到李阿姨之前说的话：“她说是初云落下的，那晚初云本来是打算把药拿去给何秋霜……”

“把药拿去给何秋霜?”阮先生的表情看上去那么讽刺，“可你又说，她那晚之所以会再去找秋霜，是因为她认为食物中毒的事情是秋霜做的?”

恩静僵了一下，难道说……

阮东廷点头：“恩静，如果是你，在讨厌着一个人时你可能还会顾及她的安危。可就初云那性子，如果那晚她去找秋霜真的是为了算账，你以为她还会那么好心把药拿去给她吗?”

“那……那药……”

“药店的视频是真的，那天秋霜的药弄丢了，所以当晚她就到酒店附近的药店里去开药。而至于那弄丢了的药，恩静，你觉得最有可能是谁拿走的?”

“你是说……”

“没错，那些最不起眼的角色，其实他们天天在‘关照’你的生活，比如，清洁工。”

她踉跄了一步——

清洁工!

天天按时打开酒店每一个房间的门，天天按规矩敲开顾客的房门，天天做着最寻常最不起眼的事，可你怎么知道，他们有没有再做点什么其他的事呢?

“可是……”她的声音很低，脑中不断浮现起初见时李阿姨那慈祥的脸、忠厚的样子，不断浮现起在厦门的那一夜，老好人李阿姨对她说：“太太，请你多劝劝初云小姐吧，她最近好像得了疑心病，老疑神疑鬼的。”那么诚恳，那么关切，可人心，终究是隔了层肚皮啊!“可是她为什么要偷那瓶药?”

阮东廷说：“第一，有了那瓶药，她才能在初云的出殡日上和秋霜私下见面，继而引你们将初云的死和秋霜联系起来，有了秋霜来扰乱视线，那些真正的凶手才能安全；第二，她又要保证秋霜最后能全身而退，所以在确定了离酒店最近的药店里有监控器后，她拿走了秋霜的药，以确保秋霜那晚出现在药店里，让监控摄像头拍下她不在场的证据。”

“为什么？”

“因为幕后指使人不允许自己的女儿出事。”

“你说自己的女儿？难道……”

“是，何成。”

她整个人陷入办公椅里，浑身冰冷，再也说不出一个字。

张嫂、李阿姨、何成！

阮东廷脸上再次出现那种夹杂着冰冷与仇恨的神情：“对，都是何成的人！只不过张嫂是作为我阮家的墙脚被何成挖走的，而李阿姨，从一开始就是替何成办事的。”

恩静无力地摇着头，脑中慢慢浮起初云遇害的那一晚，在离家之前，初云对她说：“至于那奎宁中毒的事，我想了一整晚，发现有个人很值得怀疑。我等下就到那个人那里走一趟。”

而她这个蠢货，竟再直接不过地把“那个人”和“何秋霜”三字联系到一起！明明初云说“我等下就到那个人那里走一趟”，明明当晚初云已经到李阿姨那儿走了一趟，可她就是那么蠢，不过是在监控摄像头里看到初云到何秋霜房外等了片刻，便再也不怀疑同样被拜访的李阿姨！

她将脸埋入双手间，提问的声音几乎是艰难的：“Cave刚刚说，初云的死和李阿姨的儿子有关，是什么意思？”

“初云就是他害死的。”阮东廷的声音里充满了欲除之而后快的恨意。

他永远也不会忘记和警方配合着抓住那浑小子之后，Cave对他说的话：“那一晚，初云原本是不用死的。”

那一晚，初云原本是不用死的。当她怒气冲冲地来到李阿姨家，怒气冲冲地质问这老妇人：“王阿三的毒就是你下的吧？我和大嫂的包里同时出现了奎宁毒液，而那一天，唯一和我们俩接触过的人只有你！李阿姨，枉我这样帮你，这样信任你……”她眼底的痛楚和震惊毫无遮拦地射入李阿姨眼底，“说，你跟着我来香港，是不是一早就设计好的？”

一旁李阿姨的儿子已经眯起眼，危险的目光扫到了初云身上。可初云只顾着沉浸在自己的悲愤里，毫无知觉：“你说啊！”

只一瞬，李阿姨的神色从错愕到了然，可一瞥到儿子危险的目光后，她又立即恢复到平日里的李阿姨，端着那一脸忠厚老实样：“初云小姐，你……你这是在说什么啊？小姐对我老李家的大恩大德我下辈子都还不了，怎么可能陷害于小姐？初云小姐，你再好好想一想，千万别冤枉了我啊！”

“可是……”

“好了，初云小姐，你一定是吓坏了才会胡思乱想。来，李阿姨先给你倒杯茶，喝杯热的，回头再好好理一理思路，那想害阮家、害阮氏的人，怎么可能是我呢？”她的口吻无害又温和，在这一刻，竟真的将初云草草地糊弄了过去。

只是李阿姨前脚才踏进厨房里倒茶，她儿子后脚已悄悄回房，拨打了一通神秘电话：“阮初云开始怀疑我们了……对，我妈大概是对她有了感情，还想劝她回去想一想……我很怀疑那愚蠢的大小姐回家后还会把这件事搬出来说，到时候……”

他声音越来越低，越来越低，另一头，听他说话的人的表情却越来越凝重，沉吟了良久，终于开口：“成功已经逼近了，小李，在这个关头，我们容不得半点闪失！”

“我明白了，”小李口气坚定，“放心吧，何总。”

然后趁着那大小姐还在沙发上喝茶，小李悄悄拿走了搁在桌上的车钥匙，潜到她车里，凭着在修车厂学到的功夫，在刹车上动了手脚……

当晚九点五十八分，初云原想回老家过夜，连夜开往狮子山时,坠崖而亡。

恩静听得浑身冷汗直流：“这么说来，李阿姨原本并不想置初云于死地？要害初云的，是电话里的人？”

“确切地说，是何成。”

是，那电话里的人，那个用危险的、坚定的、嗜血的声音说“容不得半点闪失”的人，正是何成！

“那李阿姨呢？她到底是谁？”

“就是李阿姨。姓李，家境贫困，在好几家酒店都担任过清洁工，最后辗转到何成酒店做事，所有资料看上去都没问题，这就是为什么我当初会同意让初云带她来香港的原因。可我没想到，那老狐狸竟从十几年前就存了栽培商业间谍的心，所以找了这个背景清白的普通人。十几年来，让她以普通清洁大婶的身份，在私底下接受训练，就为了有朝一日来我阮氏，替他做这些事。”

“天哪！十几年？为什么？”她十分震惊，抬眼便见阮先生眉目中除了愤恨，有更深一层的凝思。

“为什么？”只听他冷冷的声音沉沉地响起，“很快你就知道是为什么了。”

成功已经逼近了，小李，在这个关头，我们容不得半点闪失——呵，“成功已经逼近”？

我现在，就要让你尝一尝成功逼近又彻底消失的滋味，带着我失去初云的痛苦——何，老，鬼！

据说在九十年代，香港的餐饮业与娱乐事业一样如日中天，一九九七回归年将至，香港和内地有不少餐饮商纷纷将主意打到了对方的市场上。

于是，近来业界时不时有“内地餐饮业欲入驻香港”“香港餐饮业大亨有意与内地酒店合作”等消息，更有细细碎碎的小道消息称福建某餐饮大亨正在筹划一项重大的“扩张计划”，大量资金已投入，只要计划在内地试行成功，便将一举进驻香港，与本土的餐饮界大亨们分一杯羹。

倒是人人关注的阮氏酒店不为所动，依旧守在自己的地盘上。

一九九四年初夏，碧树苍翠，流金铄石，暑意渐渐转盛时，厦门的何成酒店在下坡路挣扎了近十年后，终于声势浩大地在中山路、白鹭洲这两个黄金地段开了两家连锁酒店。也不知哪来的信心，何成竟将大半身家都投入到这两家酒店里，新品试吃会尚未开始，便搞得声势浩大，邀请函寄遍了大江南北的餐饮界人士，记者们请了一拨又一拨。

可偏偏，没有请到阮东廷。

然而何成新品发布的那一天，阮东廷还是不请自来了——不，或者应该说，何成没有邀请他，可他被何秋霜邀请了。

不仅是他，就连Cave、Marvy以及陈恩静，也全都坐到了试吃会的角落里。

就像去年来参加试吃会时一样，依旧是阮东廷与何秋霜一起，Marvy与恩静一起，Cave则低调地坐在旁边的角落里。

只是这一回，何家夫妇的脸不再像上次那么臭了。

果真是春风得意，面相看上去凶狠吓人的何成今天也难得地眉开眼笑，为什么呢？很明显，待会儿要呈上的菜他本人十分满意，你看这满厅的熙攘人潮，竟足足有一半是记者！

“请了那么多记者，这何成也真是大手笔啊。”恩静口吻里有微微的讽刺。昨天阮东廷告诉她今日这酒店里将会有好戏上演，硬是将她从香港催了过来。恩静隐隐觉得他是有计划的，虽不知计划是什么，可看到这满厅记者，不知为何，她便直觉何成待会儿是要后悔的。

Marvy笑了：“记者是很多，只不过，恐怕不全是那老贼请来的吧？”

“什么意思？”

Marvy压低了声音，挨近她耳侧：“一百个记者里，我估计至少有三十个是你家阮先生请的。”

恩静明白了她的意思。

谁知Marvy话还没说完：“而另外的七十个，还有一半是连楷夫弄来的。”

“什么？”

“等着看戏吧。”

是，等着看戏吧，这出精彩万分的好戏！

试吃会开始了，于是，大幕拉开了。何成今日所邀请的来宾中，有不少是港澳的餐饮界人士，当然，对竞争对手阮氏酒店的所有菜品都不会陌生。所以在新菜品被呈上来之时，这些人纷纷瞠大了眼：生滚螃蟹粥、龙虾尹面、溏心鲍鱼、cheese cake、红豆莲子羹……“海陆十四味”！这不就是被阮东廷撤下了许久的“海陆十四味”吗？

可老式经典酒席重出江湖，竟是从香港移到了内地！竟是从阮氏移到了何成！

所有曾经在阮氏吃过“海陆十四味”的人都震惊了，心中开始怀疑起，这何成的模仿能力何时强悍到了这种程度？

可就在这些人面面相觑时，另一边，没有吃过“海陆十四味”也不知“十四味”菜品的来客们，却在提起筷子试吃了几口后，普遍开始交头接耳——

“怎……怎么会这样？”

“天哪，不应该啊……”

“怎么会出这种状况？”

饶是何成再得意，这下也看出了异常。

“怎么回事？”他叫来经理，在这样的场面下，再有自信的人也要乱了阵脚。

经理刚刚已经在宾客席里听了一大通来宾意见，这下子，面部更加僵硬：“何总，据说这两个月里，有家高级连锁海鲜酒楼在闽南一带遍地开花，虽然没有做过宣传，可味道好，价格比起星级酒店更实惠，受到了不少客人的青睐……”

“少废话！说重点！”

“重……重点是，那酒楼里的菜品，就和我们今天试吃的，呃，一模一样，可……可是，味道更好……”

何成一张老脸全绿了——菜品一模一样，味道更好？

蓦地，他看向了阮东廷——菜品一模一样？一模一样！

他用的正是当年“海陆十四味”的菜谱，会做得一模一样的，只能是同样打出“十四味”招牌的人！

还能有谁？

蓦地，只见何成直直地朝阮东廷走来。众目睽睽，稠人广众，阮先生正悠然坐于最中央的桌席旁，优雅地，不为所动地，品尝着传说中“何成酒店最新推出的葡萄酒”。呵，和他酒窖里的那一些，还真是有三分像呢！只可惜色泽够了，酒香相近了，入喉时的醇厚感却相去甚远。

“阮东廷，你耍我？”何成从来没有这么失态过，一张老脸在无数摄像机前愤怒得直抽搐。

阮东廷却像是听不懂：“耍你？何世伯，小侄听不明白。”

言辞之间，依然礼貌有节，只是那表情里哪还找得到一丝丝敬意？

周遭的议论声却是越来越盛，从窃窃私语渐至喧哗，终于，有记者——估计就是连楷夫找来的记者问出了声：“何总，这何成的新菜品和一家新开的海鲜酒楼的一模一样呢！可酒楼开业在前，您这菜品该不会是仿照他们的吧？”

“仿照？”另一边，同样优雅饮着红酒的Marvy冷哼，“说得真客气呢，我看，是抄袭吧？”

“可不是吗？反正这老贼也不是第一次做这种事了。”连楷夫同她碰杯，妇唱夫随。

周遭喧哗声大起，很显然，那记者问出了众人心中的疑惑。

可这疑惑已经不需要回答了，你看何成那张陡然苍白的脸，再看看阮东廷那优雅的、从容的、胜券在握的笑。他站起身，俯首到何成身边说了些什么，瞬间何成如临世界末日。可阮东廷依旧微笑着，难得高调地拿起酒杯，用小汤匙轻轻敲击，“当当，当当……”

在场有多少人认识他？并不清楚，反正绝对不如在香港多。可喧哗声还是随着他这一阵轻击迅速弱了下去，众人的目光由何成移到他身上，然后，看着这男子在停止敲击酒杯后，说：“在下是香港阮氏酒店的总负责人——阮东廷。”

很多人面面相觑——阮东廷？就是传说中那“马上要成为何成良婿”的大人物吗？

可大人物在这样盛大的场合里，当着众人的面说：“受我太太影响，阮某一直对闽南文化怀有浓厚的兴趣，希望能将香港美食融入闽南的文化当中，所以方才诸位所说的海鲜酒楼，对，正是在下投资的。当年我刚接手阮氏酒店，便将‘海陆十四味’从宴席上撤下来。一是考虑到‘十四味’尚有需要改进的地方，二是我更想将它当成我阮氏进驻内地的第一席菜肴。”说到这，他淡淡地瞥了何成一眼，这及时的一瞥悄无声息，却让满厅看客都明白了何成这模仿得惟妙惟肖的新品究竟是怎么一回事。一瞥之后，阮东廷才又开口，“既然是阮氏献给内地朋友的见面礼，那么阮某保证，酒楼一定会端出最高水平的菜肴。诸位若有兴趣，随时欢迎到我们酒楼品酒、用餐。”

喧哗之声在他话音落下后又迅速响起，而这一厢，Cave正“啧啧”摇头：“唉，难怪这家伙敢跟我打赌，说他能不花一分钱就替新开的海鲜酒楼做足宣传，看来这一次，本少爷是输定咯！”

“赌注是什么？”Marvy倒是对这个比较感兴趣。

“一成恩静的股份。”

“恩静？”她好奇地看向几乎是整场沉默的好友，“姓阮的拿你的股份去打赌？”

可恩静的注意力一分也没有转移到她身上。

满厅喧哗的最中央，那昂然而立的男子带着不怒自威的气势，在众目睽睽下看向她：“去过的朋友都知道，这家海鲜酒楼的名字，就叫恩静。”

“什么？”Marvy一口红酒差点没喷到Cave脸上，“恩静？”

难怪刚刚这家伙说“一成恩静的股份”，敢情指的就是那连锁酒楼的股份呢！

可看向好友，正想问她知不知道自己的名字被挂到了大街小巷，却见她同样震惊，且神色复杂地看着那方发言的男子，看着那男子镇定自若得如同导演着全世界最伟大的戏剧：“这连锁酒楼的名字，取自于我太太——陈恩静。”

话落，他微笑着朝她走过来，在她和所有外人一样错愕的目光下，伸出手，示意她握住。

就像一九九二年，在维多利亚港边的慈善会上，那么多记者围着她问：“阮太太阮太太，听说今天中午在何小姐的房里，阮先生为了维护旧情人，甚至不惜和你翻脸……”那时他冷着脸对着她，在群情鼎沸中，朝她伸出手：“恩静，过来。”

于是她将手交出去，一握，便是那么多年。

而今他还是握着她的手，一九九四年，无数旧时光潺潺流去后，他掌心握着的，还是她的手。

在众人或诧异或艳羡的目光下，他说：“走，带你去看看我在内地的新计划。”

身后突然传来“砰”的一声，随即是众人的惊呼：“何总？何总你怎么了？何总？”

可他径自牵着她，头也不回，更不管身后的何成已直挺挺地晕了过去。

“你刚刚对他说了什么？”走出何成酒店时，恩静问。

“你说呢？”阮东廷笑意冷然。

十几分钟前，就在那么多双眼睛下，他优雅地俯首到那老狐狸耳旁，一字一顿道：“其实早在初云遇害后不久，我就开始怀疑你了。可我忍到了这个时候，何成，你知道是为什么吗？”他不再叫何伯伯了，这老东西早已经不配。阮先生夹着寒霜的嗓音沉沉地继续着，“就为了让你依照原计划，将所有资金都投入到这个‘扩张计划’里，然后在家财用尽时，给你最致命的一击！知道吗，很快警察就会来找你，以杀人和商业盗窃的罪名。而老贼你在入狱之后，再也不会有任何财力让何成酒店翻身！”

“何成，你的时代已经彻底过去了。

“而我阮氏的新辉煌，才刚刚开始。”

装修精致的恩静酒楼，以美酒与港食为主打，“最优推荐”的单子上，排名前十全是她最耳熟能详的：生滚螃蟹粥、龙虾尹面、溏心鲍鱼、杨枝甘露、merlot（梅鹿辄），1986年干红……

是，除了甜点由cheese cake换成了杨枝甘露，其他的菜品——完全就是六七十年代红遍全港的“海陆十四味”嘛!

恩静轻轻地笑了:“把芝士换成了杨枝甘露,是因为何成在窃取芝士秘方时你还没发觉,手艺都让他学去了吗?”

“我们阮太太真是冰雪聪明。”他眼底含笑,垂头看着她。

可她却不看他。

恩静的目光落到了大堂最深处的舞台上,那一处正在上演着的,是纯属于闽南的乐曲——对,南音,而表演者正是她在阮氏里培养出来的团队。

依旧曲调悠悠,依旧情怀老旧。

他牵着她的手,参观酒楼,坐赏南音。

他选了靠窗的位置落座,问她:“喜欢吗?”

言下所包含的,当然不仅仅是舞台上的南音。

恩静没有回答,只说:“大哥之前同我说,他现在的事业是你投资做起来的,说的就是这个酒楼吧?”

“嗯,他目前是闽南区的负责人,日后这酒楼会连锁到大江南北。恩静,这就是我当初撤下‘海陆十四味’的原因。除了你一早就料到的品质原因外,还有这一点自从接手阮氏后,我就有计划要在香港回归的前后,以这席‘十四味’为敲门砖,进驻内地市场。”

他目光灼灼,在她耳旁勾画着宏图。他的阮氏他的酒楼将横跨河山,将千秋万代。香港回归后,若干年后,它将成为第一批起源于香港的连锁餐饮,而它的创始人阮东廷,亦将成为第一批在内地投资成功的香港商人。

可那都是之后的事了。

真奇怪,那台上的歌女,如泣如诉地唱着的曲子为何如此熟悉?不是《陈三五娘》,也不是《琵琶行》,她唱着:“而今听雨僧庐下,鬓已星星也,悲欢离合总无情……”恩静听着听着,不知不觉便接了下去:“一任阶前,点滴到天明。”

点滴到天明,一曲完毕,第一道餐点也被送了上来。

“生滚螃蟹粥,”恩静微笑着吸了口鲜嫩的香气,“我记得妈咪曾经同我说,这粥光剔蟹壳和清洗,就需要一个半小时。”

“所以你知道一大早起来熬粥是什么感觉了吗?”他指的是那次她扭伤脚,他一大早起来熬粥给她喝的事。

恩静笑:“好辛苦的,对不对?还有那次一大早起来做cheese cake和红豆羹。”

阮先生听她这么说，心情一下就愉悦了。明明已经将螃蟹粥推到了恩静跟前，却又拿起汤匙，非常自然地就要伸到她碗里尝味道。

可就在这时，恩静的声音又响起：“可是粥做完后，该解决的问题，始终还是没有解决啊。”

他动作一顿，汤匙生生停在了空气中：“什么意思？”

恩静尝了口那滚烫的蟹粥：“那天Cave说，是李阿姨她儿子的谎言让你们看出了破绽。可是阮先生，”她搁下汤匙，目光从滚烫的蟹粥中移到了他英俊的面孔上，“其实早在我说出何成曾经要求初云替何秋霜保密时，你就开始怀疑他了吧？也就是因为怀疑他，你才会进一步地怀疑到张嫂的头上。”

刚刚就在何成酒店的试吃席上，看着这曾来过的地方，她想起去年上演的那一幕钻石项链的丑事。那时何秋霜的愤怒看上去那么逼真，恩静以为那是她的演技好，可如今想来，原来不是演技的问题。

她说：“其实这么久以来，你刻意冷落我，与何小姐出双入对，就是为了让何成的注意力从我身上移开吧？”

“你知道了？”

恩静点头：“今天在何成酒店的洗手间里，何小姐亲口告诉我，她的父亲曾经陷害过我三次，而第一次，就是在何成酒店里，他让服务生将价值十几万的钻石项链塞进我包里，企图害我去坐牢。”

但是为什么会有这么突兀的伤害？相信阮先生一定已揣测出来了，她与他的第一次，凶悍不够温存的那一次，是妈咪命张嫂到她房里燃香造成的。而既然是张嫂燃的香，何成能不知道吗？一心妄想着让女儿嫁进阮家的他，顿时有紧迫感压上了眉睫，三下五除二，替女儿除掉障碍的决定便形成了。

可恩静怎么也想不到的是，这一切的一切，最终，竟是何秋霜告诉自己的。

她怎么也想不到那大小姐也会有主动同自己说话的一天，不带任何冷嘲热讽，尽管面色依旧高傲：“这个给你！”就在今晚的试吃会上，趁着四下无人，秋霜跟在恩静身后进了洗手间，将一支录音笔塞到她手里，“里面有对你而言很重要的东西，可是陈恩静，看在我主动把它交给你的分上，到时候，请对我爸手下留点情。”

恩静不明所以。何秋霜的表情看上去很凝重，凝重得让她不得不趁着洗手间没人，悄悄打开那支录音笔。

很快，并不熟悉的声音从录音笔里传出来——

“那姓陈的敬酒不吃吃罚酒，阿东都把股权让渡书给她了，死女人竟还不肯签字。阿成，我看，干脆一不做二不休……”

“你疯了吗？做掉她股份就全落到张秀玉手上了！那老女人向来看秋霜不顺眼，十几年前就利用股权拆散过他们，现在要真让她再当上大股东，你以为秋霜还能进阮家大门？”

“那总不能就这么拖着吧，我女儿都这把年纪了！”

“你女儿难道不是我女儿？可那有什么办法？再说，前几次害陈恩静不成，警方到现在还在查……”

她突然间冷得浑身发抖，尤其在听到最后那一段话——“前几次害陈恩静不成，警方到现在还在查……”

瞬间便想起被刘律师救下的那一次，一群凶神恶煞的劫匪追了他们那么久——不，不，哪里是普通劫匪？他们想抢的，是她的命啊！

难怪阮先生会硬要她接受股份；难怪他要在合同里添上那句“如陈恩静女士在接受股份后出现任何不测，无法接管阮氏和股权，则股权归阮张秀玉女士所有”；难怪那天在医院里，刘律师和他“借一步说话”后，他便匆匆叫了连楷夫一同离开！

原来，他一直是知道的！

可离谱的是，身为当事人的她，竟从来都不知道。

“为什么不告诉我呢？是因为你不相信我能保护好自己吗？”在酒楼里，喷香的蟹粥前，她问他。

阮东廷没有说是也没有说不是，只说：“你知道了也无济于事，只要他想对付你，天涯海角都能把你挖出来。所以我能做的，就是让他从根本上打消对你的敌意。”

“所以你才同何小姐旧情复燃，就是为了让他以为，我存不存在都已经不重要了？”她点头，好像明白的样子，可那眼神，是飘忽？是讽刺？是明白却不赞同？

“恩静，”那奇怪的神情让阮东廷突然有一丝心慌，他伸手握住了她的手，“恩静，那时我虽然怀疑他，却没有十足的证据。而且为了让何成疏于防范，继续他的‘扩张计划’，我别无选择，只好隐瞒住所有人。”

恩静却摇头：“不，你还有第二种选择，那就是告诉我，让我配合你演戏，让我安心地和你一同隐瞒所有人。”她看着他眉间越来越深的褶皱，微微自嘲地笑了，“可你没有，尽管你明明知道，被蒙在鼓里的我是那么伤心……”

可他宁愿看着她伤心，看着她南辕北辙地去查初云的案件，看着她痛苦地让自己远离他，看着她搬出阮家。

“你曾经说过你会相信我，可是当事情发生时，你宁愿和连楷夫商量，也不愿向我透露一个字。”她顿了一下，神色间，全是凄怆，“我那么痛苦、那么失望，可你宁愿眼睁睁地看着，也不愿向我透露一个字。阮先生，其实越到后面我越猜到了你的用意，可越猜到你的用意，我便越怀疑，你和我之间，真的算得上是夫妻吗？”

“恩静！”

她站起身，避开男人因错愕惶恐还是别的什么情绪而迅速伸过来的手。他要抓住她，就像是这一刻没有抓住，她就要永远消失一样。

可恩静还是避开了他的手。

是，做错事的人犹可回头，可岁月已无余地供回头。

她说：“你说让我等凶手被揪出来后再做决定，现在凶手已经揪出来了，阮先生，明天，就把字签了吧。”

打死他也想不到会是这样的结局！

菜上齐了，全是她喜爱的那些，她却固执地离开了。

他怕她受牵连，不敢让她参与这场有惊又有险的风波；他瞒着她辛苦策划这一切，连新餐厅都以她的名字来命名，可最终得到的，竟是这女子不变的离婚决定！

Cave和Marvy来到酒楼时，就看到阮东廷黑着脸独自坐在餐桌旁。

“你老婆呢？”Marvy问。

谁料这一问却让阮东廷面色更沉。

还是Cave看出了异样：“还没和她说明白？”

“说明白了！”他几乎是含恨吐出这几个字，可吐完后，又突然站起身，在这一男一女错愕的瞪视下，竟骂了句粗话，“妈的！老子就不信了！”

下一秒，他已然消失在餐厅里。

“他干吗啊？”

“追老婆去了吧。”

是，他的确是要把老婆追回来，但不是直接去生拉硬扯。看恩静刚刚那态度，生拉硬扯已经没用了。

稍后恩静回家时，还未进家门，便看到门口堆了一大堆礼品。又是补身体的又是补脑的，还有给阿爸的烟，给阿妈的衣服，屋内欢声笑语，一听，那不是阮东廷和父母说笑的声音吗?

很明显趁着她还没回家，阮先生就和大哥一起，先到家里把阿爸阿妈给收买了。乘龙快婿和其他女子的绯闻都是为了保女儿周全，是万不得已的，他还以女儿的名字开了那么多餐厅，哪里会是变心了?哪个变心的男人能做这种事?

陈妈火速被收买，陈爸原本僵着的脸，也在阮东廷一口一声“阿爸”和听上去再诚恳不过的解释下渐渐瓦解。

更别提总替他说话的大哥。

如此连续了三天，他也不回香港，就住在附近的酒店里，早中晚三餐按时过来吃饭。这还不够，下午茶和夜宵时间，他一旦得空，也会从酒楼里捎上甜点带上小酒，来家里同陈爸陈妈畅聊。

如此之上心，就连一向站在她这边的Marvy都忍不住训她：“陈恩静啊陈恩静，那家伙都做到这份上了，你说你到底在矫情什么啊?”

可她只是笑笑，并没有回答Marvy。

有些心事不足以对外人道。或许，也是不知该如何去道。比如说她到底在矫情什么?八九十年代的闽南，丈夫为妻子已做到如此地步了，她却仍铁石心肠地不肯原谅，有必要吗?

所有听过她故事的人都会这么问：有必要吗?

可子非鱼，不知鱼之哀乐，不知鱼之冷暖，就像不知她心中对于这场不像夫妻的夫妻模式，其实那么在意。

所以在这个家里，只要他在，她就避开。

那一晚，阮先生前脚刚离开，她后脚便踏进了家门。阿爸还坐在院子里小酌阮东廷带来的干红，见到她，招了招手：“来，来，陪阿爸坐一会儿。”

其实她知道阿爸想说什么。今早出门前，她让刘律师重新传真来了一份离婚协议书，签了字后，交给阿妈：“替我拿给他吧。”阿妈却说什么也不肯替她转达。在她老人家看来，事情已经解决了，女婿已经回来说明情况了，女儿明明也是打心底稀罕那男子的，到底是哪根筋搭错了，非要这样折磨彼此?

陈爸慢慢酌着干红，也不急着开口，只任那酒香飘满庭院。

最后，还是她先开口：“爸爸，我知道您想说什么。”

陈爸的酒未停：“那你的答案呢？还是坚决要离婚吗？”

恩静沉默了。片刻后，才悠悠看向屋里阿妈打扫里厅的背影：“是不是只有回到他身边，才能让你们放心呢？”

这几天来，只要那男子在，阿爸阿妈便笑逐颜开，同那阵子看她孤身回来时的强颜欢笑完全不一样了。

可阿爸摇着头：“不，不。孩子啊，是只有你快乐了，才能让我们放心啊。”

是谁这么说过呢，父爱如山。可她一直觉得，父亲的爱是一片深沉的海。海纳百川，只有这样的辽阔深沉，才能在多年前她未嫁阮先生之时，问她：“千里迢迢嫁过去，可如果过得不快乐，要怎么办呢？”也才能在多年后她准备要脱离阮先生之时，又问她：“可是离开了他，你真的还能快乐吗？”

离开了他，你真的还能快乐吗？

不，她不知道，但她知道一点：“可是阿爸，至少目前为止，在这样的关系中我很不快乐，真的，很不快乐。”

这晚阿爸回屋时，依旧是满腹心事。她留下来，在庭院中静静地吹着风。

盛夏已悄然来临，清风徐徐，漆黑夜空里镶满了明亮的星。

到底是谁呢，把这漫天星斗弄得忽明忽暗，让人坐在星空下想哭。

小别墅里传来一声极轻的声音，“啪”，屋内灯火都熄了。她又坐了一会儿，确定爸妈都入睡了以后，才拿起手机：“喂？刘律师吗……我想问一问，以我现在的情况方便出国吗……没什么，就是去散散心，理清楚思绪……”

话未说完，手机却突然被人粗鲁地狠狠夺过。恩静吓了一跳，条件反射地扭过头，就看到阮东廷铁青着脸，发泄似的将手机摔到地上：“见鬼！你就打算扔一纸离婚协议给我，然后拿着我的股份和那小白脸双宿双飞吗？”

他原本是打算折回酒楼里查看今天的营业账目，可见厨房新烤了一盘巧克力味的饼干，想到她喜欢，便打包了一份送过来。谁知一走到庭院门口，他就听到这女人在问那姓刘的能不能出国。

怒火瞬间被点燃，一百个灭火器也扑不灭。

恩静的手被他抓得好痛：“放开我！”可他不动如山，“放开我你听到了没有？股份是你自己硬塞给我的，要是后悔了我马上还给你……”

“还个鬼！”他却听得更加生气，“把股份还给我，然后更自在地跟着那姓刘的跑路？你做梦！”

“阮东廷！”

“那小白脸到底哪里好？比我体贴？比我好看？比我有钱？还是比我会哄你开心？我放下阮氏那边一大堆事不做，天天来这儿陪老丈人泡茶，就是为了看你和那个王八蛋双宿双飞？”

她真是要败给他了！这人到底都在胡说八道些什么啊！她和那个刘律师？她和刘律师根本就什么暧昧也没有啊！

恩静深吸了口气，耐着性子把话再说一遍：“阮先生，你我的事真和刘律师一点关系也没有。看在这几年的情分上，拜托你，让我们好聚好散吧。”

“不可能！”

“我把股份还给你。”

“你做梦！”

“那你到底想怎么样啊？”

“我想怎么样？”他真是要疯了！歉也道了，事情也解释了，一天三餐加消夜来这儿拉拢老丈人，这女人竟然还问他想怎么样？

他恶狠狠地扳过她的面孔：“我想怎么样？我想这样！”薄唇下一秒就压下来，简直比扳着她的那只手还要凶狠，“竟然敢问我想怎么样？你再装，陈恩静，你再给我装！”

她被咬得生疼，却怎么也挣不开这个凶猛的怀抱：“你不要每次都用这一套……”

“我没文化，就懂这一套！”

“阮东廷！”

“叫什么？回去把离婚协议给我撕了，不然看我怎么收拾你！”

她真是要被他的蛮不讲理给气晕了！怎么讲都不听，什么道理都不接受，甚至到现在还能理直气壮地提出这种要求。

“听到没有？”恶狠狠的声音。

可这下，恩静再也没有回应了。他吻着她的唇突然尝到一丝凉意，心一惊，迅速退开，就看到这张脸上已糊满了横七竖八的液体：“恩静……”

她用力挣开他。

“怎么哭了？”重点已不在这件事上的阮先生当真被她推开了，手一伸，又要抚上她的脸。

却被恩静硬生生地避开：“你总是让我听你说，可为什么我说的你从来都不听？”

他听到话头便知她要讲的话尾，耐着性子又解释了一遍：“恩静，那是特殊情况，我怕你会露出破绽会出事才不敢和你说实话，我已经向你解释过了……”

“可你的解释我不满意啊！一点都不满意！”

“恩静……”

“明明一句话就可以让我安心的，明明一句解释就可以让我不再误会你和何秋霜的，可你不说，你把她留在家里。你公然和她出双入对，你还在尖沙咀给她包场庆生！你知道我有多难过吗？就算你有计划，就算怕露出破绽，可我那么痛苦，你完全看不到吗？”

不，他看到了！他清清楚楚地看到了她的痛苦，却理智清醒地坐视她的痛苦，然后硬着心去执行他的宏伟大计。

那么，她这个连一点秘密也不能知道的太太，又算什么呢？

“这么多年了，”她笑了一下，在泪眼中，竟惨淡地笑了一下，“一开始，你为了她，一次又一次误会我、伤害我。后来你为了你的宏伟大计，为了替初云报仇，什么都瞒着我，你用你的行为、用全世界的冷嘲热讽来羞辱我。凭什么？就凭我是你一句‘不情之请’就能娶回家的太太，所以活该被你这么瞧不起，这么不珍惜吗？”

“恩静，你到底在胡说些什么？”竟连这等陈年旧事也扯出来了，阮东廷头痛地抚额，“我已经和你解释过无数遍了！好，就当我错了，我有第二种选择可我没有去选择，我明白了、知错了、下次不会再犯了！我道歉，我道歉行了吗？那你和我回家，行吗？！”

“不行！”

“陈恩静！”

“你说你明白，可你根本就不明白！”泪水潸潸沾湿了她的衣襟，说到这儿，恩静原本已经有些激动的情绪又缓了下来，声音低了下来，“你这样大男子主义的人，什么都是你说了算，永远是你最大，你哪里会明白呢？这么多年了，就连我想要什么，到底在乎些什么，你也从来、从来不曾明白过啊。”

“爸爸说，他什么都不要求，只要求我快乐。

“可是阮先生，和你在一起，我真的觉得……一点也不快乐啊。”

那么多年了，她安静隐忍地留在他身旁，呼之则来，触手可及，可她不快乐。

“阮先生，你走吧，真的，你走吧，我再也不想见到你了，真的，不想见到了……”她虚弱地蹲下身，双手死死捂着自己的脸，哭得那么丑，丑得不敢再让他看到。

直到那颀长的身影一步一步踏出了庭院，她才终于放任自己，痛哭出声。

天上的星子依旧在闪烁，如同他尚未到来时一般，忽明忽暗，如泣如诉。是否它们也在回望着这一个漫长的故事？

一九七九年，游轮初见时，他是爱人他嫁的落寞船客，她是歌女。

而在一九八七年，在厦门落着细雨的沙滩上，船客对着已然忘却的歌女的脸：“请问小姐名姓？”

“耳东陈，恩静。”

那样的时光，仿佛已过了一整个世纪。

而今他离开时，树梢上的蝉开始鸣叫，“吱——吱——吱——”

盛夏如火如荼地降临了。

这是一九九四年。从十四岁至今，她爱了他十五年。

而最终，她亲手写下了这样的结局。

从这天起，阮东廷再也没有出现在她家里。

她不知他有没有回香港，反正Marvy和Cave早已经回去，反正大哥每天都说恩静酒楼里宾客云集，反正爸妈隔一两天就会被某个神秘人士邀出去吃晚餐，然后顺便带回来一份她喜欢的苹果香芝士，反正他没有再出现在她的生命里。

那一天，是打算到中医院去给阿妈抓一帖止咳药吧？在通往医院的某条小巷里，突然有人在身后叫她：“小姐，东西掉了！”转过头去，却突遭当头一棒，她被敲昏了过去。

醒来时，她已经是在某个黑暗的房间里。

炎炎盛夏，她居住的城市竟还有这么令人毛骨悚然的地方。周遭又黑又暗，她被死死地捆在破旧的椅子上，眼一睁，就听到比周遭还要阴冷的声音：“醒了？”

是何成！

天哪，他不是被抓进去了吗？掐指算来，应该是要被判刑了吧？怎么又出现在这里了？

“你要做什么？”

黑暗中何成轻蔑地冷哼了声，没有回答她，只是拿起手机拨了串号码：“陈恩静在我这儿，如果要她的命，就拿你的命来换！”

“不要！”

阮东廷原本正要问他“我怎么相信你的话”，却听到电话那头传来恩静的尖叫声，一颗心瞬间紧张了起来：“我马上过去，不准伤害她！我马上过去！”

“给你半小时。你知道，我耐心有限。”

何成疯了！外头满世界全是他被判刑后又越狱的消息。事业没了，未来没了，只剩下一连串罪名和肮脏不堪的过去，你教他怎能不疯狂？

半小时里，她的手机响过无数次，可都被何成按掉了。

半小时快到时，恩静听到这房间外传来了大门被愤怒推开的声音。

那时何成已经不在这房间里了，恩静猜自己的所在之处应该是某个郊区的套房，她被锁在房间里，外头还有大厅。听到那道推门声，她心中一喜，可接下来听到的，却不是想象中的声音。

那是何秋霜，一进门就让抓狂的声音填满了整间房：“你疯了吗，爸？这都什么时候了你还敢做这种事！陈恩静呢？”

“阮东廷呢？”

“他不会来的。”

“秋霜！”清清楚楚地，何成的声音也从外头传来，很明显是被何秋霜给激怒了，“你这吃里爬外的不孝女，是要气死我吗？”

“你这样冲动行事，将来才会气死你自己！”

“我已经没有将来了！”

“那酒店呢？”

何成怔了一下：“酒店？”无尽的绝望涌上他的心头——酒店？哪还有什么酒店？就在几天前的审判席上，那判了他谋杀罪名成立的法官又以涉嫌“商业盗窃”的理由，下令酒店暂停营业，只待阮东廷将一纸索赔书呈上。

只是索赔？他现在全部的身家都投到了那个出师未捷的“扩张计划”里，哪还有能力去应付那一纸索赔?

秋霜还在劝他："爸爸，爸爸你放了陈恩静吧，别再错下去了！你放了她，放了她我们才有脸去求阿东放弃索赔啊！"

"不可能的！他一心要让我死，设了那么大一个局让我跳下去……"

"那是因为你先设局让他跳！你盗取他的'十四味'秘方、害死他妹妹还企图伤害他老婆，你说他能不反击吗？"她一激动，尖锐的声音就仿佛要穿破每一道墙。

而里头的恩静却只觉得冷。

隔着一扇薄薄的门，在这阴森空气一寸寸侵蚀着感观的暗房里，内心真正的寒，却随着门外那女子歇斯底里的吼叫而一分分腾起。

"你做了那么多错事，甚至为了转移别人投在你身上的注意力，把我也拖下水！设一个又一个局让所有人以为摄像头是我装的、初云是我害的！"房外的声音越发激昂，房内的她仿佛看得到那女子糊了一脸的泪，说到这里时，突然又降低了声音，"对！你想说我是不可能真的出事的，对吗？因为你还聪明地替我设计了不在场的证据，是吗？"她一寸寸逼近他，逼近自己的父亲，逼近这个仿佛所有事都能以身家利益来丈量的世界："可是爸爸，我和阿东呢？我和阿东二十年的情分……二十年情分哪！全被你这个可笑的不在场的证据毁了你知道吗？！"

突然"砰"的一声，在她这句话刚落时，大门又被踹开了。

这一回闯进来的，是何成真正想要等的人了——阮东廷！

可这不孝女在见到他时就大喊："在房间里！"

"秋霜！"何成气得发抖，就要朝阮东廷奔去，却被他女儿发了疯般拉住："爸——爸！"

"他最后的那一个计划我也知道！不仅知道，我还配合他隐瞒你，配合他在你面前演戏！你要他的命是吗？好、好，先要了我的命吧！"秋霜已近疯狂。

就是在那么一瞬间，何成失了神："你说什么？"

也就是在那么一瞬间，暗房里传来拔高的声音："阮先生！"

是恩静。

她声音听上去还好有底气，并不像是被折磨过的。他松了口气，踹开门进去后，第一件事竟不是先替她松绑，而是紧紧抱住这个久违了的人。

他紧紧地、死死地抱着她，叫她："陈恩静！"他咬牙切齿，"你不是说不需要我吗？不是说能照顾好自己吗？你这个白痴！骗子！"

"阮……"

"闭嘴！"他低吼一声。刚刚在酒楼里打了电话和秋霜通过气后，他就马不停蹄地赶来了，路程虽短，却几乎耗尽他这辈子所有的耐心。

"你这个白痴！白痴！"就像是不知道该怎么用词，他顿了一下，才说，"我一定是疯了，才会听你的话，放过你！"

松开她的绳子后，阮东廷就再也没有松开过她的手。而她也温顺地任他牵着，走出暗房，走过那对呆傻了一般的父女。

在即将走出这套破旧的公寓时，他听到秋霜的声音："阿东。"

微弱地，略带迟疑地唤了一声。

阮东廷驻足。

"记住你的话。"她只说了这么一句，目光空洞地投向他们那双十指相扣的手。

你看，即使闹得那么不愉快，无名指上的钻戒，两个人也没有摘下来过。

这一天，直到车子驶回市区，停到她家大门口时，他的一只手也依旧是握着她的，就像怕稍不留神，这女子又会从自己身边消失。

一路沉默，直到要下车时，恩静才突兀地开口："刚刚何小姐说'记住你的话'？"

"我答应了她，放弃索赔。"

下午接到何成的电话时，他原本是想报警的，可思绪一转，又将电话拨到了何秋霜那儿："你爸绑架了恩静。"

"什么？"

他没心思替她平复心情了，只顾着把话说完："他要我过去一命换一命。秋霜，谋杀、商业盗窃，现在再加一个绑架勒索……"

"不！不！别报警，求求你——让我来！我保证让陈恩静毫发无损地出来！"她挂断了电话。

可火速将车开到阮东廷传来的地址时，电话又打了过来："可是，能不能答应我，放弃索赔？"

原本是该拒绝的，斩钉截铁地拒绝，可一句“不可能”未说出口，那头又传来了恳求的声音：“阿东，我保证这是我这辈子对你的最后一个请求了——最后一个。”

阮东廷挂断了电话，默许了。

原本“商业盗窃”的消息传出来，何成酒店的声誉就已经受损了，现在再加上一个赔偿压力，不是逼着何成直接宣告破产吗?

可就因何秋霜的一句恳求，他答应了放弃索赔，也就是给了何成酒店一条活路。

只是这一回，恩静不再纠结于他对何秋霜的让步了。沉默片刻后，她说：“其实你当时相信何小姐，是对的。的确，是我带了主观偏见去看她。”

“这不是你的错，”阮东廷口气微讽，“毕竟何成为了误导大家，连自己的女儿都搬出来了，谁会不信？”

“你不信。”

“那是因为我知道凭秋霜的智商和胆识，不可能做得出这种策划。”

她淡淡笑了笑，不想再搬这些旧事了，既然所有事情都已经明朗。

只是不搬这些事，似乎也就无话可说。恩静垂下头，看着他依旧同自己十指相扣的右手。骨节分明的大手，无名指上的婚戒至今没有摘下。

突然想起两个人结婚的那一日，神父让双方交换婚戒时，问他们：“为什么婚戒要套在无名指上，你们知道吗？在华人里有这么一个美丽的传说，大拇指代表我们的父母，每个人都会有生老病死，父母有一天也会离我们而去。食指代表兄弟姐妹，总有一天，他们也会有自己的家庭。小拇指代表子女，长大之后，子女终将离开我们。无名指代表夫妻，是一生相守的，扣在一起后，便是永生永世不分离。所以，结婚钻戒要戴在无名指上，不仅仅是因为无名指上有一根神经可以连到心脏。”

那一日，神父当着他们的面做了一个试验：他打开自己的双掌，左手的指头与右手的指头一一相对着，合上，而左右手的中指却相交着向下弯曲。神奇的是，当他试着打开合起的拇指时，左右手的拇指很轻易地就被打开了；试着打开食指时，它们也能够轻易地被打开；尾指呢？亦同理。可最后要打开左右手相合的无名指时，她却错愕地发现，不管他怎么试，那无名指都是打不开的，一打开无名指，则所有的手指都要分开。神父说：“因为夫妻是要一辈子相守在一起的。”

所以婚戒要戴在无名指上，一日未摘下，便说明一日仍有地久天长的愿望。

阮东廷顺着她的目光看下来，大概也猜到了她在想什么："后来你有没有试着打开过无名指？就像神父做的那样？"

她淡笑："没有。"

因为那时的她深信，这人生中的左右无名指，是永远也不必打开的。

想到这儿，恩静笑了一笑，先松开了他的手："先走了。"

只是推门下车时，又听到他温存的声音，只唤了她一声："恩静。"

"嗯？"

"有一家新酒楼明天开业，和你哥一起来吧。"他顿了一下，"届时，把协议书给你。"

那一瞬也不是没有失落的——协议书，是的，她还没有和他正式签字呢，在法律上，其实两个人还是夫妻。

只是今日他竟主动开口了，那一刻，恩静心中突然五味杂陈。

可很快她便点点头："好。"

下了车。

大哥说新开的酒楼不在泉州而在厦门，就在曾厝垵的那一片海滩附近。

熟悉的地点总是那么容易勾起旧时的记忆。

初识阮东廷，就是在七十年代的厦门，那时曾厝垵还只是个小村庄，鼓浪屿也不过是个稍具姿色的小岛。它们之间隔着一片海，而那夜细雨绵绵，她随着游轮漂浮在海上，雨落大海时，她遇到了他。

阮东廷说酒楼是今天开业，事实上，今日这酒楼却一点也不热闹，没有顾客就算了，竟连服务生也没有。恩静一踏进去就感觉自己被骗了，尤其当她看到大堂竟然还有装修师傅在同阮东廷谈装修方案，她就知道，这骗子一定又有事欺瞒了她。

可这一次，欺瞒她的不仅仅是他一个人。

一见恩静到达，阮先生便搁下了工作，走过来："走吧。"

"去哪儿？"

他微微一笑，沉默地领着她踏出酒楼，穿过偌大的沙滩，来到沿海的那一艘游轮旁。

已值傍晚，海天交接处悬挂的夕阳却依然耀眼，阮先生指着被阳光覆盖的这艘轮船，问她："那年我是不是也包下了这么大的一艘船，才遇见了你？"

陈恩静一惊："什么？"

他却不再往下说。船内的热闹欢喜吸引了船外人的目光，恩静似乎听到了好熟悉的声音："是妈咪？"

是，是妈咪。

可又何止妈咪？满游轮的热闹欢喜——她的家人、他的家人，她的好友、他的好友，通通都在这游轮上了！

恩静错愕地看向阮东廷："怎么回事？"

"不是要离婚吗？"

"可他们……"都是来看她离婚的吗？

可不是？

一纸离婚协议已经被摆上了桌——她签过名的那一份。两个人走到桌旁时，原本热闹的轮船突然静了下来，半晌，才有俊仔疑惑的声音响起："离婚协议？我们不是来接大嫂回香港的吗？为什么还要离婚？"

小朋友就趴在桌旁，恩静与阮先生一左一右，他正好趴在中间，皱眉看着那份似乎不应该出现的离婚协议。

他大哥倒是难得的好脾气，耐心解释道："本来大哥也不打算签的，可大哥做错了事。"话是对俊仔说的，可深邃的黑眸紧紧盯着的，却是他对面的恩静，他说，"一错就是十五年。"

"这么久？大哥做错了什么？"

"大哥刚认识你大嫂时，就答应了她一件很重要的事，可后来，大哥忘记了。"

一声突如其来的抽泣自对面传来，他目光锁定的那女子用手捂住唇，滚烫的液体却止不住自眼眶滑落。

"等你成年了，我就来娶你。"

"真的吗？"

"真的。"

可是后来，他忘了。她以为他永远都不会再记起了，可今日他又提起，然后拿起笔，在离婚协议的签名栏上写下了自己的名字。

周遭的人纷纷散开，各自继续之前的娱乐。好奇怪，真的好奇怪，竟无人愿意停一停，为这一场逝去的婚姻默哀。

桌旁只余他与她，等所有人都离开时，他才说：“那一年见你也是在游轮上吧？你唱了一曲《子夜歌》，唱得真好听。”

那一定是他这一生中听过的，最动人的曲子。

恩静的话已变成颤音：“你怎么……”

你怎么记起来了？你是怎么记起来的？谁告诉了你？或是你自己想起了？

她没有问出口，可他心领神会。

却没有回答。

他只是说：“走吧，陪我到走廊上走走。”

走廊上空无一人，只看得到无边无际的海，而夕阳已经彻底落下。

船舱内有悠悠的琴声开始响起，这一回，唱的又是哪一曲？

她还没有听出来，就见他已朝自己伸出手，就着那悠扬的曲调，将这个纤瘦的身子拥入怀中。

音乐靡靡，舞步靡靡。

他将下巴轻抵在她发间，嗓音低哑：“那天你说，这么多年了我从来都不知道你想要什么，所以从那时候起，我想，如果要挽回你、挽回这段婚姻，就必须从根本上下手。所以这一段时间，我还是待在泉州，从你家人和朋友那儿，从你小时候开始了解你。结果你知道我发现了什么吗？”

原来那天吵得那么凶之后，这家伙还是没打算放弃。

明明他颀长高冷的身躯已一步步远离了她家院子，可这家伙还是没打算放弃。

恩静笑了——发现了什么？她大概知道了，就因为这一个发现，才有了今天的游轮桥段，不是吗？

“原来是你，”他低低喟叹了一声，双臂更紧地收了收，“恩静，原来当年那个瘦巴巴的孩子，是你！”

“就因为瘦巴巴，所以你才把我忘了？”她声音里添入了一丝调侃。

他却那么认真：“不，这件事你不能怪我。一来当时你还是个孩子，我又不是变态，怎么可能对一个小朋友念念不忘？二来重逢之后你容貌上变了那么多，你又从不提醒我，我压根就没往那方面想——试问，世上哪有那么多机缘巧合？”

可偏偏就发生在他和她身上了。十几年前在游轮上无意邂逅的歌女，十几年后，竟然成了他的妻。

“所以知道了这件事后，我想你我之间一定是有缘分的。恩静，你还年轻，还有好多精力，那崇山峻岭终是能踏过去的。

“所以我想等你冷静了，也等我更加了解你之后，再重新行动。”

“可那天接到了何成的电话。”他深吸了口气，置于她腰间的手突然紧了紧，“我发现，我已经没有办法再耐着性子等你跨过崇山，其实有一件事比短暂的分离更可怕，陈小姐。”他唤她“陈小姐”，然后说：“那就是，失去你。”

“所以，”他更紧地箍住她的身子，“我愿意重新了解你，也让我重新追你，好不好？”

好不好，问得如此温存的“好不好”。

她再也忍不住双肩的颤抖，眼中有泪，嘴角却是勾起的。

还记得吗？一九八七年，那一个冷冷的厦门的海边，他带着她在海边走了很久后，开口：“不好意思，请问小姐名姓？”

“耳东陈，恩静。”

“陈小姐，我有个不情之请，你可不可以嫁给我？”

而今称谓依旧，在厦门的海上，他带着她，舞着悠然的步子：“陈小姐，我有个盛情之请。”

“嗯？”

“可不可以追你？”

称谓依旧，人也依旧，可不同的是，这一年的她笑了。

那是一九九四年的盛夏，陈小姐永远也不会忘记，阮先生开口追求她时，船舱内的南音已经唱到“同是天涯沦落人”。

同是天涯沦落人，相逢何必曾相识？

他停下了舞步，仿佛世间再也没有什么比这件事更重要：“让我重新追你，好不好？”

她微微一笑，其实相逢何必曾相识？

倒不如，让我们重新开始——

“好是好，可是……”

“嗯？”

“答应你的追求，不代表就接受你了哦。”

“我明白。”

“短时间内我也不会跟你回香港。”

“那就让我陪你留在泉州。”

“如果再有隐瞒我、欺骗我或者不相信我的事情发生……“

“任你羞辱，陈小姐。”他置于她腰间的大手缓缓而上，最终定在了她后脑勺上，难得好脾气地问，“说完了吗？”

“嗯……”

“那就让我也说一句。”他口气那么郑重，郑重得让恩静以为他要宣布什么重大事项时，这厮竟垂下头来，态度绅士可口吻坚定，“可不可以吻你？”

“……”

（正文完）

番　　外

琛仔记

/ 记录之一 /

琛仔来到人间的那一夜，阮东廷始终被关在产房外。老夫人有一种根深蒂固的信仰，这信仰包括——当太太生产时，先生绝对不能在旁边看。于是他只能心焦地被隔离在一扇门之外，听着门内“战况”激烈的喧哗声。三小时过去了，五小时过去了，一整夜过去了……天蒙蒙亮时，一道嘹亮的啼哭声贯穿了整层楼。阮东廷心一紧，再也顾不得之前医生和妈咪交代了什么，一把推开门：“恩静！”

他的太太此刻正疲惫地躺在床上，仿佛耗尽了浑身气力。

阮东廷只觉自己也似经历了九死一生，大步跨到床前拥抱她时，几乎有些控制不住自己的力度。是该轻一点、小心一点，还是该顺着自己的心意重重地抱住她？可是不行，他的太太看上去太虚弱了，经不起任何稍稍大力的触碰。于是最终他只能用自己的怀抱一整个地、温存地、小心地包住她：“辛苦了，恩静，你辛苦了。”

每一个字，他都说得极重极重。

与她相识的这一二十年来，阮东廷从来都不是一个会说好听的话的人。尽管结过两次婚，尽管两次的结婚对象是同一个人，可就算是面对这个好不容易才重新追回来的人，他也很少说出什么甜度太高的话来。

那天，全家上下都巴不得能二十四小时围着刚来到人间的小琛仔转，包括恩静自己。可阮东廷却不太愿意让她长时间地抱着琛仔：“你现在最需要的是休息，儿子有好多人看着。等你休息好了，你什么时候想抱都行。”

于是儿子被好多人看着，太太他便自己看着。两个人一同躺在重归宁静的房间里，阮东廷说：“睡一会儿吧，我陪你。”

这一睡，便足有十个钟头。

在那十个钟头里，他看到了年轻时候的自己。在厦门雾蒙蒙的海边，对身材纤细的陌生女子说：“陈小姐，我有个不情之请，你可不可以嫁给我？”

那时候，他知道自己的一生将与这个人羁绊在一起。

可他不知道会羁绊得这样彻底。

阮东廷其人，报纸和八卦杂志上常津津乐道：十几岁时外出求学，异乡寂寞，他的生命中曾经闯入过一个鲜活的人影。后来那女子离开他，同别人结了婚。乱七八糟的八卦数不胜数，甚至有离谱的娱记不知打哪儿听到传闻，说他曾经在初恋女友与其丈夫之间当了几年的第三者，结果把人家丈夫活生生给气死了。更过分的是，他把人家丈夫气死之后，阮家又嫌弃初恋结过婚。而男人这种东西，一颗心最易变。不多时，阮东廷自己也移情别恋爱上了别人，当即抛弃初恋，转而娶了更年轻的新欢。

而那个新欢，就是如今的阮太太。

八卦说得有鼻子有眼，有条理又有逻辑，只可惜通篇是狗屁。

梦中的恩静也看过那天的报纸。那时两个人刚离婚没多久，阮东廷正追人追得起劲，最怕这种杀伤力强大的风吹草动。

然而没等他出手，恩静已一纸律师函将那娱记告上了法庭。

那时网络并不发达，八卦传递全靠报纸。好几家报社争着想采访恩静，而最终，恩静选择了她状告的那家报社的对家，采访地点就在她的公寓里。她对记者说：“阮先生那样骄傲的人，是不可能做出破坏他人婚姻的事的。自何小姐与陈先生结婚后，他便断了与何小姐的所有联系。直到后来听说何小姐身患重症，出于旧时情谊，他帮着找医生，两个人才重新有了接触。”

“那您呢，陈小姐？当年与阮生结婚后，何小姐又是否介入过你们的婚姻？”记者问她。

那时全港都知道阮东廷正使劲追着“回头草”。然而既然是“追”，恩静便仍然是“陈小姐”，最终会不会成为“阮太”，全凭她的心意。

陈小姐说："你指的是哪种形式的介入？"

记者委婉地道："据说那时候，何小姐每次来香港就医，都是阮先生帮忙安排的医院。"

陈小姐淡淡一笑："他有他的交友圈，何小姐是旧友，旧友有难，他帮忙找医生，这是情分。"

"可好些小道消息都说其实和您结婚后，阮先生和何小姐仍在背地里交往——是男女之间的那种交往。"

恩静仍旧只是笑，给记者添了茶，就没有说话了。

滚烫的液体在杯中晃荡出悦耳的声响，整个公寓静得只有这种声响。

许久之后，她才温声开口："其实我也曾一度以为有。或者说，不是我'以为'有，而是我觉得……他们'可以'有。"

毕竟两个人一开始是在那样的条件下——"陈小姐，我有个不情之请，你可以嫁给我吗？"他们的婚姻，一开始便只是不情之请。

"后来呢？"

"后来有一回，他无意中说了没有。"

"他说了，您便信了？"记者诧异，"没有调查？"

豪门里这点小恩怨、小手段，记者小姐是吃这碗饭的，再清楚不过。目睹了太多豪门夫妻斗智斗勇的案例后，同为女性，她其实并不反对阔太太们在先生身边安插一点眼线。毕竟男人这种东西，没钱的都想变坏，更何况是有钱的？

可眼前这位曾经的阔太太却只是笑："我刚结婚时，心中抱的就是最坏的打算。他从来没给过我承诺，所以后来当他说没有，我便相信是真的没有。"

记者小姐显得很无奈："您太不了解男人了。"

"不，是你们不了解他。"恩静摇了摇头，又给自己添了点茶，"阮先生这个人脾气可能不太好，但他不是小人，不屑于做欺骗女人的事。"

记者小姐有些错愕：采访过那么多分手的夫妻，她曾以为最不忍目睹的永远是男女离婚时的场景。所有丑陋的嘴脸都摆出来，锱铢必较，那时候，真是连说一句"我们曾经也相爱过啊"都没有勇气。

可眼前这个女人，曾经的阮太太，在同阮生离婚后，对着记者的镜头说"他不是小人，不屑于做欺骗女人的事"。

"您爱他吧，很爱很爱？"

恩静沉默片刻，最终微笑着开口：“仿佛爱了一生。”

“他呢？”

“谁知道呢？”

或许，大概，应该……也是爱的吧。否则何必在离婚后还千方百计地死缠烂打？明明满世界年轻漂亮的优秀女子。

可除此之外，究竟有多爱，又爱了多久，谁知道呢？

那位记者最终在报道里掐掉了最后那句话，只澄清了关于“阮东廷曾介入他人婚姻”这等离谱事，顺道在文章结尾写了一通漂亮话，祝阮先生早日追妻成功。

那时阮东廷正在内地处理新酒店的事，回头看到这份报道，已经是一个星期以后的事了。

他其实并没有多少感觉，只庆幸恩静没有受那些乱七八糟的八卦影响。可此时在梦里，他以旁观者的角度看着公寓里那个对着记者言笑晏晏的女子，突然有些疑惑：那个时候的恩静究竟是以何种心情来应对记者的提问的呢？

一场梦断断续续做了好几个钟头，醒来时已经是傍晚了。他们睡了一整个白天，而隔壁的小琛仔已在奶奶和保姆的照顾下安睡。

恩静睡得很沉，大概是太累了，连姿势也没有变一下，始终靠在他怀里。

直到感觉有人在轻轻地吻她的眼皮，她才迷迷糊糊地睁开眼。

她先生的手臂被她枕着，她先生的嘴唇从她的眼皮上慢慢移到了她的耳边，后来她先生说：“我是不是从来都没说过我钟意你？阮太太，我好钟意你，不知是从什么时候开始的。”

/ 记录之二 /

小琛仔周岁后便开始学说话。阮东廷其实不知道这算是早还是晚，只知Cave那个家伙常常一边逗着琛仔，一边羡慕地道：“要是Marvy肚子里的能和我们小琛仔一样聪明，叔叔做梦都要笑醒。”

两家其实都算得上是晚育，只不过阮、陈第二回结婚时，小琛仔已经悄悄蜷在了妈咪肚子里。以至于这两个人结婚没多久，阮家便又添了一桩喜事。

说起这个，原本收养了Angela后便没打算要孩子的Cave甭提多羡慕了——

怎么可能不要孩子呢？小屁孩小小的、软软的，那么可爱，谁会不想要？更何况Angela也完全有能力当个好姐姐啊！

结果羡慕着羡慕着，有一天Marvy突然对他说，该恭喜他即将当爸爸了。

Cave：“真……真……真的？”

Marvy：“啊。”

Cave：“有了？”

Marvy：“啊。”

Cave：“我的？”

Marvy：“连楷夫你想死是不是啊？！”

“啊哈哈，哈哈哈——对不起对不起，是我太高兴了。哦老婆，我老婆太伟大了！”

从此，Cave在阮东廷这边的口头禅就变成了“要是Marvy肚子里”，为此不知被他家太太嫌弃过多少次。

话说多了，再绕回来——

如果阮东廷记忆没出错的话，小琛仔会说的第一个词是妈咪。虽然阮先生看起来冷心冷肺又不喜欢小孩，可事实上，孩子出生以后，他带宝宝的时间竟然比恩静还要长。虽然这厮工作忙，酒店业务又满世界在扩张，可还有什么能比家里的小琛仔重要呢？每天一下班，阮东廷就赶着回家抱儿子，一边抱着，一边还要指着自家太太教儿子：“琛仔，叫妈咪。”

“妈咪”“妈咪”“妈咪”……后来琛仔开口说话了，说的第一个完整的词真的就是妈咪。

后来阮东廷又教他：“妈咪爱琛仔。”

恩静就在旁边笑，一边笑，一边亲着琛仔香喷喷的小脸蛋说：“爹地也爱琛仔。”

阮东廷便侧头在她的脸上也亲一下。

阮俊宇在对面替这一家三口拍照。少年的身量在这几年迅速拔高，已经长成俊挺的模样。和他哥念国中时一样，学校里也有女同学会偷偷地往他桌肚里塞情书，不过俊仔说：“女生都没我们小琛仔漂亮，叔叔不喜欢女生，叔叔就喜欢我们琛仔。”

秀玉每次听到都笑得要死：“胡闹！你要是不喜欢女生，妈咪可就愁死了。”

毕竟和他哥那狗脾气比起来，阮俊宇简直称得上是温和纯良。也不知是不是家教的关系，阮俊宇比别家的同龄人要早熟，为人成熟稳重，脾气又好，学校里的小女生不知多喜欢。

不，何止小女生？秀玉一早就说过：“我们俊仔啊，长大后肯定比他哥更受女孩欢迎。”

这么说着，不知不觉，秀玉又将话题绕到了小孙子身上：“然后我们小琛仔呢，奶奶就指望着你的性子能多像妈咪一点。不像妈咪的话，也尽量向叔叔靠拢，千万别学你爹地。”

于是二十年后的阮祁琛——

“对不起奶奶，是我辜负了您的期待。”

于是二十年后的阮东廷——

“很抱歉妈咪，毕竟琛仔是我儿子。”

/ 记录之三 /

人说“三岁看老”，小琛仔三岁的时候，真的就已经有了点“翻版阮东廷”的潜质：小高冷，小矜持，又酷又帅，一双浓墨重彩的葡萄眼镶嵌在瓷白小脸上，甭提多可爱了。遇到不顺心的人或事，他漂亮的眉头又皱得可以夹苍蝇，操着那口小奶音学着爹地的样子批评：“不像话！”

恩静总是被这三个字“酥”得走不动路，直扯着她的先生笑：“你看你看，琛仔都跟着你学坏了。”

她其实挺好奇的，明明自己对琛仔也不赖啊，可小朋友怎么只照着阮先生的风格长，一点也不像她的孩子。

其实那年阮东廷已经开始长时间地待在内地。香港回归后，阮氏把重心全部移到了这片广袤的市场上。在琛仔的幼年时期，爹地每次回港都会给他讲那片土地上的见闻，引得小朋友对内地无限向往。

终于，在琛仔大到可以念大班，会讲半流利的普通话，甚至简单的英文也能说得磕磕巴巴时，爹地将他带去内地过暑假了。

可不幸的是，那一回，琛仔和客户家的小孩一同出去玩时，被人给拐走了。

不是绑架，也没有勒索，拐走琛仔的是一伙专职的人贩子。

恩静在听到这件事的第一时间便赶来了内地，整个人几乎都崩溃了。

好在后来有惊无险，阮东廷结识了一群当地的地头蛇，为人豪气且仗义，很快就帮他们查到了人贩子的行踪。恩静抵达此地没多久，他们便将琛仔带回了家。

历时两天，小朋友看起来还好好的。虽然背带裤脏了点，小皮鞋也脏了点，可那双小短腿依然能跑能跳，说话也都正常，只是恩静却仿佛一下子老了几十岁。

她的孩子她心里清楚，虽然看起来像什么事也没有，甚至在听保姆说妈咪担心得要疯了以后，小朋友还反过来安慰她："妈咪，琛仔没有事。有个妹妹偷偷给我送吃的，还陪我玩，所以我没有很怕。"可恩静知道，其实孩子不是不怕的。

他骨子里有他爹的那种酷，这种酷让他比别家孩子看起来要懂事些。可他就是太懂事了，懂事得让人心疼。

然而小朋友让人心疼，粗心大意犯了错的阮东廷就一点也不让人心疼了。也是那一回，琛仔发现一向好脾气的妈咪竟然也会对爹地发脾气。在他被带回家时，琛仔看到妈咪先是哭着紧紧地抱住自己，然后一边抱着，一边把爹地骂了一顿。再然后，妈咪开始不和爹地说话，也不吃爹地做的饭，明明爹地已经低声下气了——这个叫低声下气的成语是保姆用来形容那个时候的阮先生的，所以好学的小琛仔也跟着学会了这个成语——明明爹地已经低声下气地哄着妈咪了，可妈咪还是不理他。

虽然全家上下就小琛仔最得宠，可从前如果爹地这么哄着他了他还要闹脾气的话，再接下来，爹地肯定是要揍他的。

琛仔一想到被老爸用藤条抽手心的场景，就吓得忍不住搓手心：好吓人哪，爹地会不会哄得不耐烦了，也用藤条抽妈咪的手心？

琛仔一边捂着小手，一边迈开小短腿"噔噔噔"地跑到书房外。那里头，爹地还在心平气和地和妈咪讲道理——

"好了，在儿子面前给我点面子，好不好？

"我错了，是我粗心大意，原谅我好不好？

"我保证，以后到哪里都带着琛仔，绝对不会再有下一次。"

啊！！妈咪竟然还不回应，模样像极了从前因为不听劝而注定要被爹地揍的他！

好早以前琛仔就听奶奶说过：“恩静这孩子就是脾气太好了，遇到阿东这种坏脾性的，注定要被吃得死死的。”什么叫“吃得死死的”？“死死的”？

小琛仔越想越不安，书房里爹地还在低声说着什么，明明口吻温和，可阮祁琛小朋友已经在小脑袋瓜里脑补了一出家庭伦理惨剧。

在这出惨剧的鼓舞下，这位家教良好的小绅士敲了敲书房的门，学着爹地平时给自己讲道理的模样——酷着脸，耐着性子，口气温和地道：“爹地，虽然妈咪在生气，可你不能生气，更不能像揍我一样揍妈咪。”

阮东廷：“啊？”

陈恩静：“？”

小琛仔：“大不了我代妈咪道歉，道过歉后，爹地就不能抽妈咪手心了哦！”

阮东廷：“……”

我敢吗？我就问你我敢吗？！

直到彻底弄明白这个小朋友在说什么以后，处于盛怒中的妈咪才终于“扑哧”笑了。

阮东廷看她笑了，悬到半空的心这才稍稍回落。

那一晚，依然是阮先生做饭，饭后恩静去洗碗。

趁着妈妈洗碗的空当，爸爸将儿子抱到沙发上，开始了霸道总裁每天的育儿工作。他说：“琛仔，妈咪这几天其实不是在生气，妈咪是太爱你了。我们必须理解她的心情。如果有一天妈咪也被坏人带走了，你是不是会很着急、很害怕？”

琛仔点点头，觉得爹地说得有道理。这么消化了爹地爱的教育后，他又捏着小手提出新问题：“可是，为什么爹地不会揍妈咪呢？”

阮东廷：“……”

“爹地以前揍我的时候，妈咪说，那是因为爹地爱琛仔。难道爹地不爱妈咪吗？”

阮东廷：“……”

琛仔继续捏着他的小短手，怎么也想不通：“爹地难道不爱妈咪吗？”

“爱。”

小朋友睁着一双好奇的大眼睛，一脸的求知若渴。

“可是爹地对妈咪的爱和对琛仔的爱不一样。琛仔是小朋友，小朋友总会有不懂事的时候，作为爸爸妈妈，在这个时候就应该好好教育他。但是妈咪她已经是一个成年人了，她很懂事，很多时候甚至比爹地还要懂事。爹地可以疼她、保护她，可爹地不能像教训琛仔一样教训她。以后我们琛仔如果有了喜欢的女生，千万要记住爹地的话。”

“可是我喜欢的女生就是妈咪啊。”

他家爹地乐了，一点也不吃醋：“对，所以琛仔要快点长大，和爹地一起保护妈咪。”

/ 记录之四 /

保护妈咪是爹地在做的事。

保护妈咪也是琛仔立志要做一辈子的事。

阮祁琛在香港念的小学，国中念到一半，因为爹地长年在内地，后来他也就跟着到内地来读书了。

自幼的成长经历告诉阮祁琛，他的父母和别人家的父母不一样：别人家的爹地妈咪叫什么、多少岁、做的什么工作，那都叫隐私，除了自家人谁也没资格知道。可他家爹地妈咪叫什么、多少岁、做的什么工作，甚至……从前有过什么交往史，都清清楚楚被印在报纸和杂志上，供人阅览。

十四岁的某一天，阮祁琛回家时，脸上挂了彩。

是被揍的。

但他也没吃亏，揍他的那个人可不止脸上挂了彩。

高高大大的中学生，热衷于运动，最擅长打篮球，揍起人来和掷三分球一样非常果断。结果刚回家，他就被爹地抓了个现行：“脸怎么回事？”

那阵子恩静正好在香港，陪着婆婆给小叔阮俊宇挑相亲对象。钟点工做完饭就离开了，于是阮祁琛回家时，整个别墅除了阮东廷外一个人也没有。一坐到餐桌旁，阮东廷就发现儿子脸上挂彩了。

进入青春期的阮祁琛，其高冷程度比起他爹绝对有过之而无不及。面对这略有斥责感的问题，琛仔只是冷哼了一声，就像是专门等着他提这个问题似的，二话不说，从书包里拿出一份报纸扔到桌上。

“晚饭我已经在学校吃过了，爹地自己吃吧。”

那份报纸的首页印着阮东廷的背影，在阮氏旗下的某个酒店外，男人与一名高挑的女子正在说着什么。

两个人的身体距离其实很适中，举止也不见一丝暧昧，暧昧的是女主角的名——何秋霜。

于是这份报纸洋洋洒洒近万字，细数阮氏夫妇与何成酒店如今这位掌门人二十几年来的爱恨情仇。甚至还依着阮、何二人曾经的交情，大胆预测太太时常不在身边的阮东廷很可能会与何秋霜旧情复燃，再续前缘。

今天在学校，被他揍的那个男生说：“阮祁琛，你爸出轨咯！”阮祁琛的拳头立马送出去，给那个浑蛋添了彩。

少年的脸上也挂了彩，可关到房间里却心不平气不和的，只写作业，连创可贴也没贴。

阮东廷拿着消炎药水进去时，看到的就是琛仔坐在桌前写作业的背影。

“宁愿为了一份报纸和同学打架，也不来问问爹地传言有几分真假吗？”阮东廷的育儿观里永远没有和稀泥，更认为“孩子还小什么也不懂”这句话完全是狗屁——孩子不懂不就是因为大人没教吗？再说如今的孩子又能蠢到哪里去？

果然，阮祁琛扔了笔，也不再作高冷状，直接问他爹：“报纸上说您和那个女人有暧昧，是真的吗？”

阮东廷眉头也没有皱一下，十分坦然地回答：“假的。”

“可妈咪的确常常不在你身边。”

“所以呢？妈咪不在身边，你爹地就可以和其他女人有暧昧？”

“可是他们说爹地身边还有许多诱惑！”

十四岁的琛仔已经知道什么叫诱惑，那张越来越肖似他父亲的脸上大大咧咧地写着“我什么都懂”，一副又蠢又不羁又要自作聪明的样子，看得他爹简直想把消炎药水全倒在他脸上。

然而这位霸道总裁爹，可以冷酷无情地对员工说“再犯这种低级错误你就不必再干了”，可面对自己的儿子……还能怎么着呢？

教吧！

“第一，爹地身边的确是有很多姐姐或阿姨，可她们全是爹地的员工或者合伙人，没有暧昧。第二，爹地是不是从小就教育你，男子汉大丈夫要为人坦荡，守得住原则？你说，一个男人如果连这点所谓的诱惑都抵抗不了，他还怎么当一个坦荡有原则的男子汉？”冠冕堂皇地说了一通后，阮东廷深吸了口气，终于有点立不住冷静理智爹的人设了，“啪”地往他儿子脑袋上拍了一记，“第三，你知道爹地当年为了重新追回你妈咪费了多大力气吗？好不容易才把老婆追回来，现在也年纪一大把了，你觉得爹地还敢再犯一次蠢不成？”

听到这里，琛仔终于绷不住，笑了。

打从他有记忆起，爹地当年的追妻经历就被全家上下——上至奶奶，下至琛仔——当成下酒菜嚼了一年又一年，其间夹杂着各种奚落、取笑和“爹地原来你也有那么一天”的惊叹。

不过很快，那短暂的笑容又绷住了，阮祁琛像是想到了什么，突然间又面无表情：“哦，这么一说我明白了，今天报纸上的那位就是爹地的旧情人吧？”

阮东廷：“……”

一把年纪的阮东廷风光一世，时至如今，终于有了点“妻儿都是债”的深刻体会。

琛仔说：“爹地，我作业都写完了。”

“所以？”

“所以，我现在有时间，爹地也有时间，外头谣言那么多，爹地可不可以给我讲一个真实的版本？对了，冰箱里有啤酒，我们去院子里边喝边说。”

阮东廷：“……”

那么长的故事，阮东廷慢慢地讲，阮祁琛安静地听，间或插嘴与父亲交流两句。

琛仔觉得这种感觉真的挺不赖，虽然一开始是因为愤怒才会开启这个话题，可现在，他和老爸从房间走到了大厅，从冰箱里拿了几罐啤酒后，又晃到院子里，一边喝啤酒，一边讨论彼此的感情观。

十四岁的阮祁琛觉得，这种感觉还真的挺好。

像父子，像兄弟，像朋友。

阮东廷也如实讲述了那一段过去：从年少时于剑桥初识何秋霜开始，到两个人相恋，到秋霜转而投入阿陈的怀抱，到几年后阿陈过世而他知晓了秋霜的苦衷，再到恩静出现在他的世界里。从此，三个人的情感错综缠绵，混乱地纠缠了那么多年。

“所以当年爹地为什么会觉得对不起秋霜阿姨呢？第一，在剑桥时我以为她背叛了我，可事实上在很多年以后，我才知道原来当时的她也有苦衷。第二，在阿陈叔叔过世时，我答应了叔叔会永远照顾秋霜阿姨，可事实上爹地最终也没有做到。”

“但是爹地，”琛仔喝了一口啤酒，很客观地评论道，“您当时答应阿陈叔叔说会照顾阿姨，有一个原因是：那时大家都觉得阿姨已经活不了多久了吧？”

阮东廷笑了笑：“话是这么说，可爹地又不是神，当时的‘以为’就真的是正确的吗？”

“可是……”

“琛仔，爹地在没有百分之百的把握下对叔叔和阿姨许下了这个承诺，可最终却遵守不了，这就是失信。”阮祁琛揽着儿子的肩，在这个十四岁的少年面前，心平气和得像一个忘年的挚友，“所以琛仔，你要以爹地为鉴，千万记住承诺不能乱许。因为你不知道自己的一个诺言，日后会改变的究竟是多少人的人生。”

琛仔：“所以，在不能百分之百确定自己一定能做到的情况下不可以许诺，对吗？”

爹地：“对。”

“我明白了，爹地。”

于是很多年后的小阮太——

“呵，原来小阮总这拧巴性子是遗传的，不肯承诺的破习惯是公公教的呀，真是天下无敌绝世好公公啊，好想把奶茶砸到您脸上哦——公！公！”

于是很多年后的小阮总——

“沉默是金，爹地说得对。”

小阮太：“滚，你没老婆了！”

这个晚上，两个人就坐在院子里，聊了许久许久。

如果阮祁琛没记错的话，那是印象中爹地第一次如此坦诚地和他交流情感上的错误，顺便总结诸如“琛仔你要以爹地为鉴”之类的经验。

“可其实还有一个问题您有没有想过？”琛仔在一番倾听后，用年轻人对感情的看法，跟他爹分析道，“您说当年没娶奶奶介绍的那些阿姨而娶了妈咪，有一个原因是妈咪能够容忍您在婚后继续花时间照顾秋霜阿姨。”

可不是？那年脑袋里不知装了什么东西的他，在阿陈的灵堂里看到唱南音的年轻女子：温文、清瘦，眼底有不谙世事的静。

他说：“陈小姐，有个不情之请，你可不可以嫁给我？”

那时他并不爱她，如同不爱相亲照片上的那些甲乙丙丁。可那些甲乙丙丁若是真的同他结了婚，哪个会允许他在有了家庭后还花心思去陪一个旧友治病？尤其当旧友的性别为女，且与他有过那样的曾经？

所以他找上了恩静，看起来……似乎还能从他身上得到点什么的恩静——

“如果你需要，礼金多少都不是问题。”

“你的家人我也会打点好，生活费、房子、车，一样不少，一定会让他们满意。”

他以为一开始把话说清楚了，这场婚姻便可货款两讫：恩静得到了她需要的，他也能在照顾秋霜的同时解决婚姻这个燃眉之急。

可年轻骄傲的男人如何能明白，婚姻从来就不是能够货款两讫的事。

多年后，是他的儿子说：“可是爹地，您有没有想过，其实当时您还有另一种选择，就是直接与秋霜阿姨结婚。”

阮东廷笑道：“你奶奶会打断爹地的腿。”

“真的吗？”这个从来无人怀疑的原因，十四岁的琛仔却不以为意，“说真的爹地，当时整个阮氏都在您的手上，奶奶又那么疼你。说句不好听的，若您硬想娶，也没有谁能拦得住您。您不是‘不能’，我觉得您是‘不想’。”

少年的想法还挺独特，阮祁琛呷了口啤酒，眼底有很浅的笑。

“爹地，我说对了吧？”

他爹没有立即回答，只是沉默了片刻，才牛头不对马嘴般开口：“琛仔，如果有一天你喜欢上一个人，不管发生什么，都不要打着为她好的旗号放手。因为你不知道在你放手的那一刻，喜欢你的那个人会经历什么样的痛苦。你也不会知道这一放手，你否认的不仅仅是她愿意为你付出的，还有你们从前所有的感情。”

琛仔：“所以就算后来您知道了阿姨当初的苦衷，可您也已经无法再像当初那样喜欢她了对吧？”

“不是喜欢不喜欢的问题，就是……很多事情都已经回不去了。”

“不，您就是不喜欢了！什么回得去回不去，不喜欢了，自然就回不去了！”

少年爱憎分明，这不是坏事。

可阮祁琛看他老爸笑得纵容，一脸“傻孩子这种事等你长大了自然就清楚”的表情，又收起了方才孩子气的固执，认真地分析道：“您说当年阿姨下嫁给阿陈是为了您的前途，您感到愧疚——爹地，您是‘愧疚’，却不是‘认可’。因为您对自己有信心：如果当年的你得知了真相，会做的绝不是放弃她，而是陪着她治病，治不治得了也都会和她在一起。”

“臭小子，那可就没你妈咪什么事了。”阮东廷轻笑，“孝顺一点好吗？妈咪那么疼你。”

“我是想说，多年后您明明知道了真相，却依然没有和她在一起。所以对此我得出的结论是：您那个时候其实已经不喜欢阿姨了。”

“哦。”

“对不对，爹地？”

“谁知道呢？”都过去那么久的事了，现在再来辩论这些细枝末节，似乎早已失去了意义。

那些旧事，若非八卦乱写并且写到了琛仔的眼皮底下，他其实已经很久没想起了。

琛仔：“不过不管怎么样，好在那个时候您娶了妈咪。”

阮东廷叹了一口气：“这是爹地犯的另一个错误。”

琛仔：“什么？！”

琛仔：“不是错误！不能是错误！您要是没娶妈咪，现在也就没我什么事了！”

阮东廷笑了：“我是说，在那样的情况下娶了她，结果让她等了那么久，委屈了那么久。”

他喝下一口啤酒，想起年轻时的恩静，微笑的、安静的，结婚许久也只敢唤他一声“阮先生”。

而那么漫长的一段时间里，他的目光从来也没有在她身上停留过。

“琛仔，婚姻是很神圣的一件事。作为男人，如果将来你决定要娶一个女人，至少该保证，你能够给她幸福。人人都说你妈咪嫁给我是麻雀变凤凰，可谁又知道她曾经因为我挨了多少难堪？”

“爹地爱妈咪吗？”琛仔问。

“现在自然是爱的。”

“那为什么还会难堪呢？”

“因为爹地动心得比妈咪晚，付出得也比妈咪少。琛仔，这让你妈咪吃了很多苦。”他揽住儿子的肩膀，就像对待哥们儿一般，“你啊，将来千万别学爹地。如果想结婚，那么婚前你必须三思：你够爱她吗？你配娶她吗？你能给她幸福吗？琛仔，婚姻需谨慎。”

于是很多年后的阮太太——

“原来琛仔迟迟不给我带媳妇回来就是因为你？阮东廷，你！你这个星期给我睡沙发！”

于是很多年后的小阮太——

“呵。”

这种公公……真是不要也罢。

/ 记录之五 /

很多年后的阮祁琛，有肖似他父亲的英俊面容，高大的身躯，得天独厚的背景，优秀的业务能力。

他勤力，正直，绅士，原则性强。

他如他的父亲一般，外表冷淡，内心柔软。

他有极正的价值观，给出承诺前永远会三思，男女关系永远不可乱。相信婚姻之神圣，爱情之可贵，而我等凡人大部分不配。

他没有女孩。

他找不到女孩。

阮太太：“琛仔啊，我看你顾伯伯家的朝夕就很不错，和你也算青梅竹马，要不……”

阮祁琛：“妈咪，我该上班了。”

阮太太：“啊？”

番　　外

也无风雨也无晴
——何秋霜

他将索赔书当着我的面销毁的那一天，我所居的这座城，开始进入了雨季。

地点是在他的海鲜酒楼里。这家叫“恩静”的新兴连锁品牌酒店，在“何成”因丑闻而一蹶不振时，忽如一夜春风来，在闽南一带遍地开花。

销毁索赔书时，他说他已经撤掉了关于商业盗窃的起诉，陈恩静亦撤掉了对那次“普通抢劫案”的指控。不知是不是因为那天我主动示好，以投降的姿态将录音笔交给她，所以她才决定不再告爸爸。但总之，这两项指控都撤掉了。

只是在爸爸再度被带走之后，何成酒店迅速败落，高管们跳槽的跳槽，离职的离职，满目疮痍间，这差一点就要宣告破产的企业便压到了我身上。何成酒店总负责人的名字，在我还以为自己尚在梦中时，便从“何成”换成了“何秋霜”。

可明明，我没有那样的野心，更没有那样的能力。

纵使十几年前我曾在英国念过酒店管理，可那时我对未来全部的展望，就是嫁给阮东廷，成为阮太太。在接管何成酒店前快快乐乐地过我的少夫人生活，在接管何成酒店后把它扔给他，继续快快乐乐地过我的少夫人生活。

可最终我没有走到那一天，曾经的阮太太不是我，相信未来的阮太太也不会是我。即使那一纸离婚协议签下去后，他们许久也没传出复婚的消息。

可我知道，他们相爱了，这一次，是真的相爱了。

香港的娱乐事业如日中天，我经常无意中，从各种渠道看到阮先生与陈女士的消息：阮东廷夜宿陈恩静公寓；两个人手挽手在公园散步；阮先生欲在内地购豪宅，讨好未来丈母娘；阮先生……

阮先生，阮先生，我曾经用了整个生命去爱的阮先生。

他终究，还是属于别人了。

初云曾经问过我，很爱一个人究竟是什么感觉？我说：“就是觉得，你连脸皮都可以不要了。对他你什么都会介意，可你又什么都能原谅。”

所以自他和陈恩静结婚后，我大事小事都要找陈恩静的碴，她碰他的衣角一下我都好介意。可最终他爱上她——他爱上了她。

在恩静酒楼碰头的那一次，离开前我同他说：“其实我知道，你最终疏远我并不是因为我爸做的那些事，而是因为你爱上陈恩静了。其实很早之前，你就爱上陈恩静了，对不对？”

商场风云诡谲，这一定不会是此生最后一次相见。可我与他都知，一定是此生最后一次交心。所以不再停留，不再思索，他垂头对我说：“对不起，秋霜。”

对不起？对不起什么呢？对不起你我最终还是成了陌路？对不起你曾经承诺过的“永远照顾”，已经走不到永远？

可你明明知道，即使不说对不起，我最终也会原谅你。

爱不就是什么都介意，可又什么都原谅吗？

我从来不曾主动告诉过他，其实他在查我爸时，我是知道的。不，何止知道，我还主动配合他，继续撑着从前那个何秋霜的高傲、撑着何秋霜对陈恩静应有的鄙夷和唾弃，在闪光灯下，笑吟吟地挽着他的手臂。

在闪光灯之外，他与我之间，早已经隔了一个陈恩静的距离。

可他是知道的，即使我不说，他还是看出来了。

所以当我对他说“这是我对你最后一个请求”时，他原本强硬的态度软化了。之后，他当着我的面把索赔书销毁。

从此一切恩怨两清，沧海桑田再怎么变迁，我与他，也只能成为陌路。

一九九四年，阮东廷与陈恩静离婚了，我正式接任何成酒店总经理的职位。

一九九五年，人人都以为该复婚了的阮、陈二人，依旧只是低调恋爱，我身旁没有出现第二个阮东廷。

一九九六年，阮东廷一改低调做派，在游轮上替陈恩静举办了一场生日派对，当夜高调求婚，并求婚成功。

事后《明报》的记者在采访时，问陈恩静：“这一生是否有过很难忘的时刻？”

报上形容她“温柔地一笑”，回记者道：“那日弥敦道上人山人海，我一慌，便觉手心温暖。原来是他回头，牵住了我。”

“你便不怕了。”

“是，我从此不怕了。一直到现在，都不怕。”

从此以后，弥敦大道人山人海，可众人皆知，这拥挤之中仍有温情存在——他的，她的。

一九九七年，香港回归的前夕，阮氏旗下的恩静酒楼已经遍布大江南北。陈恩静以阮氏大股东的身份出席了在我们酒店办的“闽港美食交流会”。隔了三年时光，在交流会主席的引荐下，我与她，再一次照面了。

“阮氏酒店陈恩静。”

“何成酒店何秋霜。”

两只素手交握于觥筹起伏声之间。谁会知道二十年前初遇时，我是万众瞩目的新娘，她只是船上的一名歌女？谁又会知这二十年里因同一个男人，我与她之间有过那么多不堪与龃龉？

然而二十年来世事变迁，物是人已非。

握手，点头，致意，微笑，然后继续与下一名港方代表打招呼。交流会顺利而融洽，我们有各自的交流群，只是来往之间，偶尔会有目光相对——比如，这一刻。

我愣了一下，她似也愣了一下。

可很快，就像方才握手时那样，她朝我点了点头。

我亦颔首，自然地回过头。

恩仇俱泯。或许余生再也不会相见，或许余生还会有无数次如同今晚的机会，再相见。可有了这一颔首，什么都过去了。

即使之后香港回归，恩静酒楼将以更猛烈的姿态在内地扩张；即使阮氏酒店亦开始进军内地，严重威胁到了内地老牌酒店的市场份额，可我们处在同一个行业，无数镜头随时对着我们的脸，下次再遇到时，也需要用最热情，最成熟，最圆滑也最完美的姿态——拥抱或握手。

所以这一刻，颔首，微笑。

恩仇俱泯。

酒店外，也无风雨也无晴。

后　　记

关于爱，
你想说一些什么？

年初下决心要写这本书时，我曾想，或许我即将讲述的是一个风花雪月的故事。那时我在东北旅行，浩浩天地，莹白如新，每日睁眼所做的第一件事，就是站在窗前喝一杯热腾腾的黑咖啡，看外面纷纷扬扬的白雪。

而这一场风花雪月的核心究竟是什么？这问题总是在第一口咖啡入喉之后，开始在脑中发酵，伴着约莫有点儿醍醐灌顶功效的咖啡。

关于风花雪月，关于爱。

故事原本的设定，早在短篇时便已经呈现：爱人他嫁的那一晚，阮先生遇上陈小姐，由此展开了一场长达十余年的情感纠缠。

许多人在看完短篇后问我：阮东廷对恩静究竟有没有付出过感情？

对于这个问题，其实我曾经是吃惊的——怎么会没有呢？你看他每年都记着她的生日；你看在尖沙咀的人群熙攘中，他握住她的手；你看她说出那句“阮先生，我们离婚吧”时，他那样惊慌失措。

可故事的开头便注定了她这一段人生的艰苦：他心里是有人的，嫁给他的时候，他心里是有人的。

移情、别恋，这是多么难听的词。

可她这样好，陪伴那样长，长到他不得不在这日渐紧张的关系中，对她产生了感情。

在整理故事脉络的某一晚，我一边理着阮、陈、何三个人的情感，一边听Leonard Cohen的*Famous Blue Raincoat*（莱昂纳德·科恩的《著名的蓝色雨衣》），里面有一句歌词：“我想象着，你嘴里衔着玫瑰的样子，专门窃取爱情。”凌晨一点钟，我突然想起该给我的朋友阿P打一通电话，问一问他，关于爱情。

那时这个文艺男青年刚陷入一场恋爱中，想着他要么在工作，要么正在约会，总之还没有入睡。果然，铃声响了两声他便接起。我问他：“在你看来，爱一个人的感觉是什么？”大抵是因他正在经历这样的感情，所以没多想，便说：“你想看她笑，想让她快乐，无论她犯再大的错，你都会原谅。”

你想看她笑，想让她快乐，无论她犯再大的错，你都会原谅——原来，这就是一个恋爱中的男子对于爱情的定义。

后来我将这句话用到了《阮陈恩静》里，这一个故事，从动笔之初到结束之时，我数不清自己修改了多少次。将第一版与最后一版拿出来，竟找不到几句完全一样的话。

可这一句始终在那里，从第一版到最终版，原原本本，岿然不动，就嵌在那里。

爱是什么呢？是你想看她笑，想让她快乐，无论她犯再大的错，你都会原谅。

所以后来，恩静原谅了阮先生。

所以后来，阮先生愿意为了他爱的女子，改变自己。

“爱一个人的感觉是什么？”

他说：“你想看她笑，想让她快乐，无论她犯再大的错，你都会原谅。”

“爱一件事呢？”

“你想将它占为己有，或者让它成为永恒。”在那一通电话里，他说。

然后我挂断电话，突然想起金庸先生在《书剑恩仇录》里的那一句“慧极必伤，情深不寿”。

或许正因情深不寿，这世上最终成为永恒的，总不是爱情。如叶芝曾经那么狂热地爱过茅德·冈，可一百年后，人们只记得“多少人曾虚情假意，爱过你的美丽，唯独一人爱你朝圣者的心”，只记得叶芝曾为某人写过那么多诗句，谁还会记得茅德·冈？

苦痛成就不朽，失败的恋情成就永恒的诗篇，可读诗的人，谁也没兴趣去理会这成就究竟从何而来。

即使它那么短暂，可哪场轰轰烈烈撕心裂肺的爱情不短暂？

情深，则不寿。

可明知情深不寿，遇到爱情的那一瞬间，你唯一想做的事，还是陷进去。

盲目却热烈地、笨拙却诚挚地、用力过度地、不管不顾地，陷进去。

所以，不要再问我恩静究竟爱阮先生什么，也别再问我秋霜为什么对阮先生念念不忘——当遇上一个携带着爱情而来的人，当理智与热情交混难定，你会做的，或许，亦是与恩静相差无几的选择。

只是，愿你遇上自己的“阮先生”时，他是心无旁骛的。

愿你得到你的良人，却不必经历与恩静同样的沧桑与艰辛。

愿你安好，得偿所愿。

愿快乐。

吕亦涵

2015年11月，写于泉州家中